Pen

La memoria

1218

DELLA STESSA SERIE

Un Natale in giallo
Capodanno in giallo
Ferragosto in giallo
Regalo di Natale
Vacanze in giallo
La scuola in giallo
La crisi in giallo
Turisti in giallo
Il calcio in giallo
Viaggiare in giallo
Un anno in giallo
Una giornata in giallo
Cinquanta in blu. Otto racconti gialli

Alicia Giménez-Bartlett, Andrej Longo,
Marco Malvaldi, Antonio Manzini, Santo Piazzese,
Francesco Recami, Alessandro Robecchi,
Gaetano Savatteri, Giampaolo Simi,
Fabio Stassi, Simona Tanzini

Una settimana in giallo

Sellerio editore
Palermo

2021 © Sellerio editore via Enzo ed Elvira Sellerio 50 Palermo
e-mail: info@sellerio.it
www.sellerio.it

Per il racconto di Alicia Giménez-Bartlett «Todos quieren ser hermosos»
© Alicia Giménez-Bartlett, 2021
Traduzione di Maria Nicola

Il racconto di Giampaolo Simi «Il permesso premio» viene pubblicato in accordo con MalaTesta Lit. Ag. Milano

Questo volume è stato stampato su carta Arena Ivory Smooth prodotta dalle Cartiere Fedrigoni con materie prime provenienti da gestione forestale sostenibile.

Una settimana in giallo / Alicia Giménez-Bartlett... [et al.]. -
Palermo: Sellerio, 2021.
(La memoria ; 1218)
EAN 978-88-389-4262-4
808.8 CDD-23   SBN Pal0346146

CIP - *Biblioteca centrale della Regione siciliana «Alberto Bombace»*

Una settimana in giallo

Alicia Giménez-Bartlett
Tutti vogliono essere belli

Una mia aspirazione frivola – qui ne approfitto per dire che abbiamo tutti il diritto ad avere delle aspirazioni frivole, oltre a quelle nobili, s'intende – sarebbe poter indagare un giorno su un delitto nel mondo del glamour. Non pretendo di occuparmi di una marchesa strangolata nel suo palazzo avito, come una volta Garzón mi rinfacciò con impertinenza, ma almeno di non dover rimestare in ambienti degradati e sordidi come ci capita di solito. Un altro mio desiderio, molto più concreto ma non meno importante, è che il caso si risolva rapidamente, nel giro di una settimana al massimo, e devo dire che almeno questo secondo anelito si vide esaudito nella vicenda che mi dispongo a narrare. In soli sette giorni il viceispettore ed io arrivammo in fondo alle indagini senza l'aiuto di Scotland Yard, dell'FBI o di altre bande di dilettanti. Ma la mia aspirazione meno nobile si vide di nuovo disattesa: in quella storia di glamour non c'era neanche l'ombra. Anzi, fu deprimente e squallida da far piangere. Ma siccome ora mi accingo a raccontarla, preferisco partire dall'inizio e non anticipare nulla.

Ci chiamarono di lunedì. Un uomo sulla trentina era stato trovato morto in un appartamento al Buen Pastor, un quartiere della città che non si caratterizza certo per il lusso delle costruzioni che lo compongono né per l'alto reddito delle persone che ci abitano. Ebbene, il tipo era stato trovato seduto in cucina, con la testa sul tavolo e la bocca piena di una polvere bianca di cui aveva sporche anche le mani e parte della faccia. Avvelenamento, senz'ombra di dubbio. I colleghi della scientifica rinvennero subito l'origine della polvere assassina: una confezione di veleno per topi seminascosta sotto il lavello. Il cadavere era stato trovato dalla madre della compagna del trentenne. La coppia conviveva nell'appartamento, dove la brava signora, già oltre la settantina, si era recata per fare le pulizie, dato che, a suo dire, la figlia era impegnata nel negozio di parrucchiera di cui era proprietaria. Lo faceva regolarmente, la figlia era una donna molto occupata. Solo che quella mattina aveva trovato la porta aperta, con la serratura forzata, ed era quasi svenuta dall'orrore scoprendo il compagno di sua figlia in quelle condizioni.

Mentre i due colleghi procedevano nel loro lavoro, Garzón ed io affrontammo i fiumi di lacrime che sgorgavano inarrestabili dagli occhi di quella donna come se premessero dentro di lei da decenni. Il problema più spinoso era che la figlia non era ancora stata avvertita, la madre non se l'era sentita di chiamarla. Capii che rischiavo ancora una volta di vedermi appioppare uno dei ruoli che più detesto: quello dell'annunciatrice di tragedie. In polizia regna la convinzione che noi donne siamo perfette per questo compito ingrato, tanto che veniamo chiamate a occuparcene perfino in casi che non sono di nostra competenza. Io di solito cerco di sottrarmi a un automatismo così odioso e decisi di provarci anche quella volta.

«Senta, Fermín, ci pensa lei a comunicare a quella donna che il suo compagno è morto?».

«Io? Credo che saprebbe farlo meglio lei, ispettrice».

«Oggi non me la sento, a dire la verità. Ho dormito malissimo. Lei come ha dormito?».

«Divinamente, però non c'è nessuna norma che regoli i doveri di servizio in base alla qualità del sonno».

«Lo so. Volevo solo mettere alla prova la sua amicizia».

Garzón mi guardò, e se quello sguardo avesse avuto poteri omicidi, adesso non sarei qui a raccontarlo. Ma le sue parole presero una via meno criminosa, perché mi rispose abbastanza gentilmente:

«Comunicherò il decesso a quella donna, non si preoccupi».

«Ma non prima che il giudice abbia dato l'autorizzazione per rimuovere il cadavere. Non voglio che la compagna lo veda ingozzato di veleno come un volgare scarafaggio».

«È segno di grande considerazione da parte sua».

Ci chiudemmo con la madre nel piccolo salotto della casa. La signora a poco a poco smise di piangere, ora si limitava a gemere sommessamente mentre sgranava il suo racconto. La figlia parrucchiera si chiamava Asunción, e aveva a sua volta una figlia di nome Sara, di venticinque anni, con la quale viveva in quell'appartamento in affitto. Suo marito, il padre della ragazza, se ne era andato molti anni prima.

«Era un disgraziato, io lo avevo sempre detto ad Asun che non doveva sposarlo. Perfino in carcere era stato. Si drogava, spacciava. Si faceva vivo solo quando aveva bisogno di soldi. Se mi permettete una brutta parola, era uno stronzo».

«Si sono visti ultimamente?».

«No, come potevano? Paco è morto quasi quattro anni fa! Ha fatto una brutta fine, l'hanno trovato con un paio di coltellate in pancia nella zona dei capannoni di Badalona. Pensi un po' che uomo si era scelto mia figlia!».

In quel momento le lacrime tornarono a scorrere torrenziali.

«Non è mai stata fortunata. È troppo buona, poverina. Ha sopportato suo marito finché ha potuto, e quando lui l'ha mollata con la bambina senza darle mai un soldo per il mantenimento, non glielo ha mai rimproverato. Lo aiutava perfino, quando veniva qui».

«Si calmi, per favore».

«Sì, adesso mi calmo. Ma mi fa stare tanto male perché penso che è colpa mia».

«La colpa di cosa, signora?».

«Asun è cresciuta senza un papà. Io ero una ragazza madre, e adesso questo non conta, ma allora erano altri tempi e non le dico che cosa ho passato. Ho fatto le pulizie negli uffici per tutta la vita, fino alla pensione. Io credo che mia figlia abbia sposato Paco e lo abbia sopportato tanti anni perché non voleva finire come me, non voleva rimanere da sola con la bambina. Mia figlia è un tesoro, mi creda, un tesoro! E non lo dico perché l'ho messa al mondo. È buona, tranquilla, brava sul lavoro, non ce n'è una come lei. Ha fatto tutto da sola, sette anni fa ha chiesto un finanziamento e ha messo su il negozio, e vedesse come gira bene! Ha già dato la caparra per un appartamento nuovo qui vicino, e adesso le capita questo!».

«Chi è il ragazzo di là?».

«Ismael. Mia figlia l'ha conosciuto un paio d'anni fa, e dopo un po' lui è venuto a stare con lei e con mia nipote. Ultimamente era disoccupato, ma era un bravo ragazzo. Sembrava che finalmente si fosse sistemata, con quel giovanotto, e adesso questa disgrazia!».

Prima che attaccasse di nuovo a piangere come una fontana, Garzón le chiese:

«Che età ha sua figlia, signora?».

«Cinquantatré anni».

«E quanti ne aveva Ismael?».

«Trentuno. Sì, lo so, era molto più giovane, ma lei sa che adesso di queste cose non si stupisce più nessuno».

«No, certo che no» disse Garzón, diplomaticamente.

«Lei ha qualche idea di come mai quel ragazzo è di là, con la bocca piena di veleno per topi?».

«Io? E che cosa ne posso sapere io?».

«Ha idea se qualcuno desiderasse la sua morte?».

«No, non so niente, io venivo per dare una mano a mia figlia...».

Adesso il pianto si era fatto incontenibile. La pregai di tornare a casa, raccomandandole di non parlare con nessuno e di rimanere lì fino a nuovo avviso.

«E non posso vedere Asun?».

«La vedrà appena possibile».

Garzón ed io tornammo in cucina, dove i nostri colleghi stavano completando la loro opera. Facemmo in tempo a salutare il giudice che aveva già firmato tutte le carte e aveva fretta di scappare. Il suo commento fu:

«È ben strano tutto questo, signori miei. Un tizio che si fa una scorpacciata di veleno per topi. Mai vista una cosa simile! Mi hanno detto che la serratura era forzata, ma non sembra che ci sia stata nessuna colluttazione. E chi è che si ammazza riempiendosi la bocca di veleno? Strano, stranissimo. Stavo per dirvi che non vorrei essere al vostro posto, ma a pensarci bene, con tutte le scartoffie che ho in sospeso, forse avrei perfino da guadagnarci».

Garzón ed io ci voltammo ancora una volta verso il cadavere prima che lo infilassero nel sacco. Sì, era un uomo giovane. Mostrava una calvizie già evidente, ma si notavano i muscoli scolpiti che gli gonfiavano le maniche della maglietta.

«Il giudice ha ragione. Qui c'è qualcosa di molto strano».

«Ha trasmesso il nome per avere notizie sulla vittima, Fermín?».

«Sì, mia amata ispettrice. Ho chiamato subito, caso mai anche questa fosse una prova di amicizia».

Più tardi, in commissariato, quando Garzón affrontò la vera prova comunicando ad Asun la morte del ragazzo, rimasi a osservarli da dietro un vetro. Vedevo i gesti ma non mi arrivavano le parole. Era come la scena di un film muto, e come in un film muto i gesti della donna erano esagerati. Si coprì le orecchie con le mani, si piegò in due, si strinse il ventre con entrambe le braccia e alla fine si lasciò cadere a terra. Allora il viceispettore chiese aiuto all'agente di guardia e tra tutti e due la sollevarono e la aiutarono a sedersi. Mi ero risparmiata la dura incombenza di darle la notizia, ma non mi sarei salvata da un'altra alluvione di lacrime.

Come feci un passo nella stanza notai l'odore di prodotti per capelli emanato dalla donna. Piangeva, in effetti, e sapevo che avrei dovuto lasciarla sfogare per un pezzo. Con la scusa di andare a prenderle un caffè potei uscire per qualche minuto, ma quando tornai con vassoio e bicchierini di plastica, il pianto continuava.

«Signora, smetta di piangere, per favore. Dobbiamo parlare. Prenda questo caffè che le ho portato, le farà bene».

Annuì, e anche se il suo volto era una maschera tragica riuscì a darsi un contegno e a cominciare a rispondere. Bevve perfino il suo caffè senza lasciarne una goccia. Respirai sollevata, sembrava ci trovassimo di fronte a una donna ragionevole.

«Asunción, posso chiederle se Ismael avesse qualche nemico?».

«Nemici? No, no, era un ragazzo normalissimo».

«A volte anche le persone più normali hanno qualcuno che le odia».

«No, lui no».

«Conosce la sua famiglia?».

«Ismael non aveva famiglia. Era cresciuto in una comunità per minori. Poi, sa com'è, a diciotto anni li mettono per strada e devono arrangiarsi. Lui faceva il muratore e abitava con un amico per dividere le spese».

«Come l'aveva conosciuto?».

«Veniva in negozio. Era un bel ragazzo e gli piaceva essere sempre a posto. Si parlava, si scherzava, era nata una simpatia e...».

«Non pianga, per favore».

«Non piango, no. Adesso sto meglio. Alla fine gli avevo chiesto se voleva venire a stare da noi. Lui non aveva mai avuto una vera casa. Purtroppo l'anno scorso aveva perso il lavoro, ma non avendo un contratto regolare non prendeva nemmeno l'indennità. Era un ragazzo sfortunato, e per una volta che aveva qualcuno che gli voleva bene...».

«Lo manteneva lei?».

«Be', ispettrice, detto così sembra brutto. Non pensi che Ismael approfittasse di me. Lui non era certo contento di stare senza far niente, cercava lavoro tutto il tempo, ma lei sa come stanno le cose oggi. Ultimamente era così deperito per lo stress che perdeva perfino i capelli! Non era uno sfaticato, questo no, solo che aveva le sue esigenze. Gli avevo proposto di insegnargli a lavare le teste, in modo che potesse dare una mano in negozio, ma a lui non andava, gli pareva che... non so, lui era molto maschio, e l'idea di stare tra tante donne, in un'attività mia... Sa come sono gli uomini».

Guardò di sottecchi Garzón e io annuii per non dovermi sorbire i soliti luoghi comuni sulla mascolinità. Continuai con le domande:

«Ismael aveva degli amici? Lei sa chi frequentava mentre lei era al lavoro?».

«Andava in una palestra vicino a casa e qualche volta prendeva una birra con dei ragazzi che aveva conosciuto lì. E aveva un vecchio amico di quando era in comunità, ma non si vedevano molto. Saltuariamente. Una volta era anche venuto a pranzo a casa. Molto simpatico, un tipo bravissimo».

«Sa se Ismael si drogava, se aveva qualche conto in sospeso con la giustizia?».

«No! Le sto dicendo che era a posto, ma lei non mi dà retta».

Prima che le cose si complicassero la pregai di fornire a Garzón tutti i dati delle persone che aveva citato e uscii dalla stanza. Un minuto di più e l'avrei mandata a quel paese. Ormai era evidente che da lei non avremmo ricavato altro. Come può esserci qualche macchia nella vita di un angelo caduto dal cielo, un essere dotato di ogni perfezione, un maschio così maschio?

Il commissario Coronas era nervosissimo. Per lui quel morto privo di occupazione non aveva la stessa importanza degli altri casi da risolvere. Certo, in quel periodo il nostro organico era in sofferenza e il numero degli omicidi sembrava aumentare di giorno in giorno, ma metterci fretta non ci avrebbe aiutati a risolverlo. Ogni cosa richiede il suo tempo. Tanto per cominciare, non eravamo nemmeno sicuri che Ismael fosse stato assassinato. La possibilità di un suicidio dettato dalla disperazione continuava a fare capolino nella mia mente. Anche se, in quel caso, perché la serratura forzata?

Garzón tornò dalle sue ricerche senza troppo entusiasmo. Ismael Gómez Lahuerta non aveva precedenti penali, il che non ci facilitava le cose. Per di più dall'obitorio ci dissero che i risultati dell'autopsia non sarebbero arrivati prima di due giorni. Quando insorsi dicendo che il commissario ci stava col fiato sul collo, il medico legale, che era una donna, tenne a spiegarmi che i tempi erano quelli perché aveva ritenuto necessaria un'analisi tossicologica completa. Poi, dandomi del tu, concluse con una frase di gran moda: «Fattene una ragione», che è un'irritante sintesi tra considerazioni filosofiche profonde: «L'uomo non può nulla contro il destino», e affermazioni più terra terra come: «È inutile discutere, tanto con me non la spunti».

Il giorno dopo decidemmo di andare al salone di parrucchiera di Asun per dare un'occhiata. Non era chiuso, come a un certo punto eravamo arrivati a pensare. La titolare non c'era, ma sua figlia Sara sovrintendeva al normale andamento del lavoro. C'erano diverse clienti e due giovani lavoranti che si davano da fare al lavatesta e con il phon. Sapendo che la polizia non è mai ben vista in un esercizio commerciale, entrai e chiesi della responsabile. Sara era una ragazza robusta con i capelli molto corti, aveva numerosi piercing a entrambe le orecchie e un serpente boa multicolore tatuato sul braccio. La invitai a uscire in strada. Come molti giovani della sua età era laconica nell'espressione e sembrava avere un'idea tutta sua dell'urbanità. Ci chiese che cosa volessimo e mostrò chiaramente di non gradire troppe domande.

«Non ho voluto tenere chiuso proprio per non far sapere alle clienti del casino che è successo a casa, e adesso voi venite anche qui».

«Per questo l'ho pregata di uscire. Sarà questione di un momento. Comunque se preferisce possiamo convocarla in commissariato».

«No, mi basta già così. Che cosa volete chiedere?».

«Cose che forse lei sa sul conto di Ismael».

«Tipo cosa?».

«Tipo se si drogava o se vedeva brutta gente, o se c'era un'altra donna nella sua vita... capisce? Ci interessa la parte che non si vede».

«Ah, e io che ne so? Con Isma non è che ci parlassi molto. Ma non mi stupirebbe nessuna delle cose che dite, un tipo cresciuto in comunità...».

«Ma lei qualche volta ha avuto sentore...?».

«No, io non l'ho mai visto farsi una canna né snifare. Ogni tanto è venuto qualche amico suo per casa, tutti degli sfigati. Ma se rapinano le banche o ammazzano le vecchiette, io non posso saperlo».

«E sa se avesse un'altra donna oltre a sua madre?».

«Non credo, non lo so».

Provai a punzecchiarla un po':

«Qualcuno di cui sua madre potesse essere gelosa?».

Fu come se avessi toccato un cavo dell'alta tensione. Mi si rivoltò contro con la faccia paonazza di rabbia e mi sputò addosso queste parole:

«Ma certo! Buttate la colpa su mia madre e così siete a posto! Be', che io sappia no, mia madre Isma lo amava, e lui amava lei».

Intervenne il viceispettore.

«Calma, ragazza, un po' di rispetto per l'ispettrice, o qui finisce male!».

Lei lo guardò con odio. Io non battei ciglio.

«Sua madre ci ha detto che negli ultimi mesi Ismael soffriva di stress. Lo attribuisce al fatto che non riusciva a trovare lavoro. Lei pensa che ci fosse qualche altra ragione?».

Per la prima volta fu un po' più loquace:

«Senta, non si faccia strane idee, che Ismael stesse con mia madre non significa che fossimo una famiglia. Ciascuno si faceva i fatti suoi. Io non sono più una bambina, non me ne sto in casa tutto il giorno a giocare alle Barbie. Lavoro qui in negozio, vado, vengo, vivo la mia vita. Per questo se vi dico che i fatti suoi non li so, è perché non li so. L'unica cosa che posso dirvi è che mia madre si sarebbe fatta ammazzare piuttosto che torcere un capello a Ismael».

«Tu ce l'hai il fidanzato?» le chiese Garzón.

«E a te che t'importa?».

Avvertii con allarme il nervosismo del mio collega. Intervenni immediatamente:

«Risponda, per favore».

«Sì, ce l'ho il fidanzato».

«Va bene, può andare. Faccia venire le sue lavoranti».
«E rimango senza personale?».
«Solo per due minuti».
Mentre la ragazza spariva nel negozio, Garzón sospirò:
«Se a vent'anni io avessi parlato così a una persona grande, mio padre mi avrebbe riempito di schiaffoni».
«Non se la prenda, Fermín. L'adolescenza di questi ragazzi è stata complicata, niente a che vedere con la nostra sicurezza».
«Io facevo la fame, cazzo! Ma neanche per sogno mi sarebbe venuto in mente...».
L'arrivo delle due ragazze lo fece tacere, per mia fortuna. Sapevano della morte di Ismael ed erano visibilmente scosse. Risposero con educazione. Sì, Ismael veniva spesso in negozio a farsi tagliare i capelli e per vari trattamenti estetici. «Oggi tutti vogliono essere belli» argomentò una di loro. No, con lui non c'erano mai stati problemi, non avevano notato niente di strano, nemmeno negli ultimi tempi. Niente di diverso dal solito, niente che meritasse di essere ricordato, niente di niente. Concludemmo con la formula abituale: «Caso mai dovesse venirvi in mente qualcosa...» e tornammo in commissariato con le mani in tasca e le tasche vuote.
Annunciai a Garzón che intendevo parlare subito con Coronas e dirgli chiaramente che la soluzione del caso non sarebbe stata immediata come pretendeva.
«Fossi in lei ci proverei in un altro momento. Pare che adesso stia ricevendo un certo commissario Montalbano della polizia italiana. È venuto in visita ufficiale».

«Il siciliano? È diventato famoso dappertutto. Sembra che sia bravissimo».

«Quindi mi sa che ne avranno per un pezzo. Lo sa che Coronas va pazzo per le celebrità».

«È riuscito a procurarsi gli indirizzi degli amici della vittima?».

«Li ho segnati sul cellulare».

«Benissimo, viceispettore, di questo passo anche lei diventerà famoso come Montalbano!».

«Ma per quello bisogna essere nati in Sicilia».

«E bravi come lui!».

Cominciammo da Julio Manzano, l'amico d'infanzia. Forse per via dei pregiudizi che tutti ci portiamo dietro senza saperlo, quello che vidi mi lasciò di stucco. Mi ero immaginata che un tipo cresciuto in una comunità per minori conducesse una vita da balordo, soprattutto dopo aver sentito la dolce Sara classificarlo come «uno sfigato». Mi ero sbagliata. Tanto per cominciare non era in casa, ma al lavoro nello stabilimento tessile dove era stato assunto da diversi anni. Così ci disse la moglie, una giovane donna molto gentile con un neonato in braccio e una bimba di pochi anni. Facemmo di tutto per tranquillizzarla, le assicurammo che volevamo solo qualche informazione e che non c'era nulla di cui preoccuparsi. Saremmo tornati dopo le cinque, quando suo marito fosse stato di ritorno. Non era il caso di recarsi alla fabbrica. Pensai che la presenza della polizia potesse danneggiarlo.

«Con tanti riguardi perdiamo un mucchio di tempo» mi rimproverò Garzón.

Non gli diedi retta. Tanto i risultati dell'autopsia non sarebbero arrivati prima dell'indomani, non aveva senso correre. Per placare il suo animo bellicoso lo invitai a pranzo. Eravamo alla Sagrera, un quartiere operaio, e nei quartieri operai di Barcellona capita spesso di imbattersi in trattorie notevolissime che servono un menù semplice e genuino. Si tratta solo di scovarle. Ci fermammo a chiedere a una pompa di benzina, di solito un'eccellente fonte di informazioni. Il posto giusto, ci dissero, era La Maja, non lontano da lì.

Per avere un tavolo alla Maja bisognava aspettare. Decine di lavoratori, molti dei quali in tuta o con la loro divisa, sedevano ai tavoli tra cui le cameriere facevano la spola a ritmo frenetico. La sala era grande e la vivacità delle conversazioni produceva un frastuono infernale. Anche se di solito il rumore mi infastidisce e ha addirittura il potere di rovinarmi l'appetito, sapevo che non c'era modo di portare il viceispettore fuori di lì. Andammo al bancone e ordinammo due birre, l'ideale per ingannare l'attesa. Parlare era praticamente impossibile, quindi ci mettemmo a osservare l'ambiente. Mi domandai se quella non fosse la Spagna più autentica, un paese di gente felice di avere un lavoro e un buon pasto comunitario in una trattoria popolare. Sarebbe stato bello che fosse così. Mentre mi abbandonavo alle mie divagazioni, il viceispettore seguiva le cameriere con lo sguardo o, per meglio dire, seguiva con lo sguardo e con l'olfatto i piatti che le cameriere portavano. Nel giro di cinque minuti sapeva già cosa ordinare. Fu precisissimo quando finalmente ci fecero sedere a un tavolo: «Lenticchie con *chorizo* e tonno alla piastra». Io preferii una più modesta insalata di riso.

«Mmmm! È delizioso. Mi sa che qui *la maja* è proprio madrilena autentica!».

«Sì, certo, *la maja*, ma le ragazze che servono sono russe».

«Cosa non darebbero in Russia per delle lenticchie così! Sono da far risuscitare i morti!».

«A proposito di morti, lei che idea si è fatto?».

«Per favore, ispettrice, parlare di lavoro proprio adesso è di un cattivo gusto spaventoso».

Lo diedi per irrecuperabile. Finché non avessimo finito di mangiare sarebbe stato impossibile parlare di lavoro. In fondo, ne fui contenta anch'io.

Alle cinque e mezza in punto eravamo di nuovo a casa di Julio Manzano. Ci ricevette lui, non c'era più traccia della famigliola che avevamo conosciuto poche ore prima. Ci fece accomodare in un minuscolo salottino col pavimento cosparso di giocattoli. Capimmo subito che era angosciato, ma non potevamo tranquillizzarlo senza raccontargli della morte di Ismael. Ci accomodammo sul divano e lui prese una sedia che mise davanti a noi. Fu Garzón a sganciare la bomba. All'inizio la faccia del giovane espresse sorpresa, poi incredulità, poi si torse in una smorfia di dolore. Riusciva solo a mormorare: «Non può essere, non può essere». Si riprese come poté, anche se le mani continuarono a tremargli per un po'.

«In televisione non hanno detto niente» disse a voce bassa.

«Non lo abbiamo ancora reso pubblico. C'è una remota possibilità che si sia suicidato. È morto per ingestione di veleno per topi».

«Ma perché? Perché?».

«Questo è quello che vogliamo che lei ci aiuti a scoprire. Forse lei sa che cosa combinava Ismael, se consumava droghe, se le vendeva, se era coinvolto in qualcosa di losco, se può essere stato vittima di un regolamento di conti».

Tutte quelle ipotesi lo avevano travolto, ci mise un momento a raccapezzarsi. Scuoteva la testa energicamente.

«No, no, non è possibile. Lui non faceva niente del genere, ne sono sicuro. Non che ci vedessimo tutti i giorni, ma ogni tanto uscivamo. Veniva con me ai giardini con i bimbi, o andavamo al Mercado de San Antonio a curiosare, prendevamo una birra... Me lo avrebbe detto se avesse avuto dei guai, o me ne sarei accorto io. Eravamo cresciuti insieme nella stessa comunità, lo conosco bene».

«Chi poteva avere dei motivi per ucciderlo?».

«Nessuno, glielo giuro, nessuno! Era un bravo tipo, davvero. Aveva il suo carattere, un po' testone, se si vuole, un po' spaccone, gli piaceva vantarsi, voleva sempre essere il più figo, il primo in tutto, ma storie di droga o altre brutte faccende... no, sono sicuro di no».

«Sappiamo che viveva con Asun e sua figlia, ma a parte questo, usciva con qualcuna?».

Rimase un momento pensieroso e poi tornò a fare segno di no.

«No. Me lo avrebbe detto. Gli piaceva vantarsi delle sue storie, me lo avrebbe detto certamente. Aveva avuto molte donne prima di Asun, ma con lei ci stava da parecchio tempo e, che io sappia, era tutto normale».

«Stavano bene insieme?».

«Asun è una bravissima persona, però, certo, è molto più grande di lui. Non posso dire che fosse orgoglioso di vivere con lei, certe volte... certe volte sembrava un po' a disagio, però, come le dico, a lui piaceva fare lo spaccone, in realtà vivevano insieme senza problemi».

«Con Sara andava d'accordo?».

«Abbastanza. C'era la questione dei soldi, e la ragazza ogni tanto gliela rinfacciava».

«Quale questione?».

«Diciamo che Ismael non era un gran lavoratore. Cioè, lavorare gli piaceva, ma c'erano due cose che non gli andavano: alzarsi presto al mattino e avere un capo che gli stesse sempre addosso e gli dicesse cosa fare. Allora, siccome Asun lo aiutava economicamente finché non avesse trovato un posto come diceva lui, la figlia non era molto contenta. Certe volte l'aveva preso a male parole. Ma poca roba, eh? Sara si faceva sempre più i fatti suoi. So che presto doveva andare a convivere con la fidanzata».

«Con la fidanzata? Non sarà stato il fidanzato?».

«Ah, non lo sapevate? A quella le piace il ciuffo. La sua tipa si chiama Patricia e lavora in una fabbrica fuori Barcellona».

Nel tragitto in macchina verso il commissariato non facevo che pensare all'espressione «le piace il ciuffo», che non avevo mai sentito prima. Di colpo Garzón interruppe le mie considerazioni semantiche con un'affermazione radicale:

«Quel ragazzo non ha mentito, Petra».

«Immagino di no».

«Immagina? Io le dico che un tipo che cresce in una comunità per minori ed è capace di mettere su una famiglia come si deve, di avere un lavoro e una vita normale, non mente».

«Stiamo attenti a non idealizzare, anche se sono d'accordo con lei».

«Era sicurissimo di quello che diceva. Ismael non faceva nulla di illegale e non aveva nessuna amante a parte Asun, il che non ci facilita il lavoro».

«Ma l'interrogatorio non è stato inutile. Ora possiamo escludere un conto in sospeso nel mondo della droga e una vendetta per gelosia. E abbiamo ricavato anche altri elementi importanti. Abbiamo un profilo più definito della personalità del morto, e grazie alla rivelazione sulla vita privata di Sara possiamo escludere una tresca tra loro due».

Garzón distolse gli occhi dalla strada per guardarmi sorpreso.

«Aveva pensato anche a questa possibilità?».

«Mio caro viceispettore, sono sempre più convinta che ci troviamo davanti a un delitto di famiglia. L'unico problema è che non sappiamo chi abbia potuto commetterlo e perché».

«La nonna rimane libera da sospetti?».

«Quando avremo altri indizi glielo dirò».

Appena entrammo in commissariato, Coronas si precipitò verso di noi. Tornò a insistere che il caso avrebbe dovuto già essere risolto. Fu inutile ricordargli che non erano neppure arrivati i risultati dell'autopsia. Del caso che ci aveva affidato non gli importava un accidenti. Ce lo disse chiaro e tondo: non era possibile che quell'omicidio da quattro soldi ci tenesse bloccati per tanto tempo. Era un lusso che non poteva permettersi. Poi ci diede un ultimatum: se non lo avessimo risolto entro una settimana, lui ce ne avrebbe affidato un altro, e allora sì che ce la saremmo vista brutta. Garzón era considerevolmente incazzato. Me lo disse mentre tornavamo in ufficio.

«Un omicidio da quattro soldi? Anche da morto, se sei povero non vali un cazzo. Che società classista!».

«Perfino l'aldilà è diviso in classi, Fermín. Il paradiso, l'inferno, il purgatorio, cosa sono se non discriminazione bella e buona?».

Il mio vice non era in vena di battute, e in fondo, nemmeno io.

La palestra frequentata dalla vittima era effettivamente a due passi da casa sua. Era una palestra di quartiere, piccola, grigia, senza il minimo lusso. Alla reception c'era il padrone. Rimase esterrefatto quando seppe della morte di Ismael, che era un cliente molto assiduo. Ci disse che veniva a fare pesi praticamente ogni giorno e che con lui non c'era mai stato il minimo problema. Era cordiale con tutti e pagava puntualmente la sua quota.

Garzón gli disse che sapevamo che ogni tanto usciva a prendere una birra con altri soci e gli chiese di indicarceli. Niente di più facile, i due che si allenavano con lui erano lì in quel momento. Immaginai che non fosse una coincidenza. Bastava vederli per capire che erano pura carne da palestra, dovevano passare la vita a gonfiarsi i muscoli. Mi tornò in mente la frase della giovane parrucchiera: «Oggi tutti vogliono essere belli».

Non nutrivamo troppe speranze sulle informazioni che potevano darci. In fin dei conti Julio era un amico di vecchia data, mentre loro conoscenze occasionali. Cominciai con una domanda generica: «Che cosa sapevate di lui?». Ebbene, quello che avevano da dirci non fu affatto male, malgrado si conoscessero superficialmente. Ismael aveva raccontato loro che era un informatico, che lavorava con un orario flessibile e guadagnava parecchi soldi, e che viveva con una ragazza giovanissima carina da morire, il che non significava che non si concedesse le sue avventure quando ne aveva l'occasione. «Con le donne, peggio le tratti e meglio è», era una massima che ripeteva spesso. Povero diavolo! pensai. Quali altre frottole poteva aver raccontato? Avrei voluto chiedere: E voi gli credevate? Ma era inutile continuare, da quei due forzuti non si poteva pretendere molto, anche se finivano per confermare la condizione penosa della vittima, aggiungendo perfino un tocco di squallore in più: Ismael si vergognava di essere uno sfigato, per usare l'espressione di Sara, e soprattutto si vergognava della donna con cui stava. Un poema di ragazzo, mi era sempre più odioso. Perfino il viceispettore Garzón, con la sua capacità di leggermi nel pensiero acquisita in tanti anni di lavoro condiviso, appena ci fermammo in un bar a prendere un caffè, mi sparò a bruciapelo:

«A lei quell'Ismael sta tremendamente sul culo, vero, Petra?».

«Lasci stare il mio culo, che potrei denunciarla per molestie sul lavoro».

«E lei non cerchi di cambiare discorso. Le sta antipatico, sì o no?».

«E chi potrebbe starmi simpatico in questa storia? La nonna, una signora lagnosissima che si presenta in casa di sua figlia senza avvisare con la scusa di fare le pulizie. La nipote, una stronza impertinente e maleducata. L'unica passabile sarebbe Asun, ma a me le donne abnegate, che sono capaci di sopportare e mantenere un cretino buono a nulla pur di avere un uomo... cosa vuole che le dica? Non è che mi piacciano molto».

«Le ho già detto che lei è dura come la pietra, Petra?».

«Potrei risponderle che la vita mi ha resa così, ma non voglio mettermi a fare la vittima anch'io. Già che c'è, prenda nota mentalmente: mentre io vado in ufficio a stendere i verbali, lei faccia un salto al negozio di Asun, aspetti lì senza farsi notare, e quando esce una delle lavoranti le chieda se la mattina del fatto Asun è arrivata in negozio alla solita ora».

Le mie intenzioni erano così chiare che non mi domandò il perché di quelle istruzioni. Io feci la mia parte e mi misi a picchiare sui tasti del computer per togliermi dai piedi al più presto quel compito odioso. Alle sette e mezza il viceispettore arrivò con la risposta. Entrambe le ragazze erano uscite insieme. Le aveva avvicinate all'ingresso della metro. Risultato: quel lunedì Asunción era arrivata puntuale come tutti i giorni. Ma subito dopo avere aperto il salone era andata alla posta a ritirare un pacco. Era tornata un'ora dopo, ed effettivamente aveva con sé un pacco con certi prodotti contro la caduta dei capelli che aveva acquistato via Internet. Una volta di più, eravamo nelle mani del medico legale che ci avrebbe fornito dati affidabili sull'ora della morte.

Venne il giorno tanto atteso. Alle nove in punto, pieni di entusiasmo, il viceispettore ed io eravamo già davanti all'istituto di medicina legale. Lo so che un obitorio non è il posto più idoneo per gli entusiasmi, ma i risultati di quell'autopsia erano cruciali per la nostra indagine. L'aspetto della dottoressa che si era occupata del corpo di Ismael ci colse di sorpresa. Avrà avuto poco più di trent'anni, nei suoi capelli molto corti spiccavano diverse ciocche viola e all'avambraccio sfoggiava un complicato tatuaggio che avviluppava un teschio e una bussola. In realtà il suo look non era molto diverso da quello della figlia di Asun. Immaginai si trattasse di un fatto generazionale. Ai miei tempi attentavamo alla bellezza della gioventù con chiome scomposte e pantaloni a zampa. Oggi ci sono metodi più drastici per trasformarsi in mostri agli occhi della gente più convenzionale. Per fortuna la dottoressa non era scostante né antipatica, ma piuttosto cordiale.

«Volete vedere il cadavere ora, o dopo averne parlato con me?».

«Dopo, dopo» si affrettò a rispondere Garzón, che doveva aver fatto una colazione di tutto rispetto e preferiva differire le emozioni forti.

Allora lei ci fece accomodare nel suo ufficio. La cosa mi stupì, perché di solito gli incontri di quel tipo vengono sbrigati in piedi, con qualche rapido commento generale, un'occhiata al corpo e la consegna dei referti.

«Ci tenevo a parlarvi perché è un caso veramente strano. La vittima aveva la bocca e il tratto superiore dell'esofago pieni di veleno per topi, come già sapete, ma non abbiamo trovato la sostanza nello stomaco. Quindi non sarebbe stata in grado di ammazzarlo tanto facilmente. I segni che presentava erano diversi. Tanto per cominciare, come l'abbiamo toccato, i capelli che gli rimanevano in testa gli sono caduti a manciate. Questo mi ha fatto sorgere un sospetto e ho chiesto subito un esame tossicologico, come vi avevo spiegato. Ne è emerso che aveva tracce di tallio nell'organismo. Avete mai sentito parlare del tallio?».

Sia io che il viceispettore uscimmo dal nostro stato di stupefazione solo per scuotere insieme la testa.

«Vi ricordate della spia Aleksandr Litvinenko? Era su tutti i giornali. Fu avvelenato dai servizi segreti russi. All'inizio si credette che avessero usato del tallio perché era rimasto completamente calvo, poi venne fuori che si era trattato di polonio».

«E allora?».

«Vi chiedevo solo se sapeste qualcosa di questa sostanza. I sali di tallio sono solubili in acqua. E sono terribilmente tossici, ma del tutto incolori, inodori e insapori. Anni fa il tallio veniva usato senza alcuna restrizione. Serviva per produrre pesticidi, topicidi e perfino cosmetici. Negli Stati Uniti l'hanno proibito negli anni Settanta, e in seguito molti paesi hanno seguito l'esempio».

«Cazzo» mormorò Garzón.

«E oggi dove lo si può trovare?».

«Ottima domanda, ispettrice! Mi sono informata, e a quanto pare lo si estrae dai fanghi della produzione di acido solforico. Trova impiego negli ospedali e nei centri diagnostici, cosa che neppure io sapevo. Pare lo si usi come tracciante nelle scintigrafie. Forse l'assassino è un medico o un infermiere».

«Non è una possibilità che avevamo valutato».

«Dovete prendere in considerazione anche il grande mostro».

«Quale mostro?».

«Il lato oscuro di Internet. Lì si può trovare di tutto, e il tallio credo non faccia eccezione».

«A che ora è avvenuto il decesso?».

«Verso le nove del mattino. Ma non ho ancora finito di esporvi le mie osservazioni. Vi avverto che ora viene la parte più strana di tutte».

La fissammo increduli. Poteva esserci qualcosa di più strano di quello che avevamo appena sentito?

«Risulta che nemmeno la quantità di tallio presente nel corpo della vittima sarebbe stata sufficiente a provocare la morte. A meno che non gliene fossero state somministrate altre dosi in precedenza, per un periodo prolungato».

«E questo non c'è modo di saperlo?».

«Le tracce di tallio nel sangue scompaiono in pochi giorni, ma non gli effetti dell'avvelenamento. È ovvio che chi ha ucciso quell'uomo sapeva bene che cosa stava facendo».

«Più di noi, di sicuro» affermò tristemente Garzón.

«Mi terrete informata sugli sviluppi delle indagini? È così interessante, sembra un thriller!».

«Stia tranquilla, dottoressa, la chiamerò presto».

«Mi dai del lei?».

«È l'abitudine. Anche tra noi ci diamo del lei».

«Uh, che divertente!».

Dovevamo sembrarle due pezzi da museo di difficile catalogazione, ma devo dire che mi importava poco. Il caos seminato nel mio cervello dai nuovi elementi in nostro possesso era l'unica cosa che mi interessava dissipare.

Usciti da quel lugubre luogo, facemmo qualche passo in silenzio. Subito avvistai i tavoli all'aperto di un bar completamente deserto e trascinai il mio collega in quella direzione. Ci sedemmo e ordinammo due caffè.

«Lei ci capisce qualcosa, Fermín?».

«Niente. Solo che qualcuno avrebbe avvelenato a poco a poco quel poveraccio».

«Così pare. Ma che cosa c'entrano con la nostra storia il controspionaggio russo o un eventuale medico assassino? Non riesco a immaginare niente di più lontano dalla realtà di quella famiglia!».

«Certo. E cosa mi dice del veleno per topi? Mettiamo che sia stato un tentativo di depistarci simulando un suicidio, ma allora, perché forzare la serratura?».

«La grande incognita è: se, come ha detto la dottoressa, chi ha ucciso sapeva che cosa stava facendo, come può essere stato così asino da ignorare che l'autopsia ci avrebbe messi sulle tracce del tallio?».

«Forse non ne sapeva abbastanza. Forse pensava che il tallio sarebbe sparito completamente dal sangue della vittima. Lei è ancora convinta dell'ipotesi di un crimine in famiglia?».

«A quanto ne sappiamo finora, nessuno al di fuori della famiglia aveva dei motivi per desiderare la morte di Ismael».

«E in famiglia qualcuno ne aveva?».

«In tutte le famiglie ci sono buoni motivi per desiderare la morte di uno dei componenti. La verità è che la maggior parte della gente non ha abbastanza iniziativa».

«Cavoli, Petra! Quello che dice è talmente cinico che non voglio nemmeno pensarci».

A quel punto mi venivano in mente solo due direzioni da prendere. Era possibile che Asun avesse qualche cliente nel mondo della sanità in grado di informarla sul tallio e di procurarle il veleno. E poi c'era «il grande mostro», come lo chiamava la dottoressa: era il caso di verificare i dati presenti nei computer di Asun e di sua figlia e le attività dei loro account, ma per questo occorreva un mandato del giudice.

Cominciammo dal grande mostro della rete. Il giudice non ebbe alcun problema a disporre il sequestro informatico. Andammo al negozio. Sara non c'era, parlammo con Asun. Ci disse che in casa avevano soltanto il portatile della figlia. Lei usava il computer del negozio, ma solo per fare gli ordini dei prodotti e tenere la contabilità. Rimase annichilita quando la informammo che li avremmo sequestrati entrambi. Non fece nessuna domanda.

«Questo potete portarlo via anche subito. Gli ordini posso farli per telefono, ma quello di mia figlia...».

«È una semplice formalità. Venga con noi e ci apra la porta».

Quell'argomento non la convinse. Per tutto il tragitto non fece che enumerarci le moltissime virtù di sua figlia che avrebbero dovuto sgomberare il campo da ogni sospetto. Una ragazza buona, giudiziosa, gentile, volenterosa, la migliore figlia che una madre potesse desiderare. Nessuno la contraddisse, è abbastanza logico che una madre tenti di allontanare la minima ombra di colpevolezza dalla propria prole, ma un simile atteggiamento non era molto collaborativo.

Più tardi dovemmo insistere con il commissario affinché pregasse i periti informatici di esaminare con la massima urgenza il traffico telematico delle nostre indagate. Lui non rifiutò, ma ci toccò sentirci dire che gli costavamo come un cavallo da corsa ed eravamo lenti come lumache. Un'esagerazione.

Mentre i periti erano al lavoro, ci dedicammo a infastidire il più possibile le tre donne presenti sulla scena. Un po' di vento forte poteva scoprire anche gli altarini più ostinati. Visitammo più volte il negozio di Asun, parlammo ripetutamente con lei e con la figlia, ci presentammo anche a casa della nonna. Asun era la più nervosa delle tre. Era stata lei? Eppure nel suo caso un possibile movente continuava a sembrarci misterioso. Cominciammo col chiederle se nella sua clientela ci fossero medici o infermieri. Lei negò più volte scuotendo la testa e poi disse che non sempre sapeva che lavoro facevano le persone che venivano a farsi tagliare i capelli da lei, il che era abbastanza normale. Tuttavia, dal momento in cui emerse il nostro interesse per la gente che frequentava il salone, le sue ansie crebbero. Forse per la paura di vedersi danneggiata negli affari, soprattutto quando Garzón la minacciò di controllare i nomi di tutti i clienti, cosa che ci saremmo visti costretti a fare se le ricerche informatiche non avessero dato frutti.

Se all'inizio avevamo riposto tutte le nostre speranze nella medicina forense, ora l'informatica aveva preso il suo posto. Ma come un naufrago vede passare da lontano una nave che segue la sua rotta senza fermarsi, così ci sentimmo noi nel leggere i resoconti dei periti sulle attività telematiche delle due donne. Non c'era nulla di sospetto, nessuna incursione nel cosiddetto *deep web*, nessuna ricerca sul minerale letale, nessuno scambio di mail sospetto. La delusione fu enorme, e anche la frustrazione per aver perso del tempo. Sapevamo bene che l'ultimatum del commissario non era una sciocchezza, al termine di quella settimana ci avrebbe affidato un nuovo caso e allora sì che saremmo stati sistemati.

«Che facciamo, ispettrice?».

«L'harakiri le sembra una buona opzione?».

«Quindi si dà per vinta».

«Semplicemente mi domando cosa sia meglio, se un suicidio rituale o che ci tolgano il caso dalle mani. Sarebbe la prima volta».

«Coronas non ha parlato di togliercelo, ma di darcene un altro».

«Sì, certo, come premio di consolazione».

Mi chiusi nel mio ufficio a cercare una soluzione d'urgenza. L'ipotesi del delitto di famiglia era così solida che non pensavo di abbandonarla. Dovevo aumentare la pressione, non vedevo altra via. Ma il dubbio rimaneva: su chi? In fondo Asunción poteva aver avuto i suoi motivi: liti, minacce di abbandono... un'infedeltà? Anche sulla figlia erano leciti dei sospetti: le questioni di soldi di cui aveva parlato Julio non erano da trascurare.

Chiamai il viceispettore, e insieme studiammo un piano per innervosire le due donne. Certo, si trattava di agire con una certa aggressività, ma non al punto da scivolare apertamente nell'abuso. Mettere al bando le delicatezze, mostrarci davanti ai clienti del salone poteva essere un buon inizio. Il giorno dopo, di buon mattino, saremmo stati entrambi lì. Come secondo provvedimento, decidemmo di infastidirli incessantemente. Io avrei lavorato ai fianchi la madre passando in rassegna le schede delle clienti e interrogandola su ciascuna di loro o perfino pretendendo di vederle di persona. Incalzare la figlia era più complicato, quindi decidemmo che Garzón l'avrebbe seguita dappertutto senza prendere la minima precauzione per non farsi vedere. E quando fosse stata al lavoro l'avrebbe assillata con mille domande, anche su cose insignificanti. Ci demmo tre giorni di tempo per condurre quell'azione di disturbo della loro vita quotidiana, in modo che capissero che non avremmo mollato la presa e che, inesorabili, saremmo sempre stati lì.

Il secondo giorno di permanenza costante nel negozio, il flusso delle clienti era già diminuito. Evidentemente si era sparsa la voce. A nessuno piace condividere il proprio spazio con dei poliziotti al lavoro. Asun aveva i nervi a fior di pelle, mentre Sara sembrava reggere meglio. La differenza non era significativa: questione di carattere, pensai. Il terzo giorno le valvole saltarono e la diga crollò, ma in un modo che, disgraziatamente, mai avrei immaginato.

Verso le nove del mattino mi suonò il cellulare. Ero a casa a fare colazione. Dato che la sera prima ero rimasta in commissariato fino a tardi, avevo chiamato per avvertire che non sarei arrivata prima delle dieci. Non ebbi neppure il tempo di finire il caffè. Era Garzón.

«Ispettrice, venga immediatamente a casa della vittima. Non al negozio, all'abitazione, mi ha capito, vero?».

Non occorreva che aggiungesse nulla, il tono e la concisione del mio collega bastavano a far capire che la cosa era della massima gravità. Riuscii ad arrivare a destinazione senza pormi una sola domanda, ma tutta la corrente trattenuta della mia curiosità esondò nel momento in cui fermai la macchina. Davanti al portone c'erano i nostri agenti in divisa e un nastro isolava un tratto di marciapiede. Mi precipitai sul viceispettore.

«Cos'è successo, Fermín, cos'è successo?».

Garzón era bianco come uno straccio.

«Asun si è buttata dalla finestra della cucina, quella che dà sul cortiletto. I vicini hanno chiamato i soccorsi. Cadendo è rimbalzata sui fili da stendere, che le hanno salvato la vita, ma è in condizioni gravissime. L'hanno portata al Vall d'Hebron. L'ambulanza è partita con due uomini a bordo».

Senza dire una parola feci per tornare alla macchina. Il mio collega mi bloccò.

«Non corra, Petra, non c'è fretta. Il giudice è di sopra, nell'appartamento. Mi ha chiesto di aspettarlo qui».

«Lei è riuscito a vederla?».

«No, quando sono arrivato l'avevano già imbarcata per l'ospedale».

L'angoscia mi impediva quasi di parlare, balbettai:

«Non ha retto, non ce l'ha fatta. Ma perché? Mi dica, perché?».

Ignorando i curiosi che osservavano la scena, rientrai in macchina, mi sedetti al posto di guida e posai la testa sul volante. Non mi sentivo in grado di formulare un solo pensiero dotato di senso compiuto. Dopo un po' scese il giudice. Mi salutò con tranquillità.

«Bene, io per il momento ho finito. La donna ha lasciato una lettera di autoaccusa. Ve la leggo, così me la porto via insieme agli altri elementi di prova».

Con le mani guantate aprì una busta di plastica e ne estrasse un foglio. Cominciò a leggere:

Io, Asunción del Corral Medina, nel pieno possesso delle mie facoltà, metto fine alla mia vita volontariamente, senza che nessuno mi abbia spinta a farlo. Confesso di avere avvelenato Ismael Gómez Lahuerta, il mio compagno, perché mi era stato infedele. Non accusate nessun altro, ho fatto tutto da sola. L'unica cosa che spero è che Dio mi perdoni.

«Che ve ne pare?».

«Impressionante» disse Garzón, mentre io tacevo. «Bisognerà verificare l'autenticità della grafia».

«Allora la tiene lei?».

Lasciai che fossero loro a occuparsi dei dettagli logistici. Mi rivolsi a uno degli agenti.

«Avvertite la figlia. Questo è il numero. Si chiama Sara».

Salutammo il giudice e volammo verso l'ospedale Vall d'Hebron senza scambiare una parola in tutto il tragitto. Le nostre menti andavano ciascuna per conto proprio, anche se con ogni probabilità pensavano alla stessa cosa.

Asunción era al reparto di terapia intensiva, aveva riportato numerose fratture in tutto il corpo, trauma cranico e danni agli organi interni. Il medico che l'aveva presa in carico accettò di parlare con noi. La prognosi era riservata, ma c'era la possibilità che ne uscisse viva. Si trattava di attendere l'evolversi delle sue condizioni. Avvertii i due agenti di piantone di non abbandonare il loro posto, di darsi il cambio ma di non abbassare mai la guardia.

Dieci minuti dopo comparve Sara scortata da uno dei nostri uomini. Era livida. Si rivolse subito a me:

«Cos'è successo?».

«A quanto pare tua madre si è buttata dalla finestra».

«Come sta? Voglio vederla».

«C'è qualche probabilità che se la cavi, ma è in condizioni disperate».

«Ho detto che voglio vederla».

«Impossibile. In terapia intensiva non entra nessuno».

«E voi cosa ci fate qui? E quei poliziotti in divisa? Quando vi deciderete a lasciarci in pace? Cos'altro ci vuole perché vi togliate dai piedi?».

Si era messa a gridare, le persone che passavano nel corridoio si voltarono a guardare. Uno degli agenti si avvicinò:

«Tutto bene, ispettrice?».

«Tutto bene, torni pure al suo posto».

Mi voltai verso la ragazza, che respirava affannosamente.

«Siamo qui perché tua madre ha lasciato una lettera di autoaccusa».

«Come sarebbe a dire?».

«Sarebbe a dire che ha confessato di avere ucciso Ismael. Per questo ci sono due poliziotti davanti alla porta».

Udite le mie parole, le si piegarono le ginocchia e crollò al rallentatore sul pavimento. Si raggomitolò in posizione fetale. Mormorava:

«No, per favore, mia madre no. Tutta una vita a patire le pene dell'inferno, mia madre no, lei no. Mamma, perdonami, perdonami! Tu no, tu no...».

Garzón si avvicinò alle infermiere del reparto, chiese un locale riservato dove poter parlare con la ragazza. Ci offrirono il loro ufficetto. Per portare Sara fin lì ci volle l'aiuto degli agenti, Garzón ed io da soli non ce la facevamo, si trascinava.

Una volta nella minuscola stanza, scoppiò a piangere spasmodicamente.

«Perché? Perché?» ripeteva.

Aspettammo qualche minuto, ma non si calmava. Bluffai:

«Tu sapevi che tua madre era colpevole, vero, Sara? Sapevi che aveva ucciso Ismael».

Scuoteva la testa, la sua faccia era diventata una maschera violacea.

«La colpa è mia, la colpa è mia».

Giocai ancora più forte:

«La colpa è tua perché ad ammazzare Ismael sei stata tu, è vero o no? Adesso, se ne esce viva, verrà processata per omicidio e finirà in carcere a vita».

Singhiozzava, piangeva, tossiva... Non era facile capire quello che diceva.

«Sono stata io» disse alla fine chiaramente.

«E ieri lo hai confessato a tua madre. Mi sbaglio, Sara? Ieri hai detto a tua madre che sei stata tu ad avvelenare il suo compagno. E lei ha tentato il suicidio per scagionarti. Sì o no, Sara, sì o no? Rispondimi!».

La ragazza lanciò un urlo disumano, si mise a gridare come una pazza:

«Sì, siiiìì! Io volevo liberarla da quel bastardo ma adesso l'ho ammazzata! Io, sono stata io, solo io!».

Entrarono le infermiere, allarmate. Sara era sul pavimento, muggiva come un animale. Chiesi che le dessero un calmante. Le infilarono un ago nel braccio e presto abbassò le palpebre.

Quando fu più calma, anche se ridotta a una specie di zombie, la portammo in commissariato. Garzón mi disse:

«Bel lavoro, ispettrice. Ha saputo cogliere il momento giusto. Non sarà un metodo del tutto etico, ma ha funzionato».

«Da molto tempo ho imparato che con gli assassini l'etica non conta un fico secco, Fermín».

Il lunedì successivo Sara confessò davanti al magistrato e venne condotta in carcere in attesa di giudizio. Apprendere tutti i particolari di quella storia ci confermò che quel caso era stato davvero difficile. Ismael trattava malissimo Asun in privato: la denigrava, la insultava, le rubava dei soldi, era diventato il suo padrone e signore. Sara era disperata, sua madre aveva passato la vita a subire per colpa degli uomini. Prima, aveva sposato un uomo inaffidabile che l'aveva abbandonata, e ora sembrava incapace di reagire, di buttare fuori di casa il nuovo compagno, di rompere una volta per tutte una relazione malsana. Lei avrebbe riparato a quell'ingiustizia facendolo sparire. Ma come? La sua ragazza le aveva indicato la soluzione. Patricia lavorava in una fabbrica di acido solforico. Sapeva bene quali impieghi aveva: detersivi, fertilizzanti, addirittura esplosivi. Dai fanghi di risulta veniva isolata una sostanza di grande pericolosità che doveva essere manipolata con estrema prudenza: il solfato di tallio, venduto all'industria farmaceutica per uso ospedaliero. Un veleno solubile, incolore e inodore. Non doveva far altro che rubarne delle minuscole quantità che via via consegnava all'amata. Ma Sara non era sempre presente ai pasti in famiglia, e aggiungerlo alle bevande nel frigorifero poteva comportare grossi rischi. Fu trovata una soluzione anche a questo. Dato che «oggi tutti vogliono essere belli», Ismael aveva l'abitudine di farsi depilare il torace da Sara, approfittando dei servizi di estetica del salone. Dopo la ceretta, Sara era ben felice di applicargli il veleno mortale mescolato a una semplice crema lenitiva. Il tallio si assorbe perfettamente attraverso la pelle. L'idea le venne proprio consultando il grande mostro di Internet. Lei e la sua ragazza risero perfino nel leggere che in passato il tallio era usato come ingrediente in composti depilatori perfettamente legali. Che cosa potevano volere di più?

L'unico inconveniente di quel procedimento era la lentezza. E poi le loro conoscenze mediche non erano sufficienti per avere un'idea di quando sarebbe sopravvenuta la morte per accumulo. Notando i segni di deterioramento già evidenti, la perdita dei capelli e un deperimento generale, decisero di affrettare l'epilogo mettendogli una quantità importante di tallio nella colazione. Come rivelò l'autopsia, nemmeno quella dose sarebbe stata sufficiente per ucciderlo, ma fu l'ultima goccia. Poi, esaurite le idee geniali, le due ragazze architettarono la bambinata del veleno per topi e si premurarono di forzare la serratura. Non erano troppo preoccupate dal lavoro della polizia, erano convinte che il sistema usato fosse così complesso che nessuno le avrebbe mai scoperte. E lo era, per Dio se lo era! Solo il fattore umano mandò tutto all'aria. Madre e figlia ebbero una violenta discussione e Sara si lasciò andare: «Siccome sei una stupida che si fa massacrare senza muovere un dito, ti ho liberata io da quello stronzo». Asun non resse alla terribile confessione. Decise di uccidersi, non senza lasciare un'ultima prova di amore materno: la lettera. Ma quell'autoaccusa mi fece riflettere: Asunción non aveva il profilo di un'assassina, non sarebbe mai stata capace di uccidere. La figlia finiva sotto la lente delle indagini, bisognava indurla a confessare.

«Due ragazze sveglie, non è vero, ispettrice?».

«Due ragazze temibili, vorrà dire».

«In fondo tutte le donne lo sono».

«Preferisco non commentare, sa? Per ogni donna temibile ce ne sono cento che si lasciano calpestare e distruggere per amore, e altre cento disposte anche a morire pur di sollevare i loro figli da ogni responsabilità. Non andiamo bene, Garzón, il nostro mondo è una cacca».

«Ha saputo se Asun se la caverà?».

«Sembra di sì, anche se probabilmente avrà dei problemi a camminare normalmente per il resto della sua vita».

«Almeno saprà che sua figlia la ama così tanto da avere ucciso per lei».

«Sì, l'amore è la peggiore delle fregature e la più grande delle ricompense. Un bel paradosso universale».

A quel punto Garzón, ritenendo di avere già lasciato fin troppo spazio alle mie filosofie distruttive, mi propose di andare a prendere una birra gelata. Dovevamo festeggiare la chiusura del caso entro la settimana. Ultimatum rispettato. Ovviamente nessuno sarebbe venuto a farci i complimenti. Avevamo risolto una faccenda complicata ma del tutto priva di prestigio sociale. Restando in tema di ricompense, la nostra fu la soddisfazione del dovere compiuto. Unita alla speranza che il prossimo caso che ci fosse toccato risolvere non fosse un delitto così sordido maturato in famiglia.

Alessandro Robecchi
Occhi

Non sono interessata al denaro.
Voglio solo essere meravigliosa.

MARILYN MONROE

Uno

L'uomo aveva un'eleganza noncurante, come un'abitudine all'agio e al lusso, niente di ostentato, anzi, niente cravatta, una bella giacca, pantaloni grigi, scarpe classiche, non abbastanza lucide da essere nuove, nessun profumo sgradevole, nessun arresto per abuso di dopobarba. Giocherellava con un oggetto rettangolare, le chiavi della macchina. Aspettava un po' nervoso che Oscar Falcone gli rendesse la sua carta d'identità.

Carlo Monterossi lo guarda in silenzio, Agatina Cirrielli, su un'altra poltrona, controlla chissà cosa sul telefono, e quindi sono tutti lì – i tre dell'agenzia investigativa, la Sistemi Integrati – e il nuovo cliente.

Solvente, si direbbe.

Naturalmente Carlo Monterossi non c'entra niente, con l'agenzia, ha solo aiutato il suo amico ad aprirla, ma si è creato questo rito che quando c'è un cliente nuovo, un incarico da valutare, lui sia presente, ed eccolo, ha portato una bottiglia ed è pronto ad ascoltare.

Poi Oscar Falcone porge all'uomo elegante il suo documento, gentile, con un sorriso.

«Come siete diffidenti» dice quello.

Falcone lo guarda stupito, poi cambia atteggiamento, diventa quasi cordiale.

«Sì, siamo un po' diffidenti, sa, deformazione professionale. Vuole la versione lunga o un riassunto?».

«Il riassunto, grazie».

«Chi viene da noi di solito ha un problema, e noi siamo qui per aiutarlo. Ma se viene qui e non va alla polizia, a meno che non sia una questione di corna, che noi non trattiamo, ci dirà delle cose delicate. Ecco, vogliamo sapere chi è prima che ce le dica».

L'uomo annuisce. La Cirrielli invece guarda Oscar per dire: beh?

Lui parla: «Dottor Francesco Ghisoni, nato a Milano... 46 anni, notaio, abita a Milano».

«Confermo» dice il notaio Ghisoni. «Vuole le impronte digitali?».

Spiritoso, anche.

Ora tutto si fa un po' meno teso, il notaio ha rimesso il documento nel portafoglio in pelle, Carlo ha versato da bere dalla bottiglia che ha portato, uno dei suoi whisky prodigiosi, che finisce nei bicchierini da caffè, niente ghiaccio, ovvio.

Poi il dottor Ghisoni aveva cominciato a parlare, e per qualche minuto nessuno lo aveva interrotto. Anzi sì, lui stesso, per chiedere se poteva fumare, permesso accordato.

Da quasi due anni era alle prese con un testamento, una cosa complicatissima che riguardava le sostanze del defunto Cavalier Benedetto Stacchi, industriale, morto all'età di ottantadue anni dopo aver fatto fortuna, creato una specie di impero nella meccanica di precisione, costruito palazzi, giocato con la finanza, insomma razza padrona, carte in regola, soldi e retorica da self made man, ma soprattutto soldi.

Ancora non si capisce dove il notaio Ghisoni voglia andare a parare, ma da qualche parte deve pur finire e quindi Carlo, Oscar e la Cirrielli ascoltano attenti.

Parlava con grande calma, ma non noioso, anche con frasi colorite, e con grande uso delle parole «vi risparmio». Intendeva i dettagli, ma insomma, in quei dieci minuti aveva risparmiato parecchio: le ville, Sankt Moritz e Portofino, appartamenti, auto d'epoca, la residenza al lago, naturalmente le case in città, e poi beni mobili, azioni, obbligazioni, partecipazioni in aziende, oltre al gioiello di famiglia: la Stacchi Eccellenze Meccaniche, fondata nel 1920 dal padre. Il tutto da dividere e spezzettare, da incastrare in un intrico spinoso di mogli, ex mogli, figli di primo e secondo letto, nipoti, soci, amici, consigli d'amministrazione, vecchi sodali.

«Due anni di lavoro, per mettere tutti d'accordo, solo per le barche tre mesi di trattative tra gli eredi».

«Ma?», questo è Carlo, impaziente. La Cirrielli non ha ancora parlato.

«Ci arrivo. Soltanto qualche giorno prima di morire il Cavalier Stacchi ha aggiunto una clausola, si può dire che me l'ha dettata con l'ultimo fiato che aveva».

Ora si piega un po' e prende una borsa appoggiata ai piedi della poltrona, una vecchia borsa di pelle che forse i notai Ghisoni si tramandano di padre in figlio, insieme allo studio, dai tempi delle Crociate. Invece del Sacro Graal, ne estrae un fascicolo rilegato, saranno duecento pagine, scritte fitte a quanto si può vedere. Il famoso testamento.

«Ecco» dice quando trova il punto. Poi legge: «In caso si reperisca, come da mio incarico al notaio Ghisoni, entro e non oltre due anni dalla mia morte, il mio primogenito, concepito nell'estate del 1961 con la signorina Delia Saccaroni, e qualora la sua identità fosse provata oltre ogni dubbio, un quarto della liquidità, dei beni azionari e delle quote della Stacchi Eccellenze Meccaniche, oltre a...». Smette di leggere. «Vi risparmio il resto, le case, i quadri, insomma, le prelibatezze che le due famiglie del Cavaliere già si sentono in tasca».

Ora stanno tutti zitti, ma dura pochissimo. Parla la Cirrielli, finalmente. È piccolina ma tosta, la ragazza, e soprattutto capisce le cose al volo.

«Quando è morto, il Cavaliere?».

«Il quindici febbraio del 2020. Il testamento verrà aperto il quindici febbraio del 2022, a mezzogiorno, nel mio studio».

«Tra una settimana» dice Oscar Falcone.

Ora torna il silenzio, ma stavolta è più pesante, e dura di più.

Avevano chiarito alcuni punti.

La Cirrielli è una che vede le pieghe, e non si dà pace finché non sono tutte belle lisce e stirate.

«Mi perdoni, dottor Ghisoni. Lei fa questo lavoro d'inferno di smembrare un impero tra i famelici eredi, due anni di lavoro, un tizio misterioso concepito nel '61 può distruggere tutto... e lei lo cerca soltanto una settimana prima?».

Il notaio Ghisoni non si scompone per niente.

Sì, invece, aveva cominciato proprio da quella clausola-dinamite che poteva far saltare tutto. Aveva incaricato delle indagini un giovane avvocato che aveva messo la cosa in fondo alla lista. Il tempo passava. Un anno dopo ci aveva riprovato con l'agenzia di un carabiniere in pensione, altri mesi buttati e altri soldi sprecati. Aveva accettato il pensiero che il misterioso primogenito del Cavalier Stacchi non si sarebbe trovato. Poi, aveva deciso per quest'ultimo tentativo, per due motivi.

Ora sei occhi lo guardano fissi. Quando uno dice che ci sono due motivi, punto, tu aspetti questi due motivi come l'acqua un assetato, e il notaio Ghisoni li aveva dissetati senza problemi.

«Il vecchio Stacchi si era praticamente comprato un ospedale. Cioè aveva preso la sua villa nel cuore del parco del Ticino – non chiedetemi come si fa ad avere una villa lì – e l'aveva trasformata in una clinica superlusso per lui solo, personale medico, paramedico, servitù, tutti devotissimi e strapagati. Ho passato ore, intere giornate su quel prato all'inglese, con lui allettato e pieno di aghi – insisteva per stare al sole – , scrivevo clausole e peccati di famiglia su un quaderno, e intanto... non si può dire amici, ma insomma, sì, c'era qualcosa che andava oltre il normale rapporto con il cliente».

Carlo si vede la scena: il vecchio trapunto di tubi e il giovane notaio che prende appunti.

«Dettare un testamento dev'essere un po' come tirare delle somme» dice.

La Cirrielli si mette comoda, si rivolge al notaio e indica Carlo con un cenno del mento:

«Perdoni il nostro amico, ogni tanto deve dare una sfumatura letteraria».

«Ha ragione, invece» dice il notaio. «Il Cavalier Stacchi faceva proprio questo, il bilancio della vita, anzi, delle vite. Perché la prima, matrimonio semicombinato, vita irreprensibile, due figli alle scuole di lusso, lo aveva stancato, e se ne era fatta un'altra: una moglie più giovane di trent'anni, i viaggi a Capo Nord, o in Africa, l'appartamentino a New York, persino una galleria d'arte a Tallin».

«Il Cavalier Stacchi che diventa beat» dice Carlo. «Che spettacolo!».

Ora parla Oscar Falcone. Quando ha un cliente nuovo si fa attento come un gatto prima del salto, il cazzeggio lo lascia agli altri.

«E in tutte queste confessioni, cosa sappiamo del figlio concepito con la signorina Delia Saccaroni? Una cosa che le complicava immensamente il lavoro, qualcosa gli avrà chiesto, no?».

«Mi creda, nelle condizioni in cui era nelle ultime ore è già molto che io abbia capito cosa diceva. Solo che c'è un figlio, il primogenito, nato nel '62, da una relazione con una domestica di casa Stacchi. Giovane domestica, per la precisione. Giovane anche il futuro Cavaliere, che nel '61 aveva ventun anni, poteva votare e poteva mettere incinte le servette».

«Operazione Liala» dice la Cirrielli, ma sorride solo Carlo.

Il notaio continua, anzi non continua: «Nient'altro».

«Aveva detto due motivi». Oscar non molla la presa.

«Sì, la cosa che mi ha fatto decidere per l'ultimo tentativo. Il Cavalier Stacchi non ha resistito alla tentazione del mausoleo, così mi ha incaricato anche di ordinare le sue carte, gli archivi, i discorsi, le inaugurazioni, le foto in fabbrica, senza fabbrica, sullo yacht, alle cene di gala, e poi corrispondenza, carteggi... insomma, un piccolo museo. Una nipote sta lavorando all'archiviazione. Non ho visto niente di quelle carte, ma ho pensato che forse lì dentro si può trovare qualcosa».

Alla fine, era passata la mezzanotte, il notaio Ghisoni aveva raccolto la sua borsa e posato il bicchierino da caffè riempito varie volte da Carlo. Aveva staccato un assegno che era un anticipo sostanzioso e lasciato sul tavolino una lista abbastanza lunga di nomi: le famiglie del Cavalier Stacchi al gran completo, una quarantina di nomi. Gli eredi.

Carlo stava per andarsene anche lui, la Cirrielli aveva messo via il suo taccuino, ripreso in mano il telefono e schiacciato dei tasti. Poi aveva detto:

«Una settimana sono diecimila e ottanta minuti».

Ecco, è una ragazza che ti mette pressione.

Due

Niente dall'anagrafe di Milano, niente nelle cliniche, case di riposo, cimiteri. Avevano calcolato che Delia Saccaroni, una ventina d'anni nel '61, adesso dovrebbe averne ottanta, più o meno, non una vita facile, si erano fatti questa certezza.

Sul libro paga della Sistemi Integrati ci sono impiegati di ogni tipo e livello, nelle compagnie telefoniche, negli archivi. È questione di qualche favore che va e qualche password che viene. Eppure, niente: Delia Saccaroni non compare da nessuna parte.

Oscar, con le cuffie nelle orecchie, collegato al telefono davanti al computer, batte diverse piste, aspetta dei dati da un tizio dell'Inps. La Cirrielli sbuffa di impotenza e decide di uscire.

Carlo Monterossi, invece, guardatelo. Pare spiritato.

Aveva deciso di lasciare i detective al setaccio dei dati, alle prese con le spire velenose della burokrastsja, e di andare a vedere questo famoso archivio, a parlare con la nipote del Cavaliere, a cercare una pista.

E ora eccolo che fissa come perduto gli occhi più belli che abbia mai visto, e mette nel conto anche i libri fotografici, i ritratti delle dive del muto e i documentari sulla tigre del Bengala.

Occhi.

«Venga, le mostro il criterio di archiviazione».

Occhi si chiama Lena. Si presenta. Cioè, non si chiama solo Lena, ma anche una sfilza di cognomi con e senza trattino, roba di prima classe. Ma lui capisce solo Lena, e vede solo: occhi.

La biblioteca prende quasi tutto il pianoterra della villa, le grandi finestre danno sul parco. Se stai attento, puoi sentire qualche clacson, o una sirena, ma è come se Milano stesse a migliaia di miglia.

Ha cominciato quel lavoro tre mesi fa. Prima divisione: affari da una parte e vita privata dall'altra, ora ha quasi finito. A lui cosa interessa?

Tutto questo alle undici del mattino. La luce di taglio che filtra dalle fronde degli alberi, le lampade accese sulle scrivanie, Occhi che fa su e giù con misteriose scatole e Carlo che spulcia qui e là tra le annate. Corrispondenza privata, discorsi, interventi, lettere, lettere, lettere. Il Cavalier Stacchi era pure grafomane. Carlo parte dal 1961, suppone che un giovane uomo di buona famiglia che mette incinta la cameriera debba pur confessarlo a qualcuno.

Passa l'ora di pranzo, passa il primo pomeriggio. Occhi non fa cenno di voler mangiare qualcosa, Carlo si trattiene dall'invitarla a pranzo lì vicino, ma forse a quei livelli di censo non mangiano, chissà. Lena avrà

28 anni, forse meno, sembra molto timida, è bella in un modo che dovrebbe essere un reato federale.

Carlo aveva letto un milione di lettere e preso pagine di appunti. Le cose sembravano semplici, pure troppo.

Al momento di congedarsi, rimessi a posto i fascicoli e le cartelle, Lena lo aveva accompagnato alla porta, avevano scambiato due chiacchiere molto formali, e lui aveva fatto l'errore di guardarla negli occhi. E poi se n'era andato, oltre il parco, nella grande città cattiva, pensando che se lei in quel momento gli avesse detto: andiamo via per sempre, in Cina, in Botswana, nelle isole giapponesi, lui avrebbe detto, andiamo, certo, che aspettiamo?, chiamo un taxi.

Aveva mangiato un tramezzino al bar Magenta, una birra media nel flusso di studenti e post studenti. Poi aveva preso il telefono, cercato un indirizzo, trovato un numero.

«L'avvocata De Tassi, per favore».

«Sono io, dica».

Facile.

Lo vedete ora, il nostro Monterossi? Tronfio e giulivo, aspetta i due detective della Sistemi Integrati e prepara una brocca di gin tonic, la cena è pronta perché santa Katrina non riposa mai, gli sembra di non mangiare da giorni ma decide di aspettare gli amici. Per farsi passare il languore pensa a Occhi, e così di languore gliene arriva un altro.

Quando apre la porta alla coppia Falcone-Cirrielli, si

sforza di attenuare il sorriso di trionfo. Si siedono, attaccano il primo bicchiere, poi ecco che spicca il volo.

«Caso risolto» dice.

«Come lo sai?» chiede la Cirrielli. «Volevamo creare un po' di suspense».

Ora c'è un attimo di costernazione collettiva, rotto dal ghigno divertito di Oscar Falcone, che ha già capito tutto.

«Allora, chi comincia?» dice.

Silenzio, poi parla Carlo.

«Maurizio Bellarosa».

Gli altri due si guardano. La Cirrielli mette una mano in tasca, poi tira fuori la stessa mano che stringe il telefono. Apre un file.

«Nato a Milano, 14 giugno 1962, sposato, una figlia. Figlio unico di Saccaroni Delia, coniugata Bellarosa nel '63... Ha 60 anni, insomma, e abita in via Gluck, al 29, terzo piano».

Carlo fa un rumore di canotto che si sgonfia. Che nervi.

Però sta al gioco.

«Voi avete il risultato, io ho anche la storia, tutto scritto e ordinato nella corrispondenza».

Così ecco Carlo Monterossi che illustra il suo bottino, un feuilleton.

Sistemata la giovane Delia sedotta e abbandonata a servizio in un'altra casa patrizia, il Cavalier Stacchi aveva provveduto a tutto. La ragazza lavorava, il piccolino stava al momento in un istituto, le serviva un marito. Carlo aveva spulciato nella corrispondenza, fitta all'inizio, più sporadica in seguito, infine quasi burocratica, con un certo avvocato De Tassi.

Egidio Bellarosa, il marito che avevano trovato per la ragazza, aveva voluto un milione di lire e un biglietto aereo per l'Australia. Un buon affare: l'onore di Delia Saccaroni era in qualche modo rattoppato, e nessuno sarebbe morto di fame. All'età di due anni, Maurizio Bellarosa viveva con la mamma, badato dalla nonna, in una casa di ringhiera di via Padova, in fondo, dove adesso comandano i peruviani.

«Tutto scritto?» chiede Oscar.

«È stato facile» dice Carlo. «Una volta trovato il carteggio con questo avvocato De Tassi, avviato nel '62, è bastato cercare nelle annate successive».

Il Cavalier Stacchi firmava qualche assegno, senza esagerare, il dentista per il bambino, una busta alla prima comunione, poi qualche aiuto per gli studi – liceo scientifico – e poi...

«Poi gelo» dice Carlo.

Gli altri lo guardano.

«Il giovane Maurizio era una testa calda. Autonomia operaia, né con lo Stato né con le Br, un po' sul filo, ma non un violento, e il Cavalier Stacchi era un uomo d'ordine, liberale per convinzione e convenienza. Ma quello che gli ha fatto saltare il tappo, al vecchio industriale, è stata la scelta del ragazzo di iscriversi a Filosofia. Un vero schiaffo. Non solo il figlio illegittimo era un bolscevico, ma pure un aspirante filosofo».

«Vade retro!» la Cirrielli ride.

«Insomma, era il 1982, c'è una lettera che intima all'avvocato De Tassi di interrompere ogni versamento. Ha ripreso a pagare solo nel 2015. All'avvocato era già subentrata la figlia, che gli ha comunicato la malattia di Delia, ormai quasi ottantenne. Alzheimer. L'hanno messa in una clinica di lusso, lui pagava la retta, il figlio andava a trovarla. È bastata una telefonata, l'avvocata De Tassi è stata gentilissima».

«Un po' troppo facile, però» dice la Cirrielli.

«Sì, ci ho pensato anch'io. Ma facile anche per voi, se l'avete trovato anche senza dritte del notaio, giusto?».

«Siamo stati fortunati» dice Falcone. «La Cirrielli si è ricordata di un vecchio archivio dei matrimoni del Comune, roba su carta, mezza marcia, e ha cercato una Delia Saccaroni partendo dal '61. Quando ha scoperto che era diventata la signora Bellarosa è andato tutto in discesa».

«Beh, era facile da trovare e infatti l'abbiamo trovato».

Oscar alza le spalle e prende dal tavolo una ciotola, poke di gamberi e avocado, spezie, cucina tradizionale milanese del XXI secolo, anno quinto dopo il sushi.

Tre

«E lei ce l'ha un marito?» ha chiesto guardando la Cirrielli. «Dovrebbe, sa? Fa compagnia, è come avere un cane».

Donata Bertinelli, sposata Bellarosa, versa il caffè in tazzine scompagnate, poi si siede accanto al tavolo, dove già stanno seduti gli altri, sembra una riunione di famiglia. Era chiaro cosa intendeva: ce l'ha qualcuno che si sveglia accanto a lei ogni mattina per trent'anni? Qualcuno di cui può vedere l'umore in controluce, qualcuno che ama ormai per consuetudine?

La Cirrielli non risponde.

Avevano citofonato alle otto e mezza, una vecchia casa della Milano multietnica, sulle scale facevano a pugni l'aglio, il curry e qualcos'altro che Carlo non sapeva dire. La signora era stupita, non capiva, e ci aveva pensato un po', prima di farli entrare. Carlo aveva vinto la diffidenza:

«Portiamo buone notizie, signora».

Lei invece buone notizie non ne aveva. Maurizio? Non c'è. E poi, inevitabile: «Perché lo cercate?».

Gliel'avevano detto, senza entrare nei dettagli, soprattutto senza fare cifre. Un notaio, una piccola eredità, non lo sanno. Oscar Falcone è un attore nato: «Saranno soprattutto carte da firmare, signora, ma qualcosa verrà fuori di sicuro».

La signora Donata non sembra affascinata dal denaro. È una donna sui cinquanta, sorpresa in veste da casa – pantaloni della tuta, un maglione sformato – alle otto e mezza del mattino, confusa e stanca, si è affrettata a fare il caffè per tutti. Ripete che Maurizio non c'è. Poi guarda fissa la Cirrielli, come se all'improvviso si fosse accesa la luce:

«Volete dire che c'è una correlazione?».

«Tra cosa, signora?».

«Tra questa eredità e il fatto che Maurizio è sparito da due mesi».

Oscar e Carlo si guardano per un secondo e poi tornano a fissare la signora Donata, due facce che dicono la stessa cosa: «Come, sparito. In che senso?».

La Cirrielli guarda il telefono, mancano 7.380 minuti.

Casa Bellarosa sembra un appartamento di studenti fuori sede, con un disordine consolidato, libri un po' ovunque. Un bilocale con il salotto che contiene la cucina e un bagno.

Lei, Donata, si occupa di un bambino disabile, mezza infermiera e mezza maestra, un lavoraccio, del bambino parla con un affetto ruvido, è una devozione vera. Lui, invece, fa il professore, ma in che modo non si è capito bene. «Insegnava, sì, ma un giorno, saranno dieci anni fa, è tornato a casa, si è seduto lì dove è lei adesso» – indica la sedia di Carlo – «e ha detto che non insegnava più, si era dimesso. Campa di ripetizioni, di eterne e inutili riunioni in piccole case editrici che pagano a stento. Editor» dice la signora Donata. «Ma secondo me correggeva le bozze». Anche questo l'ha detto con affetto.

Ora si alza, va nell'altra stanza e torna con un foglio di carta. Più fogli, veramente. È la lettera che il marito le ha lasciato prima di andarsene. Lunga, prolissa, lei non mostra i fogli, legge solo un passaggio, mette gli occhiali.

«Poi ti spiegherò, non è niente che riguardi te o noi, devo solo andare via. Ti faccio sapere, fa' come se avessi trovato un lavoro fuori. Non cercarmi, di' a Emma di stare tranquilla».

Emma è la figlia, trent'anni, biologa marina, vive a Rotterdam, la vedono due volte l'anno. La lettera è datata 26 novembre, poi più nessuna notizia di Maurizio, due mesi e mezzo. Lei ha provato a chiedere, ai ragazzi a cui dava lezioni private, alle redazioni di quelle riviste assurde che non leggeva nessuno, era andata più volte al suo bar, in vari orari. Niente.

Solo due multe portate dal postino, che lei aveva pagato.

Era preoccupata, ma anche offesa.

«Se volete il mio parere, cioè, il parere di una che ci vive da trent'anni, è un coglione». Forse le era spuntata una piccola lacrima mal trattenuta, nascosta dagli occhiali, ma la voce era ferma. «Non è uno che si occupa delle cose materiali, sa fare bene cose che non servono a nessuno. Quando ha lasciato la scuola, uno stipendio sicuro, cazzo, mi ha detto che non poteva spiegare Kant a futuri elettrauto che pensavano solo alla figa e al pallone, che così moriva. Ha 'sto pallino del suo saggio definitivo su... avanguardie futuriste russe e punk, diceva che sono la stessa cosa, ci lavorava da anni. Ve l'ho detto, è un coglione».

Insomma, la moglie non aveva nemmeno la minima idea di dove fosse finito il marito, e già si accorgeva di parlarne al passato. Delusa, non si sa se da lui, da loro due, da tutto quanto.

«Ha una macchina?».

«Sì, una vecchia Opel color merda». Gli aveva dato la targa. Poi aveva avuto come un guizzo di speranza: «Voi lo cercate ancora, no? Ecco, per favore, cercatelo anche per me, non ho da pagare, ma in qualche modo...».

La Cirrielli aveva sorriso, per la prima volta. «Lo troviamo, incassa questa benedetta eredità e andrà tutto benissimo, non ci deve niente, signora» dice.

Non ci crede nemmeno lei.

Quattro

Oscar Falcone si è messo al lavoro, attivando il suo tam-tam di spie e informatori. La Cirrielli uguale. Sono quei momenti in cui Carlo si sente di troppo, così ha fatto un giro intorno alla Sistemi Integrati, un quartiere che separa corso Buenos Aires dalla stazione, una meravigliosa insalata di signore con cappotto di sartoria, neri con tute di acrilico cucite in Nigeria, avvocati in giacca e cravatta, qualche russo, il ristorante giovane accanto al centro massaggi, relax Thai, happy end, prezzi modici.

Maurizio Bellarosa ha un conto all'Unicredit, con 8.432 euro e sessanta. Cinquemila euro li ha versati, in filiale, il 25 novembre, prima di sparire. Poi nessuna uscita che non siano quelle domiciliate sul conto: le bollette, 680 euro di mutuo, poche spese condominiali. Non ha usato il bancomat, niente carta di credito, niente.

La Cirrielli ha fatto una telefonata.

«Mi ami ancora, Ghezzi?».

«Certo, Cirrielli, ma solo perché ti fai sentire una volta all'anno. Cosa vuoi?».

Avevano parlato da vecchi amici, colleghi, fratelli d'armi, sbirri.

Lui l'aveva richiamata due ore dopo.

«Niente. Su 'sto Bellarosa non abbiamo niente. Ha un passaporto che scade tra un anno, una macchina vecchia, abita in via Gluck come Celentano...»

«Le sappiamo, 'ste cose, Ghezzi».

«Niente precedenti, fermi, denunce, che ti devo dire, Cirrielli!».

Avevano ricominciato la manfrina dei convenevoli.

«La Rosa sta bene, sì grazie, riferirò».

«E salutami Carella».

«Lascia stare il cane che dorme, Cirrielli».

Ora sono tutti a casa di Carlo, c'è un'aria di vaga impotenza, che sciolgono nell'alcol. C'è una certa differenza tra cercare uno che sta a casa sua e uno che si nasconde. Niente bollette, niente utenze telefoniche, niente tracce.

Maurizio Bellarosa fa la sua vita che non è né bene né male, uno con la testa tra le nuvole ma onesto. Poi un giorno versa cinquemila euro in banca, scrive una lettera alla moglie ed evapora. La domanda che aveva fatto la signora Donata era quella giusta: «C'è una correlazione?».

«È sparito da solo o qualcuno lo ha spinto a sparire?» chiede Oscar, ma non lo chiede a nessuno, in realtà.

«Rovesciamo la frittata» dice la Cirrielli. «Mettiamo caso che una delle famiglie, insomma gli eredi, o uno di quei quaranta nomi, sapesse di questo figlio primogenito misterioso... che fareste?».

Carlo ci pensa, ma Falcone è più rapido.

«Escludiamo l'omicidio?».

«Per ora sì, ed escluderei anche il sequestro. Tenere nascosto un prigioniero è una cosa complicata» dice la Cirrielli. Si guardano e sghignazzano tutti, perché pensano a Flora.

«Gli offrirei dei soldi per sparire» dice Carlo. «Il testamento parla chiaro: o lui si presenta il 15 alla lettura dal notaio, oppure perde tutto. Se fossi uno di quegli altri gli direi: caro Bellarosa, qui ci sono un po' di soldi, non si faccia vedere fino a marzo».

«Il filosofo non mi sembra il tipo che va a svernare ai Caraibi» dice Oscar.

La Cirrielli invece salta su come una molla, prende il telefono, cerca un numero. La signora Donata Bellarosa risponde al secondo squillo. La Cirrielli non si presenta nemmeno, dice solo: «Le multe!», ma poi è costretta a spiegare.

«Ci ha detto che sono arrivate delle multe per suo marito».

«Sì, ne è arrivata un'altra oggi, stava giù nella casella anche quando eravate qui voi, l'ho trovata dopo. Ma questa non la pago, eh!».

La Cirrielli le chiede di prenderle, di leggere i verbali, scrive veloce, poi ringrazia e mette giù. Gli altri la guardano con un punto di domanda negli occhi.

«Compresa quella arrivata oggi, tre multe per divieto di sosta, via Arquà, via Clitumno e via Angelo Mosso, rispettivamente alle 19.31, 17.46 e 8.25 del mattino, nell'ultimo mese. L'ultima è della settimana scorsa».

Oscar è già davanti a Google Maps.

«Tutte intorno a via Padova, all'altezza del Parco Trotter».

«È un posto dove non troverebbe parcheggio nemmeno Sant'Ambrogio, in effetti» dice Carlo. «I bar e i ristoranti mettono tavolini ovunque, la gente posteggia anche sugli alberi, se ci riesce, il Comune fa cassa».

Alle sette della mattina dopo, giovedì, sono in zona, ma non succede niente. Girano in tondo, si guardano in giro. Trovare una macchina in quella zona dove ne vanno e vengono centomila è come cercare un ago in un pagliaio, certo, ma un pagliaio bello grande.

«È una pista un po' labile, tre multe per divieto di sosta» dice la Cirrielli.

«Non abbiamo altro, però» dice Carlo.

E così buttano una giornata.

Tornano sul posto la mattina dopo, venerdì, questa volta un po' più organizzati, con due macchine e le idee più chiare. Passa la mattinata, passa il primo pomeriggio, cominciano ad essere un po' sconsolati, la cosa è più difficile di quanto avevano pensato.

Nel tardo pomeriggio, Oscar si ferma in via Padova, ha trovato posto tra via Arquà e via Clitumno, tiene il motore acceso e il riscaldamento al massimo. Carlo e la Cirrielli girano intorno all'isolato, piano, come un'auto di pattuglia.

La macchina di Carlo fa un ron ron tranquillo, cammina senza strappi, cambio automatico sequenziale, clima perfetto, l'audio a volume bassissimo. Fuori comincia a fare buio. Poi – vista laterale – la Cirrielli urla: «Là!».

Non è proprio color merda, la signora aveva esagerato. Una vecchia Opel che un giorno doveva esser stata ocra, o arancione. Cammina guardinga, si vede che cerca parcheggio, fa un giro dell'isolato, poi un altro. Niente, nemmeno un buco. Carlo le si mette dietro, a poca distanza, abbastanza per vedere la targa.

«È lui» dice la Cirrielli, mentre continuano la via crucis milanese della ricerca di un parcheggio. Un altro giro. Allora Carlo parla al cruscotto della macchina: «Chiama Oscar Falcone». E poi, quando la voce di Oscar riempie l'abitacolo: «Stai pronto, esci quando te lo dico io, lascia il tuo parcheggio alla Opel color merda».

Oscar li vede arrivare dallo specchietto, mette la freccia. La Opel si affianca e un nero alla guida accosta e guarda Oscar speranzoso:

«Esce?».

Oscar annuisce da dietro il finestrino, poi parte, la Opel fa manovra e si incastra al suo posto, la Cirrielli scende dalla macchina di Carlo e si mette dietro al nero, che ha posteggiato, finalmente, e si avvia a piedi, fa qualche metro di via Padova, poi svolta in via Arquà. Lei dietro. Carlo lascia la macchina sulle strisce pedonali e scende anche lui, fa un freddo che taglia le labbra.

In un bar di via Padova, le vetrine così sporche che a stento si vede fuori, con un caffè davanti, la Cirrielli fa rapporto.

«Il nero è entrato in un portone, all'11 di via Arquà, proprio davanti alle Poste, sopra un negozio di ricambi per auto. Sono solo tre piani, non dovrebbe essere difficile». Si mettono d'accordo e si avviano a piedi.

Ora sono sul ballatoio davanti a una porta aperta e al nero di prima, un po' stupito e molto seccato. Sono andati per tentativi, prima una vecchia sorda, poi un peruviano diffidente.

«Uno nero? È pieno di neri qui!» ha detto, come se non fosse un po' colorato anche lui. Infine, eccoli lì.

«È sua la Opel?» chiede Oscar. Il nero non capisce, sta mettendo in fila le cose: cosa vogliono questi qui? E chi sono? Ma una voce da dentro l'appartamento lo toglie dall'imbarazzo.

«È mia, la macchina» dice. Poi compare un uomo sui sessanta, in ciabatte, ma con giacca e cravatta. Il maglioncino a V che copre la camicia ha due macchie che si vedono a metri di distanza, una tasca della giacca è scucita. Poco, ma si vede.

«Il dottor Bellarosa?» chiede la Cirrielli. Lui è stupito: nessuno lo chiama dottore da anni.

Si affaccia da una porta un altro nero, più chiaro, questo. Guarda negli occhi il nero più nero, come a chiedere. Quello fa un gesto che va tutto bene.

«Beh, chi siete?» chiede Maurizio Bellarosa.

«Amici che portano buone notizie» dice Carlo. Ha

fatto la sua faccia rassicurante, quella del medico quando dice: «Si è preoccupato per niente».

Però nessuno vuole parlare con tutto quel pubblico, il nero che li guarda fissi e l'altro nero, che sicuramente sta origliando in corridoio.

«Se viene con noi le spieghiamo. Questioni legali da cui potrebbe guadagnare qualcosa».

Poi si mettono tutti e tre a osservare la battaglia che si dipinge sul viso del professore. Un po' non si fida. Un po' spera davvero in buone notizie, sarebbe ora. Poi cede.

«Dove andiamo?».

«Boh, mangiamo qualcosa, su, però, non facciamola lunga». La Cirrielli ha sempre l'arma finale.

Quando sono sulla porta, il nero batte sulla spalla di Bellarosa:

«Dimentichi niente?».

«Lo so, ma ora non li ho... te li faccio avere, va bene?».

«Va bene un cazzo».

È una complicazione che Carlo capisce al volo.

«Quanto le deve il signore?».

«Mille e due» dice il nero.

Carlo guarda nel portafoglio e fa una smorfia. Tira fuori dei biglietti da cinquanta e li conta.

«Questi sono 500, si tenga la macchina, il resto quando veniamo a recuperarla». Poi, già sul pianerottolo: «E la pianti di prendere multe, si compri un box».

Ora sono tutti a casa di Carlo. Il professore non ha fatto nemmeno in tempo a entrare che si è precipitato accanto alle librerie, ha piegato la testa, ha letto qualche titolo, prima quelli ad altezza d'occhi, come se dovesse dare un voto al padrone di casa.

Poi avevano parlato.

Falcone: «Cosa ci dice di sua madre?».

«È morta».

«E di suo padre?».

«Lasciamo perdere, un pezzo di merda».

Quando gli dicono che il pezzo di merda gli sta per lasciare case, soldi, conti esteri, partecipazioni azionarie, auto d'epoca, non fa una piega.

Anzi, fa una cosa che nessuno di loro ha previsto.

«Non li voglio i soldi di quella merda. È tutta la vita che lo odio, lui e quelli come lui». Va verso la porta, Falcone si mette in mezzo, c'è tensione, persino un accenno di colluttazione, niente di serio. Carlo assiste divertito. Ha messo quattro bicchieri sul tavolo del salone coi divani bianchi e sta versando da bere.

È la Cirrielli che stupisce tutti, forse anche se stessa, perché mette una mano nella tasca del giubbotto e la estrae in un nanosecondo, ma la mano non è più da sola, è in compagnia di una pistola. La punta a dieci centimetri dalla testa dell'uomo.

«Siediti, testa di cazzo».

Maurizio Bellarosa è la confusione fatta persona.

«Venti milioni?».

«Minimo» dice Carlo.

«E perché? Quel pezzo di merda non ha cacciato una lira per cinquant'anni, ho fatto il metronotte per laurearmi, una vita schifosa, e adesso viene fuori a coprirmi di soldi? Non ha senso, non mi piace. È una trappola».

Così ci mettono del bello e del buono a spiegargli tutto, il notaio Ghisoni, il testamento, l'appuntamento del 15 febbraio.

«Sei un uomo ricco, prof, cerca di recuperare l'uso del cervello» gli dice Oscar Falcone, alzando il bicchiere come per un brindisi.

La Cirrielli ha messo via la pistola. Bellarosa è agitato, ma non come prima, cammina su e giù per il salone, ascolta quello che gli dicono, e questa volta glielo dicono con molti dettagli. Il vecchio padre che lascia il testamento con una clausola tutta per lui, la moglie, le multe.

«Ti hanno chiesto di stare alla larga per un po', vero? Quanto ti hanno dato?».

«Diecimila. Ne ho versati cinquemila perché Donata non avesse problemi, gli altri mi servivano per nascondermi».

«Chi ti ha contattato?».

«Un uomo, prima. Poi i soldi me li ha portati una ragazza. Posso tornare a casa dal primo marzo».

Carlo è incredulo. «E tu prendi diecimila euro da una sconosciuta e sparisci nel nulla senza spiegare niente a tua moglie, così, puff, e ti sembra normale?».

«No, normale no, ma conveniente sì. Diecimila io non li vedo nemmeno in un anno. L'uomo ha detto che avrebbero controllato, non voglio mettere nei guai Donata».

Poi succede una cosa strana. Maurizio Bellarosa sgrana gli occhi, come se avesse visto Padre Pio che entra dalla finestra del terrazzo, si avvicina a uno scaffale, allunga una mano. La mano trema. Prende un libro vecchio, grigio, striato dai segni del tempo e avvolto in una busta trasparente. Se lo rigira tra le mani.

«Ma questo è...».

Carlo gli si fa appresso, con grazia, prudente, delicato, gli sfila il libro dalle mani.

«Majakovskij, *La nuvola in calzoni*, un'edizione russa del 1928, è il regalo di un'amica... ho anche dei vinili dei Sex Pistols, se può interessare».

«Come fa a sapere... ah, già, Donata».

Ora l'uomo si placa e si risiede.

Oscar Falcone prende da parte Carlo, lo trascina in cucina e gli parla per qualche minuto. Poi tornano nel salone, dove il pallino lo tiene la Cirrielli, mentre Carlo fa una telefonata.

«Non si sputa su venti milioni, eh, prof!» sta dicendo.

«Non mi interessano i soldi. Senza quel pezzo di merda ho campato fino a ora, ho fatto studiare una figlia e sto pagando il mutuo della casa...».

Ma si vede che l'enormità della cosa comincia a farsi strada nella sua testa. Carlo gli si siede davanti.

«Senti, Bellarosa. Mettila così: i venti milioni che ti becchi tu sono solo una faccia della medaglia. L'altra faccia è che li togli a quelli che i milioni ce li hanno da generazioni, magari senza meritarseli, una specie di redistribuzione, che ne dici, eh. Il tuo vecchio Karl Marx sarebbe d'accordo, no?».

Oscar Falcone ride e rincara la dose.

«Con tutti quei soldi puoi fondarti una casa editrice, stampare il tuo libro, comprarne centomila copie e farla fallire».

«Oppure regalarli a qualche movimento per la liberazione di qualcosa, se ancora ne esistono. Pensaci, in un minuto passi da essere un Lenin sfigato a un Engels pieno di soldi».

Ridono tutti, tranne lui.

Intanto è arrivata Katrina, la governante di casa Monterossi, santa subito, convocata nel grande appartamento lussuoso dalla guardiola del palazzo, dove abita e coltiva la sua devozione per la madonna di Medjugorje, amica, complice e guida spirituale. Carlo la prende da parte – Katrina, non la Madonna – e le bisbiglia in un orecchio, lei pare perplessa, ma annuisce. Poi attraversa il salone, diretta alla cucina e saluta tutti, anche il professor Bellarosa. Anzi, si ferma un attimo, lo guarda, sospira.

«Mi dia la giacca, le cucio la tasca».

Lui è stupito, ma si toglie la giacca e gliela consegna. Katrina la porta in un'altra stanza. «Faccio in un minuto» dice. Oscar Falcone va in bagno.

La Cirrielli guarda il telefono, poi mostra il quadrante a Carlo.

I numeri parlano chiaro, sono le nove e dieci di venerdì sera, mancano 5.980 minuti. Per la prima volta sono cifre che non mettono ansia, caso risolto, bisogna soltanto aspettare mezzogiorno di martedì, seimila minuti passano in fretta, se hai fatto bene il tuo lavoro.

«Ceniamo?» dice Carlo.

Katrina torna con la giacca, la tasca è cucita, le ha dato anche una stirata, per quel che conta, con quello straccio, e porge al professore anche uno dei cachemire millesimati di Carlo, che la fulmina con un'occhiata.

Ora Maurizio Bellarosa è silenzioso, assente, suonato come un pugile da pensieri che gli altri non vogliono sapere. Però si riscuote, per un attimo.

«Scusi» rivolto a Carlo «ce l'avrebbe una bistecca... i neri là mangiano solo riso e verdure, è più di un mese che...».

Carlo ride. Katrina scongela quattro filetti sottovuoto che tiene nel freezer, alti come un'edizione tedesca del *Capitale*, la réserve royale, Carlo apre una bottiglia di rosso. Il professore prende coraggio e gira ancora per il grande salone, sempre con la testa piegata per curiosare nelle librerie.

Sei

Il ritorno a casa di Maurizio Bellarosa, alle undici di sera di venerdì 11 febbraio, non è stato niente di memorabile. La signora Donata non gli è corsa incontro saltandogli al collo, è ancora offesa. Però si è profusa in grandi ringraziamenti, guardando in faccia soprattutto la Cirrielli. A lui ha detto solo: «Hai mangiato?».

«Va bene» ha detto Carlo. «Ti lasciamo qui con la tua signora, così le spieghi che sei ricco sfondato, lei il cervello ce l'ha, magari ti dà una mano a ritrovare il tuo».

Oscar Falcone, invece, lo ha preso per le spalle, l'ha scosso un po' e gli ha detto: «Guardami, Bellarosa». Poi quando era sicuro di avere la sua attenzione ha sputato in un sibilo: «Ora stai qui, il mio consiglio è di non uscire e di non farti vedere in zona, se è vero che quelli controllano. Noi ti chiamiamo ogni tanto per sapere se va tutto bene. Se succede qualcosa di strano chiami tu. Dammi il numero».

«Non ce l'ho il cellulare».

«Non ce l'ha il cellulare» dice la signora Donata dal corridoio. Poi compare nel salotto-cucina-camera da pranzo: «Sapete com'è, o ti controlla lo Stato cattivo, o fai guadagnare le multinazionali, o muori per le onde magnetiche».

«Piantala, Donata, ne abbiamo parlato un milione di volte...».

Carlo Monterossi, Oscar Falcone e Agatina Cirrielli guardano la scena con occhi sgranati. C'è un tupamaro spiantato che torna dalla moglie dopo quasi tre mesi di silenzio con in tasca venti milioni di euro e invece del baccanale tipo miseria e nobiltà va in scena un dibattito su tecnologia e controllo sociale.

Pare di sognare.

«Chiamate me» dice la signora, quasi secca.

Senza aggiungere altro, anzi continuando a ringraziare, li spinge verso la porta e le scale. Il linguaggio del corpo è abbastanza esplicito in un ingressino di due metri quadrati.

Ma Oscar Falcone fa il duro anche con lei, non minaccioso ma tagliente.

«Non ho finito» dice a nessuno. E al Bellarosa, invece, a un centimetro dal naso e guardandolo negli occhi: «Martedì mattina alle dieci noi veniamo qui a prenderti, ti portiamo a vincere la lotteria e non ci vediamo più. A te non te ne frega un cazzo perché sei ricco sfondato, ma se io non ti porto là, non mi pagano. Hai capito la differenza tra un milionario e un lavoratore? Ecco, pensaci, mentre aspetti martedì».

Carlo e la Cirrielli si voltano verso la porta per non scoppiare a ridere, la signora Bellarosa è un po' indecisa, quindi taglia corto:

«Va bene, ci sentiamo, allora».
«Si metta una cravatta, martedì» butta lì Carlo mentre scende le scale. La Cirrielli non resiste: «Ma no! Una maglietta dei Clash!».
Ridono fino alla fine delle scale, fino al portone.

Sette

Un weekend a Milano a metà febbraio è quello che ci vuole per stirarvi i nervi come la fionda di Davide che fa secco Golia al primo colpo. Però ci sono dei vantaggi: il sabato mattina comincia verso le tre del pomeriggio, e poi si lascia fare al caso.

La Cirrielli è stata incaricata delle comunicazioni con la signora Donata, la neomilionaria di via Gluck che fa la guardia al marito professore. La prima chiamata è stata sbrigativa, seccata. Poi, qualche ora dopo, la signora Donata era stata più ciarliera.

«Che storia, cazzo. E adesso?».

«Come, adesso? Non mi dica che le dispiace!».

«No, no, io non sono mica come quello là, però faccio un po' fatica a immaginare... non so, mi fa un po' paura».

«Stia tranquilla, signora, se le fanno paura venti milioni vuol dire che è una brava persona. Chiamo domattina, va bene? Non troppo presto, che è domenica».

Il misterioso Oscar Falcone è sparito come fa lui. Ha fatto qualche giro tra via Arquà e il Parco Trotter, in macchina e a piedi. La Opel color merda è posteggiata perfettamente sulle strisce gialle dell'ufficio postale e ha una multa sotto i tergicristalli. Si è fermato all'angolo facendo su e giù, non più di un'oretta, non un vero appostamento, solo curiosità. Dall'appartamento-rifugio del Bellarosa nessun segnale, due portoni prima, invece, qualche movimento, forse spaccio di sopravvivenza, via Padova è tranquilla, provvisoria e furtiva come sempre.

Il bollettino del lunedì segnala un Bellarosa più sereno, quasi rassegnato a diventare ricco. La telefonata tra la signora Donata e la Cirrielli è in vivavoce, sul tavolino nella stanza delle riunioni alla Sistemi Integrati. Carlo studia la nuova macchinetta del caffè, la Cirrielli guida la conversazione, va tutto bene.

Poi si sente la voce di un uomo, il professore.

«Siete lì tutti e tre?». Ricevuto il coro di risposta, va avanti come se leggesse un discorso. «Lo sapete cosa vuol dire nel ventunesimo secolo la frase "meccanica di precisione"? Vuol dire sistemi d'arma, mirini, sistemi di puntamento. Mi sono informato, basta guardare l'export, settore civile otto per cento, saranno due cavatappi... settore difesa novantadue per cento. Sto per ereditare una fabbrica di armi famosa nel mondo».

«Non si monti la testa, prof», questa è la Cirrielli. «Prende un quarto delle azioni del pacchetto di controllo, tanti soldi ma poco potere, io le consiglio di venderle subito».

«Si compri un kolkoz in Ucraina», questo è Carlo.

La signora Donata zitta, ma si sente che sghignazza.

Così Falcone era stato obbligato alla sua solita parte: «Domani mattina, alle dieci», che era anche un modo per mettere fine alla farsa.

Carlo decide che è ora di andare a casa, sale in macchina, avvia le procedure di partenza, lo sbrinatore, il clima. Resta seduto lì un momento a guardare il ghiaccio che si ritira dal vetro.

Lo sapete cosa vuol dire la frase «meccanica di precisione»? Ho ereditato una fabbrica di armi.

Come you masters of war
You that build the big guns
You that build the death planes
You that build all the bombs
You that hide behind walls
You that hide behind desks
I just want you to know
I can see through your masks.*

---

* Bob Dylan, *Masters of War* (1963): «Venite signori della guerra / voi che costruite i cannoni / voi che costruite gli aeroplani di morte / voi che costruite le bombe / voi che vi nascondete dietro i muri / voi che vi nascondete dietro le scrivanie / voglio solo che sappiate / che posso vedere attraverso le vostre maschere».

Otto

Falcone e la Cirrielli aspettano come profughi infreddoliti a un angolo di corso Buenos Aires, Monterossi accosta e li fa salire, poi guadano piazzale Loreto in direzione nord-est. Sotto il ponte delle ferrovie suona il telefono, è la signora Donata, agitatissima, la voce che trema.

«Non c'è».

«Come non c'è».

«Era in bagno, si è preparato i vestiti buoni sul letto, torno e non c'è più».

«Ha cercato bene?».

«Sono due stanze, cazzo, non è la giungla!».

Carlo guida più in fretta, ma c'è poco da correre, stanno sempre in fila. Finalmente riescono a svoltare a destra, ma via Gluck è a senso unico, bisogna fare il giro.

Falcone dice: «Chiedile com'era vestito». La domanda deve arrivare alla signora, in qualche modo, perché risponde.

«Le ho detto che i vestiti buoni sono qui, li ha tirati fuori dall'armadio, ma è andato via con quello che aveva addosso».

Ora ci sono quasi, ma quando Carlo tira le redini della macchina davanti al portone della famiglia Bellarosa, Oscar gli dice: «Non fermarti, non serve». Gli dà due indicazioni e Carlo si immette nel traffico della circonvallazione.

Oscar segue un puntino sullo schermo del telefono, il gps che Katrina ha cucito nella tasca del professor Bellarosa.

«Chissà cosa dice il garante della privacy» dice Carlo.

«Quegli affari ti beccano con un'approssimazione di due centimetri, basta non essere al centro del Borneo o del Sahara. Costano trenta euro l'uno, dicono che servono a non perdere le chiavi».

Ridono e seguono un puntino azzurro.

Sono le dieci meno venti di martedì 15 febbraio. Dal sedile posteriore spunta il braccio della Cirrielli, tra i due seduti davanti che piegano la testa per guardare il display.

Mancano 139 minuti.

«Vai verso il centro» dice Oscar. Carlo fa una derapata su Melchiorre Gioia, prende un giallo abbondante, ma nessuna sirena lo insegue. Ora sono al curvone del Cimitero Monumentale, quella torta gelato di marmo funerario che nasconde il suo tesoro, gli girano intorno.

«Di là» dice Oscar e Carlo gira a destra seguendo il flusso.

Poi la voce di Oscar si fa più tranquilla.

«Stai dietro al tram, è lì sopra».

Lo affiancano a un semaforo di via Cenisio, Maurizio Bellarosa è seduto di spalle, sui sedili duri di legno, il tram è il numero 14 e Carlo cerca di guidare piano per stargli appresso, o di correre quando il tram va più forte nella corsia preferenziale.

«Lasciaci alla prossima fermata» dice Oscar. «E poi aspettaci a quella dopo». Carlo fa uno strappo, ma frena quasi subito, Oscar e la Cirrielli scendono, sbattono le portiere, fanno una corsetta di dieci metri e salgono sul tram.

Quando Carlo arriva alla fermata successiva, il 14 è già arrivato e ripartito. Accanto alla pensilina ci sono solo Oscar, la Cirrielli e il filosofo, discutono, salgono in macchina e continuano a discutere.

«Non se ne parla» dice il Bellarosa. «Prima mamma e poi il notaio. Ma prima mamma, è lei che mi ha messo in questo casino e vado a ringraziarla».

Carlo non capisce, Oscar gli spiega:

«Vuole portare dei fiori al cimitero».

«Occristo».

«Gli do un colpo in testa e arriviamo dal notaio pure in anticipo» dice la Cirrielli.

Carlo guarda l'orologio.

«Dài!» dice. «Ce la facciamo».

Oscar e la Cirrielli gridano «Nooo» con una sola voce, ma Carlo Monterossi è già Nuvolari in viale Certosa, sempre se i semafori non fanno gli stronzi. Quando sono di fronte al cancello del Cimitero Maggiore, dove ci sono più milanesi morti di quelli che stanno fuori vivi, si rendono conto che c'è un problema. Non è un camposanto di paese, è una città, con gli autobus-navetta che portano i visitatori, ad attraversarlo a piedi ci vuole anche un'ora.

Carlo scende, lasciando la portiera aperta e il motore acceso, dà cinquanta euro alla signora dei fiori e prende un mazzo a caso. Lo butta sul sedile posteriore, in grembo al professore.

Una guardia si fa incontro alla macchina, con una mano alzata e l'altra che fa segno: «'Mbè? Siete impazziti?».

Carlo abbassa il finestrino, fa la faccia dell'allarme totale.

«Questo signore» indica il Bellarosa «deve essere in ospedale tra un'ora, sennò salta il trapianto. Ma prima deve portare questi fiori alla madre. Dice che altrimenti preferisce lasciarsi morire. Lei che farebbe? Ci faccia entrare, cinque minuti e ce ne andiamo». Il tono è quello dello Stabat Mater.

Poi, dal finestrino si sporge un braccio di Oscar, una mano con cento euro in due biglietti da cinquanta.

«Ce ne andiamo tra cinque minuti, ha detto il mio amico».

La guardia scruta di qui e di là se ci sono colleghi in giro, poi si volta verso la sua postazione e Carlo parte.

Ora è tutto un «a destra» e «dritto» suggeriti dal professor Bellarosa, uno zig-zag tra campi quadrati di croci e lapidi, finché sono arrivati e lui scende con i fiori in mano. Lo aspettano in macchina, col motore acceso, nessuno ha voglia di ossari e cimiteri. Col freddo che fa, poi.

Due minuti dopo scende la Cirrielli, prende il professore sottobraccio e lo riporta alla macchina, lui la segue, docile.

Ripartono, rifanno i vialetti interni dove Carlo si impone di non correre, poi eccoli di nuovo in mare aperto, nella città dei vivi.

Il display del telefono della Cirrielli, che sporge il braccio tra i due davanti, dice: 26 minuti.

Carlo infrange praticamente tutti gli articoli del codice della strada, tranne quello sul triangolo.

Nove

Via Fontana 16 è un bel palazzetto patrizio di pietra e intonaco rosso. Carlo infila il muso della macchina nel portone e decide che può osare, del resto non c'è un altro modo. Piazza la macchina in mezzo al cortile, bloccando una Bentley nera che scintilla come un diamante.

Il custode gli corre incontro, incredulo che qualcuno si prenda certe libertà, ma quelli che scendono dalla macchina non sembrano tipi con cui discutere.

«Il notaio Ghisoni!» urla la Cirrielli, così quello, per istinto e sorpresa, è costretto a indicare una scala e balbettare: «Secondo piano».

La porta dello studio è accostata, dentro, un ingresso si apre su un'enorme sala con grandi finestre, parquet, specchi e stampe antiche. Molte sedie e poltrone allineate alle pareti, un angolo con salottino, un grande tavolo, quadri. Anche viventi, perché quando entrano Falcone e la Cirrielli decine di occhi si voltano verso di loro. Eleganti, scintillanti nell'attesa di una nuova fortuna aggiuntiva, giovani e anziani, signore, ragazzi impaginati per la grande occasione. Poi entra Carlo, sospingendo gentilmente il professor Maurizio Bellarosa. Monsieur Monterossi è l'unico vestito decentemente, gli altri sembrano il Quarto Stato alla camera dei Lord. Un po' affannati, anche: da quando il notaio Ghisoni gli ha affidato l'incarico sono passati 10.798 minuti. Una settimana.

Poi tutto è successo in fretta: da un lungo corridoio è emersa una signorina vestita come una suora norvegese e tutti si sono messi in fila per entrare in un'altra sala, quella dove si sarebbe assistito al dramma. Nella coda, Carlo vede Occhi, meravigliosa e pallida, e nello stesso istante, preciso al nanosecondo, Bellarosa gli tira una manica della giacca:

«Quella lì» dice.
«Cosa?».
«Mi ha dato i soldi».

La faccia di Carlo Monterossi, ora, dovreste vederla, ma forse è meglio di no.

Giunti davanti alla porta, Carlo riesce a scorgere le sedie ben allineate, una scrivania sullo sfondo, il bel mondo che si accomoda, e anche Maurizio Bellarosa, il figlio della servetta, l'errore di gioventù, che avanza disorientato, cauto, che si guarda indietro, verso i suoi amici, ma poi si accomoda su una sedia, in fondo. Molti lo scrutano: vuoi vedere che il vecchio pazzo Cavalier Stacchi ha lasciato qualcosa anche ai domestici? Un ninnolo? La sua stecca da biliardo? Uno stupore affettuoso che è vero disprezzo.

La signorina di prima gli si avvicina, il professore le dà un documento, lei ringrazia e torna verso la scrivania dove ha preso posto il notaio Ghisoni. Poi raggiunge la porta, dove si sono sistemati i nostri eroi.

«I signori non sono ammessi, mi dispiace». Si sforza di dirlo come se le dispiacesse davvero.

Loro si guardano, e gli sguardi alla fine dicono: «Ma a questo punto, perché restare?».

Scendono le scale e risalgono sulla macchina di Carlo. L'unica che si è accorta di un cambio d'umore è la Cirrielli.

Ragazze.

«Tutto bene, Carlo?».

«Benissimo» mente lui.

Poi schiaccia dei bottoni sul volante e parte un pezzo, una versione ruvida, incattivita, di una vecchia canzone, la voce di Dylan somiglia a un ghigno d'odio, si sente astio persino nell'armonica. Rancore.

I ain't sayin' you treated me unkind
You could have done better but I don't mind
You just kinda wasted my precious time
But don't think twice, it's all right.*

Scivolano fuori dal cortile, nella città rattrappita e impavida.

---

* Bob Dylan, *Don't Think Twice, It's All Right* (1962), la versione è quella del concerto alla Concert Hall di New York, 31 ottobre 1964: «Non sto dicendo che mi hai trattato male / Avresti potuto fare di meglio ma non mi interessa / Hai solamente sprecato il mio tempo prezioso / Ma non pensarci troppo, va tutto bene».

Santo Piazzese
Domenica, benedetta domenica

Confidando nell'indulgenza di Andrea Camilleri. Ovunque si trovi

Rincasavo dopo una giornata sperperata a fare il componente della commissione di laurea. E dico componente perché mi disturba il vocabolo membro, anche se, con quell'assortimento di cervelli di primissima scelta allineati lungo il bordo del tavolo, a palleggiarsi reciprocamente la noia con il pubblico delle prime file, sarebbe di gran lunga il termine più azzeccato. Per ragioni semantiche, si intende, non certo estetiche. È un caso particolare dell'ordinaria dialettica Università contro Resto-del-Mondo. Per giunta, non avevo laureandi miei, in quella sessione. Ero entrato nella commissione solo per fare un piacere al mio amico Giovanni Di Maria, che aveva avuto non so che inghippo e aveva chiesto di essere sostituito.

Già prima di infilare la chiave nella toppa avevo avvertito gli squilli del telefono, di là dalla porta di casa. Non mi precipitai a rispondere. Anzi, me la presi comoda. Posai con flemma le chiavi sulla consolle dell'ingresso, poi il giornale, e il coppo con il cicirello fritto che avevo comprato al volo dal panellaro che tiene bottega a un centinaio di metri da casa mia. Infine, scalciai via le scarpe estive, sottili e leggere, ma che al momento sembravano zavorrate dal peso dell'intero universo, come dicono sia accaduto una volta a quel tale San Cristoforo martire, protettore dei viaggiatori.

Può capitare, a fine giornata. Specialmente se l'ultimo caffè sul quale hai potuto contare è la miscela bruciaticcia che ti hanno propinato a mezzogiorno, al *Florìda Bar* di via Medina-Sidonia, dopo un'arancina al burro in vena di rappresaglie. Senza contare che era un fottutissimo lunedì, uno di quei giorni che ti piombano tra capo e collo per cinquantadue volte in un'annata media. Cinquantadue volte di troppo. Caso mai non si fosse capito, sono allergico ai lunedì. E pure a quei tipi adrenalinici dall'aria fessa e gagliarda che stanno a dirti quanto sia corroborante trovarsi, alle sette del mattino di un lunedì, la settimana spalancata davanti, con il suo carico di promesse. Come se non sapessero che non saranno mai mantenute. Il che, a volte, per dire le cose come stanno, è una vera fortuna.

Gli squilli si estinsero non appena entrai nel soggiorno. Non tentai nemmeno di chiamare il servizio che fornisce il numero dell'ultima chiamata ricevuta. Era improbabile che fosse Michelle. Con lei ci eravamo sentiti nell'intervallo del pranzo e sapevo che si era dovuta impaccare una cena di lavoro con alcuni colleghi medici dei morti ammazzati, calati dal profondo nord padano.

Se è importante, richiameranno, pensai. Senza contare che, se fosse stato qualcuno della mia cerchia ristretta, ci avrebbe riprovato sul telefono di tasca.

Fu a quel punto che ricordai di non averlo riacceso, dopo la chiusura della seduta di laurea del pomeriggio. Ma non mi sognai di riaccenderlo subito. Morivo di fame, e sarebbe stato un delitto fare aspettare il cicirello ancora caldo. In cucina, tagliai a metà un limone e stappai una bottiglia di Yrnm che avevo tirato fuori dal frigo. È un moscato di Pantelleria, secco e aromatico. Me ne versai subito un calice e ne assaporai un sorso. Ci voleva.

Mi liberai della giacca e della cravatta, la mia divisa di ordinanza per una seduta di laurea, calzai un paio di mocassini comodi e portai tutto fuori, sul terrazzo: bottiglia, bicchiere, limone, il coppo con il cicirello, e qualche tovagliolino di carta. Posai ogni cosa sul tavolo tondo, con il piano di marmo, rinunciando ad apparecchiare con piatto, posate e tovagliolo, sulle tovagliette americane che uso quando non sono in vena di grandi cose.

Consumai il cicirello, coccio dopo coccio, afferrando i pesciolini per la coda, tra pollice e indice. Di tanto in tanto spremevo dentro il coppo qualche goccia di limone. Non c'è gusto a mangiare il cicirello dal piatto, con le posate. Il coppo e le dita sono il massimo della libidine, come da tradizione panormita. Possibilmente, in modalità peripatetica, calcando le balàte delle stradine del centro. D'altra parte, persino i londinesi ci avevano copiato con il loro fish and chips di strada.

C'era un'aria tersa, come spesso accade nelle serate di inizio giugno, alle nostre latitudini, e si erano pure dispersi gli ultimi fumi fatui del traffico metropolitano. Il castello Utveggio, abbarbicato sopra un costone di Monte Pellegrino, sfolgorava di luci come nelle sue serate migliori, in attesa di capire cosa avrebbe fatto da grande. Casinò, Grand Hotel per anime contemplative, o scuola d'eccellenza per futuri manager destinati al fallimento? Intanto, le sue luci sfolgoravano a vuoto, anche se in città c'era chi giurava che fosse una sede dei Servizi. Possibilmente deviati.

Azzerato il cicirello, mi versai un ultimo calice di Yrnm e sgomberai il tavolo. Poi mi portai dietro il bicchiere con il vino, e mi dedicai a ispezionare le piante del terrazzo.

Non erano ancora al massimo fulgore estivo. Quello sarebbe arrivato a settembre. Ma una delle plumerie aveva già i primi boccioli in formazione. Di lì a un paio di settimane sarebbero sbocciati. Le bouganville cominciavano a prendere colore. I gelsomini non avevano mai smesso di fiorire perché c'era stato un inverno mitissimo.

Era il momento di aumentare il dosaggio dell'acqua. Trafficai per pochi secondi con il programma dell'impianto automatico di irrigazione e alzai di quattro minuti l'erogazione giornaliera. Avrei dovuto controllare i gocciolatoi, uno per uno, per verificare che non fossero intasati dal calcare e dai residui della fertirrigazione. Ma era meglio farlo con la luce del giorno. In ogni caso, avevo un mio metodo per ripulire tutto: un paio di volte all'anno immettevo nel circuito una soluzione diluita di acido ortofosforico, che a quella concentrazione è pure un nutriente per le piante.

La fine del mio giro di ispezione si sincronizzò con

l'ultimo sorso di vino. E con il primo squillo del telefono. Entrai a rispondere.

«Lore'...».

Amalia. Amica di vecchia data, nonché legittima di mio compare Vittorio Spotorno. Era stato merito del sottoscritto, se si erano conosciuti. O colpa, in funzione della variabilità delle loro dialettiche domestiche. Ero pure stato testimone di Vittorio alle loro nozze.

«Lore', dove te ne eri finito? È da tutto il pomeriggio che ti cerco. A casa non rispondi e hai pure il cellulare spento...».

«Veramente, da casa ti ho appena risposto. Ma che è successo? Ci fu cosa? Hai litigato con il signor vicequestore? Era tempo. Se c'è bisogno, conosco un bravissimo divorzista. Lo fa nuovo, a Vittorio».

«Lore', non è il caso di bbabbiare al solito tuo. È morto Teo».

«Teo? Quando? Come?».

«Stanotte. Un ictus, forse. O un aneurisma. Isabella dice che ha avuto una specie di fremito, nel sonno. Dopo lo ha sentito emettere un lungo sospiro. Come se stesse soffiando fuori tutta l'aria che aveva nei polmoni. Poi non si è più mosso. Lei lo ha scosso, e quando ha capito che era una cosa seria, ha chiamato il 118 in vivavoce e nel frattempo ha improvvisato un massaggio cardiaco. Sono arrivati subito, ma non c'era più niente da fare. Se n'è andato in cinque minuti. È stata Isabella a chiamarmi che ero appena tornata a casa dopo la scuola. Di pomeriggio sono andata a casa loro. Lei è distrutta, lo puoi capire. Per fortuna c'erano un bel po' di amiche e amici, e persino qualcuno dei vecchi compagni del comitato. Il peggio verrà dopo».

Restammo in silenzio per un pezzo. Io a metabolizzare la notizia, Amalia, forse, a cominciare l'elaborazione del lutto.

Fui io a parlare per primo.

«Ci sarà un funerale?».

«Solo una breve cerimonia di saluto. Una cerimonia laica, con solo la benedizione della salma, anche se non era credente. Ha sempre detto che era così che se ne voleva andare, quando capitava che se ne parlasse. In punta di piedi. Qualcuno dei vecchi amici dirà qualcosa. Sarà ai Rotoli, da mezzogiorno all'una. Io chiederò un'ora di permesso a scuola. Tu pensi di venirci?».

«Certo. Però arriverò sul tardi. Ho un'altra seduta di laurea nella mattinata, ma dovrei sbrigarmi in modo da arrivare ai Rotoli prima dell'una. Avrò il tempo stretto, non so se ce la faccio a passare a prenderti a scuola».

«Non ti preoccupare. Mi dà un passaggio una collega che è anche lei amica di Isabella, e poi mi riporta indietro».

Ci salutammo rapidamente, dandoci appuntamento al giorno dopo. Misi giù e uscii da capo sul terrazzo. Rimasi a lungo a guardare le luci della costa. E quelle di una nave bianca che doppiava la diga foranea, in uscita verso l'ignoto.

Amalia era stata amica di Teo molto più di quanto lo fossi mai stato io. Ma era pur sempre un pezzo di vita che aveva gettato nell'anima i suoi rampini d'abbordaggio. Come sempre, quando c'è di mezzo qualche frammento di giovinezza in comune.

Tutti lo avevamo sempre chiamato Teo, ma per l'anagrafe ufficiale era Themistocles Vasiliadis. Un cretese arrivato a Palermo per studiare architettura. Poi, poco prima della sua laurea, c'era stato il golpe dei colonnelli e lui, come molti dei suoi compatrioti, aveva deciso di rimanere. Era più vecchio di noi di alcuni anni, ed era un anarchico insurrezionalista. Se fosse rientrato in Grecia avrebbe rischiato di brutto. A meno di non «convertirsi» e denunciare i compagni di militanza. L'ideale anarchico era sopravvissuto al tempo. Ma la militanza si era via via stemperata in una forma di pessimismo non esibito, che si intuiva sottopelle, e che non avrebbe mai ammesso con nessuno.

A Palermo, subito dopo il golpe, lui e altri connazionali avevano costituito un comitato di giovani greci in esilio, che si definivano antifascisti e antimperialisti. Una volta, era stato aggredito davanti alla facoltà di Architettura da una squadraccia di greci filo-colonnelli, che lo avevano pestato a sangue, con la copertura del fascio locale, che faceva loro da guardaspalle. In quella circostanza, aveva conosciuto Isabella, all'epoca una giovane studentessa che, con altri, si era precipitata a soccorrerlo, mentre i fascisti se la battevano. Da allora, non si erano più lasciati.

Mi piaceva, Teo. Piaceva a tutti. Aveva carisma. E una coerenza che talvolta sconfinava nel masochismo.

Arrivai ai Rotoli poco prima dell'una. Avevano sistemato il feretro all'aperto, davanti all'ingresso della camera mortuaria, dominata dalla rupe più inquietante di Monte Pellegrino, che ogni tanto manda giù enormi massi che distruggono tutto quello che incontrano sul loro cammino. Infatti, la parte del cimitero più vicina alle falde è chiusa, in attesa della messa in sicurezza del monte. Il che, in un luogo simbolo della caducità della vita, dimostrava anche la caducità dei simboli della morte. Qualcuno dei nostri intellettuali di più vasto respiro ci avrebbe perso le bave dietro, a colpi di metafore, se ci avesse riflettuto sopra. Io non ne avevo voglia, di rifletterci sopra.

C'era una piccola folla di amici e di vecchi compagni d'anarchia di Teo. Ne riconobbi alcuni. Barbe brizzolate e capelli in caduta libera. Riconobbi pure un paio di architetti associati allo studio del quale lui faceva parte.

Individuai Isabella. Non era difficile, con quelle chiome-Niagara, brune, lunghe fino alla vita, e attraversate dall'inconfondibile ciocca striata di bianco, dall'attaccatura dei capelli, fino alle punte. Erano già così, quando, da studentessa, era scattata a tamponare con un fazzoletto candido le ferite aperte dai colpi di manganello sulla testa di Teo, quando i fascisti greci l'avevano aggredito.

Mi avvicinai, salutando di passaggio le persone che conoscevo. Abbracciai Isabella, e poi Amalia, che le stava al fianco. Mormorai qualcosa che io stesso avrei avuto difficoltà a interpretare, e che preferii dimenticare all'istante. Non sono bravo, in questo genere di cose.

«Lorenzo, sei venuto anche tu, a salutare Teo» sussurrò Isabella; «quanto tempo è passato dall'ultima volta che ci siamo visti?».

«Troppo tempo, Isabella. E mi dispiace assai».

«Vedi quanti amici? Ci sono pure quelli dei circoli anarchici e del comitato. Gli volevano bene, a Teo».

Alcuni degli amici si avvicinarono, e io indietreggiai di qualche passo per fare loro spazio. Amalia mi seguì.

«Che succede, ora?» le chiesi. «Hanno una tomba di famiglia qua ai Rotoli?».

«No. Lo metteranno provvisoriamente nella camera mortuaria, a turno per la cremazione. Meno male che per ora il forno crematorio funziona. Ma ci vorranno giorni. Dopo la caduta del regime in Grecia, Teo ha detto a Isabella che, una volta morto, voleva essere cremato e che poi le sue ceneri dovevano essere portate a Creta e sparse in mare».

«A Chania, immagino...».

«Certo. È nato là. Ma chi sa se la legge greca lo consente. Però, conoscendo Isabella, se pure fosse proibito, non sarebbe certamente questo a fermarla».

«Già. Non ne dubito».

Era una tosta, Isabella. Una gran donna.

Mi misi a pensare a quando Teo aveva saputo che avrei fatto un viaggio a Creta con Michelle, prima della GRD. Ovvero, la Grande Rottura Decennale tra me e lei. Così vi alludevamo tra noi, dopo il GRF. Cioè, il Grande Ritorno di Fiamma. Sembrano sigle da nomenclatura maoista, o da Piano Quinquennale sovietico. Ma danno spunto all'autoironia, che per noi panormiti doc è un fattore di sopravvivenza.

Teo aveva insistito perché andassimo a Chania, dove – diceva lui – il vecchio porto veneziano diviso in due darsene, da solo, valeva il viaggio.

«E dovete assolutamente prendere una stanza alla *Casa di Teresa*, sul porto. Il nome non è una traduzione, è proprio così, in italiano» disse. «Un'esperienza quasi metafisica» aveva aggiunto.

Aveva ragione. Il vecchio porto era pura suggestione. E *La Casa di Teresa* era un alberghetto sul margine del molo, con poche camere distribuite su quattro piani, senza ascensore, ma con una scala di legno a spirale che li collegava. Quando eravamo arrivati con la nostra due cavalli a noleggio era quasi mezzanotte. Avevamo parcheggiato nelle vicinanze e ci eravamo avviati verso l'ingresso, la cui porta era spalancata.

Dentro non c'era nessuno, ma un cartello scritto in diverse lingue invitava gli ospiti a visitare tutte le camere libere, riconoscibili perché avevano la chiave inserita nella toppa all'esterno, e scegliere quella che preferivano. Al momento della partenza, se non avessero trovato nessuno alla recezione, gli ospiti erano pregati di lasciare sul banco l'ammontare del conto e andare con Dio. Il costo del pernottamento e della prima colazione era uguale per tutte le sistemazioni, e indicato nel cartello. Dieci dracme al giorno, poco meno di sessantamila lire, colazione compresa. Ed era una colazione sontuosa, con lo yogurt più buono e il miglior miele che si potessero incontrare nell'universo conosciuto. Il miele di timo dell'altopiano di Lassithi. Lo vendevano certe vecchiette vestite di nero, dietro piccoli trespoli di legno, lungo i tornanti che salivano verso l'altopiano. Ulivi, mulini a vento, vigneti e paesaggi dell'anima, come recitano gli stereotipi di maggior successo. Ci eravamo stati dopo Chania.

Le camere della *Casa di Teresa* erano grandi, con antichi letti a baldacchino, e non ce n'erano due uguali. Tutte stipate di merletti, ninnoli, vecchie poltroncine damascate, comò da mercato delle pulci, soprammobili, tavolini varî. Facevano un po' salotto di nonna Speranza, con il vantaggio che potevi andartene quando volevi. E c'erano libri da tutte le parti, in tutte le lingue. Un altro cartello invitava gli ospiti a servirsene senza riguardo, e se non avessero finito quello che avevano in lettura, potevano portarselo via, magari lasciandone un altro in cambio.

Avevamo scelto una camera d'angolo, all'ultimo piano, con una vista struggente sulle due darsene, gremite di barche da pesca e da diporto, cinte dal lungo molo lastricato con un basolato che somigliava alle nostre balàte panormite dei Quattro Mandamenti. Aria di casa, insomma.

La mattina dopo avevamo conosciuto il proprietario. Un vecchio imponente, dalla barba candida, che parlava un numero incredibile di lingue. E sapeva di arte e di poesia. Avevamo conversato a lungo, lui, Michelle e il sottoscritto. I soliti temi. La Vita. La Morte. Dio. Il Bene. Il Male. E Kavafis. E Adonis, del quale ci rivelò il vero nome: ʿAlī Aḥmad Saiʿīd Isbir. E Omero, ofcors. Che – cecità a parte – immaginavo uguale a quel vecchio. Per la verità, il vecchio era una stampa e una figura con un presidente della cooperativa dei pescatori di Mondello che una volta avevo fotografato di nascosto, in un rigoroso bianco e nero, con la mia Leica anni '30, mentre rammagliava le reti. Ma avevo sempre associato anche lui a Omero.

Prima di ripartire da Chania, mandammo una bella cartolina a Teo, con l'immagine dell'ex moschea dei Giannizzeri, una cosa turca parecchio turcheggiante, costruita sul molo, con una pietra colore arenaria e con le cupolette rosse tutto intorno alla grande cupola centrale.

Era la fine di un settembre da rivista patinata. La stagione turistica sembrava archiviata, per quell'anno. Non un grido, non uno schiamazzo. Chi sa a chi era passato per la testa di convertire in italiano Chania in La Canèa. Il vecchio simil-Omero però ci aveva detto che se fossimo arrivati un paio di settimane prima ci saremmo trovati nel mezzo di una bolgia.

A interrompere il flusso dei miei pensieri fu una mano che mi si posò sulla spalla.

«Lore'» disse una voce che riconobbi all'istante. Mi voltai.

Terzo abbraccio della giornata. Ma, stavolta, del tipo a stritolamento progressivo.

«Orlando» mormorai. E poi: «Come andiamo?» dissi.

Il massimo dell'originalità. Colpa dei funerali. Mi scardinano sempre le sinapsi. Specialmente quelli degli amici. Eluse la domanda.

Ovvio che Orlando Battaglia fosse lì. L'avevo cercato inutilmente con gli occhi, quando ero arrivato ai Rotoli. Era uno degli amici storici di Teo e di Isabella. Gestiva una trattoria in una traversa di via Montalbo, zona Cantieri Navali.

Scambiammo qualche frase di circostanza, in attesa che l'antiruggine facesse il suo corso lungo i nostri labirinti neuronali. Anche con lui non ci vedevamo da un bel po' di tempo.

«È un pezzo che non ti fai vedere con Michelle» disse, infatti.

«Ragione hai, Orlando».

Aveva gli occhi tristi. Era *tutto* triste, Orlando. Persino i capelli, un tempo sua principale funzione vessillifera, avevano dismesso quella loro aria da jungla malese impenetrabile, e venivano giù smorti e appassiti. Effetto della morte di Teo, pensai. Loro due erano legatissimi.

Continuammo una conversazione a singhiozzo. Gli chiesi notizie di Lucia, la sua legittima, e dei due figli pre-adolescenti, Melina e Alekos, così chiamati in onore della Merkouri e di Panagulis. Ma, sopra tutto, un omaggio in vita all'amico Themistocles Vasiliadis, ora sigillato in una cassa a pochi metri da noi.

Mi chiese notizie di Michelle e di Maruzza, mia sorella.

Dopo un po', ci raggiunse Amalia, in transito verso l'uscita. Altri abbracci e commozioni assortite.

Poi Orlando disse che doveva tornare alla trattoria.

«Hai la macchina?» mi chiese. «Me lo dai un passaggio?».

Ai Rotoli lo aveva accompagnato Lucia, che si era fermata per un poco a parlare con Isabella, e poi aveva dovuto scappare di corsa per andare a prendere i figli a scuola.

Andammo insieme a salutare Isabella. E furono altri abbracci, misti a lacrime e a sorrisi stenti. Poi, prima di andare via, posammo tutti e due, per lunghi secondi, una mano sulla cassa.

In macchina, non parlammo per tutto il tragitto.

La trattoria di Orlando è in una stradina poco battuta, via della Lampa, le cui case non si può dire che siano in gran forma. Con l'eccezione di quella che, al pianterreno, ospita la trattoria. Ogni tanto, Orlando la fa imbiancare a calce e fa ridare una mano di vernice blu alla porta d'ingresso e alle finestre. I colori delle isole greche. Il tutto fa molto Santorini, ma in questo la sua amicizia con Teo non c'entrava. Era stata più che altro opera di persuasione di Lucia, che va pazza per quell'effetto.

Effetto che era replicato all'interno. Tavoli di legno dipinti di blu, come le sedie con la seduta di paglia. E muri anch'essi imbiancati a calce. Alle pareti, stampe moderne, per lo più porti e paesaggi marini. E un paio di lito di Maurilio Catalano, una con le *sue* barche e l'altra con le *sue* ancore. Un muretto basso, sormontato da una lastra di vetro, separa la sala dalla cucina, che così è per metà a vista.

Il senso unico vietava di risalire via Montalbo dal lato mare, così ero entrato da via ai Fossi, l'ultima parallela prima di via dei Cantieri, anch'essa intersecata da via della Lampa.

Fermai la mia Golf bianca davanti all'ingresso della trattoria. Mi aspettavo che Orlando si precipitasse a scendere, perché doveva essere l'ora di punta. Invece rimase piantato sul sedile, con lo sguardo disperso davanti a sé. Ma si capiva che non stava guardando alcunché. D'istinto, intuii che era combattuto tra il silenzio e l'inizio di un discorso impegnativo. Optai a mia volta per un silenzio di attesa, un silenzio tattico.

Alla fine, parve riscuotersi. Dette un'occhiata all'orologio da polso. Lo feci anch'io. Effetto neuroni specchio. Erano le due passate.

«Lore', vieni a mangiarti un piatto di pasta» disse Orlando.

Non avevo per niente fame, e l'idea del cibo, in quel momento, mi dava la nausea. Il fatto è che i funerali, oltre a scardinarmi le sinapsi, mi inibiscono pure la peristalsi.

Stavo per rifiutare cortesemente l'offerta, ma lui mi prevenne.

«Fammi compagnia» mormorò.

C'ero rimasto secco, perché nel modo in cui l'aveva detto avevo riconosciuto una componente quasi di supplica. Il che non era in carattere con l'universo-Orlando.

Pensai che non avesse ancora smaltito la botta della morte di Teo. D'altra parte, non erano trascorse nemmeno quarantott'ore. Ed erano davvero amici. Oltre che compagni di anarchia. Ma non doveva essere solo quello, il motivo. Doveva esserci altro.

«Va bene» dissi. «Poi, però, devo scappare subito ché ho una seduta di laurea nel primo pomeriggio».

«Grazie, Lore'. Allora io scendo e faccio preparare il tavolo; tu cerca di posteggiare e mi raggiungi».

Trovare posto per la Golf fu più facile del previsto, perché a quell'ora avevano quasi del tutto smobilitato le bancarelle del popolarissimo mercato che occupa via Montalbo per buona parte della sua lunghezza. Banchi di frutta e verdura e di pescivendoli, per lo più.

Parcheggiai proprio all'angolo tra via Montalbo e via della Lampa, e raggiunsi velocemente a piedi la trattoria.

Prima di entrare, lanciai automaticamente uno sguardo all'insegna. Un pannello orizzontale di legno, che sovrastava l'ingresso, con sopra dipinto a mano il nome del locale: *Dalla Narchico*. E sotto, a caratteri più piccoli, *Cucina palermitana*. Di sera, alcuni faretti illuminavano la scritta.

Orlando aveva commissionato l'insegna a un artigiano che teneva bottega nella zona, e quando aveva visto lo strafalcione si era incazzato a morte.

«*Dalla* chi? Lucio Dalla?». Aveva urlato. «E *Narchico*? Che viene a dire, *Narchico*? Che mi rappresenta?».

Poi aveva continuato a imperversare per un pezzo. Il tizio, ridotto a una radice cubica, si era offerto subito di aggiustare la scritta. Però, proprio in quel momento, era sopraggiunto Teo. Il quale, dopo un'occhiata all'insegna, era scoppiato in una delle sue risate che a furor di popolo venivano definite omeriche solo per via delle sue origini.

Aveva convinto Orlando che l'insegna era perfetta. Un'operazione di marketing involontario, l'aveva definita.

«Più anarchico di così...» aveva aggiunto.

Il tempo gli aveva dato ragione.

Entrai. La sala era piena a metà, e parecchi clienti stavano in piedi davanti alla cassa, in attesa di pagare il conto e uscire. Di giorno è sempre così, perché l'utenza è fatta sopra tutto di persone che consumano rapidamente un primo durante la pausa pranzo, e tornano subito al lavoro.

Un'utenza mista, in prevalenza operaia e impiegatizia, anche se talvolta capitano anche dirigenti e quadri intermedi dei Cantieri Navali. Durante l'Anno Accademico è frequentata pure dagli studenti fuorisede, come alternativa non dispendiosa ai menù delle mense universitarie. Infatti, coerente con i suoi vecchi ideali, a pranzo Orlando pratica prezzi accessibili a tutti, e per poche migliaia di lire propone debordanti piatti di pasta con i condimenti della tradizione panormita.

A cena, lo scenario cambia, e la classe operaia e impiegatizia cede il passo alla borghesia intellettuale e *illuminata*, e gli studenti universitari vengono sostituiti dai loro docenti più barbuti e col mezzo toscano spento appeso alle labbra. Il menù è più vario e raffinato, e i prezzi salgono di conseguenza.

Appena entrato, notai subito la novità. Di là dal vetro che separava la sala dalle cucine, al posto della familiare stazza di Rosalia, da una vita cuoca del locale di Orlando, c'era una ragazza che non avevo mai visto prima, e che trafficava ai fornelli. Sotto la cuffia bianca, si intuivano capelli tagliati corti, maculati di blu e di un improbabile rosso fucsia.

Fui avvistato da Bijay, uno dei giovani camerieri bengalesi di Orlando. Venne verso di me e mi guidò a un tavolo d'angolo, apparecchiato per due.

«Il capo viene subito» disse.

È così che i camerieri chiamano, non senza ironia, Orlando. Il quale arrivò dalle retrovie proprio in quel momento, portando un piatto con le olive, le acciughe e pezzi di ragusano semi-stagionato, che posò sul tavolo.

«Siediti» disse; «ti raggiungo tra un minuto».

Confabulò brevemente con l'addetto alla cassa, che è un uomo di mezz'età originario del quartiere, e poi tornò al tavolo.

«Che mangi?» disse.

Al *Dalla Narchico* si va per due motivi, le due glorie del menù: i bucatini con le sarde e la zuppa di pesce. Optai per i bucatini, meno impegnativi della zuppa. Orlando entrò in cucina, parlottò con la ragazza dalle chiome rosso-blu, e uscì impugnando una caraffa di vino bianco della casa. Sedette di fronte a me, con il viso scuro. Spilluzzicammo gli antipasti. Dopo un paio di acciughe, scopersi con un po' di stupore che, tutto sommato, funerale o non funerale, mi era venuta fame.

Mi aspettavo che Orlando attaccasse da un momento all'altro un discorso di qualche genere. Più volte ebbi l'impressione che stesse per cominciarlo. Ma non lo fece. Avvertivo un rodìo, una tensione, tenuti a freno da una reticenza tenace, come se le parole che spingevano per uscire gli facessero groppo tra i denti e le labbra e non riuscissero ad affrancarsi.

Azzerati gli antipasti, fui io a fare un primo passo, un tentativo di incoraggiamento. Tutto sommato, era stato lui a insistere perché pranzassimo insieme.

«Come mai non c'è Rosalia?» dissi.

Si rabbuiò ancora di più. Forse avevo beccato la causa scatenante dell'umore che si trascinava dietro da quando ci eravamo incontrati ai Rotoli. E chi sa da quanto tempo prima.

«Rosalia si è messa in pensione» disse.

«Così, da un giorno all'altro, senza preavviso?».

Mi sembrava strano. Rosalia era sempre stata una specie di vice-madre, per Orlando; più per autorevolezza e affetto che per differenza d'età. E una presenza importante anche per i due ragazzi e per Lucia. Sopra tutto dopo la fine dell'anno scolastico, quando tutti e tre, di ritorno da mattinate trascorse sulla spiaggia di Mondello, passavano dalla trattoria per prendere un boccone, prima di tornare nella loro casa, sulla strada tra Boccadifalco e Baida. Lucia era maestra elementare, e insegnava in una scuola di via Pitrè.

Prima che Orlando potesse rispondermi, si sentì lo scampanellio che annunciava che c'erano piatti pronti. Bijay entrò in cucina e uscì subito dopo con i bucatini con le sarde, che posò davanti a me e a Orlando. Il quale fece una mezza smorfia.

A prima vista, i piatti non erano molto invitanti. I bucatini erano annegati in un eccesso di acqua di cottura. Ne arrotolai un po' con la forchetta e assaggiai con cautela. Erano scotti. E le sarde sembravano bollite. Il finocchietto selvatico, appena scottato, non era stato sminuzzato, e non erano stati eliminati i fusti più duri, quasi lignificati. La passolina e i pinoli li avevano aggiunti alla fine, e non erano stati ammollati preventivamente nell'acqua tiepida.

Orlando cosparse abbondante muddrica atturrata sui suoi bucatini. Poi mi passò il contenitore.

«Questa l'ho fatta io» disse. «Come al solito».

Me ne servii anch'io senza risparmio. Era l'unica cosa decente dentro il piatto. Orlando, dopo averlo tostato, condisce il pan grattato con suoi ingredienti segreti. Spezie e aromi di vario tipo, tra i quali è possibile riconoscere il cardamomo, lo zenzero e la cannella. Sembra un azzardo, ma funziona, perché le varie componenti sono perfettamente bilanciate. Poi mescola tutto, aggiungendo adeguate quantità di olio extravergine, a fuoco spento.

Mangiammo tutti e due svogliatamente, senza dire una parola. Io mi feci un punto d'onore di finire il piatto, con l'aiuto amichevole del vino fresco della caraffa, un inzolia. Lui abbandonò a metà strada.

Si alzò, raggiunse il frigobar gremito di bottiglie, di lato alla porta delle cucine, lo aprì e ne prese una per il collo. Tornò al tavolo stringendo la bottiglia in una mano e due bicchierini nell'altra. Li riempì fino all'orlo.

Sapevo cos'era. Orlando, quand'è il momento giusto, va in certi posti di montagna che conosce lui, alla ricerca delle piante di finocchietto selvatico in fioritura, e raccoglie le infiorescenze. Poi le mette in infusione nell'alcol e, a tempo debito, ne ricava un delicatissimo amaro digestivo che offre agli amici e a chi, tra i suoi clienti, gli fa simpatia. Un vero balsamo.

Centellinai il mio e lui buttò giù il suo. Tornai alla carica:

«Allora, cos'è questa storia della pensione di Rosalia?».

Sembrò raccogliere le idee.

«Lo sai che Rosalia ha un figlio che sta in un paesino vicino Piacenza?» disse alla fine.

Annuii. Sapevo vagamente che questo figlio viveva al nord, che era sposato con una locale, e che la coppia aveva due figli piccoli. Rosalia stravedeva per i due nipotini.

«E quindi?».

«Sarà stato tre mesi fa, sua nuora è morta in un incidente. Rosalia, allora, ha deciso di andare a dare una mano al figlio, che si è ritrovato vedovo e solo, con due bambini da accudire. E così ha fatto le carte per la pensione ed è partita. Io l'ho favorita in tutti i modi. Era il minimo. Lei però mi ha detto che non si sarebbe mossa finché io non avessi trovato con chi sostituirla».

«Ho capito. Così la ragazza è la nuova cuoca. Mi pare molto giovane. È in prova?».

Si incupì ancora di più. Si vedeva che era più che mai combattuto tra reticenza e voglia di raccontare qualcosa che doveva pesargli come un malo destino. Stavo per incoraggiarlo a parlare, quando un uomo entrò nel locale e cercò tutto intorno con gli occhi, fino a individuare Orlando.

«Signor Battaglia...» disse piano.

Orlando si voltò e si alzò dal tavolo.

«Scusa, Lore'» disse a bassa voce, «devo parlare con questo signore. Mi sta seguendo una pratica per i lavori di adeguamento della sicurezza, una delle solite camurrie che i burocrati si inventano tutti i giorni... Me l'ero completamente dimenticato che gli avevo dato appuntamento qua, ora... Ne avremo per un bel pezzo. Tu però non sparire di nuovo. Fatti vedere presto con Michelle».

Non so se fu una mia falsa impressione, ma, più che rimpianto per la chiacchierata persa, mi parve di avvertire un certo sollievo, in Orlando. Alla fine, la reticenza aveva avuto il meglio sull'esigenza di comunicare.

Nel frattempo, il locale si era quasi del tutto svuotato e avevano tirato giù una specie di veneziana che chiudeva la vista di là dal vetro. Questo voleva dire che la cucina aveva sospeso l'attività. Il che non era una gran perdita, a giudicare dal pasto appena subito. Orlando fece segno al cassiere che il sottoscritto era ospite della casa. Ci salutammo con un abbraccio. Roba da uomini forti e silenziosi.

Fuori, camminai con andatura meditabonda verso la mia Golf. Una volta in macchina, non misi subito in moto. Rimasi seduto dietro il volante, ricostruendo mentalmente quell'ultimo pezzo di giornata. A un certo punto, avvertii il ticchettio di un paio di tacchi in avvicinamento. Lanciai distrattamente un'occhiata verso lo specchietto di destra. Un paio di fuseaux neri, che finivano poco sopra un paio di quegli zatteroni con i tacchi problematici, che le femmine si infliggono come penitenza per chi sa quali peccati. Pochi secondi, e la titolare dei fuseaux e degli zatteroni transitò di fianco alla Golf.

Capelli blu e fucsia. La nuova cuoca di Orlando. Mentre passava oltre, ruotò per un istante il viso verso sinistra, a controllare qualcosa sul marciapiede opposto. Il che mi permise una visione fugace della sua faccia.

A giudicare dal rossetto che si era passato sulle labbra prima di lasciare il locale, doveva essere una tipa coerente. Almeno nella scelta dei colori. Blu sul labbro superiore, rosso fucsia su quello inferiore. Effetto esaltato dallo spessore delle labbra, non certo sottili. Sui fuseaux indossava una canotta anch'essa nera, che lasciava scoperto sul braccio sinistro un piccolo tatuaggio blu che rappresentava un cuore. Avrei scommesso che sul braccio destro aveva tatuato un cuore rosso. Era più giovane di quanto mi fosse sembrata attraverso il vetro delle cucine. Ventitré, ventiquattro, azzardai a occhio.

Svoltò a destra, in via Montalbo, e sparì alla vista. Io rimasi seduto in macchina ancora per qualche minuto. Poi sbirciai l'orologio. Avevo ancora un po' di tempo, prima dell'inizio della seduta di laurea del pomeriggio. Decisi di tornare dalla strada dell'Addaura, e di passare da un posto che conoscevo in via delle Saline, a Mondello, che fa i migliori biscotti di regina della città. Sono i biscotti preferiti di Michelle, per la colazione del mattino.

Riaccesi i motori della Golf e svoltai anch'io in via Montalbo, fino a sbucare in via Simone Gulì, all'altezza dell'ex Manifattura Tabacchi. Girai a sinistra e continuai in direzione dell'Acquasanta. Superata Villa Igiea, trovai il semaforo rosso. Mi accodai a una 126 gialla. Dentro, c'era qualcosa di blu. E di rosso fucsia. La nuova cuoca di Orlando doveva avere recuperato l'auto in via Montalbo o in una delle traverse, non lontano dalla mia Golf. Quando scattò il verde, scattò pure la 126.

Non so se fu una forma di curiosità, una sindrome da compare d'anello di uno sbirro, o un banale automatismo da cultore di noir, ma mi ritrovai a pedinare con discrezione la 126. Lasciai aumentare la distanza tra noi, ma cercai di non perderla di vista. Non fu difficile. Dopo un paio di centinaia di metri, la vidi svoltare a destra, sulla stradina che costeggia l'Ospizio Marino. L'ho percorsa innumerevoli volte, quella viuzza, ma ne ho sempre ignorato il nome. Un papa o un cardinale, verosimilmente. Come altre strade della zona. Doveva essere un incanto, prima che vi costruissero i casermoni che si alternano a modeste case da vecchio borgo marinaro, a varî livelli di degrado.

Ancora qualche centinaio di metri e la 126 rallentò in vista di un cancello di ferro smaltato, piazzato a metà di un muro di arenaria male invecchiata. Il cancello aveva cominciato ad aprirsi prima che l'auto vi finisse davanti. La tizia in blu e fucsia doveva avere azionato un telecomando. La 126 sparì di là dalle sbarre. Quando vi passai davanti, il cancello si era già quasi del tutto richiuso, e dell'interno si vedeva poco, solo un'impressione di cemento sopra una spianata, perché tra le sbarre erano state inserite fasce orizzontali di metallo, che schermavano la visuale. Il muro era troppo alto e troppo vicino alla strada, per lasciare intravedere alcunché. All'esterno, però, notai un paio di telecamere disposte in modo strategico.

Alzai mentalmente le spalle e tirai dritto finché la stradina non si ricongiunse con la strada principale. Non mi fermai più fino al posto dei biscotti. Poi tornai a tappo in via Medina-Sidonia.

Amalia mi chiamò la mattina dopo, al dipartimento. A giudicare dalla voce, sembrava meno abbattuta rispetto a come l'avevo vista ai Rotoli.

«Lore'» disse, dopo i reciproci *come va?*, «l'amico tuo ieri sera se n'è spuntato con un sacco di domande sul come era andato il funerale, sul come stavi tu, e se c'era Michelle, e chi altri c'era... Alla fine se n'è uscito con la sparata che da un sacco di tempo non ci vedevamo tutti e quattro insieme e che aveva desiderio di una serata *come ai vecchi tempi*... te l'immagini? Quando mai ci sono stati *vecchi tempi* in cui uscivamo tutti e quattro insieme?».

«Ci aveva dato dentro con la slivovitz, il signor vicequestore?».

«No. La verità è che, in questi giorni, Vittorio è strafatto di lavoro e ha bisogno... come dire?... di uno stacco. Insomma, per farla breve, mi ha chiesto di organizzare un'uscita a quattro in un posto dove fanno *autentica cucina siciliana*, possibilmente a base di pesce».

«E quando vorrebbe farla, 'sta cosa?».

«Se per te va bene, anche stasera. E io ho pensato che sarebbe pure un bel modo per ricordare Teo. A lui sarebbe piaciuto. Se esiste davvero un posto da dove tutti quelli che sono passati dall'altro lato della barricata ci tengono d'occhio, sarà contento».

«Tu dici? Comunque, per me non c'è problema. Però devo chiedere a Michelle se va bene anche per lei».

«Ci ho già pensato io. Anche lei sarebbe stata d'accordo per stasera, se stava bene anche a te. Le ho detto che ti avrei chiamato io. Le ho proposto di andare da Orlando. Date le circostanze, mi sembra la scelta migliore».

Dopo l'esperienza del giorno prima, avevo i miei dubbi. Ma non fiatai, con Amalia. Magari, quello del giorno prima era stato un episodio isolato; una giornata storta può capitare anche ai migliori chef stellati, pensai. Solo che quelli, quando gli capita, poi si impiccano al primo ramo disponibile. Per il poco che avevo visto della tizia, dubitavo che potesse persino prendere in considerazione l'idea. Troppo sicura di sé. Troppa arroganza giovanile. Magari, però, mi sbagliavo. Non sarebbe stata la prima volta, nel vortice dei miei tumultuosi rapporti con gli umani. Sopra tutto con le femmine della specie.

«Vuoi che lo chiami io, per prenotare?» dissi.

«No, ci penso io».

«Poi mi chiami per conferma? Lo sai che la sera è sempre pieno...».

«D'accordo».

Mi richiamò quasi subito. Aveva prenotato. Però mi parve di captare un fondo di perplessità, nel suo tono.

«Come ti è parso, Orlando?» dissi.

Ci pensò su per qualche istante.

«Mi è sembrato strano» disse alla fine. «Era contento che l'avessi chiamato. Ma, contemporaneamente, era come se non fosse entusiasta di averci a cena».

La stessa atmosfera del giorno prima, con me. Aveva insistito tanto perché mi fermassi a pranzo. E poi il sollievo, quando era arrivato il tizio con il quale aveva un appuntamento, e io me ne ero andato.

«È ancora pigliato dalla botta per Teo» dissi.

Chiusa la telefonata con Amalia, chiamai di rimbalzo Michelle e prendemmo accordi per la serata.

L'appuntamento con Amalia e Vittorio era per le venti e trenta, da Orlando. Con Michelle avevamo concordato che venisse a casa mia direttamente dal lavoro, e poi ci saremmo mossi insieme per il *Dalla Narchico*. Arrivò in tempo per una veloce doccia e per cambiarsi con una delle mise informali che da qualche tempo tiene a casa mia. Per farle spazio, le ho liberato lo scomparto di un armadio e un paio di cassetti. Sperando che la cosa, a lungo andare, non ci porti attasso.

Optò per un paio di jeans e per una camicetta blu, sotto un cardigan di lino.

Parcheggiai in una traversa di via Montalbo. Più vicino all'ingresso della trattoria riconobbi la 131 bianca di Vittorio. Lui e Amalia erano già dentro, in piedi, a scambiare qualche parola con Orlando. Il quale, sotto lo strato superficiale di una contentezza troppo esibita, tentava di mimetizzare una tensione difficile da occultare.

Ci guidò a un tavolo isolato. Prendemmo posto. Anche Vittorio, come Orlando, all'inizio, sembrava diviso tra un eccesso di contentezza e una tensione che si avvertiva sottopelle. Doveva entrarci l'ubriacatura da lavoro cui aveva accennato Amalia. Per fortuna, durò poco. Merito pure di Orlando, che era arrivato subito con una bottiglia di spumante dell'Etna e cinque flûte. Il quinto bicchiere, per sé.

Stappò, annusò il tappo, e versò lo spumante.

«Al nostro amico Teo» disse, alzando il calice.

Tutti lo imitammo. Alla fine del rito, quando i bicchieri erano ormai vuoti, si sentì la suoneria di un telefono di tasca. Quello di Amalia. Lei lo tirò fuori dalla borsa, dette un'occhiata al displei, e si alzò.

«Scusate» disse, muovendosi verso l'uscita, «torno tra un minuto».

Di minuti ne passarono cinque. Poi tornò e riprese posto a tavola. Intercettò subito lo sguardo interrogativo di Vittorio.

«Era Livia» disse. «È preoccupata per Salvo. Non lo sentiva da giorni, perché avevano litigato. Alla fine si è decisa a chiamarlo, e l'ha trovato nervoso, più incazzoso del solito... lei per la verità ha detto irascibile. Secondo lei c'entra il lavoro. Ha paura che stavolta farà il botto. Le ho detto che la chiamo domani e ci facciamo una bella chiacchierata come si deve».

Mentre lei parlava, io incrociai per un istante lo sguardo di Vittorio. I suoi occhi ebbero un lampo.

E, con quello, eravamo a quota tre, il numero perfetto: prima Orlando, poi Vittorio, e infine questo Salvo, che doveva essere l'amico e collega sbirro della costa Sud, con il quale, una volta, l'avevo sentito parlare al telefono da casa sua. Tre anime nella tormenta, come si dice nei polpettoni avvelenati della tivvù. Ce ne sarebbe stato abbastanza per scriverci un racconto noir, di quelli ad alto tasso di tensione psicotica. Ma a trovarlo, uno scrittore di noir, dentro il *Dalla Narchico*, a quell'ora. Quelli si svegliano solo a mezzanotte. Come Miriam. Ma solo per darsi l'aria vissuta.

Orlando si presentò a prendere la comanda. Prima le varie frascolerie da antipasto. Poi ci consultammo tutti e quattro con gli occhi. Zuppa di pesce all'unanimità, senza tentennamenti. A parte le mie dita mentali incrociate. Una replica della disfatta del giorno prima mi sarebbe dispiaciuta per Orlando.

Fu peggio che una disfatta. Niente da dire sulla materia prima, eccellente, perché è Orlando che si occupa personalmente di rifornire la cambusa di bordo. Ogni mattina fa il giro di un ristretto numero di pescherie, e sceglie in funzione della freschezza di pesci, crostacei, molluschi. E dei ricci di mare per condirci le linguine, quando è la stagione giusta. All'epoca della passa dei caponi, tra la fine di agosto e l'inizio dell'inverno, allarga il giro fino ai moli di Isola delle Femmine.

Insomma, la materia prima della zuppa di pesce era, come nei miei ricordi, di prima scelta. Ma la tizia in rosso-blu che, appena entrato nel locale, avevo intravisto di là dal vetro, era riuscita a rovinarla senza remissione. E, probabilmente, senza fatica.

Il pesce era diventato gommoso, forse perché stracotto a fiamma troppo alta. In compenso, i calamari, i totani e le seppie erano semi-crudi. C'era un eccesso di cozze e qualche vongola. L'unica cosa che si salvava erano i gamberi. Però non vado pazzo, per i gamberi. Forse si sarebbe potuto salvare pure il brodetto, nel quale intingere i crostini strofinati con l'aglio. Peccato che l'aveva caricato di curcuma. E di chi sa che altro.

Al primo assaggio, Vittorio fece una smorfia. Amalia girò lo sguardo verso ciascuno di noi, a turno. Michelle, seduta di fronte a me, aggrottò le sopracciglia e mi guardò brevemente negli occhi. Io, dopo avere osservato le reazioni degli altri tre, ripresi a mangiare lentamente, con metodo. Adda passa' 'a nuttata, mi dissi, alla napoletana. Come il giorno prima, mi facevo un punto d'onore di finire il piatto, per non umiliare Orlando. Scelta condivisa dagli altri, a quanto sembrava.

Nessuno fece commenti sul cibo, durante il pasto. Ma intorno al tavolo, a poco a poco, si consolidò una specie di allegria diffusa, un'allegria vagamente macabra che, a un osservatore esterno che fosse stato al corrente delle circostanze che indirettamente avevano dato spunto a quella riunione tra amici, sarebbe apparsa fuori luogo. In realtà, capita spesso, in occasione di certi funerali.

Michelle chiese notizie di Emanuele e Stefano, i due ragazzi Spotorno. Vittorio precedette la risposta di Amalia, affermando che *i picciotti* erano *troppo tosti*, che in palermitano vuol dire discoli. Avrebbe voluto essere una valutazione negativa, se non fosse stata circonfusa di compiacimento paterno.

Vittorio si era andato rilassando sempre di più. Orlando aveva il suo da fare intorno agli altri tavoli, e ogni tanto lanciava occhiate oblique verso di noi. Gli altri avventori, a giudicare da come si strafogavano, sembravano apprezzare quello che avevano nei piatti. Però, guardandomi intorno, non riconobbi tra loro nessuno dei vecchi aficionados del *Dalla Narchico*. Erano tutte facce nuove, per lo più giovanissime. Un altro pianeta. Anche dal punto di vista dei gusti gastronomici. A meno che, la tizia in rosso-blu, non avesse deciso di riservare solo a noi le sue attenzioni malevole. Ma ne dubitavo.

Qualcosa, alla fine, riuscimmo a recuperare, da quella cena, riguardo alla qualità del cibo: i famosi semifreddi di Orlando. Fu lui stesso a portarli, prevenendo la nostra richiesta, dopo che Basu, un altro dei giovani camerieri bengalesi, aveva sgomberato il tavolo. Al primo assaggio, fu chiaro che era ancora lui a prepararli personalmente. Poi portò un vassoio con un'anguria dolcissima, tagliata a tocchetti, e la bottiglia con il liquore fatto con le infiorescenze del finocchietto selvatico. Infine, il caffè.

Al momento del conto, tentò di glissare. Ma fummo irremovibili. Portò un conto ridicolmente basso.

Ai saluti, si guardò bene dal chiederci come fosse andata la cena. Lo sapeva. E non voleva metterci in imbarazzo. Fuori, nessuno di noi fece commenti sul cibo. Ci accontentammo della bella atmosfera che nonostante tutto – morte di Teo compresa – si era creata a tavola.

La mattina dopo, al risveglio, Michelle mi disse che avevo farfugliato qualcosa nel sonno, ma che lei non ne aveva afferrato una sillaba.
Ricordavo vagamente fotogrammi di un sogno nel quale compariva la tizia in rosso-blu. Litigava con un'altra donna, più anziana. Forse Lucia, la legittima di Orlando? Il mio subcosciente mi suggeriva la più convenzionale delle spiegazioni, per la «crisi» di Orlando? Dal poco che avevo visto della tizia, non mi era sembrata chi sa quale sirena ammaliatrice. Però era giovane. Molto giovane.
Erano comunque fotogrammi di memoria confusi, che svanirono man mano che riprendevo confidenza con la realtà delle cose da fare.
Mentre guidavo verso via Medina-Sidonia, ripensai alla cena della sera prima, al pranzo del giorno dei funerali, e all'inspiegabile atteggiamento di Orlando. Poi non ci fu più tempo per pensarci.
Il pensiero riaffiorò ore dopo, quando mi ritrovai al banco del *Florìda bar*, davanti a un caffè che seguiva un panino con il salmone affumicato e l'erba cipollina, consumato in fretta, in piedi. Un'occhiata all'orologio. Le due e qualcosa. Non avevo impegni urgenti fino alle quattro, quando sarebbe arrivato un mio tesista con la prima stesura di una tesi compilativa.

Decisione rapida. Avevo appreso le chiavi della Golf, parcheggiata davanti al *Florìda*. Salii a bordo e accesi i motori. Puntai la prua verso il *Dalla Narchico*.

Guidai con calma, per dare il tempo ai clienti di Orlando di finire il pasto, pagare il conto, e tornare alle proprie occupazioni primarie. Dopo le due e mezza, di solito, rimangono poche persone, nel locale. E, sopra tutto, se la tizia in rosso-blu avesse ripetuto il copione della prima volta, sarebbe già stata sulla rotta di casa o quel che era.

Per sicurezza, quando arrivai dalle parti della trattoria, feci una breve perlustrazione con la Golf, per cercare di individuare la 126 gialla.

Fui fortunato. La trovai subito vicino all'ingresso del *Dalla Narchico*. Parcheggiai all'ombra, a una ventina di metri, e aspettai.

Uscì dopo un quarto d'ora. Stavolta, riuscii a darle una bella occhiata, favorito dal fatto che lei era controsole e non doveva risultarle agevole riconoscermi. Ammesso che avesse avuto modo di vedermi le due volte che ero stato da Orlando.

La stessa impressione della prima volta. Una ragazzotta. Viso ordinario. E fisico da tapis roulant e cyclette, il fisico levigato comune a molte sue coetanee che si potevano permettere l'iscrizione a una palestra. Ma le vie di Eros sanno essere tortuose, pensai.

Quando la 126 partì verso via dei Cantieri, scesi dalla macchina ed entrai nel locale. Come avevo previsto, erano rimasti pochi avventori. Avvistai Orlando nello stesso istante in cui lui avvistò me.

Ci incontrammo a mezza strada.

«Lore', la cucina è chiusa» disse. «Se ti accontenti, ti posso organizzare un bel piatto di olive, alici, pomodori secchi, ragusano...».

«Non sono venuto per mangiare, Orlando» mormorai.

«Lo so perché sei venuto, Lorenzo».

Il passaggio dall'amichevole *Lore'* al più anagrafico *Lorenzo* era segno che la faccenda, quale che fosse, era davvero seria.

«Dove ci mettiamo, per parlare?» dissi.

«Hai la macchina? Aspettami due minuti fuori. Do istruzioni ai ragazzi, e ti raggiungo».

Arrivò dopo cinque minuti.

Sulla Golf, il mio pilota automatico a trazione western optò per il passaggio a nord-ovest, direzione Acquasanta. Superata Villa Igiea, immediatamente prima del semaforo, mi infilai nel varco che immetteva nell'area dell'Ospizio Marino, che a Palermo continuiamo a chiamare così, nonostante il nome ufficiale sia un altro. Il parco è parecchio trascurato, e diversi padiglioni liberty avrebbero bisogno di restauri urgenti. Ma è uno dei luoghi più affascinanti della città, affacciato sul mare dell'Arenella, con la più bella vista sulla tonnara e sulla Palazzina dei Quattro Pizzi. Una delle tante eredità panormite di casa Florio. Su quel pezzo di mare, proprio sotto la ringhiera del parapetto, una volta, avevo visto planare un cigno nero, che, essendo una specie esotica, doveva essere fuggito da uno zoo privato. Uno spettacolo in esclusiva, solo per il sottoscritto.

Parcheggiai con la prua rivolta verso il mare, e spensi i motori.

«Tu vorresti raccontarmi qualcosa, ma sei combattuto» dissi, andando dritto al punto. «Mi sbaglio?».

Sospirò.

«Non ti sbagli. Però mi devi promettere che quello che ti dico resterà tra noi. Sei una delle poche persone con le quali mi sento di parlarne».

La cosa mi lusingava ma non mi stupiva. Non era la prima volta che mi accadeva di fare da muro del pianto per confidenze altrui; anche quando non si trattava di amici stretti. Capita, quando si ha una faccia affidabile, che ispira fiducia. E niente battutine fuori ordinanza, plis.

«C'entra la ragazza, la nuova cuoca?» dissi. «Siamo adulti e vaccinati, Orlando. Da parte mia, non hai niente da temere. Lucia lo sa?».

«Certo che lo sa. Dovevo nasconderlo proprio a lei?».

«Non la facevo così sportiva, Lucia... Qualunque altra donna, al suo posto...».

«Ma che hai capito, Lore'? Ti pare che uno come me può perdere la testa per una sciacquetta come quella là? L'hai guardata bene?».

Rimasi spiazzato.

«La cosa è molto più seria, Lore'» riprese. «Tu lo sai come si chiama, la ragazza? Mastorna, si chiama. Mastorna Gessica, come si firma lei. Con la *gi* al posto della *gei*. Mastorna. Hai capito?».

Prese atto della mia espressione frastornata.

«No? Allora ho capito io: il nome Mastorna non ti dice niente...».

«In effetti, a parte che mi ricorda il titolo di un film che Fellini non riuscì a girare, non mi dice un accidente di niente. È grave?».

«Sono una famiglia mafiosa della zona. In ascesa. Ecco chi sono, i Mastorna».

Fu come sentire l'attacco della numero 5 del vecchio Ludwig van B. Il destino bussa alla porta. Impiegai un po' a riprendermi.

«Mi stai dicendo che la tizia, come si chiama, Gessica, è una specie di pizzo che la famiglia Mastorna ti impone?».

«Nella sostanza, non ci sei andato lontano. Ma la situazione è un poco più complessa, perché ci sono di mezzo gli affetti familiari».

«Spiegati».

«I Mastorna sono un vero e proprio clan; anzi, una tribù. E sono quanto i fichi amari: tra padri, madri, zii, suoceri, cognati, figli, nipoti e cugini arrivano a non so quanti malacarne. Stanno tutti insieme, in una specie di enclave... com'è che li chiamano, i militari? Un compound? Non dico che sia fortificato, ma di sicuro è ben protetto e sorvegliato da gente fidata».

Mi vennero in mente le telecamere intorno al cancello oltre il quale avevo visto sparire la 126 della tizia in rosso-blu. Doveva essere quello, il famoso compound.

«E sono spuntati all'improvviso? Prima non ti avevano individuato, come potenziale destinatario di un invito a metterti in regola, come dicono loro?».

«Il fatto è che prima non erano loro a comandare. Prima di loro imperava la famiglia Lo Coco che era, ma si fa per dire, più moderata. E non parlo della vecchia leggenda che piaceva tanto alla borghesia para-mafiosa, che distingueva tra la mafia *buona*, che amministrava *giustizia* nelle campagne, e la mafia *cattiva* del sacco edilizio, dell'eroina, e delle ammazzatine a tinchitè. Malacarne erano quelli di prima, malacarne sono i nuovi. No, mi sono fatto l'idea che, se quelli di prima mi avevano lasciato in pace, è stato per un fatto di pura convenienza».

«Cioè?».

«Lo sai come funzionano le cose, da noi. La maggior parte dei commercianti, per non complicarsi troppo la vita, preferisce pagare alla prima richiesta di pizzo. O, persino, va preliminarmente a mettersi a disposizione. Ogni tanto, però, c'è qualcuno che resiste o, addirittura, denuncia. E siccome Cosa Nostra è in una fase di inabissamento carsico, cioè di mimesi ambientale, trova più conveniente non venire troppo allo scoperto con azioni eclatanti».

«E a te non hanno mai fatto richieste, dirette o indirette?».

«Lore', di loro possiamo dire tutto il peggio che vogliamo, ma non che siano dei coglioni. Io ho una storia alle spalle, e si sa chi sono e come la penso su certe cose. Considera pure che i picciotti di *Addio Pizzo* frequentano spesso il mio locale, ed è noto a tutti, nel quartiere, che per molti di loro sono un amico. Così, fino a poco tempo fa, le nostre strade, cioè la mia e quella di questi Lo Coco, non si erano mai incrociate, perché per loro il gioco non valeva la candela».

«E com'è che poi è cambiato tutto?».

«È cambiato perché i Lo Coco si sono ritrovati con un pentito in famiglia e sono stati falcidiati dagli arresti. Ma è stata sopra tutto la faccenda del pentito, che li ha indeboliti rispetto alle altre cosche».

«E così sono venuti fuori questi altri, i Mastorna».

«Bravo. Hai colto il punto. Sono furbi. Hanno i prestanome, e fino ad ora nessuno è riuscito a incastrarli. Bada: io, di tutte queste cose, fino a poco tempo fa, prima di ritrovarmi questa cataprasima in mezzo ai piedi, ne sapevo poco e niente. Non sono originario del quartiere e, come sai, sto a Boccadifalco, dalla parte opposta della città. Se non fosse per Lo Sicco, non ne saprei niente nemmeno ora. Ma dopo la cosa della ragazza mi ha fatto un corso accelerato».

Lo Sicco è l'uomo che sta alla cassa del *Dalla Narchico* dal giorno dell'apertura, ed è una specie di «secondo occhio» del locale, dopo Orlando. Oltre a essere un uomo, è pure un ragioniere.

«Lo Sicco è nativo della via Montalbo, e conosce vita, morte e miracoli di tutta la zona tra la via dei Cantieri e Vergine Maria».

«E non ti ha detto niente, quando si è presentata la ragazza?».

«No. A parte che lui è uno riservato, con lei avevo trattato io, e Lo Sicco l'ha saputo solo a cose fatte. E non ha detto niente perché pensava che fosse una cosa pacifica, in cui la famiglia non aveva un vero e proprio ruolo».

«Tornando alla ragazza...».

«La ragazza è figlia unica, ed è la luce degli occhi del suo caro papà, che è il capo riconosciuto della famiglia. E farebbe di tutto per esaudire ogni minimo desiderio dell'unica discendente. Lei se lo infascia come e quando vuole. Ed è, senza rispetto parlando, una vera stronza».

«Fammi indovinare. La ragazza si è fottuta la testa con le trasmissioni in cui imperversano gli chef, e ha scoperto che la sua vocazione è...».

«Sì, più o meno, hai afferrato la situazione. Ha pure fatto la scuola alberghiera. E così, quando Rosalia ha deciso di mettersi in pensione e spostarsi al nord, e io ho cominciato a fare passare la voce che cercavo uno chef giovane ma promettente, si è presentata Mastorna Gessica. Rosalia aveva detto che non si sarebbe mossa se prima non avessimo trovato una sostituzione degna, all'altezza della tradizione del *Dalla Narchico*».

«Non mi pare così all'altezza, la tizia. Che è successo?».

«È successo che si è presentata con un sacco di ottime referenze. Così, l'ho presa in prova. Ma dovevano essere tutte fasulle. Forse estorte da suo padre, o da chi per lui. Rosalia, mischina, si è fatta in quattro, le è stata appresso per tentare di insegnarle qualcosa. Ma non ci poteva niente, perché Gessica, oltre tutto, è scarsa e superba. Arrogante, presuntuosa, e convinta di essere un genio di creatività. Per dire, si era inventata le polpette di sarde in agrodolce, però annegate nella salsa di pomodoro. Insomma, ha fuso le due ricette classiche, ma senza nessun criterio, una fusione fredda. Una cosa abominevole...».

«Concordo. E poi che è successo?».

«È successo che, trascorso il periodo di prova, le ho fatto capire che non era cosa».

«E lei?».

«Lei non ha fatto una piega. Però il giorno dopo si è presentato uno che non conoscevo, un quarantino affabile, gentile, pure ben vestito. Si è seduto a tavola, ha ordinato, ha mangiato, e poi ha chiesto il conto. Quando gliel'ho portato, un conto di ventimila lire, lui tira fuori una banconota da centomila e la posa sul piattino. Io porto tutto alla cassa, e poi torno con il resto. Lui lo ignora, e, come se fossimo vecchi conoscenti che non si vedono da un po', mi chiede notizie di Melina e di Alekos. Vuole sapere come vanno a scuola, e cita pure il nome dell'istituto che frequentano. Poi mi chiede di Lucia, e se si trova bene nella scuola dove insegna, in via Pitrè. E a me mi si gela il sangue. Il tizio non sta nemmeno ad aspettare la mia risposta. Si alza, lascia il pizzino del conto e il resto sul piattino, e se ne va pulito pulito. Poi, Lo Sicco mi dice che è un Mastorna, uno zio della ragazza. Puoi immaginare come mi sono sentito. Parabola significa...».

«... tarantola ballarina».

«Ecco, bravo. Rosalia, mischina, voleva rimanere ancora. Ma io ho insistito perché se ne andasse da suo figlio. I primi tempi mi chiamava due volte al giorno».

Pochi secondi di silenzio. Poi riprese:

«Sai, Lorenzo, quello che mi brucia di più non è il crollo della qualità del locale, e nemmeno la perdita, con qualche eccezione, dei vecchi clienti, anche perché ne sono arrivati di nuovi, più giovani, che non ne capiscono un'emerita minchia e sono disposti a ingoiare qualunque schifezza solo perché nei loro giri passa la voce che qua c'è una chef che sembra una di loro. No, non è questo. È il sopruso, il dovere subire... Lo sai che cosa mi combina, la famiglia Mastorna, da quando c'è Gessica?».

«Dimmelo».

«La domenica sarebbe il nostro giorno di chiusura. I Mastorna, invece, pretendono di organizzare i loro pranzi conviviali proprio di domenica, in esclusiva per loro. E mangiano e bevono, ordinano ostriche a carrettate e si abbuffano di zuppa di pesce, che deve sempre prevedere pure le aragoste. E Gessica si comporta come se fosse la padrona, entra ed esce dalla cucina, e litiga sempre con un suo cugino che la sfotte per principio. È una bella gara, a chi è più stronzo tra tutti e due. L'ultima volta lei gli ha gridato che se non la finiva gli avrebbe messo il veleno nel piatto. E tutti a ridere. Poi, quando tutti hanno finito di mangiare, non chiedono nemmeno il conto, ma lasciano una somma esorbitante, che loro devono considerare come una specie di compensazione per avermi imposto la ragazza, ma che per me è solo l'umiliazione finale. Però mi conosci, Lore': io mi faccio un punto d'onore di fargli il conto giusto, per quello che hanno consumato, con tanto di ricevuta fiscale. E metto la differenza nello scomparto delle mance. Per i ragazzi. Almeno accanzano qualcosa, per la mezza giornata di riposo persa».

«E tu conosci me, Orlando: non avevo il minimo dubbio, in proposito. E ora cosa pensi di fare?».

«Quello che avrei dovuto fare subito. Vado in procura. O dai carabinieri. O magari racconto tutto ad Amalia, dato che suo marito è uno sbirro importante. Prima però mando Lucia e i ragazzi da qualche parte, al nord. Tu che hai girato, hai suggerimenti da darmi?».

Meditai per qualche istante.

«Orlando» dissi alla fine, «promettimi di non fare niente senza prima avvisarmi. Ci voglio pensare bene, a tutta questa storia. Ora però ti devo lasciare perché ho un tesista che mi aspetta in via Medina-Sidonia, ed è quasi l'ora».

Lo feci scendere all'angolo tra via Montalbo e via della Lampa, e tirai dritto fino al dipartimento. Lungo il tragitto, pensavo e ripensavo a tutta la faccenda. Con una parte del cervello continuai a ripensarci pure mentre discutevamo con lo studente, che, inopinatamente, aveva fatto un lavoro più che accettabile.

Quando andò via, mi alzai e da uno dei miei scaffali pescai un grosso volume parecchio usurato. *The Merck Index*. Una specie di bibbia scientifica. Inevitabilmente, mi tornò alla memoria l'ultima volta che l'avevo consultato per una faccenda un poco più drammatica. L'assassinio del mio amico Raffaele Montalbani, che qualcuno aveva appeso a un ramo del ficus monumentale dei Giardini Botanici Comunali.

Mentre Orlando mi parlava, all'Ospizio Marino, davanti al mare dell'Arenella, mi era venuta un'ideuzza; anzi, il precursore di un'ideuzza. Ma si era via via consolidata, man mano che ci pensavo. Ora avevo bisogno di alcune verifiche.

Pagina 4.926. Lessi e rilessi le poche righe che mi interessavano. Presi qualche appunto e mi imbarcai in alcuni calcoli, a mano, con carta e matita. Poi rifeci i calcoli usando la calcolatrice del pc. Coincidevano. Segno che non avevo ancora dimenticato i rudimenti delle quattro operazioni.

A casa, trovai Michelle. E fu una bella sorpresa.

Dopo un bel po' di tentennamenti mentali, decisi di non dirle niente della faccenda di Orlando. E delle mie elucubrazioni delle ultime ore.

Dopo cena, scegliemmo un dvd con un film di Bogdanovich, *Rumori fuori scena*, in versione originale, con i sottotitoli. Classe altissima. Dialoghi a orologeria. Una delizia. E il vecchio Michael Caine è uno dei miei attori preferiti, tra i contemporanei. Ce lo iniettammo con l'appoggio tattico di un paio di flebo di Lagavulin 16. Riuscii a confinare in un'area periferica dei miei circuiti neuronali la storia di Orlando. Almeno fino al risveglio.

Arrivai al dipartimento prima del solito. Non c'era quasi nessuno, a parte il personale dell'impresa di pulizie e qualcuno dei tecnici. La classe docente se la prende più comoda, al mattino. Filai direttamente in segreteria. Era troppo presto pure per Santuzza, la segretaria, che non era ancora arrivata. In una piccola stanza annessa, cui si entra da una porticina laterale, c'è un armadietto bianco con la croce rossa stampigliata sopra. Il nostro pronto soccorso per le piccole emergenze. Garze, cerotti, acqua ossigenata, Cicatrene, tubetti di Foille, e varie altre cose. Tra le quali, un flacone dentro la sua custodia.

Lo prelevai e lessi le scritte. Data di scadenza, composizione e posologia. I miei conti del giorno prima erano corretti. E mancavano alcuni mesi alla scadenza. Anche dopo il mio passaggio, ne sarebbe rimasto abbastanza per parecchi casi di emergenza. Che, a mia memoria, non si erano mai verificati. Tant'è che il flacone era ancora sigillato.

Uscii da capo nel corridoio e, da uno degli armadi della vetreria, prelevai un cilindro graduato Pirex da 50 ml, dal quale tolsi la protezione di carta stagnola. Poi cercai un piccolo flacone di vetro scuro, con il tappo a vite.

Tornai in segreteria, misurai 30 ml di liquido nel cilindro graduato, e li versai nel flacone di vetro scuro, sul quale avvitai subito il tappo.

Rimisi tutto in ordine, senza lasciare tracce del mio passaggio. Lavai accuratamente il cilindro, con lo scovolino, lo sciacquai con l'acqua distillata e lo infilai in una delle stufe da vetreria.

Scesi nel mio studio e chiusi il flacone in un cassetto del mio tavolo, in attesa che arrivasse il suo momento. Evento non del tutto scontato. Dovevo ancora parlare con Orlando.

Lo chiamai sul telefono di tasca, quando fui ragionevolmente certo che si era alzato, ma non fosse ancora al *Dalla Narchico*.

«Orlando? Ci possiamo vedere a solo? Ti devo parlare».

«A bello cuore, Lore'. Puoi avvicinare dopo l'orario di chiusura, come ieri?».

«D'accordo. Però, mi raccomando: nessuno ci deve vedere. Specialmente come-si-chiama, Gessica, la ragazza».

«Mi devo spaventare, Lorenzo?».

«Spero di no. Comunque, spetta a te la decisione finale».

«Su che cosa?».

«Te lo dico di presenza».

Appostato nella Golf, come il giorno prima, aspettai che la ragazza uscisse. Appena sparì dalla vista, chiamai Orlando sul telefono di tasca. Gli dissi di raggiungermi.

«No, Lore', se non vuoi che ci vedano insieme, è meglio se ci incontriamo da qualche altra parte. Facciamo così: metti in moto e piglia la strada per il porto. Io tra due minuti esco e prendo la Punto. Andiamo a posteggiare nel parcheggio del Molo Santa Lucia. Poi cerchiamo un bar, un posto per parlare belli tranquilli».

Prendemmo posto a un tavolino nel dehors di un bar di via Amari.

«Allora» disse Orlando. «Di che cosa mi volevi parlare?».

Gli spiegai tutto in dettaglio.

All'inizio, stentò a capire. Gli rispiegai tutto da capo. A poco a poco, entrò nel meccanismo. Se fossimo stati dentro un fumetto, avrei potuto avvertire le vibrazioni delle rotelline mentali che scandivano i suoi pensieri.

«Ma è sicuro?» disse.

«Nel senso che funziona? Tecnicamente, te lo posso garantire con un certo grado di sicurezza. Quello che non ti posso garantire è il risultato finale. Cioè, che ti liberi della famiglia Mastorna. E la faccenda non è priva di rischi per te».

«Questo lo so».

«Alla fine, sei tu che devi decidere. Se te la senti...».

«Certo che me la sento. Dammi 'sta cosa».

«Per scaramanzia, non me la sono portata dietro. Te la consegno domani. Piuttosto, sei sicuro che vorranno la zuppa di pesce? È fondamentale».

«Garantito».

Gli rispiegai quello che doveva fare.

«Agisci solo se hai la certezza che nessuno se ne accorga. Se no, rinuncia. Ci saranno altre occasioni».

«Ora o mai più, Lorenzo. Non so se ce la faccio a reggere per un'altra settimana».

La mattina dopo, passò dal dipartimento. Scesi e ci incontrammo davanti all'ingresso. Gli ripetei tutto per un'ultima volta. Poi, gli consegnai il flacone.

«Però, Orlando, se vedi che si mette male, chiamami. Io sarò in macchina. Il più vicino possibile al *Dalla Narchico*».

Quest'ultima, era stata una decisione estemporanea. Era l'equivalente di un minimo sindacale, dati i rischi che la faccenda avrebbe comportato per lui, e dei quali mi sarei ritenuto moralmente e *materialmente* responsabile. Era una cosa alla o la va o la spacca, come dicono quelli che sanno a memoria gli stereotipi.

Ero arrivato verso le due, contando che il pranzo sarebbe stato in pieno svolgimento. Io avevo deciso di saltarlo, il pranzo. E non invidiavo quelli che stavano dentro, se la tizia in rosso-blu negli ultimi tre giorni non aveva drasticamente migliorato la sua esecuzione della zuppa di pesce.

Avevo parcheggiato la Golf in vista dell'ingresso del *Dalla Narchico*.

Ci volle un'ora, prima che la porta si aprisse e li vedessi sfilare a piccoli gruppi segregati, uomini con uomini, donne con donne. Alcuni discutevano animatamente, gesticolando a piene braccia. Uno degli uomini, un giovane pallido in viso – un viso che appariva quasi tumefatto – camminava curvo, in parte sorretto da un paio di coetanei.

Man mano che si allontanavano dal locale, si andavano ricomponendo i gruppi di famiglia, che poi presero direzioni diverse per raggiungere le auto.

Aveva l'aria di esserci stato un gran casino, dentro il *Dalla Narchico*. Ma da fuori non si era sentito niente, sia perché la Golf era a una cinquantina di metri dall'ingresso, sia perché le imposte erano rimaste chiuse per via dell'aria condizionata.

Intravidi Mastorna Gessica. Aveva l'aria mogia e sbalestrata, come se stesse ancora cercando di capire cos'era successo. Un uomo dall'aria incazzata, che aveva tutte le stimmate di un padre incazzato, le camminava accanto senza degnarla di uno sguardo. A loro si unì una donna, verosimilmente la moglie del tizio, nonché madre di Mastorna Gessica. Salirono tutti e tre su un'Alfetta marrone, che partì sgommando in direzione di via Montalbo.

Non sapevo ancora se mi potevo rilassare. Quando tutti sparirono, alla porta si affacciò Orlando. Si guardò bene dal mostrare di essersi accorto della mia Golf, e rientrò subito. Aveva il viso serafico. Allora sì, mi rilassai. Ancora qualche minuto e mi chiamò sul telefono di tasca.

«Vediamoci tra mezz'ora nello stesso bar di venerdì scorso» sussurrò.

Trovai facilmente posto nell'estuario di via Amari, di fronte al varco principale del porto. Effetto collaterale della domenica. Era libero lo stesso tavolino della prima volta. Ordinai un pastis. Dopo una ventina di minuti, arrivò Orlando. Gli studiai il viso già da lontano. Cercava di rimanere impassibile.

Non ci riuscì a lungo. Persino i suoi capelli sembravano resuscitati allo status quo ante, come usano dire i leguleii in vena di esibizionismi.

«Avresti dovuto esserci, Lore'...».

«Se è successo quello che speravamo, sono contento di non essere stato presente».

«Ho fatto come mi avevi raccomandato. Noi serviamo sempre per prime le signore. Poi gli uomini, in ordine di anzianità. Il più giovane di tutti è il famoso cugino con il quale lei si scazza sempre... Ignazio, si chiama».

«Al quale Ignazio lei aveva detto che prima o poi gli avrebbe messo il veleno nel piatto».

«Esattamente. Quando ci sono grandi tavolate, anch'io do una mano a portare i piatti. E ho fatto in modo che l'ultima scodella, quella per il cugino, toccasse a me. Come mi avevi raccomandato, ho detto alla ragazza di aggiungere ancora brodo, perché quello che ci aveva messo lei era troppo poco».

«Bravo. Questa cosa che ti ho dato funziona meglio e più velocemente se viene assunta con molti liquidi. Per questo era importante che il pasto fosse una zuppa. E, in più, la zuppa di pesce, specialmente quella di Mastorna Gessica, aiuta a mascherarne il sapore».

«Ho versato il flacone nella scodella, fermandomi un attimo nel vano di passaggio tra la cucina e la sala, e l'ho mescolato con un cucchiaio di plastica che mi ero messo in tasca e che poi ho fatto sparire».

Non era complicato farlo, perché il vano di passaggio ha le ante del tipo saloon, a va e vieni, sia dalla parte della cucina, che della sala, e lasciano le mani libere.

«Il cugino si è buttato sulla zuppa, come il resto del parentado. Gente gastronomicamente acritica. L'equivalente di un lavandino».

«O non ti volevano dare sazio. E poi che è successo?».

«È successo quello che avevi previsto. Hanno portato a tavola le zuppiere per eventuali bis, e il cugino stava per farsi un rabbocco. Improvvisamente, ha bloccato il gesto, ha mormorato che si sentiva male, e si è alzato in piedi. Ha fatto qualche passo verso il bagno, ed è stato allora che è partita la prima eruzione attipo l'Etna quando si incazza di brutto. Giusto giusto, ha inondato il vestito di sua madre. Ma poi ha continuato con...».

«Risparmiami la scena, Orlando. So perfettamente di che si tratta. Poi che è successo?».

«Lore', dovevi vedere. La mamma del cugino, che è sorella della madre di Mastorna Gessica, mentre quello vomitava da tutte le parti, attacca a gridare: *Shdisonorata, che ci hai messo nel mangiare, a 'Gnazzino?* E lei, che si era appena presentata in sala, invece di reagire, se ne stava impalata, muta e con l'aria incredula e colpevole di chi ha combinato qualcosa il cui risultato ha colto di sorpresa anche lei. Allora, suo padre le si è avvicinato e le ha chiesto se aveva messo davvero qualcosa nel piatto del cugino. Lei muta, e lui insiste. Lei alla fine cede, e con un filo di voce sussurra: *Niente ci ho messo; ci ho solo sputato dentro di nascosto*».

«Ma non mi dire. Questa non c'era messa, nel conto».

«A quel punto, è successo un mutuperio. La zia parte con le dita a uncino e tenta di artigliarla alla gola, ma viene bloccata dal marito e dalla sorella. Poi si alzano tutti, e c'è chi grida e chi cerca di mettere pace».

«E la ragazza, nel frattempo?».

«La ragazza ha gli occhi a terra. Insomma, ha perduto tutta la sua stronzaggine. Anche perché molti la prendono a male parole, come se l'ammissione dello sputo fosse stata una cosa più grave che se gli avesse messo l'arsenico nel piatto».

«In un certo senso, dal punto di vista simbolico, è proprio così. Poi che è successo?».

«Poi le sorelle di 'Gnazzino hanno accompagnato il fratello in bagno, e quando è ricomparso stava già meglio, e a poco a poco si sono calmati tutti. Sembravano davvero convinti che 'Gnazzino si era sentito male per colpa dello sputo della cugina».

«Potenza dell'ego mafioso, che si riflette nella potenza dispiegata da uno sputo di famiglia».

«E la mamma andava ripetendo a tutti che 'Gnazzino era *troppo sensibile, troppo delicato di stomaco*... Io, intanto, seguendo le tue istruzioni, avevo dato ordine che pulissero tutto, comprese le stoviglie. Ma si capiva che i Mastorna volevano mantenere la cosa all'interno della famiglia, evitando scandali. Tanto più che la fase critica sembrava superata».

«E il padre di Mastorna Gessica?».

«Quello è stato il vero trionfo della giornata. Ed è tutto merito tuo. Il Mastorna padre, dopo avere lasciato sul tavolo la solita vagonata di biglietti da centomila, mi è passato davanti tutto impettito e, senza nemmeno guardarmi in faccia, mi sibila: *Cercati un'altra cuoca*. Una domenica benedetta, Lore'».

«Sopra tutto, benedetta l'ipecacuana, Orlando».

«Ma come te la sei procurata? Ci vorrà la ricetta, no?».

«Forse. Ma la teniamo in dipartimento in forma di sciroppo emetico, per indurre il vomito, per l'eventualità che qualcuno ingerisca accidentalmente qualcosa di tossico. Può capitare quando, in laboratorio, devi eseguire velocemente certe procedure, e allora aspiri i reattivi con la pipetta graduata direttamente con la bocca, invece di usare l'apposito bulbo di gomma. L'ipecacuana è più rapida di una lavanda gastrica, agisce in una mezz'ora e, nella maggior parte dei casi, è ugualmente efficace».

Orlando si era fatto pensoso.

«Lore', te la posso dire una cosa? Però, giura che non ti incazzi. Nonostante tutto quello che mi ha fatto passare, a poco la ragazza non mi faceva pena; sola contro tutti quei parenti...».

Tipico di Orlando. Mi piaceva che fossimo amici. Io stesso non ero orgoglioso di me. Era stata una vera carognata, quella che avevo imbastito. E non mi consolava la consapevolezza che Mastorna Gessica se l'era cercata e che ci aveva messo del suo. Anche se solo uno sputo.

Credevo che fosse finita lì. Invece, il vero carico da undici sarebbe arrivato nella notte. Trovai tutto sui giornali, la mattina dopo. «Operazione due mari», titolavano alcuni. I due mari erano il basso Tirreno e il Mediterraneo dello Stretto di Sicilia.

«Retata nella notte», riportavano le cronache. Fermate decine di esponenti di due famiglie mafiose, una della costa Sud, e l'altra di Palermo. L'operazione aveva bloccato in fieri il progetto di un'alleanza strategica per l'espansione dei loro traffici.

La famiglia palermitana era quella dei Mastorna. «Un'operazione da manuale», quella coordinata dai due principali responsabili delle indagini, scrivevano i cronisti. Responsabili che, neanche a dirlo, erano Vittorio Spotorno e il suo amico e collega della costa Sud. Il famoso Salvo. Che si chiamava Montalbano, scopersi, leggendo.

Ed ecco spiegata la tensione di Vittorio. E quella del suo amico sbirro, come l'aveva raccontata quella tale Livia ad Amalia.

Era bello chiudere un cerchio. Come insinua un altro stereotipo di successo, tutto si tiene.

Stavo per chiamare Orlando. Ma fu lui a bruciarmi, per una frazione di secondo.

«Lore'...».

Andrej Longo
La neve a Natale

Sto steso sopra al lettino, bello spaparanzato al sole, e una ragazza coi capelli rossi si avvicina a vendere il cocco. A me il cocco non mi fa impazzire, ma la ragazza è proprio uno zucchero. E poi assomiglia un poco a Cerasella. Anzi è proprio Cerasella, ma lei lavora in polizia, com'è che mò vende il cocco?

«Ti vuoi svegliare che si sta facendo tardi».

Apro gli occhi e la spiaggia con il sole non la trovo più. Al posto di Cerasella ci sta mia madre. Sta in piedi davanti al letto e dev'essere la terza o quarta volta che mi chiama. La sveglia segna le cinque e mezza e dalla finestra vedo la luna che splende nel cielo.

«Ma è notte, mammà, dove dobbiamo andare?».

«Jà, fai presto, preparati, se no il capitone non lo troviamo più».

Il capitone!

Me l'ero scordato.

Ogni Vigilia di Natale mia madre deve comprare il capitone al mercato. E ci deve andare alle sei di mattina, se no il capitone finisce e succede una tragedia.

«Lo prenotiamo a telefono, mammà, così ci andiamo più tardi con comodo».

«No no, che telefono. Metti che si scordano, poi che facciamo? Restiamo senza capitone?».

E non sia mai. In ventidue anni è capitato una volta sola e mia madre si è fatta afferrare per pazza. Me lo ricordo ancora. Avevamo riempito la vasca del bagno e dentro ci stava il capitone. Chi lo sa come si è tolto il tappo dell'acqua e il capitone se n'è fuggito per il tubo della vasca.

«Se alla Vigilia uno non si mangia il capitone porta male, quante volte te lo devo dire».

«Sì, mammà, lo so, me l'hai detto mille volte».

«E allora sbrigati, scendi da quel letto».

Che poi il capitone piaceva solo a mio padre. A me non è mai piaciuto il capitone. E manco ai fratelli miei. Solo mia cognata Serena ci va appresso, ma quella Serena è di Comacchio, è abituata con le anguille, perciò ci piace.

Per strada i lampioni stanno ancora accesi e tira una tramontanella che non c'è male. L'acqua nelle pozzanghere è mezza gelata. Le persone che incontriamo buttano il fiato dalla bocca che pare fumo.

«Marò, hai visto che freddo stamattina, mammà?».

«E quello è capace che viene a nevicare».

«Addirittura la neve, mò».

«E poi vedi se non ci facciamo Natale sotto alla neve».

Stasera, per la Vigilia, mia madre se ne va a casa di Rosa. Rosa è la più grande di noi fratelli. Fa l'insegnante alle elementari. Tiene tre bambini e il marito impiegato al Comune. Il secondo dei miei fratelli è Gennaro, che fa l'elettricista ai concerti e per i teatri. Vive da solo a Napoli, a via dei Tribunali, e ogni anno, alla Vigilia, si presenta con una fidanzata diversa. E ogni anno mia madre gli fa la stessa domanda:

«Gennà, ma quando la metti la capa a fa' bene?».

«Presto, mammà, presto» risponde lui serio.

E la bacia sulla fronte mentre strizza l'occhio a noi fratelli.

Poi ci sta Michele, che scende per le vacanze da Comacchio assieme a Serena, una mezza scienziata che studia l'Egitto antico.

Il più grande è Tonino, che arriva domani per il pranzo assieme alla moglie Daniela e ai due bambini. Lui vive a Milano e lavora pure la mattina della Vigilia. Fino agli anni passati, appena finiva con il lavoro, saliva in macchina e faceva una tirata fino a Napoli. Di solito arrivava giusto a tempo per il cenone. Tre anni fa, però, gli è venuta una botta di sonno all'altezza di Caianello e la macchina è finita fuori strada. Si è pure ribaltata due volte e ancora non ci facciamo capaci di come nessuno si è fatto niente. Mia madre dice che il merito è del capitone. Che quella, mia madre, veramente ci crede al fatto del capitone. Lo compra vivo la mattina della Vigilia e dopo lo ammazza lei personalmente, perché dice che il capitone lo deve ammazzare una donna se si vuole scacciare la disgrazia. Poi lo frigge e tutti quanti ce ne dobbiamo mangiare un pezzo, pure i bambini se lo devono mangiare. Comunque, da quella volta di Caianello, Tonino ha deciso che da Milano è meglio se parte la mattina di Natale, fresco e riposato, perché dice che i miracoli capitano una sola volta nella vita, e lui, il bonus suo, se l'è già consumato.

Dopo che abbiamo messo il capitone nella vasca del bagno, me ne scendo a Napoli con la Vesuviana. Oggi tengo il turno dalle quattro a mezzanotte. Con Scarano ci siamo accordati che quest'anno lui lavora a Natale e io la Vigilia e Santo Stefano.

A Napoli me ne scendo con un paio d'ore di anticipo perché mi voglio fare il giro per Sant'Armenio, che mi piace guardarmi i pastori in esposizione. Quando arrivo a San Biagio, però, ci sta una tale ammuina di gente che hanno messo il senso unico a piedi. Ma con tutto il senso unico, lo stesso resta un'ammuina. Così lascio perdere i pastori e mi avvio senza fretta verso il commissariato.

A piazza del Gesù mi piglio un caffè e intanto osservo la gente che cammina di fretta: chi torna a casa con le buste della spesa, chi si mangia una pizza fritta avvolta nel foglio di carta, chi ancora sta cercando i regali.

Io con i regali sto a posto: per mia madre, per i fratelli, i nipotini, non ci manca nessuno. Ho preso pure un libro per il commissario, che a lui ci piace leggere.

Passando per la Pignasecca mi cade l'occhio sopra a una bancarella di cose fatte a mano. Ci sta un paio di orecchini gialli, con la faccia del sole che sorride e i raggi che vanno da tutte le parti. Mi viene da pensare che quel giallo sta proprio perfetto con il rosso dei capelli di Cerasella.

Ma sì, compriamoli, poi vediamo che succede.
«È un regalo?» chiede la signora della bancarella.
«Sissignore».
«Per la vostra innamorata?».
«Eh, magari!».
«E allora, per buon augurio, facciamo un pacchetto speciale con la carta rossa con i cuori, così sicuro la conquistate».

Chi sa la faccia che fa Cerasella quando vede il pacchetto con i cuori. Magari fa la faccia scocciata e non dice niente. In quel caso mi sto zitto pure io. Però se invece fa la faccia contenta, allora subito la invito a mangiarsi una pizza, che sono due anni che la voglio invitare e non l'ho fatto ancora.

Appena arrivo al commissariato vado dritto nella stanza di Cerasella. Ma ci sta Lo Masto a discutere di qualche fatto di lavoro e lascio perdere. Torno un'altra volta verso le cinque e ci trovo Musella. Poi la terza volta alle sei e sta parlando al telefono. La quarta volta sta da sola ma mi passa il coraggio.

«Ma che tieni oggi, Acanfora, pari un'anima in pena» dice Cardillo.

Alle sette Cerasella se ne va e il pacchetto con gli orecchini sta ancora nella tasca mia.

E vabbuò, vuol dire che ce li regalo per la Befana, che devo fare.

La sera scorre tranquilla senza che succede niente, solo una chiamata per un sequestro di fuochi d'artificio, e una segnalazione di una macchina che si è incendiata sulla tangenziale.

Alle dieci Musella collega il computer con lo smartphone e ci vediamo una mezz'ora di circo con gli acrobati.

Poi mi prendo un caffè dalla macchinetta e dopo archivio certe pratiche che stavano da ultimare.

Alle tre Musella si addormenta sulla sedia con la testa buttata all'indietro. Io lo lascio dormire e mi vado a fumare una sigaretta fuori all'aria.

Per strada non passa nessuno e nelle case si vedono le luci di Natale che si accendono e spengono. Il freddo è sempre più freddo e la luna appare e scompare dietro le nuvole che corrono veloci.

Alle sei il turno è finito e Scarano arriva a darmi il cambio.

«Scarà, tanti auguri».

«Auguri pure a te, Acanfora».

«A casa com'è andata? Tua figlia si è divertita?».

«Assai. Però mi ha mischiato l'influenza e mò tengo trentotto di febbre».

«E allora statti lontano, per cortesia, che qua ci manca solo l'influenza. Ci vediamo domani».

Un pullmàn passa mezzo vuoto. Un bar ha aperto da poco e si sente l'odore dei cornetti. Dalla parte di Punta Campanella ci sta il cielo coperto di nuvole azzurre e viola che pare di stare in un paese della tundra.

Sto mezzo stonato dal sonno e non vedo l'ora di buttarmi sul letto.

Prendo la Vesuviana, un paio di volte appoggio la testa al vetro e gli occhi si chiudono da soli.

Dopo che sono sceso, mentre cammino verso casa, bell'e buono vedo a Ciro che gira attorno alla Villa. Sta sempre più smagrito, sempre più rovinato.

«Ciro, e allora?».

«Li tieni dieci euro?».

«Lascia stare, andiamoci a pigliare un caffè».

«Mi servono dieci euro».

«Te li do, ma prima pigliamoci il caffè».

Entriamo da Carraturo. Il barista lo guarda storto, però, siccome sta con me, non dice niente.

«La vuoi una brioche?».

«Mi servono dieci euro» dice di nuovo.

«Ma perché non la finisci con questa roba».

«Sì sì, è l'ultima volta».

«Guarda che ci stanno dei centri dove ti fanno smettere. Ti aiuto io per entrare».

«Va bene, tu dammi dieci euro e facciamo come vuoi tu».

Gli do i dieci euro. Lui se li ficca in tasca e se ne esce di corsa senza manco mangiarsi la brioche.

«Quello è segnato» dice il barista. «Un giorno di questi lo trovano dentro alla Villa con un ago nel braccio».

«Ma che ne sai tu?» faccio con il tono secco.

«I tossici sono tutti uguali, è inutile che ci perdi il tempo appresso».

Gli sto per rispondere sgarbato, ma poi mi sto zitto perché alla fine è come dice lui.

Pago i caffè e la brioche e me ne torno a casa.

Mia madre sta già in piedi e sta inciarmando in cucina.

«Buongiorno mammà».

«Lo vuoi un poco di caffè? L'ho appena fatto».

«No, mò mi voglio solo fare un paio d'ore di sonno prima che andiamo da Rosa».

«Guarda che ti ho conservato un pezzo di capitone».

«E me lo azzuppo più tardi nel caffellatte, al posto del cornetto».

«È inutile che fai lo spiritoso».

«E jà, mammà, stavo pazziando. Vieni qua, fatti dare un bacio. Buon Natale».

«Buon Natale pure a te».

«Allora mi metto a letto. Svegliami alle undici per cortesia».

Neanche entro in camera, il cellulare comincia a squillare.

E chi può essere il giorno di Natale?

Guardo il display: è una chiamata dal commissariato.

Magari è Cerasella che mi vuole fare gli auguri.

«Pronto!».

«Pronto, Acanfora...».

La voce di un uomo.

«Ma chi è?».

«Sono Santagata, stavi dormendo?».

«No, commissà, ma quando mai».

«Lo so che hai smontato da poco e oggi è il tuo giorno libero».

«E vabbè, gli auguri fanno sempre piacere. Buon Natale pure a voi, commissà».

«Veramente non ti ho chiamato per gli auguri».
«Ah no?».
«Hanno trovato un cadavere sul Vesuvio, non lontano dalle parti tue».
«Ah ecco...».
«Scarano se n'è tornato a casa che tiene l'influenza. Lo Masto è impegnato alla Ferrovia e Cardillo deve rimanere qua in ufficio. Non è che mi vuoi accompagnare tu? Questione di un paio d'ore».
«Commissà, veramente...».
«Ho capito, hai ragione. Non ti preoccupare, cerco qualcun altro».
«No no, vi accompagno se vi fa piacere».
«Allora ci vediamo fra mezz'ora sotto casa tua».
Strano, il commissario non è tipo che ha bisogno di farsi accompagnare. Sarà che forse è Natale e a stare da solo gli viene la malinconia.

Ma qua' malinconia!
Appena scende dalla Cinquecento vedo il gesso alla mano sinistra e capisco tutto.
«Guida tu» dice, «la strada che dobbiamo fare è una curva dietro l'altra e con questo gesso non ce la faccio».
«Ma tre giorni fa stavate a posto. Che vi è capitato?».
«Ieri mattina, al mercato del pesce».
«Il capitone?».
«Che c'entra il capitone?».
«Eravate andato a comprare il capitone?».

«No, il capitone non mi piace».
«Manco a voi?».
«Sono scivolato sull'acqua ghiacciata e mi sono slogato il polso».
«E siete sicuro che il capitone non c'entra niente?».
«Ma ti sei fissato co' 'sto capitone?».
«Avete ragione. Quella è mia madre che mi ha infettato. Dove dobbiamo andare?».
«Al parcheggio grande che si trova sul Vesuvio. La sai la strada?».
«Ho capito! Quaranta minuti e stiamo là».

Nel parcheggio ci sta la macchina della mortuaria, tre macchine venute per i rilievi e un gippone verde col portabagagli. Il cadavere, invece, si trova all'incirca a duecento metri dal parcheggio, nascosto un poco dalle frasche. La vittima è un uomo che a occhio tiene una cinquantina d'anni. Alto più o meno un metro e ottanta, robusto, vestito da cacciatore. Sta riverso a faccia sotto e non si vede nessuna ferita apparente. Accanto a lui ci sta il fucile da caccia, ma scarico, senza cartucce da dentro.

Sul posto è già arrivato Capuozzo, della scientifica. Secondo lui l'uomo è morto perlomeno da tre o quattro ore.

«Quindi alle prime luci dell'alba» dice il commissario.
«Direi di sì».
«E com'è morto?».

Capuozzo si china sulla vittima e gli scosta il giaccone scoprendo il collo.

Si vede un segno rosso che va per tutta la gola, da una parte all'altra.

«È stato strangolato» dice. «Però aspettiamo l'autopsia per essere sicuri».

«Documenti? Cellulare?».

«Non aveva niente nelle tasche, solo le chiavi di casa e quelle di una macchina».

«C'era un gippone nel parcheggio» dico, «è una macchina da cacciatori».

Torniamo nel parcheggio a provare le chiavi.

Sono proprio quelle del gippone.

Dai documenti dell'auto scopriamo che l'uomo si chiama Francesco Savastani, 46 anni, di Torre Annunziata.

Il commissario è convinto che da qualche parte ci devono stare anche la patente e il portafoglio della vittima. Siccome in macchina non ci stanno, cerchiamo attorno a dove sta il cadavere dell'uomo.

Dopo dieci minuti che cerchiamo, il commissario vede qualcosa in basso, in mezzo alle rocce.

Con il polso ingessato lui però non può scendere, ma vuole scendere lo stesso.

«No, commissà, per cortesia. Vado io, voi aspettatemi qua».

Scendo, stando attento a dove metto i piedi che le rocce sono un poco ballerine.

Ecco qua: è proprio un portafoglio.

Dentro ci sta la carta d'identità di Savastani, la patente e una carta di credito. Soldi niente però, manco cinque euro.

«Forse l'hanno ammazzato per rapinarlo» dico.

«È un posto strano per fare una rapina» replica il commissario. «All'alba di Natale, poi».

«Magari non era una cosa preventivata. Qualcuno ha visto Savastani che parcheggiava e ha deciso di rapinarlo».

«Savastani è robusto ed era armato. Io ci avrei pensato tre volte prima di rapinarlo».

«Un tossico però non se le fa tante domande quando tiene bisogno di farsi. Lo vede, lo segue, poi lo aggredisce. Savastani reagisce e il tossico l'ammazza...».

«Un tossico sul Vesuvio?».

«Un tossico. Un disperato. Può capitare».

«E mettiamo pure, Acanfora. Ma se uno reagisce mentre stai tentando di rapinarlo, tu che fai? Lo spari, lo accoltelli, gli dai una botta in testa. Mica lo strangoli».

«Questo pure è vero. Magari poteva essere un maniaco».

«Un maniaco bello grosso, però».

«Allora la camorra».

«La camorra mi convince già di più. Ne hanno ammazzati parecchi in questa maniera. Un appuntamento in una zona isolata, senza occhi indiscreti. Poi una corda intorno al collo e lo fanno fuori. E dopo mettono in scena la finta rapina. Mò chiamiamo Cardillo in Centrale per sapere se aveva precedenti».

«Tra l'altro in questa zona è vietata la caccia, commissà. È zona di bracconieri. Può essere pure questa una pista, no?».

Il commissario non mi risponde che sta controllando la carta d'identità del morto.

«Qua risulta che Savastani è sposato. Sai che facciamo, adesso? Mentre Cardillo cerca in archivio, noi andiamo a portare la notizia alla moglie. E ne approfittiamo per farle qualche domanda».
«Poveraccia. Bel regalo di Natale le hanno fatto».
«Andiamo, va', facciamo presto. Così dopo te ne torni a casa e non ti perdi il pranzo».

Mentre arriviamo a Torre Annunziata, Cardillo ci fa sapere che l'unico precedente a carico di Savastani risale a vent'anni prima: spaccio e detenzione di stupefacenti. Condannato a quattro anni e mezzo, è uscito dopo due anni per buona condotta. Da allora ha rigato dritto e da sedici anni risulta assunto come infermiere all'Ospedale San Giovanni Bosco.

L'appartamento di Savastani è al terzo piano di una palazzina popolare. Sono quasi le undici quando bussiamo alla porta di casa. Ci apre una signora anziana che indossa un giacchino di lana, senza maniche, celeste. È un poco sovrappeso, ha gli occhi buoni, la faccia tranquilla, i capelli grigi tagliati corti.
«Cerchiamo la moglie di Francesco Savastani, abita qua?».
«Ma chi siete, scusate?».
Stiamo in borghese e non lo può sapere che apparteniamo alla polizia.
Il commissario tira fuori il tesserino.
«Uh Gesù, e di che si tratta?».

«È una cosa grave» risponde il commissario, «lei è la moglie di Francesco?».

«No, io sono Vincenza, la suocera. Ma è capitato qualcosa a Francesco?».

«Può chiamare la signora Savastani, per cortesia?».

«Accomodatevi, mia figlia sta in cucina, la faccio venire subito».

Mentre entriamo nel soggiorno, Vincenza si avvia verso la cucina, chiamando la figlia: «Giovanna! Vieni qua, ti cercano, fai presto, vieni».

Nel soggiorno ci sta la tavola apparecchiata per cinque, con una tovaglia verde chiaro. Un albero striminzito di plastica con qualche pallina colorata. E una bambina di sette otto anni che gioca sul divano con una bambola. La imbocca, e intanto dice certe parole a voce bassa che non capisco e che sembrano una specie di ninna nanna. All'inizio mi pare che non fa proprio caso a noi. Però poi mi accorgo che ogni tanto alza un occhio di nascosto e guarda incuriosita cercando di scoprire chi siamo.

Di fronte al divano ci sta un tavolino basso, grigio, con un posacenere e una sigaretta spenta da dentro. Accanto al posacenere un paio di occhiali con i vetri spessi e una rivista con le parole crociate. Subito dopo il divano, attaccata alla parete, c'è una credenza marrone stipata di piatti e bicchieri. Al centro della credenza la televisione. E sul ripiano basso, incorniciate in dei portaritratti argentati, sei o sette foto di famiglia.

Al muro ci sta appesa una foto più grande in una cornice dorata, con tre bambine che si tengono per mano. Una delle bambine mi pare quella che sta giocando con la bambola, però nella foto è più piccola di età.

Vicino alla credenza c'è una pianta grassa in un vaso, e il vaso sta sistemato su di una mezza colonna bianca di marmo. Poi c'è una finestra con una tendina gialla un poco sbiadita. E vicino alla finestra un tavolo da stiro, aperto, con dei panni buttati sopra alla rinfusa.

Tutta la stanza mi pare un poco trasandata, fredda, come se ci manca l'anima, mi viene da pensare.

Solo dalla cucina viene un profumo buono di sugo con la carne, e quel profumo, non so perché, mi pare che non c'entra niente con il resto della casa.

«Ma ch'è stato, che sta succedendo?».

È Giovanna, la moglie di Francesco, che ci viene incontro asciugandosi le mani sul grembiule. Tiene quarant'anni, forse meno. La faccia stanca, mite, segnata da una vita che penso parecchio faticosa.

«Buongiorno signora, sono il commissario Santagata, mi dispiace ma devo darle una brutta notizia».

La donna si porta un pugno chiuso sulle labbra:

«Francesco?».

«Sì, purtroppo suo marito è morto».

Per un momento sembra non respirare più. Poi si copre il volto con le mani, comincia a singhiozzare.

Appena vede la madre in lacrime, la bambina che giocava con la bambola si mette a piangere pure lei.

Vincenza, allora, che stava ferma sulla soglia della cucina, subito si precipita verso la bimba. Dalla cucina, per un attimo, compare il volto di una ragazza che guarda dalla nostra parte. Vincenza, intanto, prende in braccio la bambina, la stringe forte per consolarla e le asciuga le lacrime con un fazzoletto di stoffa che tira fuori dalla tasca del giacchino.

«Ma com'è possibile?» chiede Giovanna. «Un incidente?».

«No signora, è stato ammazzato».

«Ammazzato...?».

E lo dice con un tono che pare quasi non capire il significato di quella parola.

«Uh Gesù benedetto, proprio oggi» esclama Vincenza.

Con una mano si fa svelta il segno della croce, ripetendo un'altra volta: «Gesù benedetto, proprio oggi».

«Ma come l'hanno ammazzato?» chiede Giovanna.

«Non lo sappiamo ancora» risponde il commissario senza sbilanciarsi. «Se però lei se la sente, vorremmo farle qualche domanda. Potrebbe servire per le indagini».

«Va bene» mormora la donna con un sospiro, ancora stordita dalla notizia.

Rimane un attimo in dubbio dove sedersi.

E poi, a voce alta, come se di colpo si è ricordata qualcosa: «Rita!».

Dalla cucina viene fuori la ragazza intravista poco prima. Ha tredici o quattordici anni e dev'essere la figlia di Giovanna, perché ha lo stesso sguardo mite e sofferente della madre. Non è brutta, ma è un poco grassa e pare più grande dell'età sua. Per qualche secondo ci osserva con l'aria intontita, senza capire che deve fare.

«Prendi a Simona e portala in cucina» dice la madre.

Senza salutarci, abbassando un poco la testa, Rita si avvicina al divano, prende Simona dalle braccia di nonna Vincenza e poi fa ritorno in cucina, con la piccola che si gira un paio di volte a guardarci.

«Vado con loro» dice Vincenza.

Pure Vincenza sparisce in cucina.

Giovanna siede sul divano. Il commissario prende una poltroncina, la sistema di fronte a lei e si accomoda.

Io resto in piedi, dietro al commissario.

«Suo marito era andato a caccia, stamattina?».

«Sì, è uscito che dovevano essere le due o le tre di notte. Io dormivo ma l'ho sentito che si preparava. La caccia era la sua passione. Ogni volta che aveva un giorno libero andava sul Vesuvio, o anche più lontano se c'era il tempo. Povero Francesco».

«Sul Vesuvio però è proibito cacciare».

«Io non ne capisco niente di caccia. So solo che a lui piaceva tanto. E ogni tanto tornava con qualche uccello, o un coniglio selvatico».

«Faceva l'infermiere suo marito?».

«Sì, al San Giovanni Bosco. Da sedici anni. Appena ha preso il posto da infermiere ci siamo sposati ed è nata Rita, la mia prima figlia».

«Sa se qualcuno poteva avercela con lui?».

«Francesco è sempre andato d'accordo con tutti. Nessuno gli voleva male».

«Magari in ospedale ha litigato con un collega».

«Era un tipo tranquillo, ve l'ho detto».

«Un parente di un malato deceduto in ospedale, forse. A volte capita che qualche esaltato scarichi la sua rabbia sui dottori o sugli infermieri».

«Sì, è vero, un paio di anni fa si è trovato coinvolto in una situazione del genere. Ultimamente, però, era tutto a posto. Me ne avrebbe parlato se c'erano problemi».

«Vent'anni fa è stato arrestato per spaccio. Lo sapeva lei?».

«Certo. Ci eravamo conosciuti dopo la sua uscita dal carcere. Mi aveva raccontato tutto e anche che voleva cambiare vita, come poi ha fatto».

«Non abbiamo trovato il cellulare di suo marito».

Lei si alza, va verso la credenza e da un piatto di ceramica prende un telefonino.

«È questo. Quando andava a caccia spesso lo lasciava a casa. Diceva che almeno per qualche ora voleva staccare con il mondo, sentirsi libero».

«Per ora lo teniamo noi» dice il commissario.

Prende il cellulare e se lo ficca in tasca.

Poi si alza.

«Non c'è altro, signora. Se le viene in mente qualche particolare che le sembra utile può chiamare direttamente al mio numero».

Cerca nella tasca un pezzo di carta, chiede alla signora una penna, dopo mi fa cenno e io scrivo il numero.

«Allora, commissà, che ne pensate?» dico appena siamo saliti in macchina.

«Non penso niente. Per prima cosa bisogna interrogare i colleghi di lavoro. Chi l'ha strangolato di certo l'ha seguito e con tutta probabilità erano almeno in due. Dovevano sapere che aveva intenzione di andare a caccia stamattina, forse lui ne aveva parlato con qualcuno. E poi, per escludere la vendetta di un parente di qualcuno morto in ospedale, va controllato l'elenco degli ultimi decessi avvenuti al San Giovanni Bosco».

Intanto siamo arrivati fuori al portone di casa mia.

Accosto e apro la portiera.

«Magari sul cellulare ci sta qualche chiamata o qualche messaggio che può aiutare» dico prima di scendere.

«Oggi controllo con calma. Mò ti lascio al tuo pranzo, mica abbiamo fatto tardi?».

«No, quando mai. Prima delle tre non si mangia da me. Voi con chi pranzate, commissà?».

«Io torno a lavoro. Ci sta parecchio da fare».

«Volete favorire da me?».

«No, Acanfora, grazie, non mi piacciono le feste. E tu sei stato già troppo gentile».

«Ci vediamo domani allora. Ah, quasi mi dimenticavo...».

Infilo la mano nella tasca e tiro fuori il regalo per il commissario.

«So che vi piace leggere e allora ho pensato... Buon Natale, commissà».

Lui prende il libro un poco imbarazzato.

«Non ti dovevi disturbare, Acanfora».

«Ma no, mi ha fatto piacere. È un giallo. Ci sta un poliziotto che indaga, Montalbano mi pare. Ha detto quello della libreria che 'sto Montalbano scopre tutti i delinquenti ed è pure simpatico».

«Hai scelto bene, così magari, dopo che l'ho letto, divento simpatico pure io».

«No no, ma che c'entra? Voi siete simpatico pure voi, commissà. Oh, mica vi siete offeso?».

Il commissario sorride e mi dà un buffetto sulla guancia.

«Grazie del regalo, Acanfora. Mò vai, che fai tardi. Goditi il tuo pranzo. Ci sentiamo domani».

A casa di mia sorella siamo in quindici a tavola, ma pare che stiamo in cento. I bambini ogni poco si alzano, corrono uno appresso all'altro, si tirano per i capelli, piangono, gridano, vogliono giocare ai videogiochi, non si stanno fermi un secondo. Tonino, invece, racconta al marito di Rosa che ci ha messo cinque ore precise da Milano a Napoli.

«Pensa che all'altezza di Bologna ha cominciato a nevicare, ma io tenevo montate le gomme da neve, se no mò stavamo ancora a Firenze Incisa».

Gennaro nel frattempo presenta a nostra madre la fidanzata nuova, Marianna, che ogni due parole si fa una risata. La risata di Marianna squilla per tutta la casa uguale a una tromba. Pare quasi scema 'sta Marianna, però è simpatica, con quel vestito rosso con i merletti arricciati e le scarpe verdi con il tacco che non c'entrano niente con il vestito.

Daniela e Rosa, invece, stanno sedute una vicino all'altra e parlano dei figli, che loro, quando si vedono, solo dei figli parlano. Daniela dice che a Milano crescono meglio, che ci stanno più regole e sviluppano il senso del dovere.

«Sì, però a Napoli crescono più liberi, più scetati» risponde Rosa.

«Secondo me questi sono luoghi comuni» replica Daniela.

«Ma qua' luoghi comuni. A Napoli cresci scetato pure se dormi in piedi».

«Non lo so, resto con i miei dubbi».

«E chiediamo a Serena, quella conosce il mondo. Serè, tu che hai studiato gli egiziani antichi, che ne pensi? Per i bambini meglio Napoli, Milano o Comacchio?».

«Secondo me dipende dal sistema educativo» risponde Serena che sta assaggiando il capitone di mia madre. «Oh, buono questo capitone, complimenti signora».

E mia madre sorride felice, uguale a una regina, perché tiene tutti i figli attorno e non le pare vero di poterseli godere mattina e sera per una settimana completa.

«E tu» mi chiede Gennaro, «qualche caso interessante?».

«Le solite cose» rispondo, «però stamattina...».

«Che te ne pare di Marianna, è simpatica, vero?».

Gennaro è sempre lo stesso: fa le domande, ma le risposte non le sta mai a sentire.

«Vado a prendere l'arrosto» dice Rosa alzandosi.

«Viva l'arrosto di Rosa» grida Michele.

Daniela si alza per sparecchiare. Gennaro vuole fare un brindisi alla padrona di casa. Marianna si mette a ridere e si affoga con il vino. I bambini gridano sempre di più.

E a me tutt'a un tratto mi viene da pensare alla casa di Savastani. Dove ogni cosa era un poco grigia, ordinata, sbiadita. Nessuno che rideva, nessuno che parlava a voce alta.

Una famiglia triste, penso, questo dev'essere.

Però quell'odore di sugo era strano, non c'entrava niente con il resto...

Il giorno dopo torno a lavorare.

«Allora commissà, si è scoperto qualcosa?».

«Come ci aveva già detto la moglie, Savastani andava d'accordo con tutti. Era ben voluto dai colleghi e ci sapeva fare con i pazienti, soprattutto con i bambini».

«E parenti di qualche malato morto di recente?».

«Nessuna situazione critica, nessuna minaccia concreta».

«Ma un indizio, una pista, non ci sta proprio niente?».

«Forse un indizio c'è. Qualche giorno fa Savastani ha litigato con un portantino che lavora al San Giovanni Bosco, un tale Malone Saverio».

«E per quale motivo?».

«Non siamo riusciti a saperlo, ma pare siano volate minacce pesanti e pure qualche spinta. Cardillo è andato a cercare in archivio e ha scoperto un particolare interessante: sia Malone che Savastani sono stati arrestati vent'anni fa per la medesima storia di spaccio. Entrambi hanno scontato due anni di carcere. Ma c'è una coincidenza ancora più strana: tutti e due sono stati assunti al San Giovanni Bosco nello stesso periodo. Secondo Lo Masto, che di queste cose è un esperto, l'assunzione è stata favorita dal clan dei Barbagallo, clan che era stato coinvolto nell'indagine che aveva poi portato all'arresto di Malone e Savastani. È probabile che con quell'assunzione, il clan abbia voluto sdebitarsi del silenzio dei due al processo».

«E poi magari, a distanza di anni, il clan ha chiesto a Savastani di ricambiare quel favore, Savastani si è rifiutato e loro gliel'hanno fatta pagare».

«Tra l'altro, sul cellulare di Savastani abbiamo trovato numerose telefonate tra lui e il portantino. L'ultima proprio il pomeriggio della Vigilia. Ho convocato Malone qua in ufficio, vediamo che tiene da dire».

Saverio Malone è alto quasi due metri e ogni braccio suo è quanto una coscia mia. Ha qualche anno meno di Savastani e ha saputo solo da poche ore della sua morte.

«Lo conoscevo da tanto, mi dispiace assai. Una brava persona, sempre disponibile. Ogni tanto andavamo pure a caccia assieme».

«Anche la mattina di Natale siete andati a caccia?».

«No, per Natale avevamo stabilito di restare a casa, ognuno con la sua famiglia. Io, tra l'altro, tengo mio figlio con certi problemi di cuore e a giorni si deve operare».

«E perché avevate litigato?».

«Ma niente di che, figurarsi. Solo una discussione per il calcio».

«Alcuni suoi colleghi hanno detto che sono volate parole grosse e siete venuti pure alle mani».

«Ma no, commissà, è un'esagerazione. Dipende dal calcio, lo sapete com'è con il pallone qua da noi. Il fatto è che io tengo per la Juve e lui per il Napoli, è normale che ogni tanto esce una discussione, che uno si sposta con la bocca. Ma sono questioni che finiscono là, senza rancore».

«La notte di Natale lei ha dormito a casa?».

«Ma perché, sospettate di me?».

«Savastani è stato strangolato. Chi l'ha ammazzato doveva essere parecchio robusto».

«Ho capito. Ma io non c'entro niente, state perdendo il tempo. Dalle nove di sera della Vigilia, fino alle undici della mattina di Natale, sono stato a casa. Può chiedere a mia moglie. E può chiedere anche al dottor D'Ignazio. Alle tre e mezza di notte mio figlio ha avuto una crisi e l'ho telefonato. Lui è venuto a casa a visitarlo e gli ha fatto pure una puntura».

Se l'alibi di Malone regge, il portantino per forza lo dobbiamo escludere. Peccato, però, perché grande e grosso com'era e con il passato che teneva, pareva perfetto come strangolatore. In ogni caso il commissario incarica Cardillo di controllare la storia del dottore. Nell'attesa, decide di tornare a casa Savastani per chiedere alla moglie qualche informazione in più su Malone.

Quando arriviamo è passato da poco mezzogiorno. La tavola è apparecchiata per quattro, con una bella tovaglia rossa con delle mele gialle disegnate da sopra. Simona sta giocando con Rita e con la bambola. Pure questa volta è Vincenza, la nonna, a farci entrare. Sta con addosso un grembiule sporco di farina, che subito si toglie, scusandosi.

«Ci scusi lei» dice il commissario, «volevamo fare un paio di domande a Giovanna, se non disturbiamo».

Vincenza guarda verso la cucina, pare imbarazzata.

«Se la signora è occupata, torniamo un'altra volta».

«No, è che... stavamo preparando i tortellini... sta tutto in disordine».

«Anche mia madre ogni tanto fa la pasta in casa» dico io.

«Sì, non c'è problema» aggiunge il commissario, «anzi, se ci fa strada, veniamo noi in cucina, così non dovete interrompere il lavoro».

Mentre la seguiamo, Simona e Rita guardano dalla parte nostra. Rita subito abbassa lo sguardo. Simona, invece, sorride e fa *ciao* con la mano. Io ricambio il saluto.

La cucina è grande, quadrata, come la cucina che sta a casa nostra. Giovanna quando ci vede diventa un poco rossa. Si scusa mille volte, pure lei si toglie il grembiule, chiede se vogliamo andare nel soggiorno a parlare, pare quasi che non ha mai ricevuto nessuno in casa.

«Ma no, non si preoccupi signora» dice il commissario, «si tratta solo di qualche domanda senza importanza. Ecco, ci sediamo qua» aggiunge prendendo una sedia e sistemandola in modo da non essere d'impiccio, «voi intanto continuate con i tortellini, senza problemi».

«Vi faccio un caffè?» chiede Vincenza.

«Sì, grazie, con il freddo che ci sta in giro un caffè fa piacere».

«Però qua si sta bene» dico io, «fa un bel calore».

I vetri della cucina, infatti, sono appannati. Questo a causa di una pentola sul fuoco, da dove viene un profumo buono di brodo.

«Che state cucinando?» chiedo.

«Il brodo con il lesso».

«Buono, mi piace assai il lesso. A voi piace il lesso, commissà?».

«È uno dei miei piatti preferiti...» risponde il commissario.

Si alza pure per sollevare il coperchio della pentola.

«E che profumo! Complimenti» dice.

«Grazie» risponde Giovanna tutta confusa.

«Senta» dice il commissario tornando a sedersi, «le volevo chiedere di un collega di suo marito».

«Prego, se posso essere utile, però non è che io li conoscevo troppo i colleghi di Francesco. In casa era raro che veniva qualcuno».

«Si chiama Saverio Malone, il nome le dice qualcosa?».

Appena il commissario pronuncia quel nome, per un attimo Giovanna resta immobilizzata. E in quell'attimo sulla faccia le passa un'ombra veloce, scura.

«Lo conosce?».

Giovanna ritorna a inciarmare con i tortellini, senza guardarci in faccia.

«Solo di vista» dice. «È venuto un paio di volte a casa. E qualche volta andava a caccia con mio marito».

«Ecco il caffè» dice Vincenza con un sorriso sforzato.

Pure lei pare che ha cambiato faccia dopo che ha sentito il nome di Malone.

Mentre ci prendiamo il caffè, Simona si affaccia sulla porta.

«Amore» dice la madre, «che c'è?».

La bambina solleva le spalle senza dire niente.

«Torna di là a giocare con tua sorella».

«Rita si è chiusa in bagno, io sto da sola».

«E mò la nonna si prende il caffè e viene a giocare lei con te» dice Vincenza.

La bambina sembra poco convinta. Col dito si mette a picchiettare nella pasta per i tortellini e ogni tanto mi guarda.

Io le faccio un sorriso.

Lei mi guarda ancora.

Poi dice: «Tu vuoi giocare con me?».

«Simona! Ma come ti esce? Il signore sta lavorando, non tiene tempo di giocare con te».

«Ma no» faccio io, «non c'è problema, mi fa piacere».

La bambina allora mi prende per mano e io la seguo, mentre il commissario mi guarda un poco stranito, senza però fare obiezioni.

Con la bambina andiamo nel soggiorno. Seduta sul divano ci sta la bambola, con il tovagliolo attorno al collo.

«Come si chiama la tua bambola?».

«Cinzia».

«Che bel nome, Cinzia. E tu la dai a mangiare?».

«Sì, però mò ha già mangiato. Deve dormire».

Le toglie il tovagliolo e la mette sdraiata sul divano.

«Tu mi vuoi aiutare?» chiede la bimba.

«Va bene. Che dobbiamo fare?».

«Dobbiamo cantare la ninna nanna, perché lei non dorme mai».

«Come mai non dorme?».

«È sempre triste. Ogni tanto piange. Cantiamo adesso».

E come il giorno prima, comincia a mormorare a voce bassa certe parole che non riesco a capire.

Io dico parole a caso, cercando però di avere l'intonazione come la sua.

Intanto che cantiamo la ninna nanna per la bambola, mi guardo attorno.

Ci sta qualcosa che non mi torna, ma non riesco a capire che cos'è.

E poi c'è un altro fatto: ieri pareva una casa triste, sconsolata, senza anima. Oggi, invece, sembra che ha preso calore: la tovaglia rossa, i tortellini, le bambine che giocavano.

Ma forse mi sto fissando.

Forse è solo una famiglia dove è capitata una disgrazia, e alle disgrazie ognuno reagisce a modo suo.

«Ecco, mò Cinzia sta dormendo» dice la bambina.

La copre con un lenzuolino.

Però la copre tutta quanta, pure la testa...

A un certo punto mi viene un dubbio.

Guardo la foto appesa alla parete, dove ci stanno le tre bambine che sorridono.

Mi alzo.

Mi avvicino.

«Questa sei tu?» chiedo indicando la più piccola.

«Sì, ma lì nella foto ero ancora una bambina».

«E questa è Rita?» domando ancora posando il dito sulla più grande delle tre bambine.

«Sì, è Rita».

«E questa?» chiedo indicando la terza bambina.

«Quella è Cinzia».

«E dove sta ora Cinzia?».

Simona mi guarda.

Poi guarda la bambola.

«Mia sorella sta dormendo» dice seria, «parliamo a bassa voce».

Cinque minuti dopo stiamo un'altra volta in macchina.

«Commissà, questo Malone? La moglie vi ha detto qualcosa?».

«Fermati a un bar, ti offro un aperitivo».

Parcheggio sul lungomare.

Il mare è immobile, non c'è un filo di vento. Lontano, su Punta Campanella, ci sta poggiata una strisciata di nuvole viola e azzurre.

«Sembra il cielo della tundra, commissà».

«La tundra?».

«Sì».

«Ma tu che ne sai della tundra?».

«Da bambino mio nonno mi ha regalato un libro con le foto della natura. Ci stava il deserto, la savana, la steppa, il polo nord, e la tundra. Mi piaceva assai la tundra, con le nuvole viola e azzurre che stavano nel cielo. E mò, quelle nuvole che stanno là in fondo, sopra Punta Campanella, so' tali e quali a quelle della tundra».

Il commissario fa un sorriso divertito.

«E qua oggi pare veramente la tundra con questo freddo. Entriamo nel bar, prima che ci pigliamo la polmonite».

Dentro c'è poca gente perché si è fatta ora di pranzo e a Santo Stefano stanno tutti a casa per mangiare.
Ci sediamo a un tavolino vicino alla vetrata. Dalla vetrata si vede la strada e il lungomare. Una coppia giovane passa sul marciapiede, sono quasi ragazzi. Lei spinge la carrozzina con un bambino. Lui è arrabbiato per qualcosa e la sta urlando in testa. La ragazza si ferma e si gira a rispondere. Lui l'afferra per il polso e glielo storce. Lei si lamenta, si capisce che gli dice di smetterla. Lui però continua a urlare tenendola sempre per il polso. Io allora faccio per alzarmi, ma proprio in quel mentre lui molla la presa. Lei non dice più niente e riprende a camminare svelta spingendo la carrozzina.

«Che sfaccimma!» dico. «Ma l'avete visto a quello? Stavo uscendo per metterlo a posto».

Il commissario fa cenno di sì ma non fa commenti. Intanto arriva il cameriere.

«Che ti prendi tu?».

«Quello che pigliate voi».

«Due chinotti per favore».

Il cameriere va verso il banco con l'ordinazione.

«Allora, questo Malone?».

«La moglie l'hai sentita, dice che lo conosce appena. Però secondo me lo conosce meglio di quel che dice e nasconde qualcosa».

«Pure a me ha fatto la stessa sensazione».

Ci penso un momento.

«Se Malone c'entra con lo strangolamento di Savastani forse l'ha minacciata. O magari c'entra pure lei con la morte del marito».

«Bisogna capire se l'alibi di Malone sta in piedi».

Così il commissario telefona a Cardillo e gli chiede se ha parlato con quel dottore, D'Ignazio.

«Ci ho finito di parlare proprio ora» risponde Cardillo. «Il dottore ha confermato di aver ricevuto una telefonata da Malone alle tre e venti di mattina, di essere andato a casa sua verso le quattro, di essersi trattenuto almeno mezz'ora e di aver fatto l'iniezione al ragazzo. E conferma che in casa, oltre alla moglie e al ragazzo, c'era pure Malone».

«Allora sicuro non può essere stato lui» dico.

«Pare di sì. Però c'è qualcosa di strano che continua a sfuggirmi in questa storia».

«Una cosa strana di sicuro ci sta, commissà».

«Vale a dire?».

«Non so se ci avete fatto caso, ma a Natale la tavola era apparecchiata per cinque. Oggi invece solo per quattro».

«E dove sta la stranezza? Quando siamo andati a casa la prima volta, a Natale, lei non lo sapeva ancora che il marito era morto».

«Ma io non mi riferisco a questo».

Il cameriere ci porta i chinotti e un piattino con le noccioline, poi va a servire un altro tavolo e io spiego al commissario il mio ragionamento.

«Allora, se non ho capito male, Giovanna e Francesco Savastani hanno tre figlie. Questo si deduce dalla foto appesa al muro e dalle altre foto che stanno sulla credenza. Inoltre, seppur indirettamente, me l'ha confermato pure Simona, la bambina».

«E quindi? Dove vuoi arrivare?».

«È semplice. Tre figlie, più la madre, più la nonna, fa cinque. I posti a tavola erano solo quattro, invece».

«Forse la nonna non mangia con loro».

«O forse è capitato qualcosa a una delle figlie».

«Vale a dire?».

«Siamo andati due volte in quella casa e Cinzia, così credo si chiami la figlia mediana, non l'abbiamo mai vista. Inoltre Simona chiama la bambola con lo stesso nome della sorella e fa strani discorsi su di lei. Io credo che sapere questa Cinzia che fine ha fatto, può essere utile».

Il commissario mi guarda e fa un sorriso divertito: «Tu per questo sei andato a giocare con la bambina!».

«Volevo capire un paio di cose che non mi tornavano».

«Hai fatto bene. Chiamo di nuovo Cardillo per informarsi su questa Cinzia».

Neanche il tempo di chiamare, arriva la telefonata di Capuozzo, della scientifica.

«Commissario, il freddo mi ha ingannato. La morte di Savastani non è avvenuta all'alba, come in un primo tempo avevo supposto. L'uomo è morto tra mezzanotte e le tre di mattina. Il freddo ha conservato meglio il corpo e questo mi ha indotto all'errore».

«Tra mezzanotte e le tre?».

«Esatto».

«Mi confermi che è morto per strangolamento?».

«Sì. Probabilmente è stato strangolato con un comune cavo elettrico».

«Senti Capuozzo, fammi una cortesia».

«Dimmi, Santagata».

«Controlla se all'interno del gippone ci sono le impronte digitali di un certo Saverio Malone. Le impronte te le fai dare da Cardillo. E controlla pure sui vestiti della vittima. È importante».

«Va bene. Un paio d'ore e ti faccio avere la risposta».

Il commissario chiude la telefonata e in silenzio si beve un sorso di chinotto. Io mi sto zitto perché ho capito che sta riflettendo.

«Acanfora, cerchiamo di fare un poco di ordine».

«Dite commissà».

«Adesso sappiamo che l'ora della morte di Savastani è tra mezzanotte e le tre di notte, quindi l'alibi di Malone non funziona più. Savastani, dal canto suo, dopo la cena della Vigilia, riposa un paio d'ore. Poi si prepara per la caccia. Malone gli ha già detto che non sarà della partita. Spera in questa maniera di crearsi un alibi di ferro, perché già sa che lo deve uccidere, per incarico della camorra o per questioni private che al momento non conosciamo. Sa anche che Savastani partirà per la caccia verso le due di notte. Così lo aspetta sotto casa, lo segue e alla prima occasione lo strangola. Poi carica il corpo di Savastani sul gippone e lo porta sul Vesuvio. Sistema il cadavere a un centinaio di metri dalla macchina e inscena la rapina».

«E com'è tornato a casa?».

«Con un complice che guidava un'altra macchina».

«Commissà, se io ero Malone, lo seguivo fino al parcheggio con la macchina mia e poi lo strangolavo là, così evitavo di dover guidare il gippone ed ero sicuro che non ci stavano testimoni».

«Sei sulla strada buona per commettere il delitto perfetto. E fammi sentire, poi che avresti fatto?».

«È facile. Telefonavo subito al dottor D'Ignazio per prepararmi l'alibi. E mentre lui veniva a visitare mio figlio, io arrivavo a casa. Sono stato bravo?».

«Sì, ma hai fatto un errore, però».

«Quale?».

«Hai telefonato dal cellulare mentre stavi percorrendo la strada dal Vesuvio a Torre Annunziata. Se Malone ha fatto come te, basta controllare se il suo cellulare ha agganciato una cella sul Vesuvio e lo incastriamo».

«Commissà, guardate!».

All'improvviso, fuori la vetrata, stanno tutti fiocchi bianchi che scendono dall'alto, uno appresso all'altro.

«Mia madre l'aveva detto che nevicava».

Per qualche secondo resto incantato a guardare la neve che scende. Poi non resisto ed esco, che la neve in vita mia l'ho vista solo una volta da bambino e manco me la ricordo bene.

Appena fuori alzo la testa e apro la bocca. Sento il freddo dei fiocchi che mi pungono la lingua e che poi subito si sciolgono. Mi viene da ridere, da saltare, da correre. Mi giro verso il commissario per fargli cenno di venire fuori pure lui. Però mi accorgo che sta parlando al telefono con l'aria seria e allora subito torno dentro.

«Chi era?».

«Cardillo. Ha confermato che i Savastani hanno avuto tre figlie: Rita, Cinzia e Simona. E una delle tre, Cinzia, appunto, è morta un anno fa».

«E com'è morta?».

«Cardillo ha cercato sui quotidiani dell'anno scorso e anche in rete. Ha scoperto che la bambina è morta cadendo dal balcone della cucina. Aveva dieci anni».

«Cavolo! Ma come ha fatto a cadere?».

«Si è suicidata».

«Suicidata?».

«C'è più di un testimone che l'ha vista scavalcare l'inferriata del balcone e poi lanciarsi intenzionalmente di sotto. Non ci sono dubbi sul suicidio».

«Marò, che brutta storia».

Il cameriere ci avverte che il bar deve chiudere per la pausa del pranzo.

Il commissario paga e usciamo.

La neve continua a cadere.

Camminiamo sotto la neve, con le mani in tasca.

«Ora che ci penso, commissà, la bambina, Simona, mi ha detto che la bambola non riesce a dormire, che piange sempre, che è triste. Di certo si riferiva alla sorella che si è buttata dal balcone».

«Forse Cinzia era depressa».

«Oppure...».

«Oppure?».

«Niente, un'idea scema che mi è passata per la testa».
Intanto arriviamo davanti alla Cinquecento.

«Che facciamo, commissà, torniamo a parlare con la madre?».

«A casa ci sono le figlie. Meglio convocarla per domani al commissariato, così se ha qualcosa da dire è libera di parlare».

«Mi sembra giusto. Ci vediamo domani allora?».

«Tu vuoi un passaggio?».

«Mi faccio due passi. Voi ce la fate a guidare?».

«Tranquillo. A domani».

Il commissario sale in macchina e si avvia per Napoli.

Io, invece, me ne vado verso la spiaggia. Tengo voglia di guardarmi un poco di mare.

Mezz'ora.

Mezz'ora per i fatti miei, senza pensare a niente.

Eccolo qua il mare, pare lo specchio di un lago oggi.

I gabbiani saltellano sulla riva per i fatti loro.

Lontano un mercantile passa piano, quasi non si muove.

Quel cielo viola.

Quei fiocchi di neve che cadono dall'alto, leggeri, in silenzio, e che quando toccano la sabbia non esistono più.

Come Cinzia.

Che scavalca la ringhiera e cade dall'alto, in silenzio. E quando arriva sulla strada non esiste più.

La depressione, dice il commissario.

Sì, può essere.

Ma se invece c'era un motivo preciso per scavalcare quella ringhiera?

E se quel motivo era lo stesso che le toglieva il sonno e la faceva piangere?

E se c'era, quel motivo, quale poteva essere?

Giovanna Savastani sta seduta di fronte al commissario, un poco piegata in avanti, con gli occhi che ogni tanto guardano il commissario e poi subito sviano a terra. Indossa un vestito grigio di lana, e sopra al vestito una giacca a vento, grigia pure quella. Le scarpe sono grosse, nere, da contadina, come le mani, che tiene poggiate sulle ginocchia e che ogni tanto fa scivolare sulle gambe, avanti e indietro, come a scaldarsi, o come a farsi una carezza.

«Mi dispiace averla fatta venire qua» dice il commissario, «ma volevo rivolgerle alcune domande personali e preferivo evitare la presenza delle sue figlie».

Giovanna Savastani fa segno di sì, ma senza che ha capito bene.

«Rita e Simona, si chiamano così, giusto?».

Fa di nuovo segno di sì, accennando a un sorriso.

«Lei però aveva una terza figlia, se non sbaglio».

Il sorriso se ne va. La donna stringe le mani sulle ginocchia e resta in silenzio.

«Sto parlando di Cinzia».

«Cinzia...» ripete lei con un filo di voce.

«Soffriva di depressione?».

Lei fa segno di sì con la testa. Poi però, sempre con la testa, dice di no. E poi di nuovo di sì.

«Signora, ha capito quello che le ho chiesto?».

«È caduta» dice con la voce che appena si sente.

«Sappiamo che si è buttata volontariamente dal balcone della cucina».

«È caduta» ripete la donna un poco più a voce alta.

«Veramente l'inchiesta successiva alla...».

Giovanna Savastani caccia un grido che un altro poco ci fa venire un colpo: «È caduta!».

«Signora, si sente bene?».

«Scusate» risponde lei tornando a parlare con la voce bassa.

«Vuole un bicchiere d'acqua?».

«Grazie».

Il commissario va lui personalmente a prendere l'acqua.

Nel frattempo la donna mi pare che si è calmata.

Nella stanza siamo solo io e lei adesso.

«Posso farle una domanda, signora?».

Lei fa segno di sì.

«Con suo marito andava d'accordo?».

Giovanna mi guarda.

Non risponde subito.

Passano cinque o sei secondi, dopo fa di sì con la testa.

Il commissario torna col bicchiere d'acqua.

La donna si beve l'acqua, se la beve tutta quanta.

«Posso tornare a casa?».

«Una domanda ancora, signora. Ce la fa a rispondermi?».

«Sì».

«Quel Malone... Non le sta simpatico, vero?».

Si stringe di nuovo le ginocchia. E poi fa di no con la testa.

«Perché?».
Lei respira più in fretta.
«Voglio tornare a casa».
«Se mi dice perché Malone non le sta simpatico, la faccio riaccompagnare immediatamente a casa».
Lei ci pensa qualche secondo.
«Perché non è una brava persona» dice.
«Non è una brava persona in che senso?».
«Non è una brava persona».
«Però era amico di suo marito, giusto?».
«Sì».
«E suo marito era una brava persona?».
Giovanna Savastani solleva gli occhi e guarda il commissario fisso.
È uno sguardo... non lo so dire come, però mi pare un pozzo scuro che non si vede il fondo.
«Voglio tornare a casa».
«Va bene» risponde il commissario.
Vuole farla accompagnare da Cardillo, ma lei neanche lo sente: si alza e se ne va senza salutare.

Dopo che Giovanna è uscita, io e il commissario restiamo in silenzio per uno o due minuti, come se l'eco di qualcosa deve disperdersi.
«Allora?» chiede il commissario.
«Commissà, io mi sono fatto un pensiero. Un pensiero strano, lo so, ma è lo stesso che mi è passato ieri mattina quando stavamo a casa dei Savastani. E pure dopo, quando mi sono messo a camminare sotto la neve».

«E qual è 'sto pensiero?».

«Non so se ci avete fatto caso, ma ieri pareva che la casa era più allegra del giorno precedente, di quando abbiamo portato la notizia della morte del marito».

«Più allegra? E dove l'hai vista quest'allegria?».

«Allegra forse è esagerato, diciamo più piena di vita. Se ci pensate bene, ieri ci stava la tovaglia colorata di rosso. Le bambine giocavano. E la madre delle bambine faceva i tortellini assieme alla nonna».

«E che vuol dire questo?».

«Non lo so, ma mi viene da pensare che la morte di Savastani, invece di essere stata una tragedia, è stata come una liberazione».

«Addirittura?».

«Forse è una idea scema, però...».

Il commissario ci pensa un momento.

«Quindi tu dici che magari è stata lei ad aver ucciso il marito?».

«Non l'abbiamo mai presa in considerazione questa ipotesi».

«Magari con l'aiuto di Malone. Poi caricano il corpo sul gippone, lo portano sul Vesuvio e tornano con la macchina di lui».

«Mah...».

«Che cos'è che non ti convince?».

«A me pare che a lei, appena sente il nome di Malone, le viene lo sguardo dell'odio. Non ce la vedo proprio che era l'amante del portantino».

In quel mentre entra Capuozzo.

«In macchina non ci sono impronte di Malone».
«E sui vestiti?».
«Neppure».
«Altre impronte?».
«Poche e confuse. Se qualcun altro ha guidato il gippone ha usato i guanti».
«Hai controllato il numero di cellulare di Malone?».
«Dalla sera della Vigilia fino alle undici di mattina, il cellulare non si è mosso da Torre Annunziata».
«Fammi ancora una cortesia, controllami il numero di cellulare di Giovanna, la moglie di Savastani. Voglio sapere se si è mai sentita con Malone e se tra mezzanotte e le tre di mattina risultano movimenti particolari. Fatti dare il numero da Cardillo».
«Va bene, vado».
«Ah, senti Capuozzo, per scrupolo esamina anche gli avanzi di cibo nello stomaco di Savastani».
«Che devo cercare?».
«Un veleno o un sonnifero, fallo subito».
«Controllo immediatamente».
Capuozzo se ne va.
«Perché il sonnifero o il veleno, commissà?».
«Sto ragionando sull'ipotesi che il marito l'abbia strangolato lei. Se è andata così, l'ha dovuto prima stordire in qualche maniera».
«E dopo averlo stordito, l'ha strangolato. Poi l'ha vestito da cacciatore, l'ha caricato sul gippone, l'ha portato sul Vesuvio e ha finto una rapina».
«E poi com'è tornata? Mica poteva tornare a piedi».
«Quindi c'è un complice?».

«Per forza. Qualcuno che l'ha aiutata a strangolare il marito e poi a caricarlo sul gippone. Io continuo a pensare a Malone».

«E io continuo a pensare che Malone non c'entra niente nell'omicidio».

D'improvviso al commissario viene qualcosa in mente.

«Andiamo a controllare una cosa».

«Che cosa?».

«Andiamo, muoviti».

Lo seguo senza capire bene.

Arriviamo nel parcheggio della scientifica.

Il gippone sta posteggiato là.

Il commissario apre la portiera e si mette a sedere al posto di guida.

«Guarda, Acanfora!».

Lui è alto più o meno come Savastani e quasi non ci entra sul sedile tanto è spostato in avanti.

«Il gippone l'ha guidato lei. Ha avvicinato il sedile al volante e poi ha dimenticato di rimetterlo a posto».

«Allora andiamo ad arrestarla?».

«Aspettiamo ancora Capuozzo. Intanto pigliamoci un caffè, ce lo meritiamo».

La neve ha smesso di cadere.

Il cielo ha sempre quel colore azzurro e viola e si è alzato un vento gelido che taglia la faccia.

Entriamo nel primo bar che incontriamo.

Ordiniamo due caffè.

Il commissario si prende pure un panino che tiene fame.

Se lo mangia con due morsi.

Poi si beve il caffè.

«Ma perché l'ha ammazzato, commissà?».

«Non ne ho la minima idea, Acanfora. Però credo sia come dici tu: la morte di quell'uomo è stata una liberazione per tutti in quella casa».

Saliamo in macchina e ci fermiamo a via Caracciolo a guardare il mare.

Il mare, per via del vento che si è messo a soffiare, è diventato bianco, tutto increspato da onde piccole che s'inseguono una appresso all'altra.

Aspettiamo la telefonata di Capuozzo senza dire una parola.

Aspettiamo un'ora.

Poi finalmente il telefono squilla.

«Allora?».

«Commissario Santagata sei un genio».

«Che hai trovato?».

«La vittima aveva ingerito parecchio sonnifero. Un sonnifero comune, non particolarmente potente. Ma sufficiente a far dormire un cavallo. Savastani non avrebbe mai potuto mettersi al volante due ore dopo aver ingerito tutto quel sonnifero. E tanto meno guidare fino al Vesuvio».

«Grazie Capuozzo, forse hai risolto il caso».

Chiude il telefono.

«Ci siamo Acanfora. È stata lei».

Giovanna Savastani apre la porta di casa e quando ci vede quasi non si meraviglia.

«Siete qui per arrestarmi, vero?».

«Sì, signora».

Nel soggiorno Rita e Simona stanno giocando.

Vincenza sta seduta sul divano, con i ferri in mano, che muove con gesti regolari.

«Possiamo andare in un bar?» chiede Giovanna d'un tratto.

«In un bar?».

«Mi piacerebbe sedermi al tavolino di un bar. Sono quindici anni che non entro in un bar. Vi chiedo mezz'ora, non di più. E intanto vi assicuro che vi racconterò tutto».

Il commissario è un poco meravigliato dalla richiesta, però dice *va bene*. Lei prende la giacca a vento, dà un bacio alle figlie e alla madre, e ci segue per le scale, uguale a se deve andare a fare una scampagnata.

Mò stiamo seduti a un tavolino appartato del bar con la vetrata, quello dove siamo già stati con il commissario.

Sono le cinque di pomeriggio, c'è ancora un poco di luce e nel bar non c'è quasi nessuno.

La neve ha ripreso a cadere e Giovanna la guarda incantata. Allunga perfino una mano, come se vuole prendere un fiocco.

«Vuole bere qualcosa?» chiede il commissario.

«Qualcosa di forte».

«Che cosa preferisce?».

«Non lo so, non bevo alcolici. Qualcosa di forte».

Il commissario ordina tre grappe.

Io lo guardo sorpreso.

Da quando lo conosco è la prima volta che prende una cosa con l'alcol.
Lui si accorge che lo guardo.
Sospira.
«Quando ci vuole, ci vuole» dice.
Ed eccoci qua, tutti e tre con il bicchiere di grappa davanti, come vecchi amici seduti al tavolino di un bar mentre fuori cade la neve.
«Con la neve pare un Natale vero» dice Giovanna.
Sembra tranquilla, serena.
O forse è solo pazza, chi lo sa.
Beve un sorso di grappa.
Poi lascia passare qualche secondo. Sembra quasi che aspetta di sentire il cambiamento.
Ne beve ancora un sorso.
Le scappa una risatella.
«Ecco, possiamo cominciare... comincio dall'inizio se non vi dispiace».
«D'accordo» dice il commissario.
«Sedici anni fa mi sono sposata con Francesco. Lui era uscito dal carcere, questo già lo sapete. Aveva trovato lavoro come infermiere, voleva cambiare, pareva una persona a posto. Era solo un poco geloso, ma quale uomo non lo è. Io all'epoca facevo la parrucchiera in un negozio a Castellammare. Quando è nata Rita ho preso qualche mese di congedo. Al momento di ritornare a lavorare, Francesco ha detto che lui aveva il posto di infermiere e che la cosa migliore per me sarebbe stata di rimanere a casa ed occuparmi della piccola. Io gli ho fatto notare che i soldi erano pochi, ma

lui ha detto che nel suo lavoro c'erano parecchi extra, che non ci sarebbe mancato nulla, che dovevo avere fiducia in lui. Io mi sono lasciata convincere e ho fatto come diceva.

«Dopo tre anni è nata Cinzia, altri tre anni ed è nata Simona. Ero molto impegnata con le bambine e non avevo quasi mai tempo per me, però notavo che a lui dava fastidio quando uscivo da sola. Gli dava fastidio se andavo in palestra, e anche se andavo solo a fare la spesa. E gli dava fastidio pure se mia madre veniva a darmi una mano con le bambine. È diventato aggressivo, un paio di volte mi ha dato uno schiaffo, anche se subito si è scusato. Io lo assecondavo per non creare problemi. Però volevo tornare a lavorare. Ho insistito e alla fine mi ha trovato un impiego in una panetteria che era proprietà della cugina. Io preferivo fare la parrucchiera, però ho accettato perché l'orario di lavoro era comodo. A quel tempo Rita, la bimba più grande, aveva quasi nove anni. Era sempre stata una bambina timida, affettuosa, che non parlava tanto. Però d'un tratto era diventata scontrosa, chiusa, non parlava quasi più. Ho pensato che doveva essere un problema dovuto all'età, alla crescita. Non potevo immaginare che...».

Per un momento resta in silenzio.

Si beve il resto della grappa.

«Mio marito...».

«Suo marito?».

«Aveva delle attenzioni per lei. Io credevo che erano quelle che un padre può avere per una figlia. Forse un poco eccessive, un poco particolari. Una volta gliel'ho anche detto, lui mi ha risposto con calma, mi ha tranquillizzato. Io non potevo mai immaginare... non volevo... Io non volevo vedere. Non volevo capire. Avevo dei dubbi, ma non ne parlavo con nessuno, neppure con mia madre. Ero confusa. Ogni tanto chiedevo a Rita come stava, se andava tutto bene. Lei diceva di sì, ma quando lo diceva non mi guardava mai in faccia. E io continuavo a pensare che quel suo modo di fare era dovuto alla timidezza, alla crescita, all'età. E poi c'era quel Malone, quel collega di mio marito, che ogni tanto si presentava a casa. A me non piaceva, però era un amico di Francesco e veniva sempre più spesso. Io non dicevo niente... Fino a quando ho scoperto... ho scoperto che anche lui... Capite che voglio dire, sì? Lui così alto, così grosso... L'ho cacciato di casa. Sono andata da mio marito e gli ho detto che avrei denunciato sia lui che Malone. Volevo davvero andare alla polizia. Ero determinata. Avevo già preso la borsa. Allora lui mi ha picchiata. Mi ha detto che ero una pazza, che m'inventavo le cose. Mi ha picchiata parecchio. Ho pensato che voleva ammazzarmi. Ho avuto paura. Ho anche pensato che forse davvero ero pazza. Non sono andata più alla polizia. Però cercavo di non lasciare mai Rita da sola. Intanto Malone non veniva più a casa. E mi pareva che pure lui, con Rita... che non aveva più quelle attenzioni. Rita aveva appena compiuto dodici anni... ingrassava... eppure non mangiava quasi niente. Però poi ho capito... era incinta... e io... ho cercato qualcuno per... Cercavo... La mattina andavo al lavoro, poi mi davo da fare per risolvere quella cosa. Pensavo solo a quello. Quando finalmente ho trovato dove portarla, quando finalmente il problema è stato risolto, ho pensato che tutto sarebbe tornato a posto, che con un poco di pazienza si poteva tornare a vivere in maniera normale... Una vita normale! Ero così stupida che davvero ci credevo. Ci volevo credere a tutti i costi... Fino a quando un giorno ho visto che lui... ho capito che lui... con Cinzia... le stesse attenzioni... Allora gli ho detto che andavo alla polizia, stavolta ci andavo per davvero, e poteva ammazzarmi di botte, lo stesso ci andavo. Lui si è messo in ginocchio davanti a me... Io non me l'aspettavo... Mi ha pregato di non farlo, ha detto che era una malattia la sua, che si sarebbe fatto curare, che smetteva, che non l'avrebbe fatto mai più...».

Mentre Giovanna parla, sul suo viso scivola una lacrima, e poi un'altra, e un'altra ancora. Senza singhiozzi, senza lamenti, solo le lacrime, silenziose, inarrestabili, una dietro l'altra, scivolano sul suo viso.

«Mi pregava, in ginocchio. E io... io l'ho creduto... Sono stata così stupida anche quella volta... l'ho creduto...».

Per un attimo resta in silenzio. Poi prende il bicchiere di grappa del commissario e se lo beve tutto in un sorso.

«Una mattina Cinzia si è buttata da soprabbasso. E io... io... io volevo morire, come mia figlia. Ma ero già morta e non lo sapevo. Stavo le ore sul letto, guardavo il soffitto. Continuavo a dirmi che l'avevo uccisa io mia figlia. E non riuscivo a fare nulla. Mio marito non diceva niente, non veniva neppure a vedere come stavo. Solo mia madre mi stava accanto, mi ripeteva che dovevo vivere, che c'erano Rita e Simona a cui pensare. Dovevo vivere. Ma io continuavo a non alzarmi, credevo non mi sarei alzata mai più...».

Fa una pausa.

Guarda fuori dal vetro la neve che continua a scendere.

«Un mese fa ho visto mio marito che prendeva in braccio Simona... ho visto come la guardava... ho riconosciuto quello sguardo. Ho capito che ora sarebbe toccato anche a lei... è stato per quello che mi sono alzata dal letto. E sono andata alla polizia. Ci sono andata subito. Ero sporca, in vestaglia, non mi lavavo da tanto, forse puzzavo, dovevo sembrare una pazza. C'era un poliziotto... era alto e grosso come Malone... Aveva lo stesso sguardo... Mi sono trovata seduta davanti a lui. Mi ha chiesto se stavo bene, se doveva chiamare un dottore. Ho sentito che parlava con un collega, *questa non ci sta con la testa* l'ho sentito dire... Allora non ho detto più niente. Sono tornata a casa. Volevo di nuovo stendermi su quel letto. Prendere il mio sonnifero e dormire, dormire per sempre. Ma poi ho visto lui che tornava a guardarla. Ho visto una carezza... Ho capito che non c'era più tempo. E ho deciso che dovevo risolverlo io quel problema, che non c'era un'altra maniera. Lui continuava a guardarla. Mancava poco ormai... La sera della Vigilia ho preparato gli spaghetti con le vongole, era il piatto preferito di mio marito, e ho messo il sonnifero nel suo piatto. E lui, dopo pranzo, si è addormentato. Si è seduto sulla poltrona davanti alla televisione e si è addormentato. Russava. Con la bocca aperta...».

Fa una pausa.

Guarda i bicchieri.

Io le allungo il mio e lei beve quel che rimane della grappa.

«Ho aspettato che tutti dormivano in casa. Ho staccato il telefono, ho preso il filo del telefono, gliel'ho passato intorno al collo e ho stretto con tutta la forza che avevo. Lui allora ha spalancato gli occhi. Ha cercato di liberarsi. Io ho continuato a stringere. Stringevo... Poi lui ha fatto un tremito e ha smesso di muoversi».

Giovanna resta in silenzio a guardare fuori dalla vetrata.

«Che bella la neve» dice.

«Ma per portarlo lì sul Vesuvio, come ha fatto?» chiede il commissario.

Lei torna a guardarci.

«Ho fatto tutto da sola. L'ho vestito, l'ho trascinato in macchina. Ho guidato fino al punto dove avete trovato il cadavere. Ho parcheggiato la macchina. Dal portafoglio di lui ho preso i soldi e ho buttato il portafoglio lontano. Ho lasciato la macchina al parcheggio e sono tornata a piedi. Era ancora notte quando sono arrivata a casa. Questa è la storia, vi ho raccontato tutto».

Il commissario la guarda, in silenzio.

Lei ricambia lo sguardo, senza abbassarlo.

«Lo so quello che state pensando» dice. «Volete sapere se mi ha aiutato qualcuno? È così? Forse mia madre? O forse Rita? O magari tutte e due? Ma che importanza può avere? Sono stata io, da sola. È questa la verità. E dev'essere l'unica verità possibile».

Si alza.

Indossa la sua giacca a vento.

Guarda di nuovo fuori dalla vetrata.

La neve continua a cadere.

«Con la neve sembra veramente Natale» dice.

Sorride.

E poi, quasi felice: «Andiamo?».

Fabio Stassi
Triste, solitario e alla fine

> Arrivederci, amico mio. Non le dico addio, gliel'ho detto quando aveva un senso, quando ero triste, solitario e alla fine.
>
> RAYMOND CHANDLER, *Il lungo addio*

Dicono che accade così a chi ascolta le pene degli altri. Ma quello che mi pesava di più non era il carico di tristezza che restava impigliato nella mia stanza dopo che i pazienti erano usciti. E neppure il timore di deluderli. Ciò che non riuscivo a scrollarmi di dosso era l'idea che tutte quelle sofferenze, i disagi, le malinconie grandi o piccole che ascoltavo ogni giorno si stessero per cronicizzare, e non ci fosse per loro più alcun rimedio.

L'unico modo per distrarmene, quella domenica sera, era stato entrare in un pub e uscirne con qualche pinta di birra nello stomaco. La mia adorata Feng era a Milano: l'avevano chiamata perché facesse da interprete a uno scrittore cinese di passaggio in Europa, e io ero rimasto a fare i conti con la mia solitudine per tutto il weekend.

Quella notte non era stato facile neppure salire le scale. Con le forze che mi restavano, avevo messo sul piatto *Les Anarchistes* di Léo Ferré e mi ero buttato sul divano. Sopra al tavolino avevo lasciato *Sogni di Bunker Hill* di John Fante e una vecchia edizione di *Triste, solitario y final*. Mi erano serviti per una seduta. Presi in mano l'ultimo. Non avevo bisogno di rileggere l'attacco del primo capitolo perché lo conoscevo a memoria: «Il vecchio Stan Laurel scese dal taxi. Consultò il pezzo di carta gualcita che conservava in un taschino e controllò il numero dell'edificio».

Sapevo già che nessuno gli avrebbe prestato attenzione e che il vecchio Stan sarebbe avanzato in un corridoio muffito fino a fermarsi di fronte a una porta di vetro con un'iscrizione sopra: «Philip Marlowe, detective privato». Un'iscrizione in fondo non molto diversa da quella che avevo affisso fuori dalla mia porta: «Vince Corso, pronto soccorso letterario». Marlowe era un uomo di una cinquantina d'anni, alto un metro e ottanta, coi capelli castano scuro che la canizie aveva imbiancato un po' troppo.

Credo di essermi addormentato in quel momento.

1

L'argentino scese dal taxi. Io seppi che era tornato perché un gatto randagio si sedette sul davanzale della mia finestra. Era un animale grasso, con una lunga coda pelosa. Mi fissò nel modo in cui ti guardano i felini, con le pupille di vetro liquido. Django gli corse incontro, e il gatto si dileguò sui cornicioni del palazzo. Nello stesso momento suonò il campanello.

Pensai che non si può andare astemi incontro a un fantasma. Spiumai il mio *perroquet* e lo invitai a non perdere tempo con i convenevoli.

«Vieni dentro, Soriano».

Alla luce della luna, quel mezzosangue di un argentino penetrò nella mia soffitta come se non avesse mai abbandonato il mondo. Sprofondò sulla poltrona davanti alla scrivania, sistemandosi per storto, le gambe sopra uno dei braccioli. «È parecchio sciupata la pelle di questa sedia» disse accarezzando con un dito tutte le pieghe e i tagli che segnavano lo schienale, «quasi più della nostra».

La battuta lo spinse a girare la testa verso di me. Non mossi un muscolo.

«Cosa leggi?».

Chiusi il libro senza rispondere. Non volevo confessargli che stavo leggendo il suo primo romanzo.

«Non ho nessuna intenzione di diventare il tuo migliore amico, non temere» disse.

«È un poliziesco, se ci tieni a saperlo».

Soriano scoppiò a ridere. «I libri sono sempre una truffa, non lo hai ancora capito?», e non la finiva più di ridere, aveva le lacrime agli occhi. Quando si calmò, mi chiese cosa stessi bevendo.

«Metà *pastis*, un po' di sciroppo alla menta e dell'acqua gelata».

«Tu e i tuoi aperitivi francesi: forza, dammene un poco».

Mi alzai e aprii il frigo.

«Così, a furia di scrivere di ribelli, ti sei ammutinato anche alla morte» dissi, mentre gli riempivo il bicchiere.

Soriano posò le gambe a terra.

«Sai come passavo il tempo, dall'altro lato?».

«No».

«Contando le anime delle anatre».

«Non c'è niente di più interessante da fare, lassù?».

«Non ho trovato nemmeno una Lettera 26 usata».

«È per questo che sei tornato?».

«Diciamo che me ne ero andato troppo bruscamente, senza salutare. E poi mi mancavano gli amici, così ho chiesto una licenza di una settimana».

«Si può?».

«Sono sommersi di richieste e hanno la peggiore burocrazia mai vista. Ma se non ti manca la pazienza, se il motivo è buono e se hai passato tanti anni nella redazione di un giornale, ce la puoi fare».

«Che vuoi dire?».

«È come quando chiedevo che mi mandassero in giro per un servizio».

«Faccio fatica a immaginare una redazione di angeli custodi».

«Quelli come me possono tornare solo in un libro, o tutt'al più in un racconto».

«Prima devi trovare chi abbia voglia di scrivere questa storia».

«Immagina che qualcuno lo stia già facendo».

«È inutile parlare con te».

«La letteratura è l'unica cosa che può riportarci in vita, Corso».

«E sei tornato solo per salutare i tuoi amici?».

«No, anche per aiutarli. Tu, per esempio, potresti ritrovarti senza lavoro, in poco tempo».

«Per ora non corro il rischio».

«Pensa a una farmacia che improvvisamente si svuoti di medicinali. Chi ci andrebbe più?».

«Non capisco il nesso».

«Tu curi la gente con i libri, giusto?».

«Sì, ma...».

«L'elenco dei malanni deve essersi allungato, negli ultimi tempi: anaffettività, bipolarismo, crisi di panico, deficit di attenzione, disposofobia, disturbi della memoria, workaholism... devo continuare?».

«Vedo che ti tieni aggiornato».

«Anche l'adolescenza è diventata una patologia. E

chissà quante altre ne dovrai affrontare soltanto con i cattivi romanzi che abbiamo scritto».

«Dove vuoi andare a parare?».

«Fai conto ora che tu abbia davanti un signore come me, un po' pingue, ma al contrario di me impacciatissimo, taciturno, sobrio, e che quest'uomo ti chieda, diventando tutto rosso per lo sforzo, un consiglio di lettura per l'inguaribile timidezza che lo tormenta sin da bambino e che gli provoca da sempre pensieri sulla morte. Tu ci ragioneresti un poco, poi attaccheresti uno dei tuoi sermoni infiniti. No, certo, non diresti "timidezza", ma tireresti fuori uno di quei paroloni difficili che ti piacciono tanto, tipo "apatia afflitta" o, che so, "edonia repressa", a tua scelta, e così, dopo averlo rintontito di chiacchiere per una buona mezz'ora, alla fine ti alzeresti e andresti verso la tua libreria. Ricordi il discorso sulla congregazione delle anime che ci abitano e dell'io egemone che ogni tanto prende il sopravvento sugli altri nostri io, in *Sostiene Pereira*? Ecco, basterebbe quel passaggio per dare uno straccio di speranza a quell'uomo, che si possa cambiare, cioè, diventare più liberi, meno angosciati. Non è così che andrebbe?».

Evitai di rispondergli.

«Bene, adesso alzati per davvero e prendi il libro di Antonio. Ti aiuto io: è nel primo scaffale a sinistra, il secondo della fila».

Il tono di Soriano era perentorio.

«Ora aprilo, e leggi ad alta voce l'incipit».

Andai all'inizio del romanzo e mi apprestai a leggere. Ma quella pagina era un campo di battaglia da cui avevano portato via tutti i feriti.

«Ma che scherzo è questo? L'hai sostituito con una copia fallata?».

«Prova con un altro».

Afferrai un romanzo di Italo Calvino e lo squadernai a caso. Anche quello si era trasformato in un manifesto futurista: larghi spazi vuoti, un verbo, una congiunzione, nessuna logica. I dialoghi volatilizzati. Solo qualche frammento di frase, delle virgole sospese per aria.

«Che succede?».

«Non lo hai capito da te?».

«No».

«I personaggi stanno scomparendo dai romanzi. Non tutti ancora, per fortuna. Ma una buona parte, sì».

Pure le stanze di *Homer & Langley* di Doctorow si erano improvvisamente svuotate di tutte le cianfrusaglie che contenevano. Identico responso per *L'uomo duplicato* di Saramago.

Mi versai dell'altro *pastis*, senza menta, questa volta, e tornai alla scrivania.

«C'è un motivo per questa sparizione?».

«È quello che dobbiamo scoprire».

«Io e te?».

«Sì, io e te, chi altri, se no?».

«Perché proprio io?».

«Eri l'unico che mi avrebbe aperto la porta».

«Non m'incanti, ruffiano: non potevi rivolgerti al tuo amico, comesichiama, l'investigatore privato...».

«Marlowe».

«Sì, Marlowe, Philip Marlowe».

«È sparito anche lui».

«No, Soriano, non giocare. Se un pezzo grosso come Marlowe era impegnato, potevi rivolgerti a Ellery Queen, a Miss Marple, al sergente Studer. A me, lasciami in pace. Ho già abbastanza guai. Non è il mio mestiere, questo».

«E credi che continuerai ad averlo, un mestiere, quando i tuoi pazienti scopriranno che i romanzi che gli prescrivi sono soltanto un mucchio di inutili pagine bianche e di parole senza senso? Devi smetterla di andare su e giù tra via Merulana e piazza Vittorio, Corso, con quel cane più muto del servo di Zorro, e venire con me».

«Preferivo quando il tuo nome era solo su un frontespizio».

«Smettila di fare tante storie».

«Per quanto dovrei seguirti?».

«Una settimana sarà sufficiente, non mi hanno concesso un minuto di più, poi svanirò come Cinderella all'alba di lunedì prossimo. Ma considerate le ore che passeremo a bere e a giocare a carte e a shangai di tempo ne avremo ancora meno».

«Questo non è un caso che si possa risolvere in una settimana».

«Ci dobbiamo provare lo stesso».

«Forse ci siamo semplicemente invecchiati, Soriano, noi, e tutti i nostri miti».

«Non posso invecchiare più di così, Corso».

«Ho bisogno di pensarci».

«Ci vediamo tra poche ore, detective. Ho preso una stanza al Radisson, e ora me ne vado a fare un giro, era tanto che non venivo in questa città. Tu rimettiti a dormire, che mi servi in forma. Alle nove sarò da te».

«Da quando in qua sei diventato un tipo puntuale?».

«Farò un'eccezione».

Si richiuse la porta dietro le spalle con una eleganza felina, nonostante la corporatura. Gli corsi dietro, ma l'edificio era immerso in una penombra che senza di lui mi parve insopportabilmente triste. Una muffa di luce nella quale nemmeno nell'angolo più nascosto di una rampa di scale si può far finta che le cose girino per il verso giusto. Andiamo, Corso, ti hanno sempre incuriosito le storie impossibili.

Tornai nel mio ufficio, che poi era anche la mia casa, mi versai un altro mezzo *pastis* e maledissi quell'argentino. Mi aveva incastrato.

2

Quel lunedì mattina Soriano si presentò sotto al mio portone cantando a squarciagola un vecchio tango di Osvaldo Pedro Pugliese e in ritardo di un'ora abbondante. *¿Qué has perdido? Una aguja y un dedal. ¿En dónde? En la Cuesta del Totoral.* Lo spinsi dentro un taxi e non gli rivolsi la parola per tutto il tragitto. È vero, le amicizie migliori iniziano con una litigata, come aveva scritto lui da qualche parte, ma con una litigata possono anche finire. Mi ero già pentito di avergli dato retta. Gente così non cambia mai, né da viva né da... Ma poi ci vidi riflessi nello specchietto del taxi. Io con la mia magrezza nervosa e stropicciata, lui con quel corpo soffice di gigante curioso. In fondo, non eravamo che due giacche di lino fruste che appartenevano ormai a un altro secolo.

Soriano guardava fuori dal finestrino. Il cielo di Roma filtrava la luce come un dito di whiskey in un bicchiere. La Citroën bianca ci lasciò davanti all'ingresso della Biblioteca Nazionale. Soriano disse al tassista di accostare. Mi sorprese la naturalezza con cui estrasse un rotolo di banconote dal portafoglio.

«Saremmo potuti andare anche a piedi» gli dissi scendendo dalla macchina.

«Mi hanno dato fondi a sufficienza» rispose lui, «questa settimana me la voglio proprio godere».

Ci avviammo verso l'entrata. Soriano si fermò a metà del cammino e per un po' se ne stette in silenzio a osservare quel grande edificio di cemento armato, vetro e alluminio che si allungava sopra di noi. Non lo disturbai. L'idea che sui resti di un accampamento militare romano fosse sorta una torre di dieci piani piena di libri doveva dargli un piacere sottile. O forse stava soltanto cercando di tornare sobrio il più rapidamente possibile.

Scrissi un messaggio alla mia amica Marta perché scendesse alla caffetteria. L'atrio di quel posto mi dava sempre lo sconcerto che danno le piazze troppo grandi. Anche Soriano continuava a guardarsi intorno, immerso in uno smarrimento radioso. Poco più avanti, un gruppo di ragazzi aveva montato un banchetto di raccolta firme per protestare contro i pochi fondi destinati alle biblioteche e la chiusura di molte sale di lettura comunali e universitarie. Soriano non si fece pregare, e firmò con decisione. Temetti che qualcuno potesse riconoscerlo, o pensare a uno scherzo di cattivo gusto, ma non c'è luogo migliore che l'atrio di una Biblioteca Nazionale per sperimentare la propria estraneità dal mondo. Sia gli studenti in piedi di fronte a noi, sia quelli che entravano e uscivano dalle porte di vetro, inoltre, erano troppo giovani per ricordarsene, e tutti gli altri troppo distratti. Chi ci avrebbe mai creduto, del resto?

Neppure Marta ebbe il minimo sospetto. Mi passò una mano sulla nuca, con la sua irresistibile allegria, e mi abbracciò ridendo. Era sempre talmente contenta di vedermi che ogni volta non potevo fare a meno di pensare che saremmo stati così bene insieme. Le presentai Osvaldo come un vecchio amico argentino. Di Mar del Plata, specificò lui. Marta non ne fu sorpresa, sapeva che nelle pensioni dove ero cresciuto avevo avuto modo di incappare in un mucchio di gente strana.

«Ci serve un grande favore» le dissi. «Devo aiutare Osvaldo per uno studio sulla letteratura sudamericana, e avremmo necessità di dare un'occhiata a un po' di libri».

«Vi porto allo schedario».

«No, Marta, è meglio di no. Preferiremmo fare una ricerca a scaffale. Ricordi quando mi hai fatto salire ai magazzini all'ultimo piano?».

«Sì, il mio posto preferito».

«Bene, potremmo tornarci? Per noi sarebbe più utile curiosare tra un ripiano e l'altro. E poi Osvaldo sarà contento di ammirare Roma da quella prospettiva».

Marta sorrise in quel modo esageratamente gentile che aveva di sorridere.

«Basta che non lo dite a nessuno».

Soriano si portò due dita sulle labbra.

Attraversammo la luce artificiale di un lungo corridoio fino alla porta scorrevole di un montacarichi. Arrivati su, Marta indirizzò un cenno alla collega che sedeva a una piccola scrivania con una macchinetta del caffè e un computer di prima generazione, di lato agli ascensori. Se si trattava della stessa donna, era irrimediabilmente invecchiata dall'ultima volta che l'avevo vista, come se fosse stata lì da secoli, a guardia di quel piano. Avanzammo verso l'infinita successione di scaffalature metalliche stipate di libri e lo spettacolo di Roma ci sorprese improvviso dalle vetrate che circondavano l'intero ambiente. Era come stare dentro la cabina di un elicottero. Ecco dov'era finito l'incipit del romanzo di Tabucchi. Quel bel giorno d'estate, con un vento di ponente che accarezzava le cime degli alberi e il sole che splendeva, e con una città che scintillava, letteralmente scintillava sotto le finestre intorno a lui, e un azzurro, un azzurro mai visto, di un nitore che quasi feriva gli occhi, Vince Corso si mise a pensare alla morte. Sì, aveva ragione Soriano, quella settimana era un regalo, e avremmo dovuto proprio godercela.

«Ne avremo per un po'» dissi a Marta.

«Non vi preoccupate, so che non lascerete un libro fuori posto».

Mi diede un bacio lievissimo sulle labbra e strinse affettuosamente la mano di Soriano.

«Demonio. *¿Por qué no te casaste con ella?*» disse lui, appena fu scomparsa.

Ci mettemmo subito al lavoro. Là sopra era conservata tutta la letteratura mondiale degli ultimi quattrocento anni. Nelle ore seguenti, sfogliammo centinaia di romanzi, paese per paese, nel tentativo di compilare scrupolosamente un elenco dei dispersi, in ordine cronologico. Mancavano all'appello, nei rispettivi libri, una quantità inaudita di personaggi. Terminammo che il pomeriggio era ormai inoltrato. Ma bastava alzare ogni tanto gli occhi sulla città per non sentirsi più stanchi.

Il risultato fu su per giù questo: 1678, la principessa di Clèves; 1719, Robinson Crusoe; 1726, Gulliver; 1759, Candido; 1760, Tristram Shandy; 1774, Werther e Carlotta; 1785, barone di Münchhausen; 1798, Jacopo Ortis. Il diciannovesimo secolo non era stato meno saccheggiato. Si erano dissolti nel nulla Frankenstein e Ivanhoe, Gordon Pym e il capitan Achab, Madame Bovary, Akakij Akakievič, Carmen, la cugina Berta, Long John Silver e Pinocchio... Ancora più drammatica la situazione del Novecento. Nessuna traccia di Dedalus, Mrs. Ramsay, Rossella O'Hara, Lennie Small, Peter Kien, Holden, Lolita, il barone Cosimo Piovasco di Rondò e Aureliano Buendía. Risultavano spariti pure diversi animali, come Buck o Palladineve. Grazie al cielo, Don Chisciotte era sempre in terra di Castiglia sul suo Ronzinante, Capitan Nemo sotto i mari, Anna Karenina sulla banchina di una stazione e Zeno Cosini a fumare di nascosto in un terrazzo. Ma fino a quando?

Al tramonto tutte le sale della Biblioteca erano ormai deserte. Anche Marta aveva terminato il suo turno già da un pezzo e Roma stessa ci parve completamente disabitata. Per ammansire la malinconia, Soriano mi invitò a cenare nel miglior ristorante coreano dell'Esquilino. Finimmo la serata al Gatsby Café, sotto i portici di piazza Vittorio. Gatsby, almeno lui, era ancora aperto.

3

El Gordo lo andai a prendere io, la mattina dopo, all'albergo dove alloggiava. Sembrava più pallido, come se avesse passato la notte ad ascoltare la discografia completa di Astor Piazzolla. Andammo a fare colazione sulla terrazza. Nessuno diceva niente. I tetti di Roma, come il giorno prima dai vetri della Nazionale, sfavillavano, e tutti e due rimuginavamo sulla strana storia nella quale ci eravamo cacciati.

«Credo di essere definitivamente impazzito» ammisi alla fine di una sontuosa fetta di strudel, «se è vero che sto facendo colazione con Osvaldo Soriano».

L'argentino sorrise. Aveva l'aria di chi la sa lunga, ma non è più così sicuro che tutto si risolverà nel migliore dei modi.

«Senti» gli dissi tra un boccone e l'altro, «ho ricontrollato i nostri elenchi e non ho trovato nessun indizio. Forse l'idea di metterli in fila secondo l'anno in cui sono venuti alla luce non è la strada giusta».

Mi guardò come chi inizia a dubitare del compagno che si è scelto: aveva sempre avuto un fiuto assoluto per i perdenti.

«In effetti è un po' lugubre: se ci aggiungessimo la data di oggi, avremmo una lista di lapidi».

Terminai il cappuccino senza commentare. Ci alzammo e ci dirigemmo verso la libreria antiquaria di Emiliano, all'Arco di Gallieno. Il pavimento era disseminato di scatole di cartone che il mio amico stava riempiendo di vecchi romanzi. Quando si sollevò da terra, gli presentai sbrigativamente Soriano, come avevo fatto con Marta, ma lui lo fissò con un'ombra di sospetto. Soriano indossava una camicia di jeans con i bottoncini metallici: la barba che gli incorniciava il viso aveva uno strano candore, la fronte era lucida. Restammo qualche secondo in silenzio, poi Emiliano allargò le braccia.

«È un disastro».

L'epidemia della sparizione dei personaggi era giunta fino alla sua bottega di libri usati.

Posai il mio taccuino stipato di nomi sulla scrivania. «Saremmo dovuti venire prima. Avremmo risparmiato molto tempo».

Emiliano inforcò gli occhiali, afferrò il taccuino e lo scorse svelto. Avrebbe voluto trovare qualcosa da dire per sdrammatizzare la situazione, ma non c'era niente che potesse farlo.

«Hai qualche idea?» gli chiesi.

«No, non me ne capacito. Se continua così, non mi resterà da vendere che qualche vecchio opuscolo inutile».

Sospirò e si sedette.

«Una volta un patologo del libro mi ha spiegato che tutta la letteratura contemporanea si sarebbe sbriciolata, perché la carta che si usa adesso non vale niente e i processi industriali di stampa sono fatti per non durare. Ma questa faccenda è molto più seria, Vince. Dovrò mandare al macero volumi di tre, quattro secoli fa, composti dalle migliori tipografie che siano mai esistite».

Mi restituì il taccuino e subito dopo tornò in ginocchio, alla sua occupazione precedente. Ogni gesto con il quale riponeva le singole opere negli scatoloni era carico di un'indicibile tristezza. Si tirò su solo un'ultima volta, prima che uscissimo, per aprire un cassetto della scrivania e offrire un sigaro a Soriano. Gli occhi gli tremavano leggermente, ma quelli erano giorni in cui non ci si poteva sorprendere più di nulla. Soriano gli strinse calorosamente la mano e gli assicurò che avremmo fatto il possibile.

Sui muri della stradina che ci riportò a via Merulana un manifesto scritto con un pennarello denunciava la chiusura della storica biblioteca di quartiere. Qualche volta c'ero entrato per leggere i giornali. Una biblioteca piccola, ma orgogliosa. Stava lì da oltre sessant'anni, ed era abitata da una comunità di vecchi e fedeli lettori.

Tornammo alla mia soffitta come si torna a un quartier generale dopo un'altra battaglia persa. Gabriel, il portiere sudamericano dello stabile, stava spazzando davanti al portone. Si accorse della mia faccia scura.

«Qualcosa non va, Vince?».

Soriano sentì l'accento, e subito i due si misero a parlare in spagnolo. Non so neppure se la si potesse definire una lingua, in realtà, perché era un misto di peruviano, e di argentino, e di tutti i dialetti ispanici della terra. Andarono avanti per un quarto d'ora. Evidentemente Soriano aveva deciso di potersi fidare, perché alla fine anche Gabriel mi domandò cosa ne pensassi.

«A quanto ne so, potrebbe trattarsi di un sequestro. Tutto lo lascia credere. Ma non riesco a immaginare a chi possa venire in mente di rapire dei personaggi. Che riscatto potrebbero chiedere? E a chi?».

Soriano girò la testa dall'altro lato, ma non feci in tempo a vedere la sua espressione.

«Forse si è bloccata la Porta Magica e non è più possibile transitare dal mondo dei libri al libro del mondo» disse Gabriel, oscuramente. «Vediamoci stanotte, dopo l'una, a piazza Vittorio».

Sapevo che Gabriel trafficava con i riti magici del candomblé, ma non avevo mai voluto approfondire quest'aspetto.

Il pomeriggio lo passammo come aveva previsto il *Gato*, a bere, a giocare e a discutere di letteratura, nella speranza che i nostri discorsi potessero far rimpatriare qualcuno tra gli scomparsi. Il Sor Gigi era seduto come al solito in cortile. Quando seppe che il mio amico era argentino, ci invitò a casa sua a vedere vecchi filmati di boxe. A mezzanotte e mezza eravamo ancora distesi sui suoi divani. Aveva ordinato chissà dove sidro e frittelle di *pan de leche*. Non saranno state le stesse di Buenos Aires, ma Soriano sembrò resuscitare una seconda volta. Per quasi cinque ore ripassarono tutta la storia della boxe, da Primo Carnera a Carlos Monzón, discutendo animatamente su chi fosse stato il più grande pugile del secolo scorso. Soriano confessò che per i guantoni non era dotato. Era stato invece un centravanti mancino di grande potenza: quando giocava nella squadra del suo villaggio, con un tiro aveva quasi ammazzato un cane, ma il senso di colpa e un brutto infortunio gli avevano rovinato la carriera.

«Non so, un giorno la porta mi si è ristretta, e sono finito a scrivere stupidate su un giornale» aveva concluso.

All'una di notte ci avviammo finalmente tutti e tre a piazza Vittorio; anche Sor Gigi ormai faceva parte della banda. Gabriel ci aspettava davanti al cancello dei giardini. Non so come avesse fatto ad aprirlo, ma ci invitò a entrare rapidamente. Lo seguimmo per qualche metro. Tutto intorno alla Porta Magica aveva disposto candele e lumini e formato un cerchio di statue di santi, pietre, ossicini e fiori secchi. Adagiò sul prato una ciotola di terracotta e si sedette, gettando per terra un pugno di conchiglie. Ci sedemmo anche noi, accanto a un albero. Nel buio, al fumo che scaturiva dagli incensieri che Gabriel aveva acceso sotto di loro, le due statue che sorvegliavano la porta parvero animarsi. Si misero a danzare anche le epigrafi sul rosone e i simboli alchemici di lato mentre si diffondeva da ogni parte un odore di erbe aromatiche. Gabriel chiuse gli occhi ed entrò in uno stato di *trance*. Allora i minuti diventarono secondi, e le ore minuti. Quando andammo via, già albeggiava. Gabriel si risvegliò pieno di energia. Raccolse tutte le sue cose e si avvicinò a noi.

«Qui ora è tutto a posto» disse, «il passaggio è stato richiuso. Quelli che cercate non sono poi così distanti. Hanno attraversato la Porta, ma non si sono allontanati troppo».
Le enigmatiche parole di Gabriel ci scaldarono dall'umidità della prima mattina. Aveva appena preso a piovere.

4

Mercoledì lo passai quasi per intero a dormire. La notte a piazza Vittorio mi aveva stremato e mi ci vollero molte ore di sonno per riprendermi. Al risveglio, fui sul punto di andare a denunciare tutto alla polizia. Potevo fare un identikit abbastanza esauriente di ogni disperso, indicare l'età, le fissazioni, le peculiarità, ma mi resi subito conto che avrei avuto qualche problema con la descrizione fisica: come potevo essere certo che l'aspetto che avrei indicato fosse quello reale e non l'idea che me ne ero fatto io come lettore? Mancavano pochi metri per il commissariato dell'Esquilino, quando un altro pensiero mi bloccò per strada. Quella denuncia, consegnata nelle mani di uno sbirro che si chiamava Ingravallo, a due passi da via Merulana, rischiava di assumere sin dalle prime battute un tono comico e paradossale. Già lo sentivo, con quell'insopportabile accento molisano: Ma è proprio ssicure? E mò lo viene a dire a me? Che vogliamo fare, si sta divertendo?

Come sarei potuto uscire da un guazzabuglio simile? Rabbrividendo, mi venne in mente che non avevo controllato nessun libro di Gadda. Era una dimenticanza imperdonabile. E se fosse svanito pure il commissario Ingravallo? Se stessero per svanire, insieme ai libri, anche le case, i viali, gli alberi, tutto il mondo così come lo avevo sempre conosciuto? I nostri ricordi, i luoghi che abbiamo visitato, le voci di cui ci siamo innamorati? Se quello fosse stato soltanto l'inizio?

Mi assalì un'onda di panico. Non volevo imbattermi in altre brutte sorprese e ritornai rapidamente sui miei passi. Avevo bisogno di Soriano, di sapere che almeno lui non sarebbe evaporato nel nulla: non lo avrei potuto sopportare il mondo, senza quel grassone. Mi misi quasi a correre fino al suo hotel, ma all'incrocio con via Mamiani un nutrito capannello di donne e uomini, in gran parte di una certa età, si era radunato davanti alla ex Caserma Sani. Pensai a una manifestazione di pensionati, per chiedere un aumento dell'assegno sociale. Man mano che mi avvicinavo, però, mi accorsi che di quella bizzarra compagnia facevano parte anche qualche giovane e qualche bambino. Li osservai meglio: gli abiti che indossavano sembravano fuori misura, come se non gli appartenessero; a piccoli gruppi, parlavano altre lingue. Niente di insolito, per il quartiere dove vivevo. Stavo per allontanarmi, quando mi sentii tirare per la camicia. Era la signora Doliner, la mia padrona di casa. Mi meravigliò trovarla là in mezzo, e non al tavolo di un bar, dove l'avevo sempre incontrata. Mi spiegò lei per cosa erano scese per strada, tutte quelle persone: il Comune aveva chiuso la biblioteca dall'altro lato del marciapiede, con la promessa di trasferirla in una nuova sede, più grande, con i parcheggi, e i magazzini sotterranei. La realtà era un'altra: l'affitto, all'Esquilino, costava troppo per le casse municipali. Con ogni probabilità, una parte del patrimonio librario si sarebbe ammuffita per anni in qualche scantinato umido della città, un'altra sarebbe stata spezzettata tra istituti fatiscenti, con poco personale e orari limitati.

«Non sapevo che lei fosse una lettrice».

«In questa biblioteca ci venivo quasi ogni giorno, anche se la vista non mi consente più di leggere tanto come una volta».

La sua voce si era arrochita ancora di più.

«Ho iniziato da ragazza, subito dopo la guerra. Abito a due passi, in piazza, proprio davanti ai giardini. Ma non è soltanto a me che accorceranno le giornate. Per come la vedo io, quando chiude una biblioteca è come se morissero anche le parole dentro i libri. E tutti i lettori futuri. Una buona ragione per ribellarsi, non le pare?».

«Non può andare in un'altra? La Nazionale non è lontanissima da qui».

«Ormai è troppo tardi per cambiare abitudini».

Si avvicinarono altri manifestanti, avevano qualcosa di familiare.

«Leggeva soltanto romanzi?».

«Per la maggioranza».

«E con che criterio li sceglieva?».

«Oh, a caso, dal titolo, dalla copertina. Ma quando ero giovane, e volevo imparare tutto, andavo per ordine».

«Quindi leggeva soprattutto classici, non è così?».

«Sì, classici, in gran parte. Alcuni li ho riletti tante di quelle volte che posso dire di avere con loro una certa confidenza».

La signora Doliner trasse una sigaretta dalla borsa e la accese. Poi tornò a fissarmi nel suo modo penetrante e senza schermi.

«Queste donne e questi uomini che protestano insieme a lei sono altri lettori?».

«Diciamo gente del settore, ci sono anche bibliotecari a cui non verrà rinnovato il contratto, e altri precari che non sanno che fine faranno».

«Ho capito. Le andrebbe di prendere qualcosa da bere?».

«Che domande, mi va sempre qualcosa da bere».

«Venga con me, allora, le voglio presentare una persona che forse la può aiutare».

L'inconfondibile insegna del Radisson lampeggiava debolmente nella luce estiva del tardo pomeriggio, a venti metri da noi. Salimmo all'ultimo piano e ci sedemmo fuori, accanto alla piscina. La signora Doliner ordinò un *daiquiri* ghiacciato senza zucchero e io un *pernoud*. Soriano ci raggiunse pochi minuti dopo. Si inchinò davanti alla mia ospite e le baciò la mano con grande eleganza. Li presentai, ma ebbi come l'impressione che si conoscessero. Con mia grande meraviglia cominciarono subito a fumare insieme e a parlare dell'Argentina, e delle librerie di Buenos Aires, e di quanto sono estenuanti i crepuscoli da quelle parti. Lasciai che conversassero tra loro, senza ascoltarli, delle noie dell'età, e dei primi romanzi che avevano letto da bambini. Lentamente iniziavano a venire a galla tutti i tasselli di quella storia come i cubetti di ghiaccio che ballavano dentro ai nostri cocktail. Non si trattava di un rapimento, ma di uno sciopero. Di un particolarissimo sciopero bianco. Se non mi sbagliavo, forse avevo trovato un modo per uscirne.

Quando venimmo fuori dall'albergo, il sole era scomparso. Per strada non era rimasto più nessuno.

5

Giovedì fu una giornata di lavoro lunga e impegnativa. Come diceva Soriano delle porte di calcio della sua giovinezza, anche la mia libreria si era ristretta, e non era stato facile assegnare alle pazienti salite fino alla mia soffitta romanzi che fossero ancora interi dall'inizio alla fine. Quando terminai l'ultima seduta, scesi giù con Django. Soriano fumava in cortile, con Gabriel e il Sor Gigi.

«Risolto qualcosa, detective?» mi chiese con un sorrisetto.

Django gli annusò i pantaloni: chissà che odore dovevano avere.

«Ho un'idea» dissi.

«Bene, è già qualcosa».

«E voi? Giornata difficile, vedo».

«Con Gigi ce ne siamo andati in giro per tutta la città come due ragazzini in gita scolastica. Pranzo dal Moro, a Fontana di Trevi».

«Ti stai divertendo, sono contento».

«Sì, ma dimmi che idea ti è venuta».

«Non è un sequestro».

«Ah, no?».

«Non hai detto, Gabriel, che quelli che cerchiamo non sono lontani?».

«Sì, ma che vuoi fare?».

Guardai Soriano.

«Ho pensato di mandarti in televisione».

«Vuoi occupare la Rai?».

«Non abbiamo più l'età per impadronirci di uno studio televisivo».

Un'espressione di delusione attraversò il volto del Sor Gigi.

«In uno studio televisivo tu ci andrai come ospite. Sai qual è il talk show più seguito dalla televisione pubblica italiana?».

«Sono rimasto un po' indietro, per la verità. Che genere di talk show intendi?».

«Qualcosa di simile al David Letterman: intrattenimento, cronaca, interviste, e un po' di cultura e di libri».

«Gli italiani amano davvero questo genere di cose?».

«L'indice di ascolto è un po' in calo, ma è un programma che dura da vent'anni».

«E quando viene trasmesso?».

«Il sabato sera, di solito».

Gli occhi di Soriano si erano fatti iridescenti proprio come quelli di un gatto.

«Che vuoi combinare, Corso?».

«Ho bisogno che tu faccia un appello pubblico, magari a reti unificate, perché riaprano la biblioteca del nostro quartiere. La signora Doliner te ne sarà grata per sempre».

Gabriel e il Sor Gigi spalancarono gli occhi.

«Non era meglio spedirlo a *Chi l'ha visto?*».

«No, penso proprio di sapere dove sono finiti il giovane Holden, il capitano Achab e tutti gli altri. Mi serve soltanto il numero del conduttore di questo programma».

«Sarà impossibile» commentò il Sor Gigi. «Immagina quante segretarie ti impediranno di parlarci direttamente».

Ma Soriano stupì tutti.

«So a chi chiederlo».

«Il suo numero privato?».

«Ho un vecchio amico giornalista che hanno allontanato dai teleschermi da molti anni. L'ultima volta che l'ho sentito dirigeva un giornale sportivo e mi voleva come corrispondente per le Olimpiadi di Atlanta. Gli risposi che Atlanta non mi piaceva ma che sarei andato volentieri a New York. Avrei potuto inviare i miei articoli da lì e non se ne sarebbe accorto nessuno. Accettò senza discutere. Ma quando mi arrivò l'accredito per la grande mela, gli scrissi di mandare qualcun altro al mio posto: avevo appena scoperto di essere ammalato».

«E sei certo che questo tuo amico abbia quel numero?».

«Fai conto di averlo già in tasca, la sua agendina telefonica un tempo era famosa. Non crederà ai suoi occhi, quando mi rivedrà».

«Non perdere tempo, allora. Vai da lui subito e domani stesso chiama il conduttore del programma che ti ho detto e chiedigli di invitarti nella puntata di sabato».

«Tu sei più pazzo di noi, Corso» disse Soriano. «Ma in fondo nessun argentino è un buon argentino se non ha qualche fallimento da raccontare».

E gettò via quel poco che restava del suo sigaro.

6

«Pronto?».
«Sì?».
«Sono Osvaldo Soriano».
«Come ha detto?».
«Osvaldo Soriano».
«Credo abbia sbagliato numero».
«Niente affatto. Ha sentito bene il mio nome?».
«Senta, non so come ha fatto ad avere il numero del mio cellulare...».
«Vorrei essere ospite del suo programma».
«Quando farò una puntata sugli omonimi di qualche personaggio famoso, la inviterò. Ma ora mi perdoni, ho da fare».
«No, non ha capito».
«La prego».
«Non sono un omonimo. Un omonimo sarà lei, semmai».
«In che senso?».
«Non si chiama forse come l'ispettore che aiuta il commissario Montalbano nelle sue indagini?».
«Che giorno è, oggi? La fiera degli svitati?».
«Vuole che la faccia chiamare dal commissario in persona, o dal mio collega Andrea?».

«La smetta. Lei non è un tipo simpatico».

«La maggior parte di quelli a cui ero simpatico non ci sono più».

«Le sue battute sono patetiche».

«La sostanza non cambia».

«Senta, non so perché sto perdendo tempo a parlare con lei...».

«Forse perché posso darle l'intervista più incredibile della sua vita».

«Per favore».

«Non attacchi. Non ha sentito il mio accento?».

«Non vuol dire niente».

«Sono Osvaldo, *el Gato*, *señor*».

«*El Gato* è morto nel 1997».

«Gli scrittori non muoiono mai del tutto, non gliel'hanno detto?».

«Mi dispiace doverla smentire, ne ho invitati più di qualcuno nella mia trasmissione».

«Finché c'è un lettore, non muoiono».

«Lei è un ottimista».

«Forse. Ma se apre la videochiamata avrà una sorpresa».

«Ho superato l'età per questo genere di scherzi».

«Deve solo spingere un tasto».

«Non mi piace attaccare il telefono in faccia a qualcuno, ma...».

«Spinga quel tasto, dannazione, e poi attacchi».

«La saluto, buona giornata! Accidenti, ho sbagliato».

«Ecco».

«Sì?».

«Mi vede?».
«Sì?».
«Cos'è? Si è inceppato?».
«No, no, scusi, lei sembra davvero Soriano».
«Per forza».
«No, non è possibile, Soriano adesso dovrebbe essere molto più vecchio di lei».
«Neppure questo le hanno detto? Che si resta fermi al giorno in cui ci si incammina?».
«Ci si incammina?».
«Era un modo gentile per dire che si muore».
«Scusi, sono un po' confuso».
«Provi a farmi qualche domanda, se non mi crede, e le dimostrerò che sono proprio io».
«Non mi viene in mente niente».
«Forza, non si faccia pregare».
«Non so, davvero».
«La aiuto, le posso dire i nomi dei miei genitori, dei miei nonni e di almeno tre bisnonni».
«Gioca sporco, non potrei controllare. Mi dica il titolo del suo romanzo più famoso».
«Ma questo lo sanno tutti».
«A volte, le domande più semplici sono le più insidiose».
«No, volevo dire, è troppo facile».
«Non lo sa».
«Certo che lo so».
«Non lo sa».
«*Triste, solitario y final*».
«Non vale».

«Ecco, vede».

«Prima di fare lo scrittore che faceva?».

«Giocavo a calcio».

«E dopo?».

«Il giornalista».

«Mi dica il nome di almeno cinque giornali su cui ha scritto».

«Ecco, questa è una domanda che mi piace. Cinque? Vediamo. Ho esordito sull'"Eco de Tandil". Poi ho collaborato a "Panorama", "La Opinión", "il manifesto", "Le Canard enchaîné", "Página/12". Le basta?».

«Queste informazioni le può trovare chiunque, in rete. Solo la pronuncia mi lascia un dubbio».

«Il mio italiano è scorretto?».

«No, no, anzi, ma si sente che lei deve essere di madre lingua spagnola, a meno che non sia un notevole attore».

«L'accento argentino non si perde mai, neppure dopo».

«Perché, si parla argentino da quelle parti?».

«Ognuno parla la propria lingua».

«Sarà una confusione».

«No, ci si capisce tutti».

«D'accordo, allora, facciamo finta che lei sia il vero Osvaldo Soriano: perché mi avrebbe chiamato?».

«Gliel'ho detto all'inizio, vorrei essere ospite del suo programma».

«In studio?».

«Sì, ha paura?».

«Una specie».

«Stia tranquillo, non è di quelli come me che dovrebbe avere paura».

«Mi faccia controllare il calendario».

«No, mi dispiace, posso solo domani. Purtroppo ho un tempo limitato».

«Deve ripartire?».

«Sì, diciamo così».

«Domani il programma è al completo. Abbiamo un grande ospite internazionale».

«Lo so. Robert è un mio amico».

«Sa che viene Robert De Niro?».

«Sì, certo. Sarà felice di rivedermi. Immagini gli ascolti».

«Ho intervistato scrittori di ogni genere, ma mai uno, come dire…».

«Trapassato?».

«Ecco, sì».

«Non si preoccupi, la aiuterò io».

«Mi raccomando la puntualità».

«Sono molto migliorato, mi creda».

«Se è uno scherzo ce ne accorgeremo».

«Non è uno scherzo».

«So che me ne pentirò».

«L'indirizzo?».

«Via Mecenate 76».

«Bene. A domani».

7

La volta di ferro e vetro di Milano Centrale ci accolse nel tardo pomeriggio di sabato. Con la diaria celeste di Soriano, avevo prenotato il Frecciarossa più veloce per la città lombarda. Non era stato sufficiente. A Firenze, inspiegabilmente, eravamo rimasti fermi cinquanta minuti e nel resto del viaggio accumulammo un'altra ora di ritardo. Soriano chiese alla ragazza che gli sedeva di fianco se ci fosse uno sciopero.

«Purtroppo no» rispose lei.

«I giorni di sciopero» gli spiegai «solitamente sono gli unici in cui le Ferrovie Italiane funzionano alla perfezione».

Soriano evitò di capire il nostro strano paese e si dedicò a risolvere un cruciverba gigante a schema libero. Con noi era voluto venire anche il Sor Gigi. A Milano ci precipitammo sulla rampa di uscita urtando le valigie di una comitiva di suore e di prelati che, innervositi dal ritardo, cercavano di salire prima che la gente scendesse. Le loro benedizioni ci accompagnarono fino al termine della banchina, ma non gli badammo. Soltanto Soriano gli urlò in risposta qualcosa in spagnolo che nessuno comprese.

Sbucati di furia nel piazzale esterno, ci tuffammo dentro al primo taxi in sosta.

«Via Mecenate 76, con la massima urgenza, per favore».

Il taxi ingranò la prima, ma il traffico di Milano e un'onda di semafori rossi ci rallentarono. Quaranta minuti dopo, davanti agli studi, tre giovani assistenti dal viso leggermente anemico ci aspettavano ansiosi.

«Il signor Osvaldo Soriano?» chiese uno dei tre ragazzi all'argentino.

Soriano gli strinse la mano.

«Seguiteci» ci dissero, «il dottore era preoccupato».

«Ci dispiace, non è stata colpa nostra».

«Dovremo rinunciare al trucco».

«Fa niente, avreste dovuto fare un miracolo».

Entrammo da un cancello grigio passando sotto a un manifesto con le ali di una farfalla. Una signorina con una cuffia ci venne incontro visibilmente agitata e ci guidò per gli affollati corridoi di quel labirinto. Lasciammo le giacche e le borse al guardaroba, mentre l'argentino non la smetteva di salutare tutti gli elettricisti e le ragazze che incontravamo. La luce si fece più farinosa e artificiale, e intorno a noi iniziò a distinguersi la torretta di una telecamera; nell'aria scoppiò l'eco di un applauso.

Oltrepassammo le pareti mobili dei camerini, gli specchi dei parrucchieri, la sala apparati, la cabina di regia. Metro dopo metro, la voce amplificata di Robert De Niro che ragionava del cinema di una volta si faceva più forte e più riconoscibile. Per una strana serie di coincidenze, tutto si stava riavvolgendo come in una vecchia pellicola. Per poco non inciampai su un grosso fascio di cavi che si snodava sul pavimento. Soriano stappò una fiaschetta in acciaio che aveva nascosto nella tasca interna della giacca e buttò giù un lungo sorso. «L'ho riempita con il tuo anice francese» mi disse in un orecchio. Lo osservai sbalordito, ma senza rimprovero. Quando ce la porse, non la rifiutammo.

Quello studio era più spettacolare del sogno di un illusionista. Le pareti e il pavimento si trasformarono di colpo in un tappeto di nuvole ed ebbi l'impressione di restare sospeso per aria. La signorina con le cuffie ci indicò tre sedie vuote nella prima fila, tra il pubblico. Ci pregò di raggiungerle senza far rumore, ma prima, insieme a un altro assistente, applicò un microfono al colletto della camicia di Soriano, nascondendogli una scatoletta nera dietro i pantaloni.

«Si tenga pronto» gli disse, «il dottore la chiamerà in scena alla fine dell'intervista di De Niro».

Eravamo arrivati appena in tempo.

Scendemmo la scala con molta attenzione. Contai cinque gradinate, disposte a emiciclo, sulle quali sedevano in silenzio tutti gli spettatori della trasmissione. Una donna dai lunghi capelli biondi e lisci alzò una mano verso di noi. Con la sua consueta destrezza felina, Soriano le si accomodò vicino e sottovoce le rivolse un saluto in una strana lingua del nord. Io e il Sor Gigi ci accontentammo delle poltrone che ci erano state assegnate, anche se mi parvero piuttosto scomode. Sempre sottovoce, ne approfittai per chiedere a Soriano cosa avesse gridato alle suore della stazione. «Lascia stare, era il verso di un tango in lunfardo».

Ma un altro battimani spezzò le sue parole e salutò calorosamente l'ultima battuta dell'attore newyorkese. Non ero stato attento, ma ebbi l'impressione che De Niro avesse pronunciato una frase in italiano. L'applauso si smorzò soltanto quando un occhio di bue illuminò la ragazza bionda accanto all'argentino. La donna teneva una cartellina aperta sulle gambe, fissò la telecamera e presentò l'altro ospite della serata.

«E adesso, signore e signori, per tutti i nostri telespettatori che amano la letteratura e gli incontri impossibili, per la prima volta nella storia della Televisione» disse con una calma regale, «avremo un ospite che per cause di forza maggiore non concede più interviste da vent'anni, ma che questa sera tornerà eccezionalmente a parlare con noi».

Robert De Niro stava per uscire dallo studio, ma si bloccò di colpo, strinse gli occhi come in certe scene dei suoi film e cercò di indovinare chi fosse il personaggio misterioso.

«È l'indimenticabile autore di *Triste, solitario y final* e di altri memorabili libri come *Un'ombra ben presto sarai*, *L'ora senz'ombra*, *Ribelli, sognatori e fuggitivi*, *Artisti, pazzi e criminali*, *Pirati, fantasmi e dinosauri*. Ecco a voi, Osvaldo Soriano!».

L'argentino si alzò in piedi e un riflettore gli schiarì il viso.

Il pubblico restò incerto e disorientato per qualche secondo, poi scattò un'ovazione, anche se non si capì se di routine o di imbarazzo. Vidi molte persone bisbigliare qualcosa al vicino. Ma prima che la voce del conduttore invitasse l'argentino sulla poltrona degli ospiti, De Niro tornò sui suoi passi.

«Vengono fuori gli animali più strani, la notte» tuonò Soriano allargando le braccia.

«*You talkin' to me? You talkin' to me?*» rispose De Niro dal fondo della sala.

«Puttane, sfruttatori, mendicanti!».

«Drogati, spacciatori, ladri, scippatori!».

«Un giorno o l'altro verrà un secondo diluvio universale» disse Soriano.

«E ripulirà le strade una volta per sempre» concluse De Niro.

Era un passaggio di *Taxi Driver*, eppure i due non sembrava che stessero recitando. Si abbracciarono convulsamente, senza lasciare al conduttore il tempo di inserirsi.

«La solitudine mi ha perseguitato per tutta la vita, dappertutto».

«Nei bar, in macchina, per la strada, nei negozi, ovunque».

«Non c'è scampo».

«Sono nato per essere solo».

Sempre *Taxi Driver*, Travis Bickle, voce fuori campo. Temetti che andassero avanti a drammatizzare l'intero film.

«In ogni strada di questo paese c'è un nessuno che sogna di diventare qualcuno» disse ancora De Niro.

«È un uomo dimenticato e solitario che deve disperatamente dimostrare di essere vivo» replicò l'argentino, con un tono particolarmente triste. Strinse di nuovo l'attore al petto, poi si avviò al centro della scena.

De Niro ne approfittò per sedersi accanto a me.

«Sei un amico di Osvaldo?» mi chiese. Gli dissi di sì, ma la ragazza bionda della televisione ci incenerì con gli occhi. Il conduttore, intanto, si era portato la mano alla bocca per reprimere un accenno di tosse. Con un veloce gioco di luci, il regista aveva trasformato lo studio prima in una mongolfiera, poi nel letto di un fiume, e infine in una navicella che navigava nello spazio. Tutti trattenevano il fiato.

«Lei capisce, signor Soriano, che questa è l'intervista più difficile della mia carriera» disse finalmente il conduttore.

«Di sicuro sarà la più irripetibile» rispose l'argentino.

La sua voce suonava calda e rilassata, ai microfoni, con quell'inconfondibile accento porteño.

«Dappertutto è scritto che lei dovrebbe avere abbandonato il mondo nel 1997».

«Così dicono».

«Un giornale italiano le dedicò addirittura la prima pagina».

«Sì, "il manifesto"».

«Ma la sua presenza qui sembra smentire la sua scomparsa».

«Perché?».

«Mi pare evidente».

«L'evidenza è un concetto abbastanza largo, in letteratura».

«Non vorrei contraddirla, ma lei non sembra affatto morto. Non è che quella della sua scomparsa era solo una trovata letteraria, una bugia?».

«Lei che dice...».

«Può capire che venga il dubbio».

«Per come la vedo io, ogni scrittore nei suoi libri ha licenza di mentire e di divertirsi».

«Ma noi non siamo dentro un romanzo».

«Ne è certo?».

Il conduttore fece una pausa e si asciugò il sudore con un fazzoletto.

«Le confesso di essere leggermente disorientato».

«Bene, ho sempre aspirato a mettere in crisi il principio di realtà».

«Per quale motivo?».

«Per una necessità infantile».

«Non la seguo».

«Scrivere è stato il mio modo di riparare ai torti che vedevo intorno a me».

«Si spieghi meglio».

«Volevo disubbidire alla realtà e stare dalla parte dell'esistenza».

«Voleva trasgredire pure alla realtà della morte?».

«La ritengo una grande ingiustizia».

«Lei è quindi uno spettro?».

«Lo ero molto più da vivo. Ora sono salito di grado: da autore a personaggio. È meno faticoso, e più piacevole, anche se questo, lo comprendo, può creare un certo disagio».

Dovevo ammettere che all'argentino non erano mai mancate le parole. I pochi capelli che ancora possedeva gli si erano sollevati comicamente ai lati di entrambe le orecchie.

«Come le dicevo ieri, al telefono» disse il conduttore, «la sua presenza qui ha dell'incredibile. Ma vorrei provare a trattarla come un ospite normale».

«Prego».

«Può dirmi quali sono stati i suoi modelli letterari?».

«Roberto Arlt, Julio Cortázar e Raymond Chandler. Ma ho amato anche Simenon e Greene, ho detto più volte che piansi come un bambino quando morirono».

«Ammette pure lei, allora, che si può morire».

«È anche alla loro morte che mi ribellai».

«Perdoni l'assurdità della domanda: li ha più rivisti?».

«Ogni tanto, con Julio facciamo lunghe passeggiate. Guardiamo anche la televisione».

«La televisione?».

«Sì, *claro*, quella argentina, però».

«E siete al corrente di cosa è successo negli ultimi vent'anni?».

«Parliamo spesso dell'iniquità del mondo».

«Continuate anche a scrivere?».

«No, questo no».

«E non le manca?».

«La scrittura?».

«Sì».

«Mi mancano così tante cose».

«Ma perché è voluto intervenire proprio nella mia trasmissione? Uno con la sua fama poteva indire una conferenza stampa internazionale in qualsiasi città del mondo».

«Lei mi sopravvaluta» sorrise Soriano.

«Non divaghi. Qual è la vera ragione del suo ritorno?».

«Sono scomparsi i personaggi di molti colleghi. E hanno mandato giù me perché ne scoprissi la causa».

«Chi è scomparso, scusi?».

«Robinson Crusoe, il giovane Werther, Madame Bovary, Pinocchio, Rossella O'Hara... La lista è lunga. Ho avuto paura che se ne fossero andati via tutti. Uno spaventoso esodo di massa. Le confesso che ho temuto anche per i miei, e per tutto quello che, nel bene e nel male, ho scritto. Così ho fatto quello che va fatto in ogni inchiesta».

«E cosa va fatto?».

«Andare sul luogo del delitto, dove tutto è iniziato».

Il conduttore bevve un bicchiere d'acqua, poi assunse un tono più gentile.

«E cosa ha scoperto, signor Soriano?».

«Ho scoperto che pochi giorni fa hanno chiuso una piccola biblioteca comunale, in un quartiere nel cuore di Roma. E che un'anziana signora, che va in quella biblioteca da tanti anni, ogni mattina, ha organizzato una specie di serrata».

«Una serrata?».

«Si è messa d'accordo con i personaggi con cui nella vita aveva stretto più amicizia».

«Vuol dire che ha chiamato a raccolta tutti i personaggi dei romanzi che conosceva e li ha fatti sparire?».

«Esattamente».

«E come ha fatto a capirlo?».

«Diciamo che è bastato parlare un po' con lei di letteratura, durante un aperitivo. E dei Re dei Tarli che vorrebbero sopprimere le biblioteche. Ce ne sono tanti, sa? E spesso ci riescono, perché le biblioteche sono vulnerabili, soprattutto quelle minori, si ammalano come gli esseri umani. Basta sloggiarle dalle sedi che le ospitano, tagliarne i fondi, pagare poco o demotivare chi ci lavora, non riconoscerne i meriti. A volte sono malattie mortali. Ogni anno ne schiattano parecchie, nell'indifferenza generale. Ma tutte le volte che un lettore viene sfrattato, con lui vengono sfrattati anche i personaggi dei libri che ha letto. In questo caso, però, grazie all'iniziativa di questa indomabile lettrice, sono scesi tutti per strada: lettori, personaggi, bibliotecari, così ho pensato di accodarmi anch'io, per dare una mano».

De Niro spalancò la bocca dalla sorpresa e imperlò l'aria di alcool.

«Consideratemi dei vostri» mi sussurrò appena gli tornò il fiato.

«Mi scusi» chiese ancora il conduttore, «l'avrebbero mandata giù solo per far riaprire una piccola biblioteca di quartiere?».

L'argentino strizzò gli occhi, poi chiamò una telecamera e la invitò a stringere un primo piano su di lui. Il conduttore fece un cenno di assenso alla regia.

«Una volta sono andato a inaugurare una biblioteca per ragazzi in una piccola isola del Mediterraneo. Fu una grande e indimenticabile festa. Una giovane utente aveva appeso una scritta, sul muro: "IO VOGLIO UNA BIBLIOTECA PERCHÉ COSÌ MI SENTO MENO SOLA E SONO FELICE". Mi hanno dato la parola, come adesso, ma io l'ho usata per chiedere ai bambini che cosa fosse un libro, per loro. Mi risposero in tre. Il primo disse una teiera. E aveva ragione, perché un libro è un bene di ristoro, conforta e dà calore. Il secondo disse invece: un'isola. Prese un libro e lo mise di taglio, per orizzontale. Non somiglia a una scogliera? ci domandò. Nemmeno lui aveva torto. Un libro è un'isola, tutti i libri lo sono. Ma fu l'ultimo, quello che mi sorprese più di tutti. Era il più piccolo, avrà avuto cinque anni. Io non lo so che cosa è un libro, disse, ma so che si apre come un abbraccio. E il suo lo spalancò a metà. Non sapeva ancora leggere, ma aveva già capito tutto».

Soriano si passò una mano sulla barba bianca.

«Concluda lei cos'è una biblioteca che muore. Per fortuna ci sono state molte donne che in ogni tempo se ne sono prese cura; e altre ancora che si impegnano a farne nascere di nuove nelle zone del mondo dove non esistono: sarebbe bello se nella sua trasmissione le invitasse, qualche volta, a raccontare di queste esperienze. Perché le biblioteche sono un territorio sovranazionale come le ambasciate, ci restituiscono l'unica cittadinanza che abbiamo tutti, quella di esseri umani. Abitare un villaggio o un quartiere senza biblioteche è come abitare un luogo senza più memoria e senza utopie».

Soriano sapeva essere terribilmente retorico, quando voleva, ma sentii lo stesso un nodo alla gola. Si fermò ed estrasse dalla tasca della giacca la sua boccetta di *pastis*, sollevandola verso la telecamera. Il suo faccione aveva ormai invaso tutti gli schermi dello studio, ma guardava solo da una parte, come se si stesse rivolgendo a qualcuno in particolare.

«Ci sembra che il tempo passi, amica mia, ma è ancora qui, dove è sempre stato, tra i nostri piedi. È vero che i nostri ricordi deragliano, ma prima che arrivi qualche burocrate pignolo a saccheggiarli per sempre, prima che una strada che aveva ospitato un luogo felice come una biblioteca torni a essere solo una strada di fantasmi, vorrei proporre un brindisi a lei, signora, e a tutti voi».

Il *Gato* si alzò pateticamente in piedi.

«A tutti i personaggi e a tutti i romanzi che abbiamo amato».

Sollevò la fiaschetta in acciaio.

«A chi dorme con i gatti. A chi si è strozzato con una sillaba tra le radici di un tamarindo. A tutti quelli per cui l'esistenza è sempre stata una trottola spaccata».

Mandò giù un lungo sorso, poi continuò:

«Ai libri che ci hanno lasciato addosso una cicatrice. Alle donne che sulle macerie di una guerra hanno fondato una biblioteca per bambini. Agli acrobati che hanno sbagliato un esercizio, alle cantanti che hanno perso la voce, ai giornalisti che sono stati dimenticati».

Si girò verso di noi.

«E a tutti gli scrittori falliti che ci hanno insegnato il mestiere».

«Questo è troppo» lo interruppe il conduttore. «Non c'è nessuna prova che lei sia veramente Osvaldo Soriano e non invece un impostore».

Robert De Niro storse la bocca.

«Se proprio vuole un testimone, dovrà accontentarsi di uno che cura la gente con i libri» disse Soriano. «Ehi, Corso, fatti vedere».

Non mi aspettavo che il grassone mi chiamasse in causa. Ma era arrivato il momento di finirla con tutte quelle chiacchiere e di passare all'azione, anche se il *pastis* aveva reso le mie gambe molli e traballanti come due elastici rotti.

Il conduttore si pulì gli occhiali.

«E lei chi è?».

«Mi chiamo Vince Corso. Ho quarantacinque anni, sono orfano e per campare prescrivo libri alla gente».

La voce mi uscì fuori un po' alticcia.

La ragazza bionda finalmente si accorse di me.

«No, basta così» disse il conduttore.

Un misto di eccitazione e di sbigottimento si era ormai impadronito di lui.

«Andate a prenderlo» urlò ai suoi collaboratori, per la paura che la situazione gli sfuggisse di mano. Ma Robert De Niro fu più veloce di tutti. Fraintese l'invito, scattò davanti a me e stese con un diretto al volto uno dei due assistenti venuti ad accompagnarmi in scena. Non per niente aveva vinto un Oscar con *Toro scatenato*. Il Sor Gigi si occupò dell'altro con un gancio sinistro. Ormai non avrei più potuto fermarli, se la intendevano a meraviglia. Dalle scale piombarono una decina di poliziotti in divisa. Con le mie braccia di carta velina, cercai goffamente di coprirgli le spalle.

Soriano, inquadrato da tutte le telecamere, se la rideva sotto i baffi bianchi di quella tipica confusione argentina che aveva creato. Ma eravamo in netta disparità di forze e non avremmo potuto resistere a lungo. Estrassi allora un coltellino svizzero che usavo come portachiavi e tranciai di netto uno dei cavi che mi correvano sotto i piedi. Lo studio ebbe uno scossone, come quello di un animale agonizzante, le luci lampeggiarono due, tre volte, i colori della scenografia iniziarono a ruotare vorticosamente, poi, mentre ogni cosa andava in cortocircuito, la finzione, la realtà, i fuori onda e tutto l'alcool che avevamo in corpo, De Niro diede l'ultima spallata alle quinte di quel teatro televisivo abbattendole una sull'altra e lasciandoci cadere in un definitivo e inespugnabile blackout.

Ma io non mi accorgevo più di nulla, perché nel putiferio generale ero impegnato solo a mettere in salvo la ragazza bionda con gli occhi azzurri. Non ricordo nulla, del resto: i secchi d'acqua gelida che piovvero sulle nostre teste, e la furia del vento, un camioncino azzurro, la notte in guardina. Credo che sia stato l'avvocato di De Niro a pagare i danni e a tirarci fuori, l'indomani. Ma gli occhi di quella ragazza, diamine, quelli sì, li ricordo.

8

La domenica rientrammo a Roma, storditi e malconci. I giornali avevano dedicato ampio spazio all'accaduto, e il ministro dei Beni Culturali era stato costretto a rilasciare un'intervista in cui si impegnava in prima persona a fare tutto il possibile perché la piccola biblioteca dell'Esquilino non chiudesse. Si riprometteva, anzi, di intestarla a Carlo Emilio Gadda.

Scendemmo a Termini che già annottava. Rimase giusto il tempo di una cena di congedo nella mia soffitta a cui vollero partecipare anche Gabriel, Marta ed Emiliano. Non credo di avere mai riso tanto nella vita come quella notte per tutte le storie che Osvaldo ci raccontò. Ma venne presto il momento di lasciarci. Uno dopo l'altro se ne andarono tutti, con gli occhi lucidi, e io accompagnai Soriano a Fiumicino con la vecchia utilitaria di Gabriel. Anche se di partire in aereo poteva farne a meno, mi disse in macchina, voleva sentire l'odore degli aeroporti un'altra volta, e fare finta che ogni cosa fosse come prima. Non aveva però salutato tutti. C'era ancora una persona che mancava all'appello, a due ore dall'alba. Ce lo aveva chiesto lei, e glielo avevamo dovuto promettere. In quale palazzo abitasse me lo indicò Gabriel, ma lo avevo capito già da solo: era proprio dirimpetto alla Porta Magica. Suonammo al citofono. «Primo piano» disse la voce rauca della signora Doliner che ormai conoscevo così bene. Salii con un senso di trepidazione, chiedendomi chi ci avremmo trovato, ad aspettarci, oltre a lei. L'appartamento era invece deserto e immerso nella penombra dell'ultimo quarto di notte. Ci accomodammo in salotto, una grande stanza arredata con mobili semplici, ma d'epoca e di grande eleganza. Dalle tende entrava una luce rarefatta.

La signora Doliner ringraziò calorosamente Soriano per il suo intervento in televisione. Non se l'era perso. «Forse non servirà a niente» si schermì Soriano. «Serve a me, a noi» lo contraddisse lei, e gli chiese cosa potesse offrirgli. «Solo un bicchiere d'acqua». Mi alzai per andarlo a prendere e la signora mi spiegò dove fosse la cucina. Attraversai un lungo corridoio su cui si affacciavano diverse camere. Avevano tutte le porte aperte e i letti all'interno erano ancora disfatti, come se vi avesse dormito un reggimento di guardie svizzere. Anche in cucina, dal lavello si alzava una pila di piatti. Tornai indietro con l'acqua. Soriano era già in piedi. Si stava scusando, come sempre era già in ritardo. Neppure l'eternità avrebbe potuto fargli perdere quell'abitudine. Mi dispiaceva lasciare la signora Doliner alla sua solitudine, ma era ora di andare. Come se mi avesse letto nel pensiero, lei disse di non preoccuparci, era sempre stata in buona compagnia. Mi accorsi soltanto allora che in quella casa c'erano libri ovunque. Mandò un ultimo sorriso di riconoscenza a Soriano, poi ci spinse fuori e con un gesto da ragazza richiuse la porta alle nostre spalle.

Imboccammo il raccordo anulare, costeggiammo la campagna. Era ormai l'alba. L'aeroporto ci accolse ancora semivuoto. Tutti i negozi chiusi, nessuna fila al check-in. Un funzionario leggermente assonnato controllò i documenti senza trovarvi nulla di strano.

Ci fermammo davanti al tornello per gli imbarchi. Avevamo ancora un po' di tempo. Soriano cavò un pacchetto di Gitanes dalle tasche, poi lo fece sparire come in un gioco di prestigio, con quel sorriso sardonico.

«Non è il caso di dare nell'occhio» lo rimproverai, «potrebbero lasciarti qua per sempre».

«Non mi dispiacerebbe».

Ruppi gli indugi e mi feci avanti per primo per stringergli la mano.

«I francesi hanno un modo di dire per situazioni del genere».

«Quei bastardi hanno un modo di dire per tutto, ed è sempre giusto. Mi mancherai, magrolino. Ogni tanto manda pure a me qualche cartolina, non solo al fantasma di tuo padre».

«Non me ne dimenticherò».

«E non leggere troppi polizieschi».

Non aggiunse altro. Era una battuta d'addio perfetta.

Allargai le braccia, ma Soriano non mi lasciò terminare la domanda che stavo per fargli.

«Mi dispiace, hanno pubblicato tutti i miei inediti, non è rimasto niente».

«Neppure qualche raccontino strampalato e malinconico dei tuoi?».

«No».

«Un piccolo saggio, un articolo, un elzeviro...?».
Le pupille di Soriano ondeggiarono.
«E va bene, avevo pensato di lasciarli in albergo».
Estrasse dalla tasca un mucchio di fogli spiegazzati.
«Cosa sono?».
«La cronaca di questi giorni».
«Non hai perso il vizio».
«Non si perde mai».
«Ma hai sbagliato data, questa è di vent'anni fa».
«Il tempo non esiste, Corso».
«Il tempo esiste, altro che, e stai per perdere l'aereo».
Soriano si ricompose i capelli.
«Tornerai qualche altra volta?».
«Ti prometto solo che mi metterò a dieta» furono le sue ultime parole.

Ci allontanammo così, senza altre smancerie, decisi a non voltarci indietro neppure una volta. Un uomo in divisa lo fece passare. Sentii il metal detector che suonava, e immaginai la faccia dei controllori mentre gli consegnava la fiaschetta in acciaio. L'altoparlante annunciò la chiusura del gate. Tutti i passeggeri diretti a Buenos Aires via Parigi erano pregati di affrettarsi.

Ero quasi alla porta, ma prima di uscire non ce la feci a non girarmi. Soriano era in fondo all'aeroporto, aveva sollevato un braccio, per farsi riconoscere. Aprimmo le mani insieme, e i nostri occhi scintillarono ancora per qualche interminabile secondo in quel luogo deserto. Poi, lentamente, scomparì dalla mia vista, e io dalla sua. Rimisi le mani nelle tasche e dentro vi trovai un pacchetto di Gitanes.

> Non so, mi sembra che arriviamo sempre tardi a ciò che amiamo.
>
> OSVALDO SORIANO, *L'ora senz'ombra*

Era l'alba, quando mi svegliai. La prima luce del giorno inondava la soffitta. Dalla strada, la città cominciava a tossire. Mi alzai e accostai le finestre. Mi sentivo molto meglio. Ogni volume era al suo posto, sugli scaffali, e Django mi scodinzolava intorno, come ogni mattina.

Riaccesi lo stereo e lasciai che la voce della cantante tunisina Dorsaf Hamdani riempisse la stanza.

Je te téléphone près du métro Rome...

Il libro di Soriano era rimasto aperto sul tavolino. Lo richiusi e lo poggiai sopra quello di Fante. Poi andai alla scrivania e scartai un taccuino nuovo dall'involucro.

Avrei voluto avere il loro talento, essere capace anch'io di scrivere una sola frase, un'unica frase perfetta, ma lunga quanto una settimana. Se ci fossi riuscito, dopo, forse avrei potuto scrivere per sempre e curare chiunque.

Ma io ero solo Vince Corso, e non sapevo far altro che spedire cartoline a un destinatario impossibile.

Prima di darmi da fare, mi soffiai sulle dita come Arturo Bandini – o era Stan Laurel? – e cercai di ricordarmi di tutto, per filo e per segno.

Qualcosa di importante, però, devo averlo dimenticato.

Taxi, vite, allons!
A la gare de Lyon.

Gaetano Savatteri
Per l'alto mare aperto

Io ci provo. Ci provo. E ci riprovo. Ma so che a un certo punto devo fermarmi. Non riesco ad andare avanti. È più forte di me.

I corridoi stretti, il labirinto di scalette, le porte chiuse, il clangore di lamiere, il risucchio gorgogliante dell'acqua ormai ai fianchi.

Non ce la posso fare. Lo so, ho i miei limiti.

Basta. Meglio farla finita. Morte che mi devi dare presto sia.

«Che fai?» chiede Suleima.

«Lo sappiamo come vanno queste cose» dico.

«Dai Saverio, non fare lo stupido».

«Soffro troppo. Mi viene la claustrofobia, il mal di mare, il timor panico».

«Riaccendi la tv».

«Non è per me, Suleima, te lo giuro. Lo faccio per Leonardo. L'avrò visto morire almeno sette volte. Magari, se spengo, questa volta si salva».

«Ma che dici?».

«Lo sai anche tu come va a finire. Rose, Jack. Jack, Rose. I love you, I love you. Un freddo cane, le mani che allentano la presa e ciunfete va giù. È troppo anche per me».

«Dammi il telecomando».

«Ecco, l'ho sempre saputo. Non hai pietà. Non hai pietà di questo povero ragazzo italo-americano. Magari sopravvive. Magari diventa un attore di Hollywood. Magari fa un film con Scorsese. Magari mette su chili, perde i capelli e invecchia tranquillo in una villetta a schiera a Beverly Hills circondato da ventidue nipotini».

«E molla questo telecomando» dice Suleima, cercando di strapparmelo di mano.

Resisto. In realtà a me di Leonardo Di Caprio che annega nell'Atlantico non me ne frega proprio niente, ma non reggo le scene di *Titanic* con l'acqua che invade la nave e arriva alla gola. Deve essere un trauma infantile, quando mia madre mi lavava i capelli con lo shampoo che bruciava gli occhi e il getto della doccia sulla testa. Non so, dovrei chiedere a un esperto per capire quanti bambini hanno riportato danni psicologici dopo le prime dosi di Baby Johnson.

«Sei prepotente» fa Suleima, dopo avermi schienato sul divano.

«Magari la nave non affonda, magari si salvano tutti. Diamo una possibilità diversa al destino».

Il fiato di Suleima troppo vicino alla mia bocca, e la necessità di depistare le indagini sulle cause del disastro, fanno il resto: lo schermo resta buio come il mare di notte che copre il relitto del *Titanic* poggiato sul fondale a 3.800 metri di profondità. Si sente solo lo sciabordio delle onde.

«Chi è?» chiede Suleima.

Bussano alla porta.

«Se non è Piccionello deve essere uno dei suoi trecento parenti. Bussano tutti allo stesso modo».

Vado ad aprire.

È Peppe Piccionello. Appena varca la soglia un lampo illumina a giorno il golfo di Màkari. Il tuono che lo accompagna quasi in simultanea fa saltare la luce elettrica.

«Ma chi sei, Nosferatu?» gli dico, mentre cerco di raggiungere il contatore.

«Ma che ne sai tu di Nonò Firriato?» fa Peppe al buio.

«Ma chi è Nonò Firriato?».

«Saverio, l'hai detto tu».

Trovo il contatore. E lux fiat. La tv si riaccende sull'immagine di Kate Winslet con un'accetta in mano e l'acqua alle spalle.

«Sta arrivando il temporale» dice Peppe. «Ciao Suleima, disturbo?».

Suleima è sul divano, le gambe nude escono dal telo che si è messa addosso per coprirsi.

«Il temporale sei tu, Peppe» faccio.

«Non disturbi mai» dice Suleima e avvolta nel copridivano con i pesci stampati va a piedi scalzi in cucina. «Apro una bottiglia di vino».

«Ho disturbato, vero?» mi sussurra Peppe.

«Macché, stavamo discutendo degli inconvenienti della navigazione in mare aperto».

«Ti ho raccontato quando naufragai nel Borneo?».

«Peppe, non è serata. Piuttosto, chi è 'sto Nonò Firriato?».

«Vedi che lo conosci?».
«Non so chi sia».
«Appena sono entrato hai nominato Nonò Firriato».
«Peppe, è evidente che c'è un misunderstanding».
Mi guarda serio.
«Mi dispiace, Saverio. È grave? Si può aggiustare? Mio compare Ginuzzo è antennista bravo».
Sono dentro una pièce di Samuel Beckett. Avete presente quella dove uno dice «ho fame» e l'altro risponde «vuoi una carota?», «dammi una carota», «tieni una carota», «ma è una rapa», «avrei giurato che era una carota». Solo che io sono io, Peppe è soltanto Peppe e non aspettiamo Godot, ma il temporale in arrivo.
Arriva prima Suleima dalla cucina con un vassoio di reginelle al sesamo e una bottiglia di passito di Pantelleria.
«Ho trovato questo» dice, splendente nel suo copridivano trasformato in pareo.
«Vino da meditazione. Ci vuole perché Peppe è un po' confuso» dico.
«Non sono confuso, Saverio, sei tu che mi fai confondere».
Abbassa la lampo del suo K-way appena uscito dalla copertina di «Ciao 2001».
«Non starai bruciando i tempi con la moda post-moderna?» gli chiedo.
«Saverio, smettila. Peppe è al di sopra delle mode» fa Suleima
«Brava Suleima. Ti piace?».

Piccionello gonfia il petto per mostrare la sua maglietta.

«Sicilian law of thermodynamics. L'acqua bagna, il vento asciuga».

«Bellissima. L'ha fatta Emma?» chiede Suleima.

«E certo. Non sai che la nipote di Peppe è premio Nobel per la fisica?» dico.

Peppe scuote la testa.

«Saverio, dicono che sei tanto intelligente, ma io ancora devo vederlo».

«A proposito di intelligenza intuitiva. Si può sapere chi è Nonò Firriato? E non dirmi che lo conosco perché ti faccio fulminare da Zeus Oratrios».

Un tuono fa tremare i vetri.

«Detto fatto» commenta Suleima.

«Vedi? Al liceo classico si fanno le conoscenze giuste» dico. «Allora, chi è Nonò Firriato?».

«Hai presente mia cugina Lina?» mi chiede Peppe.

«Non prenderla alla larga. I Piccionello sono un'etnia più popolosa dei Maori. Peppe, andiamo al punto».

«Vabbè, Nonò Firriato è di Palermo ed è cognato del marito di mia cugina Lina».

«Peppe, il dettaglio mi era sfuggito, ora aggiorno l'albo araldico».

«Quanto sei antipatico, Saverio» fa Suleima, «fai parlare Peppe».

«Meno male che c'è Suleima, la bocca della verità. Nonò Firriato ha saputo che siamo amici».

«Come fa a saperlo?».

«Siamo in Sicilia, Saverio. Tutti sanno tutto».

«Sapevo che in Sicilia vige la regola del nentisacciu».

«Un tempo, Saverio. Nonò Firriato ha un figlio».

«Apelle figlio d'Apollo, Peppe non sei Eschilo. Prendi la scorciatoia».

Un altro tuono.

Squilla il telefono di Suleima.

«È Emma. Ciao, sono a Makàri con Saverio e tuo zio Peppe. Tutto bene. Dimmi».

Peppe mi sussurra in un orecchio:

«Chi è Eschilo?».

«Il figlio di Euforione».

«Ah, ho capito».

Cosa ha capito? Mah. È che gli piacciono le genealogie, in fondo perfino Piccionello discende dagli antichi greci.

«Adesso lo chiedo a Saverio. Grazie Emma, baci» dice Suleima e chiude il telefono.

La scruto interrogativo.

«Saverio, ti va di fare qualche giorno sulla nave di una Ong? Parte domani da Trapani. Magari ti viene lo spunto per un libro».

«Ma io non so niente di immigrazione, Suleima» confesso.

«Non c'è da sapere niente. Guardi, osservi e se ti va scrivi».

Un altro tuono.

«Con questo tempo» dico.

«Sta passando, senti?» fa Peppe.

«Hanno invitato anche me e Piccionello» aggiunge Suleima.

«Ma Emma che c'entra?» chiedo.

«L'ha chiamata il suo amico Luca che fa il medico volontario a bordo».

«Che ti dicevo io?» esclama Peppe. «Luca è il figlio di Nonò Firriato».

«Peppe, per arrivare a Luca Firriato sei partito dai sumeri».

«Saverio, non capisci. La storia delle persone è importante per capire le cose».

«Ha parlato Tucidide».

«E chi è?».

«Il cognato di Erodoto».

Aveva ragione Piccionello. Il temporale è andato via con la notte. Si è lasciato dietro l'aria netta del mattino, un che di lavato e pulito che fa risplendere il blu del mare, il verde degli alberi, il profilo di Monte Cofano nel cielo cristallino di una giornata piena di sole e di vento fresco. Insomma, passata la tempesta, odo augelli far festa. Lontana, una vela bianca scivola sull'orizzonte.

Non so se voglio andare a raccogliere donne, uomini e bambini con i vestiti bagnati. Non so se voglio scoprire la morte degli abissi, la paura del profondo, il terrore degli occhi. Mi piace poter continuare a pensare che il mare sia sempre e soltanto allegria, caldo, sabbia, gli spruzzi e le tue risate. Illusione infantile? E perché no? Non voglio conoscere un mare nero, un mare nero, un mare ne.

«Che fai?» mi chiede Suleima, appena alzata.

«Niente, guardo il mare».

«C'è caffè?».

«Sì, è ancora caldo».

«Emma mi ha dato il numero di Luca Firriato. Dice se lo chiami».

«Forse lo chiamo, forse non lo chiamo».

Suleima mi viene accanto, addosso ha la mia camicia. Mi passa una mano tra i capelli.

«Che hai?».

«Serve a qualcosa?».

«Cosa?».

«Andare in mezzo al mare, salvare povera gente, mettersi dentro le polemiche. Le storie sono tutte uguali: persone che vanno via da un posto per andare in un altro, per cercare fortuna, per trovare cose nuove, per sfuggire a una guerra, per andare a trafficare altrove. Insomma, feel the money. I poveri vanno nei paesi ricchi, i mendicanti vanno nei quartieri ricchi, i figli dei ricchi vanno nelle scuole dei figli dei ricchi. Tutti vogliono stare coi ricchi. Pure i ricchi vogliono stare coi ricchi. O, al massimo, vogliono stare da soli».

«Saverio, secondo te non serve raccontare queste cose?».

«Raccontare serve, ma solo se qualcuno vuole sentire».

«Io voglio sentirle».

«Da me? Da uno che scrive romanzetti gialli leggeri, anzi, leggerissimi?».

«Esatto. Nessuno può sospettare di uno come te».

«Vuoi dire che sono così banale che potrei perfino stupire qualcuno?».

«Dico che non sei fanatico, non sei partigiano, non sei prevenuto».

«Ho capito: sono l'uomo qualunque. Anzi: il qualunquista perfetto».

«No, dico che sei candido».

Candido. Quello di Voltaire. Ricordo che a me pareva un cretino. E poi come si concludeva quel libro? Ah, ecco.

«Dobbiamo coltivare il nostro giardino» dico.

«Giusto, dobbiamo fare qualcosa di utile, secondo le nostre possibilità. C'è altro caffè?».

«Ma io non so coltivare né orti né giardini. Facciamo un altro caffè».

«Ma tu sai scrivere».

«È una delle due cose che so fare».

«E l'altra?».

La fisso negli occhi, le prendo il viso tra le mani. La bacio sulla bocca.

Navigare. Per l'alto mare aperto, direbbe il ghibellin fuggiasco. È più semplice, molto più comodo, navigare su Google. Morti nel Mediterraneo: milletrecento nel 2019, cinquecento nel 2020, centosettanta nei primi tre mesi dell'anno. Numeri puliti, asettici. Senza urla né grida. Naufragio al largo di Lampedusa, naufragio al largo delle coste libiche, naufragio al largo della Spagna. Memento: bisogna evitare il largo, meglio stare nello stretto.

Sul sito de «ilgiornale.it» mi spiegano che bisogna fermare gli sbarchi. Sono d'accordo. Sul sito di «repubblica.it» mi dicono che il primo dovere è l'accoglienza. Sono d'accordo. «Laverita.info» dice che le Ong rappresentano un pull factor, attraggono i migranti. Sono d'accordo. «Ilpost.it» smentisce: le navi delle Ong non fanno aumentare i viaggi dei migranti. Sono d'accordo.

Sarà questa la verità liquida? Trovarsi d'accordo con l'ultimo che parla. Un gran vociare di numeri, parole, studi, analisi, commenti. Il labirinto dell'uomo moderno, per l'alto mare aperto.

Mare mare mare
Voglio annegare
Portami lontano a naufragare
Via via via da queste sponde
Portami lontano sulle onde
A wonderful summer
On a solitary beach.

Spotify manda la compilation di Franco Battiato.

Guardo fuori, la spiaggia di Santa Margherita è deserta. È un lunedì di settembre. A solitary beach. Chi ha detto che settembre è il più crudele dei mesi. Nessuno, era aprile. Ma tutti i mesi possono essere crudeli.

Spotify si zittisce.

Irrompe Teresita. Si è installata nel mio tablet come una patella allo scoglio.

El mar es un antiguo lenguaje
Que ya no alcanzo a descifrar.

«Traduzione, prego».

El mar es un antiguo lenguaje
Que ya no alcanzo a descifrar.

«Ci provo. Il mare è una lingua antica, che non provo nemmeno a decifrare. Va bene così?».

Más o menos.

«Vado a orecchio, Teresita».

Analfabeto.

«Cretina».

La voce di Suleima alle mie spalle.

«Con chi ce l'hai? Te l'ho detto: lasciala stare. Fallo per me».

«Non la sopporto più».

«Io non l'ho mai sopportata».

«Cos'è?» le chiedo, indicando il borsone che ha appena poggiato a terra.

«Il mio bagaglio a mano».

«Dove vai? Non devi ripartire fra dieci giorni?».

«Saverio, una nave ci aspetta».

«Partono i bastimenti. Ma senza di noi».

«Senza di te. Io vado. È un'esperienza che mi interessa. Voglio rendermi utile».

«Utile è una forchetta, un aspirapolvere, un frullatore. Le persone sono il fine, non il mezzo: non devono essere utili. E tu non sei un frullatore».

«Saverio, io vado. Ho già parlato con Luca Firriato. Viene anche Peppe. Tu resta qui col tuo frullatore».

Il telefono.

Suleima alza le spalle sdegnosa e va in cucina.

«Papà?» rispondo.

«Saverio, sono orgoglioso di te».

«Grazie papà. Hai letto il mio libro?».

«Non ancora, sto leggendo *I leoni di Sicilia*, è lungo.

Mimì dice che anche il tuo è buono. Però ho capito che mi hai fatto fare la figura del fesso».

«No, papà. È amore filiale».

«Filiale un corno. Vabbè, poi ne parliamo. Peppe mi ha detto che stasera vi imbarcate su questa nave. Bravo, così finalmente puoi scrivere un libro utile».

«Perché, gli altri sono inutili?».

«Quanto sei permaloso, Saverio. Sto dicendo che puoi scrivere un libro importante, invece di raccontare i fatti privati di tuo padre che, tra parentesi, non interessano a nessuno. Un libro sulla vita, sulla morte, sulla tragedia di questa povera gente. Una cosa alla Steinbeck».

«Papà, sono Saverio, tuo figlio».

«Anche Steinbeck era figlio di suo padre. E allora?».

«Ma non so se salirò su quella nave».

«E sbagli, Saverio. Chi scrive ha delle responsabilità, ricordalo».

«Va bene, papà Steinbeck. Ti avviso quando mi danno il Nobel».

«Però non ti montare la testa, Saverio».

«Sì papà».

«Un libro utile, Saverio, un libro importante».

«Sì papà».

«Un libro dove non parli di me, insomma».

Mi tocca chiamare Luca Firriato.
Cercare una buona scusa per declinare l'invito.
Spero in un imprevisto.
Magari le previsioni meteo annunciano mare forza nove nel canale di Sicilia per tutta la prossima settima-

na. Magari la procura di Trapani ha arrestato tutto l'equipaggio per favoreggiamento all'immigrazione clandestina. Magari la nave è stata affondata in porto dai commandos leghisti. Magari è stata catturata dalle motovedette libiche.

Bussano. È Piccionello, lo riconosco dal tocco.

«Entra» dico.

È già dentro prima che finisca la frase.

Non è proprio Piccionello. È una valigia grande quanto un baule che fa il suo ingresso.

«Peppe, che cos'è?» chiedo.

«Non lo vedi? Una valigia» dice, spingendola sulle rotelle.

«Ma dove stai andando? In Venezuela?».

«Bello sarebbe. Lì ho dei parenti».

«Ma i tuoi parenti sono emigrati con i bastimenti cento anni fa, quando partire era un po' morire. Tu devi fare solo un giretto turistico-umanitario».

«Non capisci niente, Saverio. Nella valigia ci sono beni di prima necessità. Le mie cose personali stanno tutte qui» e mostra una sacca militare.

«Peppe, che ti sei messo in testa?» chiede Suleima, rientrata dalla cucina, mentre sorseggia un bicchiere di latte freddo.

Me ne accorgo solo adesso. Piccionello ha la testa fasciata in una bandana con i teschi e le tibie incrociate dei pirati.

«Io sempre così viaggio quando mi imbarco» risponde Peppe.

«Che vuoi farci, Suleima? Si sente Jack Sparrow» dico.

«Non capite niente. In mare c'è umidità. Bisogna proteggere la testa, altrimenti l'umido finisce nelle ossa» fa Peppe.

«Vabbè, si può sapere cosa sono questi beni di prima necessità?» chiedo.

Poggia la valigia a terra.

Sulla sua maglietta c'è scritto così: «Esperanto siciliano. Chi ha lingua passa il mare».

Dal container di Piccionello spuntano magliette della Juve, dell'Inter, della Roma. Intravedo il nome di Totti, ma anche di Inzaghi.

«Peppe, ma di che epoca sono?».

«Epoche diverse».

«Ho capito, sono vintage. Pure i palloni ti sei portato? E questa roba?» gli chiedo, avvicinandomi.

Penne Bic, pastelli a cera Giotto, pallottolieri, trottole di legno, macchinine, pupazzetti Playmobil, mattoncini Lego, due palloni di cuoio sgonfi, collanine di plastica, Barbie, Winx, sorprese da Ovetto Kinder.

«Bravo Peppe» dico, «ti stai buttando nel commercio. Modernariato».

«Saverio, sono regali. Fai conto che recuperiamo dei bambini; niente ci dai, poverini, che hanno visto le pene dell'inferno?».

«Ma gli vuoi regalare questa roba? Quelli vogliono telefonini, computer, Peppe. Vengono dall'Africa, non dal dodicesimo secolo».

Peppe assume un'aria delusa, sconfortata.

«Saverio, non fare il disfattista. Bravo, Peppe, è una bella idea» dice Suleima e se lo abbraccia.

Il testone di Peppe fasciato nella bandana si reclina sulla spalla di Suleima. Ha ritrovato il sorriso.

Dalla valigia di Peppe, tra balocchi e ninnoli, spuntano tre libretti. Ne prendo uno, lo sfoglio. Una breve nota in inglese spiega che è una favola per bambini, tradotta in swahili, stampata da un'associazione italiana per gli alunni di una scuola elementare della Tanzania.

Il libretto porta la firma di Andrea Camilleri.

Il racconto si intitola *Topiopì*, storia di un pulcino zoppo.

«Peppe, che devi fare con questi libri?» chiedo.

«Sono scritti in africano, li regalo ai bambini. Un po' di roba siciliana buona».

«Non era meglio se portavi un vassoio di cannoli?».

«Saverio, i cannoli vanno a male. I libri non scadono mai: parlo di quelli di Camilleri, non dei tuoi».

«Peppe, dovevano metterti a capo dell'istituto di cultura siciliana in Tanzania. Sprecato sei»

«Non ascoltarlo, Peppe» dice Suleima, «è il solito invidioso».

Squilla il telefono. Non conosco il numero.

«Pronto?» faccio.

«Sono Luca Firriato, ciao Saverio. Sarò telegrafico. Allora si parte fra tre ore. Vi aspettiamo. Siamo felici che ti unisci a noi. Vedrai, sarà una grande avventura. È un onore averti a bordo, ci tengo tanto tanto. Scusa la fretta, ma siamo tutti di corsa. Sono ansioso di leggere quello che scriverai. Ti seguo e ti stimo molto. A tra poco, ciao. Chiamami appena siete in porto. Hasta la victoria».

«Siempre» rispondo.
«Chi era?» fa Suleima.
«Che Guevara. Mi vogliono a bordo del *Granma*».
«Allora vieni? Hai deciso?» dice Peppe.
«Non vengo con voi. Vado a Cuba. C'è una rivoluzione che mi aspetta».

Suleima e Peppe si guardano. Poi mi guardano, con la pietà dovuta a un caso umano.

«Hai ragione tu» dice Suleima a Piccionello, «sembra cretino, invece lo è veramente».

Spero ancora in un miracolo. Forse dovrei pregare Nettuno, Eolo o le sirene di Ulisse.

Forse dovrei fare una telefonata anonima alla Guardia costiera, come si faceva a scuola quando c'era versione di greco: c'è una bomba, scoppierà tra due ore, firmato NPP, Nucleo Pescatori Proletari.

Ma quando, al porto di Trapani, vedo la *Pequod Whale* ormeggiata alla banchina capisco che ormai il mio destino è segnato. Dovrò salire su questa nave, sessanta e più metri di ferro, centinaia di tonnellate che non so bene per quale motivo riescano a galleggiare – il principio di Archimede, lo conosco: un corpo immerso in un fluido, eccetera eccetera; chiedete a Leonardo Di Caprio se è d'accordo – ma soprattutto mi toccherà stare in mare per giorni con un gruppo di giovanotti e giovanotte di generosa volontà: la fiera dei buoni sentimenti.

Peppe Piccionello è entusiasta. Suleima è raggiante, bella come il sole che non accenna a tramontare. Osservo con invidia le ragazze e i ragazzi che sorseggiano Aperol Spritz nei baretti di fronte al porto, indifferenti alle tragedie del mondo e al mio dramma personale. La nave si chiama *Pequod* come quella di Achab che, sapendo com'è finita, non è proprio di buon auspicio. Ora vado lì, dagli ignavi bevitori di spritz e li fulmino: «Chiamatemi Ismaele». Poi, mi faccio offrire un aperitivo.

«Che hai detto?» mi fa Suleima.

«Niente» rispondo.

«No, hai detto qualcosa. Tipo: chiamatemi Michele».

«Non ho parlato».

«L'ho sentito anch'io. Hai detto: chiamatemi Emanuele» incalza Peppe.

«Saverio, a volte parli da solo. Lo sai?» dice Suleima. «L'ho notato. Soprattutto quando sei nervoso. Sei nervoso?».

No, non sono nervoso. Sto per imbarcarmi su una nave ignota, per avventurarmi in mari ignoti, assieme a un equipaggio ignoto – l'unico che conosco è Luca Firriato, via telefono – con una Ong che potrebbe essere silurata dai libici, dai maltesi e perfino dalla marina italiana (se solo un ammiraglio, convinto da un articolo di fondo, tra poche ore alzasse un telefono nel suo ufficio romano rivestito di boiserie, affacciato sul Lungotevere delle Navi). Dovrei essere nervoso? Perché mai?

Chiamatemi Ismaele.

«Saverio, benvenuto» mi dice uno sconosciuto in bermuda, scarpe da mare e maglietta altruista con tanto di logo: «Save the boat people».

«Grazie» rispondo.

Chi sei, penso.

«Sono Luca Firriato. E grazie soprattutto a voi» dice a Peppe e Suleima, con un sorriso smagliante, frutto del lavoro del migliore ortodontista di Palermo.

Prende la borsa di Suleima, prova a strappare la mia.

«Non ti preoccupare per me» dico, «aiuta Piccionello a portare su il baule delle meraviglie».

Sul ponte della baleniera – sarà veramente la baleniera di Melville? – alcuni ragazzi e ragazze srotolano uno striscione: «Welcome Lamanna».

«Sono tutti emozionati. Hai molti fans» dice Luca, mentre ci inerpichiamo per la passerella.

La sceneggiata, ne sono sicuro, è finta quanto gli applausi in uno studio televisivo.

«Hai visto come sanno appagare la tua vanità?» dice sottovoce Suleima. «E tu non volevi venire».

«Sarei più depresso, ma più al sicuro».

A bordo ci riceve un comitato di accoglienza: per Suleima c'è un gadget in regalo, una piccola balena di gommapiuma.

«È la nostra mascotte» spiega una ragazza con le treccine bionde afro.

La vorrei anch'io come mascotte. È proprio bella, con gli shorts e la maglietta fina, tanto stretta al punto che mi sento Claudio Baglioni.

«La smetti di fare il lumacone?» sussurra Suleima dandomi una gomitata nel fianco.

«Ciao, sono la Zoe» si presenta la ragazza, la zeta emiliana arrotondata quanto un tortellino. «Ho portato il tuo ultimo libro. L'ho letto due volte. Mi fai una dedica?».

«A Zoe o a Soe?» dico con la penna già in mano.

Suleima scuote la testa.

«A Zoe, ma tanto da noi a Ferrara non si capisce mica la differenza» fa lei.

Lascio una frasetta senza impegno: troppi occhi addosso. Anche quelli di Luca Firriato che a quanto pare ha una certa intimità con la Zoe di Ferrara.

Ci accompagnano in cabina. Per fortuna non è sottocoperta, ma in compenso è grande quanto un loculo cimiteriale con due brandine a castello. Accanto a quella dove ci sistemiamo con Suleima, alloggiano Peppe e la sua valigia di Eta Beta.

«Salpiamo tra mezz'ora. Ci vediamo tra poco sulla plancia, così ci presentiamo e vi spieghiamo la missione» fa Luca.

Peppe traffica col suo baule.

«Non può entrare. È la legge dell'impenetrabilità dei corpi solidi, Peppe. O tu o la valigia».

«Quanto sei scarso di fantasia, Saverio. Romanziere! Ma tu il magazziniere dovevi fare».

Lascio Piccionello alle prese con le spigolose regole della fisica che so mi daranno ragione. Il tempo di lanciare un'altra occhiata al porto e richiudere la porta della cabina: lo scappellotto di Suleima mi colpisce alla nuca.

«Ma che fai?» dico, esagerando il gesto di dolore.

«Ti ho visto come la guardavi».

«Ma che dici?».

«Non hai nemmeno bisogno del salvagente. Sei così tronfio che non puoi affondare».

«Suleima, hai capito male. Sono solo sorpreso».

«Da cosa?».

«Di vedere una ragazza così delicata e raffinata su questa baleniera arrugginita».

«Saverio, stai peggiorando la situazione. Immaginavi di trovare dieci marinaie tedesche, con i peli sotto le ascelle e la barba sui polpacci?».

«Esatto».

«Bravo, bravo, bravissimo» applaude sarcastica. «Lamanna: il femminista di Neanderthal, il sultano della parità dei generi, il monsieur Guillotin della depilazione a secco».

«Basta. Così non vale. Mi rubi le battute. Queste cose in genere le dico io».

«Si vede che a forza di frequentarti sto diventando più scema di te. D'altra parte, chi pratica lo zoppo...».

«Questa la so. Chi pratica lo zoppo, disperato muore». Poi, alla Placido Domingo, intono: «E io muoio disperato».

Suleima scoppia a ridere.

«Saverio, sei proprio stonato».

«È colpa tua. Mi rimescoli tutto il pentagramma».

La stringo. O dolci baci o languide carezze.

«Ma ti piace quella lì?» mi chiede in un orecchio.

«Perdonami, Suleima. Sono all'antica: se sono depilate manco le guardo. Per questo mi piaci tu».

«Saverio, sei un troglodita preistorico».

«Wilma, dammi la clava».

L'acqua del porto è ferma, chiazze di cherosene in superficie le danno colori cangianti.

Siamo tutti sul ponte. Ora, qui mi devo scusare preventivamente con velisti, motoscafisti, timonieri e manovratori di pedalò. Malgrado sia nato e cresciuto al livello del mare, malgrado la mia passione per le nuotate lunghe e lente, non sono mai stato barcaiolo. E quando leggevo Stevenson, Conrad e Melville, mi annoiavano le pagine piene di termini marinari: non conosco tuttora la differenza tra il babordo e il pappafico, confondo il sartiame col fritto di paranza, ignoro cosa siano la randa e il boma, se mi dicono di cazzare le vele rispondo con un insulto.

Siamo sul ponte di prua della *Pequod Whale*. In silenzio osservo la manovra per mollare gli ormeggi. La nave si stacca lenta dalla banchina, in un gorgogliare di acqua.

È la solita ora che volge al desio e che ai naviganti sempre intenerisce il cuore.

Passa Piccionello di gran fretta, con la bandana pirata in testa.

«Peppe, dove vai?» chiedo.

«Non ho tempo, Saverio. Siamo in manovra, non lo vedi?».

«Che gli prende?» domando a Suleima.

«È la sua anima marinara».

«C'è un Magellano dentro di lui. Speriamo non faccia la stessa triste fine di morire ammazzato».

«Ma perché qualcuno deve ammazzare Peppe?».

«La tragedia non sta nell'essere uccisi, Suleima. Lo sai come si chiamava quello che ammazzò Magellano?».

«No».

«Lapu-Lapu. Te lo immagini? Eroico esploratore ammazzato da Lapu-Lapu. È ridicolo».

«Ma vai via».

Luca Firriato richiama la nostra attenzione.

«Amiche e amici, per prima cosa un applauso di cuore al nostro Saverio Lamanna che condividerà con noi la ventisettesima missione della *Pequod Whale*».

Applausi che assaporo come l'assetato l'acqua dell'oasi. Un po' di successo, ogni tanto, non dispiace.

«E naturalmente un applauso per Suleima e Piccionello che sono riusciti a convincere Saverio».

Applauso, temo leggermente più lungo e caloroso. Ma sono magnanimo, non protesto e non recrimino. Mi accorgo però dei molti sorrisi rivolti a Piccionello, appena tornato nel gruppo, e di qualche sguardo torbido, sia pure politicamente correttissimo, nei riguardi di Suleima. Maschili e femminili.

«Staremo in mare circa una settimana» prosegue Luca, «già ci sono arrivate delle segnalazioni di imbarcazioni partite dalla Libia. Vanno verificate. Domani potrebbe esserci una breve ondata di maltempo, speriamo che si allontani nelle prossime ore, sapete quanto sono drammatici e pericolosi i salvataggi col mare forte».

«Peppe, che significa mare forte?» gli chiedo all'orecchio.

«Non ti preoccupare, Saverio. Fino a forza sette non è un problema».

«E oltre?».

«Qualche problema».

«Devo preoccuparmi?».

«Ma sei pesce di lago?».

Scuoto la testa, ma provo a immaginare come può sentirsi un persico in alto mare. Come me?

«Passiamo alle presentazioni, anche perché qualcuno è con noi per la prima volta. Io sono Luca Firriato, medico di bordo, con me ci sono Friedrich e Scarlett che seguono la parte sanitaria. Zoe forse già la conoscete: è la portavoce dell'associazione e si occupa dell'accoglienza. Passiamo agli altri».

Non riesco a memorizzare un solo nome. Mentre la nave esce piano dal porto mi rimbalzano in testa Günter, Sabir, Branislav, Santiago. Un calendario internazionale che mi dà una certa vertigine – ma forse stiamo entrando in acque profonde. Non c'è una Maria, un Giovanni, nemmeno un Calogero o un Peppino. Dove sono finiti i nomi di una volta, impastati con acqua e farina?

«Sono bellissimi» commenta Suleima.

«Non sono tanto belli» dico, «darei tutto per un semplice Totò».

«Ma che dici, Saverio? Guardali: sono bellissimi. Giovani, altruisti, motivati. Loro salveranno il mondo».

«Due impiegati che in un caffè del sud giocano in silenzio agli scacchi, loro salveranno il mondo».

«E perché?».

«Non lo dico io. Lo dice Borges: i giusti salveranno il mondo».

«Devi spiegare a Borges che oggi i giusti stanno quassù».

«Riferirò».

Questa cosa dell'uguaglianza non mi convince.

Con spazzolone, straccio e un secchio d'acqua, il principio dell'uno vale uno mi ha spedito a lavare scale e corridoi della nave. Perché io e non qualcun altro? Se uno vale uno, allora uno vale anche l'altro.

Peppe, anch'egli arruolato come mozzo, ogni tanto si affaccia e sghignazza.

«Ti fa bene, Saverio, ti fa bene».

«Peppe, non parlare. Ora et labora».

Non dovevo accettare, lo sapevo. In nome degli alti concetti di democrazia, egualitarismo, solidarietà, altruismo, col combinato disposto della regola marinara per cui a bordo tutti devono essere utili contribuendo al lavoro comune, mi è stato assegnato il primo turno di pulizia.

Ho cercato di far notare le mie alte qualità intellettuali, le mie sopraffine competenze culturali, la mia condizione intangibile di ospite. Niente da fare: spazzolone e strofinaccio dalle 8 alle 10 del mattino.

Due ore di ramazza, dopo una nottata quasi senza sonno, in una cabina di caldo soffocante e, di là della sottile parete, il rombo rugginoso di Piccionello che russava quanto un motore diesel. Sono uscito sul ponte alle tre del mattino per prendere aria: sul mare piatto, il ruggito di Piccionello riecheggiava da Gibilterra allo Stretto dei Dardanelli.

«Che ci faccio qui?» ho chiesto alla notte.

Suleima mi ha raggiunto, argentea nella luce forte della luna.

«Sei qui perché è il posto dove devi stare» ha detto.

«Non lo sapeva nemmeno Chatwin che ci faceva lì, potrò chiedermelo anch'io».

«Ti paragoni a Chatwin? Modesto».

«Sono veramente modesto. Sono un Chatwin stanziale. Al massimo vado da Màkari a San Vito Lo Capo. È la mia personale via dei canti, a chilometro zero».

«Torniamo dentro».

Il resto della notte l'ho passato cullato dalle onde, tra le braccia di Suleima, nella stessa brandina. Dalla porta, lasciata aperta, arrivava un vento di mare. Non ho dormito comunque: troppo languore nell'aria.

I turni di servizio del mattino, affissi nella sala colazione, hanno cancellato ogni romanticismo, ogni sogno di gloria: secchio e ramazza.

Chiamatemi Ismaele, sarò il vostro mozzo.

In compenso, per il principio di Peter sulla massima incompetenza, Suleima è stata impegnata a rispondere alle mail dell'ufficio stampa della *Pequod Whale*. Mi consola la presenza di Piccionello, devo ancora capire chi di noi due ha fatto carriera.

«Come va, Saverio?».

Luca Firriato alle mie spalle.

«Perdonami, sono concentrato in un lavoro di concetto».

«Qui tutti facciamo tutto. È la regola d'ingaggio, Saverio. Una regola democratica. Domani la ramazza tocca a me».

«Luca, sono felice: non si nota? Ogni scrittore ha i suoi riti. Pensa che prima di scrivere un libro, mi armo di spazzolone e pulisco a fondo tutta la casa. Se non basta, vado a fare le pulizie pure dai vicini. È la mia fonte di ispirazione: letteratura sanificata e igienica».

«Saverio, la stai prendendo male».

«Perfino Omero faceva così. Ricordi? Cantami o diva del pulito Achille».

Spunta Piccionello. Con la sua bandana, le infradito e la maglietta con la scritta «L'Isola del Tesoro è al di là dello Stretto», ha assunto le sembianze di Long John Silver. Gli manca solo la gamba di legno.

«Luca, lascialo stare. Così impara cos'è la vita».

«Ha parlato Confucio» dico.

«Confuso sarai tu. Io sono lucidissimo».

«Dai, ragazzi» fa Luca. «Saverio, ti dico la verità, il primo turno di ramazza è un onore riservato agli ospiti di prestigio».

«Questa l'hai inventata adesso» rispondo.

«È vero» ride allegro. «Sono così contento che sei qui».

«Pensa se non eri contento, mi mandavi a pulire i cessi».

«Ma sono anche un po' triste. È la mia ultima missione a bordo. Mio padre si è ritirato, devo occuparmi della clinica».

«Saverio, il papà di Luca ha una clinica a Palermo grande quanto un ospedale» spiega Peppe.

«Luca, non ti annoierai a stare fermo, guardando il mare da lontano, mentre guadagni troppi soldi?» chiedo.

«Penso di continuare a fare qualcosa per gli altri, anche se avrò meno tempo. E poi se riesco a convincere Zoe» dice Luca. «Voglio dire, convincerla a trasferirsi a Palermo. Ma lei è testa dura, vuole restare a bordo».

«Una barca che anela al mare eppure lo teme» commento.

«Bella frase. È tua?» fa Luca.

«No, di un poeta americano che scolpiva lapidi nei cimiteri».

«Vabbè, Mastro Lindo. Io ho finito» dice Peppe. «Torno su. Ricordati di pulire bene negli angoli, Saverio»

«Lo so, Peppe. L'ispirazione si raccoglie tutta negli angoli».

Stanco, ma insoddisfatto, controllo ancora gli angoli per vedere se c'è rimasto qualche residuo di immaginazione. Bisognerebbe riflettere meglio sulle relazioni tra letteratura, ramazza e detergenti. Dovrei scrivere un libro: *L'angolo sporco di Dumas*. Con un titolo così, sicuro Adelphi me lo pubblica.

La *Pequod Whale* fila liscia sulla superficie dell'acqua. Laggiù in fondo, all'orizzonte, una barriera di montagne nevose. Saranno i contrafforti di Gibilterra? L'Atlantide di Ulisse? Le Colonne d'Ercole? Non mi pare che nel Canale di Sicilia, la prua puntata verso il mare libico, ci siano montagne.

Metto la mano a visiera sulla fronte, per vedere meglio.

Magari è solo un miraggio.

«Nuvole. Si prepara tempesta» dice una voce alle mie spalle.

Mi giro.

Seduto sulla scaletta che porta alla plancia di comando, una specie di Mangiafuoco arrotola una sigaretta di tabacco delle riserve indiane.

«Com'è andata, Lamanna?» mi chiede.

«Ho dato il mio contributo per un mondo migliore» rispondo, sollevando secchio e spazzolone. «Ci siamo già presentati?».

«Sono o non sono il comandante di questa lurida nave?» dice.

«Capitan Uncino?».

«Bravo, hai indovinato. Cataldo Asaro, ma tutti mi chiamano Capitan Uncino. È per via di Bennato, sono un fan».

«*L'isola che non c'è*: Capitan Uncino, Spugna, Peter Pan. Era un disco che piaceva a mia madre».

«Cerchiamo di aggirare questa perturbazione» fa, indicando le nuvole, «ma sarà una nottata burrascosa».

Dalla sommità della scaletta si affaccia un ragazzo lentigginoso.

«Capitano, devi venire subito. C'è un problema in sala macchine».

Capitan Uncino schiaccia il mozzicone della sigaretta sotto il tacco. Si mette in piedi, sbuffando.

«Ci sono sempre problemi. Mah, era meglio restare a fare il tonnaroto a Favignana».

«Un po' difficile, visto che la tonnara non c'è più».

«È vero. Potevo fare il tonnaroto da museo, forse mi assumevano alla Regione».

«Non dirlo, capitano. A qualcuno verrà l'idea di assumere tonnaroti e tonni».

Lo seguo, sempre con secchio e spazzola.

«Lamanna, lascia qui gli attrezzi del mestiere. Ti stai affezionando troppo» fa il capitano, avanzando a grandi passi.

Scendiamo le scalette, affondiamo nella pancia della nave.

Sentiamo gridare, qualcuno sta litigando. Capitan Uncino è così grande e grosso che penso non riuscirà a passare dalla porta aperta della sala macchine. Ma lesto come un gatto, è già dentro.

«Che sta succedendo?» urla.

C'è Zoe, appoggiata a una parete. C'è Luca. C'è Piccionello. E poi due, anzi, tre tizi che non conosco, loro sì con vere facce da pirati.

«Rot kari, shkoni në ferr» grida uno di loro.

«Non ti capisco» urla il capitano, «parla in inglese».

L'invito produce l'effetto contrario. Tutti sbraitano in lingue e dialetti incomprensibili.

Peppe Piccionello segue il dialogo concitato tra gli uni e gli altri come fosse nella tribuna del centrale del Roland Garros.

«Ma come parlano?» gli chiedo.

«Albanese».

«E tu capisci?».

«Capisco il senso».

«E come fai?».

«Ho un cugino albanese».

«In Albania?».

«Macché, non ci sono mai stato in Albania. A Valderice, vive lì da trent'anni. È sposato con mia cugina Bina».

«Visto che sono tuoi mezzi parenti, mi spieghi che succede?».

«Niente, è passata Zoe e loro sono stati un po' pesantucci».

«Che hanno fatto?».

«Battute, fischi. Insomma, si sono allargati».

«Catcalling».

«Parli albanese pure tu?».

«Peppe, è inglese».

«Ma qui nessuno parla come mangia?».

Nel trambusto, vedo Luca scagliarsi d'improvviso contro uno degli albanesi. Lo afferra per la maglietta, mentre Zoe urla qualcosa. Per la mia antica adolescenziale esperienza di strada, so che è il momento in cui sta per scoppiare la rissa. Indietreggio verso l'uscita.

Il pugno sferrato da Capitan Uncino contro la parete di lamiera scuote la nave, rimbomba grave e congela l'azione.

«Mi avete rotto la minchia!» grida. «Adesso tutti su, e vediamo di chiudere 'sta cosa».

Occhi bassi, insulti tra i denti, sguardi assassini. Luca abbraccia Zoe. La ragazza è scossa, ma negli occhi mantiene una luce temeraria.

Il processo si svolge a porte chiuse nella sala dove si consumano i pasti. Ammessi solo imputati e parte offesa, cioè i tre macchinisti e Zoe. Presiede l'onorevole giudice Cataldo Asaro, alias Capitan Uncino.

Andiamo sul ponte, aspettiamo la sentenza.

Il cielo è carico di nuvole. Non erano montagne, ma montagne di nuvole nere.

«Si prepara malo tempo» fa Peppe.

«Già, stanotte si balla» commenta Luca.

«Meglio rientrare in porto» dico.

Luca e Peppe mi guardano con l'espressione sprezzante che i veterani di Cesare rivolsero alle matricole di Pompeo prima della battaglia di Farsalo.

«Saverio, hai paura?» chiede Peppe.

«Guarda che sono cresciuto a mare» dico.

«Certo, Saverio, ti ho insegnato a nuotare quando avevi sette anni» fa Peppe. «Ho conservato i braccioli. Se vuoi te li restituisco».

Luca Firriato sghignazza.

«Mark Spitz, vedi che io nuotavo a dorso quando tu ancora non sapevi nemmeno gattonare. È che non mi fido di questa nave».

«Saverio, questa è meglio di *Luna Rossa*» dice Luca.

«La sua antenata preistorica. Sembra la zattera di Ulisse. Se c'era un prete a bordo, giuro che mi facevo benedire».

«Il prete c'è».

«Allora, ditelo, siamo veramente sul *Titanic*. Affidiamo l'anima a Dio» faccio.

«Dio ha altri naufraghi a cui pensare» sento dire alle mie spalle.

È un quarantenne brizzolato, felpa blu slabbrata, occhi azzurro mare.

«Ciao, papas» fa Luca. «Conosci Lamanna e Piccionello, no? Lui è don Paolo».

«Specializzato in estreme unzioni?» gli chiedo.

«Burrasche, naufragi, ammutinamenti e confessioni *in articulo mortis* a chi viene impiccato all'albero maestro».

Mi piace. Fa scherzi da prete con macabro humour nero.

«Don Paolo è il nostro mediatore culturale. Conosce l'arabo, il turco, il curdo e molte altre lingue che non ricordo» fa Luca.

«Chi ha lingua passa il mare» commenta Peppe.

«È vero. La lingua è un ponte che collega persone e paesi» ammette il prete. «Sempre che si vogliano collegare».

«Paolo, hai saputo di Zoe e i ragazzi della sala macchine?» chiede Luca.

«Si possono conoscere le lingue, ma conta di più quello che c'è dentro il linguaggio».

«A volte c'è qualche stronzo, in tutte le lingue del mondo» dico.

«A volte» fa don Paolo «sono figli di culture distanti, senza rispetto per le donne, i bambini, i disabili. La lingua serve, ma devono cambiare i pensieri».

«Una donna» sentenzia Peppe «non si tocca nemmeno con un fiore»

«Ecco» intervengo, «prendete Piccionello, ad esempio. In testa non ha pensieri, ma dei prestampati. Peppe, com'è quella sui parenti serpenti?».

«Saverio, ti offendi? In mare sei più cretino che sulla terraferma».

Capisco da solo che è il momento di andare via. Soprattutto quando mi salta addosso una voglia improvvisa di Suleima che non vedo da ore.

Mogi, un po' torvi, incrocio sul ponte Qui, Quo e Qua, i tre molestatori verbali che tornano nel loro antro di cherosene e olio. Hanno la faccia da patibolo di chi sarà appeso al pennone più alto. C'è lavoro per don Paolo. Urge confessare, benedire e pregare la misericordia divina.

Vedo Zoe, fuma una sigaretta appoggiata al parapetto. Nella luce corrusca che annuncia tempesta sembra una dea sicana, come canterebbe Lello Analfino, il mio cantautore preferito. Con lei, appena una silhouette nel controluce della sera, c'è una ragazza all'apparenza molto buona – sarà catcalling anche il semplice pensiero? Temo di sì, come insegnavano nell'ora di religione: confesso che ho molto peccato in pensieri, parole, opere e omissioni – mi piacerebbe fosse la mia ragazza. Da adolescente (e anche dopo) mi capitava di inseguire con gli occhi qualcuna per strada e immaginarla come la mia fidanzata: ci saremmo sposati, saremmo partiti, avremmo litigato, fatto l'amore, smesso di fare l'amore, stancati di noi, ricominciato a fare l'amore. Ritrovai un giorno il mio pensiero in una frase di Gesualdo Bufalino: in piedi, nella fiumana di folla, è bello sceglierne una mentre si allontana, è la mia ragazza, guardatela, sta per attraversare la strada col semaforo rosso.

«Saverio, sei imbambolato?».

Non serve immaginare. È proprio Suleima.

«C'è una luce bellissima» dico.

«Che ti prende? Non hai mai apprezzato un tramonto».

«Non è vero, Suleima. Una volta ho anche pianto, una sera di maggio del '93».

«Non starai esagerando con lo spleen?».

Meglio cambiare discorso. Mi rivolgo a Zoe, che continua a fissare l'orizzonte.

«Zoe, com'è andata?» le chiedo. «Ho appena incontrato il bello, il brutto e il cattivo. Sembravano giù di tono».

«Il capitano li ha rivoltati dalla testa ai piedi. E gli ha tolto due giorni di paga».

«Che tempi, però» dico, «una volta se non fischiavi a una donna si offendeva, adesso si offende se pensi di fischiarle».

«Scherza o dice veramente?» chiede Zoe a Suleima.

«Lascialo stare. Provoca. È come i bambini che dicono cacca e culo».

«Non ho voglia di scherzare» dice Zoe.

Spegne il mozzicone dentro il suo posacenere ecologico portatile (un modo per farmi sentire in colpa? Se fumassi ancora lo avrei lanciato in mare sterminando almeno una dozzina di cernie e tre aguglie), e se ne va sdegnosa con le sue gambe e le sue treccine dorate.

«Hai deciso di essere tutto scemo o ti viene naturale?» fa Suleima.

«Con te mi viene naturale essere scemo» e vado per baciarla.

«Non ti bacio. Sei un maschio talebano».

«Sono un povero maschio siciliano. Moderno, ma maschio. Contemporaneo, ma siciliano. Ti rassicuro, siamo in via di estinzione. Dammi un bacio, potrebbe essere una delle ultime occasioni prima della definitiva scomparsa della mia specie dalla faccia della terra».

Mi bacia, infatti.

Sono l'ultimo branchiosauro prima del misterioso patatrac. Così tramontano i Lamanna del Pleistocene.

Il moto ondoso si alza. Ha un effetto sensuale. Accompagna carezze, baci, abbracci nello spazio costipato della cabina, nella brandina a mezza piazza e mezzo. Mi sembra di rivivere quel viaggio in Grecia, dopo la maturità, sul ponte di un traghetto che andava da Rodi a Simi o da Rodi a Kastellorizo, insomma da qualche parte nel Dodecanneso, nel tragitto notturno che mi regalò la conoscenza biblica di una biondina austriaca di cui non ho mai saputo il nome. Ma ricordo la luna, il beccheggiare del traghetto e un profumo di basilico che non so da dove venisse.

«Ahi, mi hai piantato il gomito nel fianco» fa Suleima.

«Scusa».

«Così mi schiacci».

«Suleima, ho una personalità ingombrante, ma giuro non mi sono mosso».

«Chi è?».

Qualcuno bussa furioso alla porta della cabina.

«Saverio, Suleima. Sono Peppe. Aprite».

Piccionello ha una faccia spiritata. Indossa il giubbotto salvagente.

«Ma come fate a stare tranquilli? È scoppiato il finimondo».

«Ma non sei lupo di mare?» dico.

«Mettete i giubbotti, lasciate i bagagli, pronti ad evacuare. Pronti ad evacuare la nave».

Peppe è oltre l'orlo della crisi di nervi.

La nave in effetti va su e giù. L'oblò della cabina è spazzato da onde nere e violente. L'acciaio vibra rumorosamente. Da qualche parte, pulsa la sirena di un sistema d'allarme.

Suleima prende i giubbotti, mi aiuta a indossare il mio.

«E ora?» chiedo.

«Restiamo qui» fa Peppe.

Già mi vedo con l'acqua alla cintola. Destinazione *Titanic*.

«Chiuso qui dentro non ci resto. Andiamo fuori».

«È pericoloso» fa Peppe.

«Pericoloso sei tu che mi hai portato su questa trappola» gli rispondo.

«Basta!!!».

L'urlo di Suleima ci zittisce.

«Con voi è più facile impazzire che affondare».

Apro la porta della cabina. Uno spruzzo d'acqua, come una nuvola, ci investe. Il mare si solleva gonfio nella notte.

Arriva qualcuno con una cerata gialla, la testa sotto il cappuccio. È Luca.

«Che fate? Venite con me» dice.

Lo seguiamo per il ponte, risaliamo a fatica le scalette. Procediamo attaccati ai corrimano per non perdere l'equilibrio.

«Era meglio stare dentro» dice Peppe.

«Se dici una sola parola ti butto a mare con un macigno appeso al collo» dico.

Entriamo nella sala comandi.

Capitan Uncino fuma con gli occhi fissi nella notte. Non so perché, da qui la situazione sembra diversa. Avete presente quando, davanti al camino di una casa di campagna, osservate il solito olio dell'Ottocento attaccato al muro col veliero nella tempesta? Ebbene, la stessa certezza che non può succedere niente la provo in questa sala silenziosa e in penombra, bip sommessi sulla plancia di comando, una radio gracchia monotona. Significa stare nell'occhio del ciclone? Mi piace, è un posto tranquillo, illuminato bene.

Il comandante rilascia comandi con voce sicura. Oltre i vetri, il mare si avvalla e si rialza, ma come fosse un gioco, una montagna russa, un acquapark estivo. Allargo le gambe per avere più equilibrio, stringendo Suleima.

«Lamanna, preoccupato?» chiede Capitan Uncino.

«Dovrei?».

«Non si sa mai» risponde sibillino.

Con le nocche, Capitan Uncino bussa leggero sul vetro del radar.

«Eccola. Forse è qui. State pronti».

Nella sala entra uno, grida che hanno ricevuto una telefonata, una segnalazione, un SOS. Tutto accelera e comincia a muoversi velocemente. Il ritmo dei comandi si intensifica. Ordini bruschi.

Si accendono a prua i riflettori, sciabolano le onde davanti a noi.

Luca esce di corsa.

È scattata la manovra di soccorso.

Il comandante stringe gli occhi, lo scheletro della nave vibra dentro un ribollire di schiuma.

Due gommoni arancioni avanzano rabbiosi dentro i fasci di luce, davanti alla nave. Leggo la scritta sui giubbotti: «Rescue».

Suleima mi tormenta un fianco con le dita.

Piccionello alla mia destra saltella su due piedi.

«Forza forza forza forza».

«Peppe, se salti non li aiuti».

«Ma nemmeno li danneggio. Io non sono come te, devo sfogare».

«Vai a sfogare un passo più in là».

«Di pietra sei, Saverio».

«Si chiama self control».

«Si chiama lo scimunito che sei».

Dalla radio provengono rumore di motori, schiaffi di mare, rimbombi della notte, parole secche: go, go, straight on, ready, ready.

Sono le voci dei soccorritori sui gommoni.

E poi sento gridare. Sentiamo gridare. Voci. Tante voci. Voci di pianto.

Help. Help. Help.

«È un bambino, lo senti?» dice Suleima, con la testa sul mio petto.

«Ti sembra. Non è un bambino» le dico cercando di metterle una mano sull'orecchio.

«C'è un bambino» fa Piccionello.
«È un'impressione. Non è un bambino» dico.
«Saverio, sono picciriddi» insiste Peppe.
Lo so. Lo sento. Picciriddi che gridano di paura.
Picciriddi nel mare.
Non so che fare.
Saltello su due piedi.
«Forza forza forza. Resistete» dico.
«Stiamo arrivando» sussurra Suleima.
«Stiamo arrivando».
Con un braccio stringo Suleima.
Con l'altra mano stritolo la spalla di Peppe.
Salto su due piedi.
Altro che self control.
«Forza forza forza».

Che notte, questa notte.
Mi sento tutte le ossa rotte.
Stravolto di fatica, bagnato fradicio.
Che notte, questa notte.
Però li abbiamo salvati tutti. Uno alla volta, a forza di braccia li abbiamo portati sulla *Pequod While*.
Ventidue uomini, sette donne, tre bambini.
Ventisette senegalesi, cinque maliani.
Numeri, ma in realtà sono sessantaquattro occhi che ti guardano, che pregano, che sperano. Trentadue naufraghi. Trentadue sommersi. Trentadue salvati.
«Sono tutti, sono tutti. Si erano contati, stavano sempre a ricontarsi per non perdersi. Trentadue. Si sono salvati tutti» grida Suleima, abbracciandomi.

Il mare è più calmo, adesso la luna si affaccia tra le nuvole, splende sull'oro lucente dei teli termici che abbiamo distribuito. Mi passano tazze di latte caldo, le consegno nelle mani dei naufraghi, accovacciati sul ponte principale.

Un ragazzo ha una ferita al polpaccio.

Luca Firriato è chino su di lui.

«È ustionato. Ma non è grave» dice mentre lo medica.

Peppe è seduto a terra, in mezzo ai tre bambini.

Ha tirato fuori tre bandane (ma dove le teneva? Credo nella sua valigia magica) simili alla sua, con i teschi dei pirati. Le ha regalate ai tre bambini, avranno dieci, undici anni. Il più piccolo non arriva a un metro di altezza, ha una faccia spiritosa, buffa, con la bandana stretta sulla testa.

Sento Peppe parlare una specie di inglese.

«Jack Sparrow is my friend, amico mio. Pirata. I'm pirata. You are my pirates. Voi siete i miei pirates. Hip hip, urrà».

I ragazzini ripetono: hip hip, urrà.

Il più piccolo ride, gli altri due sorridono debolmente con una luce triste negli occhi.

«Peppe, si sente che hai studiato a Oxford. Sei fluentissimo» dico.

«Saverio, chi ha lingua passa il mare. Ci capiamo benissimo».

«Come si chiamano i tuoi pirati?».

«Non lo so, nomi difficili. Abbiamo scelto i nomi di battaglia. Lui è Jack, l'altro è Jock e questo piccolino è Jick. Vero?».

«E tu, Peppe?».

«My name?» chiede ai bambini, puntandosi il dito al petto.

«Peppi Sparrow!» gridano in coro i tre.

Lo guardo. È raggiante. Lo guardo e lo invidio. Invidio la sua abilità di entrare in relazione col mondo.

Sto impalato in piedi, mentre ragazze e ragazzi dell'associazione offrono una carezza, un abbraccio, un po' di calore. La capacità di essere uomini e donne, di trovare un minimo o un massimo di solidarietà. La chiamano umanità, insomma. Sono disumano? Magari ho letto troppi libri. Magari ho letto i libri sbagliati.

«Saverio!».

Mi chiama Suleima.

È inginocchiata accanto a una ragazza bellissima, una specie di principessa africana, come amano scrivere i giornalisti, sulla testa un velo colorato.

«Lei è Ashanti, la mamma dei bambini» mi dice Suleima. «Il tuo telefono funziona? Perché lei ha perso il suo in acqua. E il mio è scarico. Deve parlare col marito».

Verifico, c'è poco segnale.

«Non so se prende» dico mentre glielo passo.

Ashanti ringrazia con un leggero inchino della testa. Prova a telefonare, ma non c'è abbastanza campo. Un tu-tu-tu senza speranze. Le si allagano gli occhi di pianto.

«Send a message» le dico.

«Il marito è in Francia. Si sono sentiti prima che partisse dalla Libia. Sette mesi di viaggio, con tre bambini, dal Senegal» dice Suleima.

«Le hanno fatto qualcosa di male?» chiedo.

«Quello che fanno alle donne».

«Vigliacchi e cornuti».

La mia principessa nordica accarezza Ashanti.

Non c'è niente da dire. Ho perso tutte le battute, tutte le ironie.

Forse non bisogna parlare più. Tacere per indignazione, per rabbia. Mi torna in mente una frase: un mondo offeso. Chi l'ha scritta? Soffrire per il mondo offeso, dire senza dichiarare. In silenzio per l'umanità offesa. Dovrei controllare su Internet, ma il mio telefono è nelle mani di Ashanti che attende un messaggio, una conferma, una risposta.

E il telefono vibra.

Ashanti alza gli occhi col mio cellulare tra le mani.

«Check, controlla» le dico.

Ashanti apre il messaggio.

È per lei. È suo marito.

Comincia a baciare lo schermo del telefono.

Chiama i bambini.

Il messaggio è la foto di un giovane, un africano bello quanto la sua principessa nera.

I bambini, a uno a uno, baciano la foto.

«Papà, papà, papà!» urlano.

Ridono, saltellano abbracciati.

«Ma in inglese si dice papà, come in italiano?» mi chiede Piccionello.

«In Senegal si parla francese, Peppe. E in francese si dice papà».

«A saperlo. Io parlo francese».

«Come l'inglese o meglio?».
«Bene per farmi capire».
«Sei poliglotta».
«E tu sei poliscemo».
Ashanti si alza.
Mi restituisce il telefono.
Appoggia una mano sul mio petto, posa l'altra sulla testa di Suleima.
Non dice niente. Ci guarda dritta negli occhi, con un sorriso bagnato di pianto.
Mi sento Karen Blixen nella sua Africa. Con l'unica differenza che non ho mai sparato a un elefante. In verità, nemmeno a una pernice.

Intirizzito, sono scosso da brividi di freddo.
«Sei tutto bagnato. Vai a cambiarti» dice Suleima, mettendomi una mano sulla fronte. «Ti pigli un malanno».
«Peggiore di questo?» e indico il ponte, affollato di persone altrettanto intirizzite che sonnecchiano spossate.
«Se ti prendi una polmonite non fai del bene a nessuno».
«Non è così. Mia madre diceva: mangia tutta la bistecca che i bambini del Biafra muoiono di fame. Da allora sono sicuro che tra me e gli africani c'è qualche misteriosa relazione. Se loro stanno bene, allora a me tocca stare male».
«Non dire fesserie, Saverio. Vai a cambiarti».
Obbedisco.
Vado in cabina. Mi tolgo i vestiti umidi, ne indosso di asciutti.

Prima di tornare fuori, commetto l'errore madornale, da non fare mai. Lancio un occhio alla branda, mi lascio tentare: giusto dieci minuti di riposo, appena il tempo di stendere le gambe.

Sapete come va, no? Mi addormento di colpo.

Me ne accorgo solo quando vengo svegliato da qualcuno che parla a voce alta e sferra colpi contro le pareti. Una voce femminile, più lontana, urla da qualche parte.

Controllo il telefono: sono le tre del mattino. Ho dormito più di due ore.

Una voce gutturale urla parole incomprensibili che mi suonano più o meno così:

«Schipettari me cater vesce, leti me cater bri».

La voce cavernosa ripete la frase.

Esco dalla cabina. Sul ponte non c'è nessuno. Un'ombra si dilegua su per una scaletta.

Ma ora sento bene un lamento.

Un pianto.

Lo seguo.

Nessuno per i ponti. Il mare si è placato, tira vento e la nave avanza nel rombo dei motori.

A poppa i gommoni di salvataggio, appesi ai loro sostegni.

Il pianto viene da là sotto.

Mi abbasso.

Nel buio un paio d'occhi spalancati.

È Zoe. Rannicchiata, le ginocchia strette al petto. Singhiozza dondolando piano la testa.

«Zoe, sono Saverio. Che succede?».

Non risponde.

Tendo una mano verso di lei.

«Vieni, esci da lì».

Dice no con la testa.

«Zoe, sono io, Saverio. Dai, vieni fuori».

Allungo la mano, la sfioro.

Lancia un urlo acutissimo.

«Non toccarmi. Non toccarmi» grida.

Scalcia. Riesco ad afferrarle una caviglia. La trascino fuori dal suo nascondiglio. Mi arriva una pedata in faccia.

Si fa ancora più buio. E non ricordo più niente.

Circonfuso di luce, dentro un'aureola, Nostro Signore Domineddio chiede conto e ragione delle mie malefatte.

Non sento bene le sue parole, ma so che mi pento e mi dolgo con tutto il cuore dei miei peccati.

«Saverio».

«Perdono. Mea culpa, mea culpa, mea maxima culpa» ripeto.

«Saverio, che dici?» chiede Peppe.

È la sua voce, lo riconosco, anch'egli circonfuso di luce.

«Che dice?». Questa è la voce di Suleima.

Deve essere vicinissima, ma non la vedo. Troppa luce.

«Dice maxima culpa» fa Peppe.

«Che significa?».

«Non lo so, Suleima. Già prima non era normale, adesso lo abbiamo perso».

Metto a fuoco il volto di Luca Firriato.

«Saverio, mi vedi? Mi riconosci? Chi sono?».

«Quel cretino che mi ha portato quassù» rispondo.

«Si capisce che è lucido» dice Luca, rivolto ai presenti. «Saverio, quanti sono?».

E mi mette davanti agli occhi due dita.

«Tre e quattordici» dico, «mi prendi per deficiente?».

«Tutto a posto, Saverio. Hai preso una pedata e sei svenuto. Niente di serio».

«Scusa Saverio» dice Zoe, mortificata. «Non pensavo di farti svenire».

«È tutta una finta, ne ha approfittato per dormire un po'» spiega Suleima.

«Pensavo di essere nel cielo delle stelle fisse. Troppa luce».

«È spuntato il sole, Saverio».

«Visto che sono risorto, qualcuno vuole spiegarmi cos'è successo?».

«Stavo andando verso le cucine, a prendere qualcosa da mangiare. Mi sono sentita afferrare alle spalle. Non ho visto più niente, mi ha messo un sacco in testa. C'era buio, è stato tutto velocissimo. Mi ha tappato la bocca con una mano. E poi...».

Zoe si ferma, cerca Suleima. Cerca Luca.

Non vorrebbe raccontare, ma l'ematoma che mi è spuntato attorno all'occhio destro la obbliga moralmente a proseguire.

Allontano la sacca di ghiaccio secco. Per ricordarle cosa mi ha fatto.

«E poi?» chiedo.

«E poi una mano sul seno, l'altra in mezzo alle gambe. Non diceva niente. Ansimava e basta».

«E basta?» chiedo.

«E basta, Saverio. Ti sembra poco?».

«Lo hai visto?» domando.

«No, mi ha spinto a terra e se ne è andato. Quando mi sono tolta il sacco dalla testa non c'era più nessuno. Ero sola».

«Zoe, hai sentito qualcosa, qualche parola?» insisto.

«Niente. Stava zitto. E c'era vento, il rumore dei motori. E avevo paura che tornasse. Ero terrorizzata. Mi sono nascosta sotto i gommoni, dove mi hai trovato tu».

«La pedata destinata a lui, l'hai regalata a me» dico mostrando l'occhio gonfio.

«Non so che mi è preso» fa Zoe, rammaricata.

«Normale, Saverio. Era sotto choc» spiega Suleima.

«Non ha detto niente?» chiedo.

«Niente, ti dico. È durato pochissimo. Ma è stato terribile».

«Che figlio di puttana» commenta Luca.

Accarezza adagio le spalle di Zoe.

«Secondo te, chi era?» le chiedo.

«Secondo te? Un marziano?» risponde infastidita.

«Zoe, la nave è piena di gente» dico con calma.

«Pensi che uno appena salvato dalla morte si mette a violentare ragazze?» replica.

«I migranti non si sono mai allontanati dal ponte principale. Sono rimasti sempre a prua, al massimo per andare in bagno, ma i cessi sono proprio accanto» aggiunge Luca.

«Saverio, lo sai anche tu chi è stato» fa Zoe.

«In effetti, non è difficile immaginarlo» dico.

«Giuro che l'ammazzo» fa Luca.

«Luca, non facciamo cavallerie rusticane. A parte che non sappiamo nemmeno chi ammazzare visto che i sospettati sono tre, ma Zoe è stata aggredita solo da uno».

«Saverio, erano d'accordo: sicuro».

«La chiamano giustizia sommaria. Ma visto che a bordo funziona così, impicchiamoli tutti e tre e non se ne parla più» rispondo. «In fondo, sono solo albanesi. Sono sempre stati migranti di seconda serie, anche un po' antipatici. Somigliano troppo agli italiani per risultare esotici».

«Dai Saverio» fa Suleima, «Luca non dice questo».

«D'altra parte, se ne salvi dieci puoi ammazzarne almeno uno. Ne abbiamo salvati trenta, impicchiamone tre a caso. Che ne dici, Luca? Il conto torna?».

«Non voglio ammazzare nessuno, Saverio. Sono un medico, io la gente la curo».

«Ecco, Luca» dico, «continua a fare la brava persona che a fare lo stronzo ci penso io».

Il mare si è allisciato, solo piccole creste di schiuma danno movimento alle onde.

Non riesco ad aprire l'occhio gonfio, la luce del giorno mi ferisce.

«Saverio, come stai?».

Piccionello avanza seguito da Jack, Jock e Jick. Tutti con bandane piratesche in testa, ciascun bambino armato di pallone. La maglietta di Piccionello dice: «Siamo siciliani, mezzo cattolici e mezzo musulmani».

«Che fate, Peppe?».

«Siamo in esplorazione. Dobbiamo trovare un posto dove giocare a pallone. Ne abbiamo già persi due, sono finiti in mare».

«Non è facile trovare un campo da calcio su una nave».

«Io e i miei uomini non ci arrendiamo mai. Vero, mes petits hommes?».

«Jamais!» gridano i tre.

«Mon capitaine?» chiede il più piccolo a Peppe.

Gli si avvicina sussurrandogli in un orecchio. Mi indica, Peppe scruta e annuisce pensoso.

«Merci, Jick, mon ami. Bonne idée» dice Peppe alla fine. «Andiamo. Vamonos. Allons enfants de la patrie».

Il Pirata Piccionello.

Peppi Sparrow.

Marchons, marchons.

Ora mi intenerisco.

Ma no, ho altro da fare.

Salgo in sala comandi. Capitan Uncino sbraita alla radio.

Aspetto che abbia finito.

«Passo e chiudo e vaffanculo» mette giù.

Si accorge della mia presenza.

«Lamanna, dovevo restare a fare il tonnaroto a Favignana. Ora c'è il problema del porto sicuro. Ci faranno aspettare giorni, l'ultima volta siamo rimasti al largo quasi un mese, con centoventi persone a bordo, un caldo che si moriva, gabinetti intasati, bambini disidratati. Se la palleggiano. L'ammiraglio, il contrammiraglio, il prefetto, il questore. Andate lì, no tornate qui. Aspettiamo disposizioni. Burocrati, impiegatucci, politici. Bah, che schifo! Hanno paura di decidere, vogliono il culo parato, il timbro, il bollo, la mail. Dovevo restare a fare il tonnaroto: i tonni passano senza permesso di soggiorno e finiscono dritti nelle reti».

«Capitano, hai saputo di Zoe? Le hanno messo le mani addosso».

«Lo so, Lamanna. Che devo fare? Non è che siamo nella marina militare, non posso rinchiuderli nella stiva. E poi chi la fa camminare 'sta baracca? Non ho tempo adesso. Ci ho mandato don Paolo, se riesce a capirci qualcosa. Ecco, vedi, suona il telefonino. Chi è? Guardia costiera. Pronto? Sono io. Ho già parlato con la capitaneria di porto. Abbiamo trenta persone a bordo. Che c'entra Malta?».

Lascio la plancia di comando. Lascio il capitano alle prese con i suoi rimpianti di tonnaroto. Scendo giù in sala macchine, arrivo davanti alla porta chiusa.

In quel momento esce don Paolo.

«Che dicono?» gli chiedo.

«Negano. Erano tutti qui al lavoro, il mare era brutto e nessuno si è allontanato».

«Tu ci credi?».

«Lamanna, sono un prete, non un fesso. La gente mente sempre, pure in confessione. Per mille motivi.

Questi ragazzi ne hanno viste troppe. Uno di loro è stato soldato in Kosovo, ha fatto cose che non lo fanno dormire. Un altro è scappato dalla Macedonia per non finire in galera: non sappiamo nemmeno perché e qual è il suo vero nome. Tu pensi che non sappiano mentire? Lo fanno da una vita. Per sopravvivere».

«Allora non ci credi?».

«Forse ci credo. Non avevano ragione per farlo. Significava mettersi nei guai. Sanno dove si trovano. In fondo, per loro la *Pequod While* è un posto sicuro. Il più sicuro».

«Magari l'hanno fatto per vendetta, per dare una lezione a Zoe. Da dove vengono non è che le donne sono trattate come regine».

Risaliamo sul ponte.

«Come va l'occhio?» mi domanda.

«Pesto, come vedi».

Don Paolo prende una pipa dalla tasca. Una pipa da marinaio ad angolo retto. Riempie il fornello di tabacco, l'accende con uno Zippo antivento.

«Perché ti chiamano papas?».

«È il modo albanese di chiamare i preti».

«Stanotte, quando hanno aggredito Zoe, ho sentito gridare un uomo. Non so in che lingua. Ricordo solo qualche parola, tipo così: schipettari, vesce, cater bri. Gridava e ripeteva la stessa frase».

«Hai sentito shqiptar? Sei sicuro?».

«Esatto, proprio come lo pronunci tu».

Scuote la testa perplesso.

«Non va bene, non va proprio bene».

«Che significa?».
«Significa albanese. In albanese».

Le donne cantano una nenia. Battono le mani a tempo. È una canzone un po' triste, magari parla di un paese perduto, di una casa abbandonata, di un amore finito.

«Come va?» chiedo a Suleima, seduta tra loro.

«Vogliono parlare. Storie di donne: fidanzati, mariti».

«Allora non c'entro».

«Se vuoi ti faccio nero anche l'altro occhio».

Mi siedo alle spalle di Suleima, un po' discosto. Le voci cantano la nostalgia, la lontananza, il dolore. Tutte le canzoni degli emigrati si somigliano. Forse perché ad emigrare sono sempre gli stessi: senegalesi, curdi, siciliani. Popoli che non sanno far altro che andare altrove. Domani saranno numeri: più trentadue da aggiungere alla statistica annuale del ministero dell'Interno. Quando lavoravo al Viminale mi arrivavano periodicamente i fogli excel: numeri divisi per provenienza, etnia, donne, uomini, minori, rifugiati, richiedenti asilo.

Bisognava raccontare i numeri. Meno dello stesso periodo di due anni fa, più dello scorso anno, meno del primo semestre. Era il mio mestiere di portavoce del sottosegretario (quel cretino che mi ha licenziato dal Viminale perché in un comunicato gli ho fatto dire, per una volta, qualcosa di intelligente): dare senso ai numeri a seconda dei ministri, dei governi, dei giornali, del clima politico, dei disegni di legge, della polemica del giorno, della cronaca nera. Numeri da tirare da un lato o dall'altro, tanto c'è sempre un totale da confrontare a un altro, per dimostrare che sono troppi o troppo pochi.

I numeri non cantano, penso. Non hanno occhi, non hanno musica, non hanno mani. I numeri sono muti, perciò bisogna farli parlare come piace a noi. E questi uomini, queste donne che mi guardano con le loro grandi pupille scure nel bianco candido degli occhi, da domani saranno numeri da sciorinare a una conferenza, a un convegno, in un talk show.

Le donne cantano, forse pensano al mare, alle madri, a un'amica lontana, al grembiule rosa che indossavano a scuola; non sanno di essere una questione politica nell'agenda di governo, un problema per Ursula von der Leyen, l'austera copertina dell'ultimo numero di «Limes» dedicato ai flussi migratori. Nessuno si pensa come parte di un fenomeno; ognuno è singolarmente carne, dolore, affetti, amori che vivono con noi, abitano con noi e con noi muoiono. Ma queste persone sono vive e, quindi, il mondo è ancora vivo.

«Saverio, cosa pensi? Sei così serio» mi chiede Suleima.

«Secondo te gli albanesi, in media, sono più cretini degli italiani?».

«Ma certo che no. Sei diventato razzista?».

«Sto pensando che gli albanesi sono come i siciliani. Hanno una cattiva reputazione, ma non sono considerati un popolo stupido. Giusto? Insomma, esistono molte barzellette sugli svizzeri e sui belgi che non ci fanno una bella figura. Ma sugli albanesi no».

«Mai sentite».

«Quindi, perché un albanese che fa una cosa losca dovrebbe mettersi a gridare che è albanese?».

«Per orgoglio nazionale».

«Dai, Suleima. Non è che i mafiosi che hanno messo le bombe agli Uffizi hanno lasciato un biglietto con scritto: picciotti, siamo siciliani».

«Saverio, dove vuoi arrivare?».

«Ancora non lo so».

Marciando uno dietro l'altro, con enfasi esagerata, i tre piratelli – Jack, Jock e Jick – mi si parano davanti. Peppe, poco distante, li controlla a vista, fa cenni con la testa e con gli occhi.

Il canto si è spento. Tutti seguono la strana messinscena.

Jack fa un passo avanti.

«Un cadeau pour vous».

Jock passa qualcosa da dietro la schiena a Jick.

Il piccoletto mi dà in mano un pezzo di stoffa nera.

«Un cadeau de Peppi Sparrow et ses pirates» dice Jick con solennità.

Srotolo la stoffa.

Una benda nera da pirata. Una benda nera per il mio occhio ferito in battaglia.

La indosso, la lego dietro la testa.

Peppe ride, mi sfotte a distanza.

Ridono tutti con i denti bianchissimi. Lo so, mi prendono per scemo.

«Adesso» dice Suleima «sei un vero pirata».
«Lo so. Sono un pirata e un signore, professionista nell'amore».

Squilla il telefono. È rimasto muto per giorni. Siamo tornati nella civiltà contemporanea.
Mio padre.
«Pronto, papà».
«Finalmente, Saverio. Era sempre staccato».
«Lo so, papà. Eravamo in mare aperto».
«Ma che succede? Un caso internazionale».
«Di che parli?».
«Ma non hai letto? Non hai visto i giornali?».
«No, non avevamo linea».
«La nave dove sei tu, non vogliono farla attraccare. Chi dice sì, chi dice no. Quello lì, come si chiama, il leghista, dice che siete una nave pirata».
Guardo con la coda dell'occhio Peppi Sparrow e i suoi bucanieri. In effetti siamo una nave pirata.
«Papà, lo sai, la solita polemica di fine estate».
«Stai attento, Saverio. Comunque, il mio telefono non smette di suonare. Ti cercano. Non ne posso più».
«Ma chi mi cerca?».
«Giornalisti, sanno che sei lassù, vogliono notizie dalla nave pirata. Non so come hanno fatto, ma hanno scoperto che sono tuo padre».
«Non è difficile, papà. È scritto nei miei romanzi».
«Per questo ti dico lasciami in pace. Ma poi nei romanzi ogni riferimento non è puramente casuale? La

prossima volta inventa un altro nome per tuo padre. Chiamalo, chessò, Geppetto».

«Sì, e mi firmo Pinocchio. Insomma, papà, chi ha chiamato?».

«Ho segnato tutto. Giornale di Sicilia, La vita in diretta, Tgr Sicilia e pure dal Tg5, un certo Carmelo Sardo, dice che è amico tuo».

«È vero. Vabbè, ora richiamo».

«Non c'è bisogno. Ho dato a tutti il tuo numero, ti chiameranno loro»

«Hai dato a tutti il mio numero?»

«Mischini, erano così gentili, così disperati. Uno mi ha detto che se non ti trova entro due ore, lo licenziano».

«Papà, ma credi ancora ai giornalisti?».

«No, ma meglio se chiamano te invece che rompere le scatole a me. Vado a pranzo, Maricchia ha fatto la minestra di tenerumi. Dopo passa Mimì, andiamo a Siracusa, alle tragedie greche. Danno l'*Edipo* di Sofocle».

«Ecco, nel prossimo romanzo ti chiamo Laio: ma attento ai crocicchi».

«Saverio, se ti dico che sei tutto scimunito ti offendi?».

«No, papà. Ti voglio tanto bene anch'io».

Fermi in alto mare. Laggiù, nella caligine, il profilo della costa. C'è caldo.

Salgo dal capitano.

È seduto in un angolo, assorto. Mormora una nenia sottovoce:

Aja mola e vai avanti
Aja mola, aja mola
Gesù Cristu cu li santi
Aja mola, aja mola
E lu santu sarvaturi
Aja mola, aja mola
E criasti luna e suli
Aja mola, aja mola.

Lo riconosco: è il canto dei tonnaroti di Favignana, il canto della mattanza finale. L'ho studiato all'università, quando preparavo antropologia culturale.

«Capitano, dove siamo?» chiedo.

Si riscuote, come provenisse da un altro luogo.

Allarga le braccia, indica la costa lontana.

«Quella è la Sicilia, verso Sciacca. Ho buttato giù l'ancora, siamo sull'isola. Ora dobbiamo solo aspettare».

«Che isola?» chiedo.

«Qua sotto, l'isola Ferdinandea. È venuta fuori dal mare duecento anni fa. La volevano tutti: inglesi, spagnoli, borboni. Stava per scoppiare una guerra, poi un giorno l'isola è tornata sott'acqua, sollevando sabbia e schiuma. Anche noi aspettiamo, se restare a galla o andare giù. Sei diventato pirata, Lamanna?».

«Mi adeguo alla situazione» dico, indicando la benda nera sull'occhio.

Esco dalla sala comandi. Capitan Uncino riprende il suo canto di tonnaroto.

Il mare è limpido, trasparente. Il fondale di sabbia è bianco. Un banco di pesci argentati passa sotto la nave, brillando al sole. Sarde: ignorano che finiranno sotto sale.

Appoggiato al parapetto c'è un giovane alto quasi due metri. È uno dei sopravvissuti al naufragio, scruta l'orizzonte.

«Comment ça va?» faccio.

E mi sento un idiota: chiedere come va a chi ha appena visto la morte, manco fosse il vicino di casa incontrato all'ascensore.

«Bene, ora bene. Parlo italiano. Poco, ma parlo italiano» risponde.

«Senegal?».

Sorride.

«Non si domanda paese, non sai?».

«Perché?».

«Io Senegal, ma forse Mali, forse Nigeria. Io senza documenti, io dico paese che serve per diventare italiano. Tu vuoi Senegal? Io Senegal».

«Mi sembra giusto, mister Senegal».

«Tu amico. Africano italiano» mi dice con una manata sulla spalla.

«Hai ragione, sono siciliano».

«Siciliano, fratello africano».

E se ne va via molleggiato nelle sue infradito. Sarà un parente di Piccionello?

L'isola di fronte, l'isola sott'acqua, isole in mare aperto. Siamo isole in un oceano di solitudine. Chi l'ha detto? Scialpi o Giorgio Amendola?

Dal ponte di sotto sento parlare. Mi sporgo. Luca e

Zoe discutono animatamente. Faccio un passo indietro per non farmi vedere.

«No, Luca, te l'ho già detto» dice Zoe.

«Hai visto, no? È pericoloso. Pensi che tutti sono buoni, ma non è così».

«Non farmi passare per stupida».

«Non ho detto questo. Tra questa gente c'è anche gente cattiva, non sappiamo da dove vengono, cosa hanno fatto. Proviamo a vivere in un altro modo. Una casa, una famiglia, un progetto. Ci sono tanti modi per aiutare gli altri. Anche a terra».

«Uffa, mi stanchi. Una casa, una famiglia. Sei un borghesuccio».

«Sì, sono borghesuccio. Ti amo e voglio stare con te. Ma in una casa, non sempre sopra una barca».

Vedo Luca che abbraccia Zoe. All'inizio lei resiste, poi cede al bacio.

Tutto è bene quel che finisce bene.

«Zoe, ho un'idea» fa Luca, «chiamiamo papas e ci facciamo sposare. Qui, adesso, subito».

Zoe ride. È proprio bella.

«Sei scemo, Luca. Secondo te sposo il primo che passa?».

Trovo venti messaggi sul telefono.

Carmelo Sardo ne ha mandati otto, tutti uguali.

«Compare, dove sei finito? Vuoi fare un'intervista telefonica per il Tg5?».

Gli rispondo di chiamarmi più tardi. Sono le due, ormai l'edizione è andata in onda. Se ne riparla per stasera.

Vado a mangiare qualcosa.

Le cucine hanno preparato polpette di sarde al sugo. Saranno le stesse sarde di poco fa?

Al tavolone comune siamo in tanti, ancora sovraeccitati per l'impresa della notte scorsa.

Mi sfottono per la benda sull'occhio. Mi sento molto Corsaro Nero.

«Saverio, ti posso chiedere un favore?» mi fa Peppe, venendo a sedersi accanto.

«Dove sono i tuoi pirati?».

«Con la mamma. Allora, posso chiederti un favore?».

«Dimmi».

«Chi conosciamo a Hollywood?».

«Tanta gente, ma detta così è un po' vaga».

«Jack Sparrow lo conosci?».

«Johnny Depp? Come no, l'altra sera ci siamo incontrati a una schiticchiata a Custonaci. Non gli piacciono le stigghiole, dice che gli provocano acidità di stomaco».

«Non scherzare, Saverio. Ho promesso ai ragazzi».

«Hai promesso di fargli conoscere Johnny Depp? Ma sei matto. Matto e presuntuoso. Ben ti sta. Così finalmente fai una grandissima malafigura».

«Questo Depp non so chi è. Ho detto che quando arrivavamo in porto gli facevo conoscere Jack Sparrow».

«Peppe, se mi spieghi la differenza ci arrivo anch'io».

«Tu conosci mio cugino Bastiano?».

«No. Ma cosa c'entra Bastiano?».

«Mio cugino Bastiano è preciso a Celentano. Lo invitano ai matrimoni, lo pagano pure. Ecco, ci sarà qualcuno come Bastiano che pare Jack Sparrow».

«Vuoi dire un sosia?».

«Sosia, americano, italiano. Va bene tutto. Basta che sembra Jack Sparrow».

«Sosia è uno che somiglia a un altro, magari famoso».

«Va bene, conosci questo signor Sosia? Chiamalo, fammi il favore».

«Non lo so, Peppe. Temo che il signor Sosia, come dici tu, sia molto impegnato. Tu intanto fammi parlare con tuo cugino, quello albanese. Gli devo chiedere una cosa importante».

Il cugino albanese di Peppe parla un italiano perfetto. Mi sono appuntato le parole che ho sentito l'altra notte, quando è stata aggredita Zoe.

«Malan, gliele rileggo. Schipettari, cater, vesce. Cosa significa?» gli chiedo.

Silenzio all'altro capo del telefono.

«Shqiptar significa albanese. Katër quattro. E veshë può significare orecchie» risponde Malan.

«Le dice qualcosa?».

«No, non mi dice niente. Però io non sono uno studioso, faccio l'infermiere. Perché non chiama il professor Petta? Quello insegna albanese, sa tutto».

«E dove lo chiamo? In Albania?».

«Ma no, insegna a Palermo. Adesso le mando il numero. Mi saluti mio cugino Peppe».

«Ti saluta» dico a Peppe che è sempre accanto, sta mangiando una seconda portata di polpette di sarde.

«Ciao Malan» grida Peppe verso il telefono.

Chiudo la conversazione.

«Hai visto? Malan sa tutto» fa Peppe.

«Veramente non sapeva niente. Mi ha detto di chiamare un professore».

«E certo, mischino, quello infermiere è. Se vuoi un professore allora devi chiamare un professore».

«E se voglio una banalità devo chiamare te».

Telefono al professor Petta.

Gli spiego chi sono, dico che devo scrivere un articolo, anzi no, un libro, anzi, meglio: un'enciclopedia.

Il professore, ovviamente, è professore.

La prende alla lontana. Parte dagli ottomani, dalle guerre di religione, dalle invasioni musulmane, dall'esodo degli albanesi. Insomma, arriviamo alla fine del Quattrocento quando un po' di albanesi scappati di casa finiscono in Sicilia e fondano nuove colonie. Mantengono per secoli tradizioni, costumi, lingua.

Piccionello mi scruta, a gesti gli faccio capire che si va per le lunghe.

«Che vuoi farci?» sussurra. «Il professore è professore».

Gli arbëreshë sono gli albanesi d'Italia, soprattutto in Calabria, in Sicilia. Il professore cita la cattedra di lingua e letteratura straniera dell'Università di Palermo, alcuni famosi autori di cui dimentico immediatamente i nomi, parla di Carmine Abate – lo avrà sicuramente letto, no?, mi chiede – scrittore pluripremiato, arbëresh di Calabria.

«Professore, lei è gentilissimo. Ma la mia domanda è più semplice. Queste parole le dicono qualcosa?».

Leggo le parole che ho trascritto, così come le ho sentite.

Il professore ridacchia.

«Perdoni la pronuncia, professore» dico.

«No, caro Lamanna, non rido per la pronuncia. Queste parole mi ricordano un proverbio di Piana degli Albanesi che dice: arbëreshë me katër veshë, liti me katër bri».

«Esatto, più o meno era così. Ma c'era la parola schipettari».

«Shqiptar sta per albanese d'Albania, arbëresh indica gli albanesi d'Italia, come le ho appena spiegato. È un proverbio locale».

«Che significa?».

«Albanese con quattro orecchie, italiano con quattro corna» ridacchia divertito.

«Un proverbio contro gli italiani».

«Le differenze etniche spesso sono diffidenze. Comunque è un proverbio che gli albanesi nemmeno conoscono, ma è tipico dei centri dove c'è convivenza tra italiani e albanesi».

«Convivenza difficile, direi».

«Convivenza complessa, ma stimolante. Ricordi che i siciliani dicono: se incontri il lupo e il greco (gli albanesi vengono anche chiamati greci, perché praticano il rito bizantino); se incontri il lupo e il greco, salva il lupo e ammazza il greco. Come vede, non se le mandavano a dire. Eppure la contaminazione ha prodotto grandi pagine letterarie, politiche e sociali».

«Professore, un'ultima domanda: ma un albanese e un arbëresh parlano la stessa lingua?».

«Non proprio, dipende anche dall'area linguistica albanese di provenienza. Diciamo che si capiscono come uno spagnolo può capire un italiano, e viceversa, oppure come un italiano di oggi può capire un italiano dell'epoca di Dante. A un orecchio non abituato sembrano lingue molto simili, proprio come lo spagnolo e l'italiano per chi non le conosce».

«Lingue sosia?».

«Bella definizione, Lamanna. Gliela ruberò».

Saluto e chiudo.

«Ti ha spiegato tutto?» chiede Peppe.

«Il professore è un vero professore».

Suona il telefono. È ancora il professore.

«Lamanna, ho ricordato una cosa. Se vuole saperne di più può rivolgersi al dottor Firriato, quello della clinica. È un medico, ma soprattutto un grande appassionato di tradizioni arbëreshë, ha una specie di museo privato con una grande biblioteca. Adesso è in pensione, sarà felice di aiutarla».

Il sole ormai è calato. Una striscia rossa incendia la linea dell'occidente. Non c'è un filo di vento. Bonaccia, come in un romanzo di Emilio Salgari.

Ancorata alla secca, la *Pequod While* oscilla impercettibilmente.

«Perché ci hai trascinato a poppa?» chiede Suleima.

«Parlate a bassa voce» dico a lei e a Peppe. «E ascoltatemi. Ho capito tutto».

«Tutto tutto? Sempre esagerato, Saverio» fa Piccionello.

«Luca Firriato conosce l'albanese. Lo sapevate?».

«E certo che lo so, Saverio» dice Peppe. «Sua nonna paterna era di Piana degli Albanesi. L'ho pure conosciuta».

«Perché l'hai conosciuta?» chiedo.

«Allora non capisci? Mio cugino Malan fa l'infermiere nella clinica del dottor Nonò Firriato, il papà di Luca, che è mio lontano parente. Lo hanno assunto perché era albanese e il dottor Firriato conosce l'albanese. Il colloquio lo ha fatto con la signora Cuccia, buonanima, la nonna di Luca. Fin quando era viva, amministrava la clinica. Era una generalessa, una donna di ferro. Ecco perché l'ho conosciuta, ho accompagnato Malan che stava da poco in Sicilia».

«Peppe, mi stai dicendo che mi hai fatto sorbire una lezione sulla storia degli albanesi in Sicilia, ma tu già sapevi?».

«Me l'hai chiesto? No. Ma poi che ti interessa se Luca Firriato sa l'albanese?».

«Ho capito dove vuoi arrivare» fa Suleima, «a questo pensavi stamattina. Chi può fingere di essere albanese per accusare un vero albanese? Solo qualcuno che conosce la lingua».

«Esatto, Suleima. Luca Firriato in realtà conosce l'albanese dei siciliani, forse conosce i vecchi proverbi che ripeteva sua nonna. Fa di tutto per farsi sentire, in questo caso da me, nella lingua però che si parla a Piana. Ma per me, per chiunque non sia albanese, è facile confondere. Luca ha l'accortezza di cambiare la parola arbëresh con la parola shqiptar, e il gioco è fatto».

«Stai dicendo che Luca ha picchiato Zoe. È folle» dice Suleima.

«Sbagli» la correggo, «Zoe non è stata picchiata. È stata bloccata, le sono state messe le mani addosso, in maniera brutale. Ma sono gesti brutali se provengono da uno sconosciuto, in realtà servivano solo a spaventarla, non a farle veramente del male».

«Ma com'è che Zoe non ha riconosciuto Luca?» chiede Peppe.

«Luca ha fatto tutto in silenzio e a tradimento. Ha incappucciato Zoe. L'ha smanacciata. Poi, quando si è allontanato, passando davanti alla mia cabina si è fatto notare. Ha alterato la voce, ma tanto Zoe era distante, non poteva sentire. C'era ancora mare, vento ed eravamo in piena navigazione».

Restiamo in silenzio.

Peppe alza un dito.

«Signor Lamanna della Benda Nera, ci posso intrufolare una domanda? Perché l'ha fatto?».

«Perché Luca vuole convincere Zoe a mollare la vita a bordo e diventare la gentile signora Firriato, dedita a opere di bene e partite di burraco. E Zoe non vuole saperne. Farla spaventare un po' è un metodo indolore e forse efficace».

«Te lo posso dire, Saverio? È inverosimile» commenta Suleima.

«Hai ragione. È inverosimile in un libro, in un racconto. Ma la vita deve essere vera o verosimile?

La vita è come è, come viene. Luca è innamorato, Zoe è testarda. Come dice il professore, le differenze sono diffidenze. Lei come Rousseau crede al mito del bon sauvage, lui come Hobbes vede homo homini lupus».

«Saverio, ho capito solo lupo» fa Peppe.

«Peppe, è semplice. Zoe è un'anima pura, pensa che la gente sia buona, soprattutto i più lontani da noi. Luca teme il contrario, ritiene che le diversità spesso stridono e vuole proteggerla. A tutti i costi. A volte facciamo male per fare bene».

«Lo diceva il mio maestro quando ci dava bacchettate sulle dita» fa Peppe.

«Era un uomo cattivo il tuo maestro?» chiedo.

«No, buonissimo. Ma dava certe bacchettate».

«Poi c'è anche l'amore» aggiungo.

«No, Saverio» fa Suleima, «quella degli uomini che picchiano le donne per amore non si può più sentire».

«Suleima» rispondo, «Luca non ha picchiato Zoe. Luca l'ha fatta spaventare usando una figura retorica: lo straniero, il diverso. E ha scelto lo straniero che vive dentro di lui, una lingua estranea che gli appartiene. Luca ha sacrificato una parte di sé per strappare Zoe ai pericoli».

«Sì, Saverio, bel discorso il tuo, non ci ho capito niente, ma gira come un orologio svizzero» fa Peppe. «Luca però si è comportato da infame. Ha messo nei guai tre albanesi. Tre albanesi veri».

«Bravo, Peppe. Vedi che capisci anche quando non

capisci? Sei un intelligente istintivo. Un bon sauvage, insomma».

«Suleima» fa Peppe, «lo ammazzi tu o lo faccio io?».

Dolce e chiara è la notte e senza vento.

A motori spenti, la *Pequod While* ruota lentissima sull'asse dell'ancora.

La porta della cabina è aperta per non soffocare dal caldo. Si infila una brezza lieve. Forse il paradiso è una nave ancorata all'infinito in una notte placida.

Il cielo stellato sopra di me, Suleima accanto a me dorme con un respiro leggero. Nel sonno mormora qualcosa come amore o terrore, non capisco bene.

Sono passato dal ponte, riposavano tutti. Vogliono stare sotto al cielo, rifiutano di andare sotto coperta: troppo recente il ricordo del buio della stiva del peschereccio – la puzza di piscio e di sudore, l'afrore della paura – dove erano stati rinchiusi alla partenza dalla Libia.

Ashanti mi ha sorriso con i suoi denti d'avorio candido. Jack, Jock e Jick le dormivano a fianco, le bandane ancora in testa, abbracciati ai palloni di Piccionello.

Darò un dispiacere a tutti, ma di questa breve traversata cosa potrei scrivere che non sia retorico, melenso o politicamente corretto? Potrei scrivere del mondo offeso, ma occorrerebbe altra penna, altro spirito. Dovrei vibrare di indignazione e di pietà, trovare una voce da tribuno o da politicante. Ma che politica, ma che cultura, sono solo canzonette, canterebbe Capitan Uncino, tonnaroto senza più tonni, rais senza più tonnara.

Non riesco a dormire. Forse perché l'umanità dolente porta cattivi pensieri, sogni guasti.

Prendo il tablet.

Vediamo cosa dice la frivolona Teresita. Altro che lezioni di spagnolo per andare ad aprire un chiosco di granite a Formentera – comunque un progetto da non cancellare, non si sa mai –, ormai l'app di Teresita ha funzione consolatoria.

Un hombre que cultiva su jardín, como quería Voltaire.

«Teresita, questa la conosco. Un uomo che coltiva il suo giardino, come voleva Voltaire».

Teresita va avanti, col suo dolce accento un po' andaluso.

El que justifica o quiere justificar un mal que le han hecho.
El que agradece que en la tierra haya Stevenson.
El que prefiere que los otros tengan razón.
Esas personas, que se ignoran, están salvando el mundo.

«La so a memoria. Non devo nemmeno tradurre. Chi giustifica o vuole giustificare un male che gli hanno fatto. Chi è contento che sulla terra ci sia Stevenson. Chi preferisce che abbiano ragione gli altri. Tali persone, che si ignorano, stanno salvando il mondo. Sono i giusti, Teresita. In fondo, Borges era un ottimista. Forse perché era cieco e non vedeva più cosa siamo diventati».

«Con chi parli? Che dici?» chiede Suleima.

«Parlo da solo. Dormi».

«Detesto la tua amica spagnola».

«Sei gelosa?».
«Un po' sì».
«Anche lei».
«Cosa pensi di fare?».
«Praticare una sana bigamia».
«Imbecille. Con Luca e Zoe, cosa pensi di fare?».
«Parlerò con Luca. Deciderà lui».
«Qualunque cosa decida, mette nei guai qualcuno. Gli albanesi o se stesso».
«Forse può convincere Zoe a lasciar perdere, a non fare denunce o altro. In fondo, non è successo niente di irreparabile».
«Saverio, ti hanno mai messo le mani addosso contro la tua volontà?».
«Una volta. Un mio compagno di scuola, Anzalone, mi ha tirato un pugno in faccia contro la mia volontà».
«Non scherzare. Non puoi capire cosa significa. È una violazione, il tuo corpo è come sfregiato, non ti appartiene più. Fatichi a passarci sopra. So cosa vuol dire, non c'è donna che più o meno non lo sappia. O non lo tema».
«Parlerò con Luca. Ha fatto un errore, ma non è stupido né perfido. Si diventa adulti anche così, prendendosi le proprie responsabilità».
«Quanto sei saggio, Saverio».
«Guarda che in siciliano saggio significa mansueto. Avevo un cane molto saggio, non abbaiava mai».
«Tu invece abbai, ma non mordi?» dice mostrando il seno chiaro e dolce nella notte senza vento.
«Hai parlato troppo, ragazza. Ora ti mangio».

I nostri respiri si perdono nella luce della silenziosa luna, eterna peregrina.

Percepisco una certa agitazione. I membri della Ong vanno di qua e di là, concentrati e frettolosi. Si prepara qualcosa.
Salgo dal capitano.
Fuma tranquillo, con i tratti distesi e risoluti. Non sembra più l'uomo tormentato e meditabondo di ieri.
«Capitano, ci hanno dato il via libera?» chiedo.
«Quando mai, Lamanna. Ma il dado è tratto».
«Andiamo alla conquista di Roma?».
«È deciso. Forziamo».
«Cosa forziamo?».
«Andiamo all'arrembaggio. Entriamo in porto».
«E le autorizzazioni?».
«Lamanna, secondo te Garibaldi ha aspettato l'autorizzazione per sbarcare a Marsala?».
«No, ma c'era da fare l'Italia».
«E qui bisogna fare un mondo nuovo, senza confini e senza frontiere. Un mondo nuovo e aperto. Un mondo più umano. Non ti pare?».
«E se ci affondano?».
«Se ne assumeranno le responsabilità, davanti a Dio e all'opinione pubblica».
Ora, quando io sento invocare la sacralità dell'opinione pubblica (che vi sia ciascun lo dice, dove sia nessun lo sa), sono sempre preoccupato perché prevedo il peggio. Nella migliore delle ipotesi, non suc-

cede niente: la pubblica opinione a volte non ha nessuna opinione.

«Lamanna, stiamo tirando su l'ancora. Facciamo una foto, dai, è un momento storico» dice il capitano.

Con la faccia da selfie, mi predispongo all'immortal imago. Avrebbero fatto così anche Garibaldi e Vittorio Emanuele a Teano: #unitaditalia #friendsforever #obbedisco.

«Capitano, dove dirigiamo?» chiedo, appena sfumato il momento storico.

«A Trapani. Si torna a casa. Tutti insieme».

La ripartenza della nave innesca un applauso. Applaudono i migranti, l'equipaggio, gli operatori umanitari.

Nella luce del mattino, la *Pequod While* lascia dietro di sé una scia di schiuma.

Mi sporgo dal parapetto, grandi ombre saettano sotto il pelo dell'acqua.

Una voce richiama l'attenzione.

«Delfini. Guardate, i delfini».

Tutti si spostano verso le fiancate.

I delfini forse capiscono di essere osservati.

Sono tre. Saltano sulle onde, lucidi e affusolati nel sole.

Jack, Jock e Jick lanciano urla di eccitazione, ballando su se stessi intorno a Peppe che si compiace quanto una chioccia circondata dai pulcini.

«Hai già incontrato Luca?» mi chiede.

«Ancora no».

«Cosa pensi di fare?».

«Non lo so, Peppe. Guardo i delfini».
«Sono intelligentissimi, sai?».
«Lo so, uno di loro è laureato in filosofia alla Sorbona».
«Di sicuro sono più intelligenti di te».
«Sicuro. Infatti non hanno un amico come te».

I delfini giocano tra le onde, sollevano spruzzi. I bambini li seguono con gli occhi spalancati nel blu.

«Possiamo fare qualcosa per questi picciriddi?» mormora Peppe.

«Ha già fatto tanto la fortuna, sono vivi. E stai facendo tanto anche tu, Peppe. Non sarai intelligente quanto un delfino, ma sei un delfino simpatico».

«Saverio, ma allora ce l'hai un cuore?».
«Sì, ma lo uso poco. Non abusarne».
«Ricordi il favore che ti ho chiesto?».

«Peppe, chiedi ai delfini. È gente di cinema: hanno recitato nello *Squalo* di Spielberg. Ma erano truccati da polpi».

«Saverio, appena ti faccio un complimento, me ne fai subito pentire».

«E tu non farmene. Così non mi sento in debito».

Verso poppa, seduto sopra una catasta di salvagente, trovo don Paolo che legge, tirando fumo dalla pipa.

«Ripassi la Bibbia, parrino? Pensavo che i preti non leggessero più la Bibbia dai tempi di Lutero» gli faccio.

«È Conrad, Lamanna».
«La Bibbia dei naviganti. Qual è?».
«*Il clandestino*. L'hai letto?».
«No. Ho letto *La linea d'ombra*».

«L'ho letto anch'io, tanto tempo fa».

«Capisco, è un libro vietato a chi ha più di vent'anni. Che storia è?» dico puntando il dito sul volume che ha tra le mani.

«C'è un assassino, un giovane comandante, un veliero. Il comandante nasconde l'assassino a bordo, finisce per identificarsi con il clandestino che ne diventa il sosia, l'alter ego, la parte oscura di sé».

«Conrad non lo scrive, ma i due fanno sesso, giusto?».

Don Paolo sorride senza rispondere.

«Ma come fanno i marinai a baciarsi fra di loro e a rimanere veri uomini però?» dico. «Paolo, ti chiamano papas anche gli albanesi di Sicilia?».

«Certo, per due anni sono stato parroco a Piana».

«E Luca ti chiama papas per questo?».

«Già».

«Ti posso dire cosa penso?».

«No, Lamanna, non me lo puoi dire. Ciascuno è di fronte a una scelta: tu, Luca, Zoe. Piccole scelte, o grandi, per noi che per fortuna possiamo scegliere. Ma questa gente – e indica verso il punto dove sono raccolti i migranti – questa gente non ha scelta: vivere o morire, restare o scappare. Non te la prendere, Lamanna, loro mi interessano di più».

«Ma la misericordia, il conforto, la carezza di Dio? Non si può più fare affidamento nemmeno sui preti. Non c'è più religione».

«Se vuoi ti benedico, Lamanna. Non costa niente e può tornare utile».

«E la giustizia, l'ingiustizia?».

«Non vedi che viviamo già dentro l'ingiustizia?».

Passano di corsa Jack, Jock e Jick trascinando per mano Ashanti. La portano a vedere i delfini che ora inseguono la scia della *Pequod*.

«Lamanna, vuoi un consiglio? Prendi i voti. Ci manca un padre Brown, la Santa Chiesa te ne sarà grata. E così ti guadagnerai il paradiso».

«Tu quindi sapevi di Luca?».

«Questa domanda non ha risposta. Pensaci e decidi tu, Lamanna».

«Parrino, sei cinico».

«Impossibile, io ho la fede, la speranza e la carità. Io sono a bordo per scelta, tu per caso. E ora hai l'occasione buona per scegliere di scegliere. O di non scegliere».

Sembrano tutti allegri e frementi.

Ho voglia di Suleima.

La trovo nella sala delle riunioni, davanti al computer, fianco a fianco con Zoe.

«Sei tu, Saverio? Mi hai fatto spaventare» mi dice quando le tiro un bacio a tradimento sul collo.

Questa storia del timore delle aggressioni alle spalle sta diventando incontrollabile.

«Che fate?» chiedo sbirciando lo schermo.

«Saverio, siamo incasinate. Stiamo avvisando giornalisti, associazioni e amici del nostro arrivo stasera a Trapani».

«Posso aiutarvi. Sono un antico giornalista, ma col senso della notizia».

«Saverio» fa Zoe, «non farci perdere tempo. La notizia oggi siamo noi. Stasera forse dovremo forzare il blocco per entrare in porto».

«Appunto, volete una consulenza? Gratuita, ovviamente, non vorrei rovinare la mia reputazione di disoccupato di successo».

«Beato te che hai tempo e voglia di scherzare» continua Zoe. «Ma oggi non sei di turno in cucina?».

«No. Ho controllato».

«Ricontrolla».

Vado a leggere l'ordine di servizio del giorno. Il correttore automatico del computer ha inglesizzato il mio cognome in Laments (chi potrebbe mai pensare a me?), ma qualche impiccione ha precisato a penna: Lamanna. Giustizia è fatta, la verità trionfa, ma il male ancora una volta vince sul bene. Sul mio svogliato bene che invece avrebbe preferito far nulla.

Vi svelo una cosa: se vi trovate su una barca democratica non scegliete mai la corvée cucina, molto meglio secchio e ramazza: sarà meno nobile, ma è meno faticoso. Ho capito che la fame non perdona, soprattutto se vi ritrovate a impiattare trofie al pesto e a friggere filetti di baccalà. Non c'era bisogno che venisse raccomandato di sfamare gli affamati, ci pensano da soli quando c'è qualcosa da mangiare.

Dopo quattro ore, puzzo di olio fritto e rifritto e credo che non assaggerò mai più pesto di basilico, nemmeno originale genovese, fatto a mano nel mortaio di pietra.

Vado in cabina, mi butto sotto la doccia. Non ho previsto che arrivi Suleima. Si sa come vanno queste cose, non occorre entrare nei dettagli.

Quando torniamo fuori, il sole già scivola verso la linea del tramonto.

Siamo davanti al porto di Trapani.

Due motovedette della Guardia costiera dondolano sospese sull'acqua, all'ingresso del porto. Vedo le auto che filano sul lungomare, il profilo della città bianca, i bastioni di tufo del Castello della Colombaia costruito sull'acqua.

Capitan Uncino passa per i ponti.

«Sei sceso a confortare i passeggeri prima della battaglia navale?» gli chiedo.

«Lamanna, se ci sarà battaglia, come dici tu, non ci sarà nessun vincitore».

«No» dice Suleima, «i vincitori comunque siete voi, quelli che non fanno annegare la gente a mare».

«Prima li salviamo, poi magari li facciamo morire in un centro d'accoglienza» aggiungo.

«Lamanna, quando ero tonnaroto cercavo tonni, adesso cerco persone. Il resto è politica, non fa per me. Cerco gente in mare e la porto a terra. So fare questo e lo faccio».

«Allora non sei un vero pirata».

«Oggi è così che si diventa pirati. Torno al timone, vediamo come va».

Dalla motovedetta della Guardia costiera ci scrutano con i binocoli. Nessuno si muove. Si aspetta.

Il tramonto si accende di rosso.

Duellanti.

Ciascuno con le sue regole e ragioni. La legge, lo Stato, i confini. La vita, le persone, la sopravvivenza.

«Antigone e Creonte» mormoro.

«Cosa dici?».

«Le ragioni di Creonte, le ragioni di Antigone. Le leggi dello Stato, le leggi degli uomini, le leggi degli dèi. Siamo sempre allo stesso punto. Ricordi? Non finiva bene per nessuno».

«Io sto con Antigone» fa Suleima.

«Perché è più facile. Ed è più eroico. Ma Creonte, poveraccio, aveva una città da mandare avanti, qualche legge gli serviva. Tebe, poi, doveva essere un bel grattacapo: peste, incesti, sfingi, guerre. Capitava tutto lì, non credi?».

«Prima sbarchiamo e poi ci pensiamo; che ne dice, dottor Sofocle?».

Arrivano di corsa Luca e Zoe.

«Forse ci sbloccano» dice Zoe, «ci fanno entrare in porto, circola la voce. Sono tempestata di telefonate, i giornalisti vogliono conferme. Vieni con me, da sola non ce la faccio».

Ormai nemmeno mi considerano un giornalista, sono il cuoco di bordo.

La *Pequod While* che ronfava quieta è ora percorsa da un tremito.

I migranti, fino a poco fa estenuati, si alzano tutti in piedi.

Sta per accadere qualcosa.

Mi ritrovo accanto a Luca.

«A quanto pare è arrivato il via libera da Roma» dice.
«Come mai?» chiedo.
«E chi lo sa: mediazioni, calcoli politici, strategie. Roba misteriosa per me».
«Albanese quattro orecchie, italiano quattro corna».
«Non capisco, Lamanna».
«Capisci benissimo, Luca. Non sei mezzo albanese?».
«Mia nonna era arbëreshe, lo sanno tutti».
«E un po' di albanese lo parli. Orecchie ne ho due, ma ci sento chiaro. Forse è vero, ho quattro corna. Ma sono palermitano e sai bene che a Palermo cornuto può essere perfino un complimento. Me lo prendo».
«Non capisco dove vuoi arrivare».
«Esattamente dove sei arrivato tu. Guarda, non me ne frega niente di te e di Zoe, sono fatti vostri. Però non mi va giù quando i salvatori degli ultimi dimenticano i penultimi. Anzi, li fanno annegare».

Ci guardiamo negli occhi. Abbiamo capito tutti e due.

«Lamanna, lo conosci il proverbio del lupo e del greco?».
«Sì, ammazza il greco e salva il lupo».
«Ecco, c'è un'altra possibilità: salva il lupo e il greco. Zoe torna a terra, nessuna denuncia, nessun clamore. Questa brutta storia si chiude qua, ci manca solo uno scandalo a sfondo sessuale in una nave umanitaria. I giornali della destra non aspettano altro per tirarci fango addosso».
«E tu sei il lupo o il greco?».
«Un po' lupo, un po' greco».
«E a Zoe? Non dici niente?».

«Un giorno forse. O forse mai. Ma, come hai detto tu, sono fatti nostri».

«Bravo, dottor Firriato. Per mettere su famiglia bisogna sempre seppellire qualche segreto. Stai iniziando col piede giusto. Uno diceva: si comincia con l'omicidio e si finisce col rubare. La passione si spegne nell'ipocrisia. Un consiglio: non ti voltare mai indietro, potresti non riconoscere più quello che sei oggi. È un rammarico inguaribile, una malattia degenerativa».

«Sono fatti miei, l'hai detto tu».

«Ho cambiato idea. Contraddico e mi contraddico».

Non so quale Creonte abbia scovato il codicillo giusto per risparmiare Antigone. C'è un giudice a Berlino, ma anche qualcuno di buonsenso a Roma.

Entriamo in porto scortati dalle due motovedette della Guardia costiera che ci annunciano con fischi di sirene.

Capitan Uncino dirige dal ponte di comando la manovra di attracco. Lo saluto da lontano, sembra proprio un antico rais fenicio.

La banchina è affollata di telecamere, giornalisti, cameramen, regie mobili, antenne paraboliche.

Il telefono.

«Papà, stiamo attraccando».

«Lo so, Saverio, ti vedo. Sto seguendo Sky. Sei stato bravo».

«Ho fatto solo trofie al pesto e filetti di baccalà».

«Cosa hai fatto? Non capisco».

«Ho fatto da mangiare».

«Hai fatto bene. Ognuno deve fare la propria parte, quello che sa fare».

«Papà, non te l'ho mai detto, ma...».

«Saverio, non ti sento più. Chi sono questi bambini che gridano?».

Sono Jack, Jock e Jick che salutano a favore di telecamere.

Piccionello lancia saluti con le braccia.

«Peppe, ma chi saluti?».

«Ma stai scherzando? Non lo vedi chi c'è?».

Alle spalle dei giornalisti, oltre la ressa, una bandiera nera da pirati, con teschio e tibie incrociate, sventola nell'ultimo sole del giorno.

«Saverio, è Jack Sparrow!».

Mi abbraccia.

«E smettila Peppe, che finiamo su tutti i tg».

I bambini gridano in coro.

«Sparrow, Sparrow, Sparrow».

Il gruppo delle telecamere si allarga.

Su un monopattino elettrico, col Jolly Roger issato, avanza sulla banchina il pirata dei Caraibi.

«È lui! Saverio, ma come hai fatto?» dice Peppe, esultando.

«Ho chiamato un'amica a Cinecittà. Il sosia di Johnny Depp purtroppo non c'era, è in vacanza ai Caraibi. Ma a Partinico c'è uno che è la fotocopia di Riccardo Scamarcio. Un po' di trucco e parrucco, lo abbiamo sistemato».

«È preciso».

«Non è preciso, Peppe, ma tanto crediamo sempre a quello che vogliamo credere».

«Hai fatto felici i bambini, Saverio».

«Peppe, lo sai, noi pirati in fondo abbiamo il cuore tenero».

Guardo le case di Trapani ormai vicinissime, i bambini che urlano, la bandiera nera alta sulla banchina. E mi metto a cantare a bassa voce:

Amo la luna e amo il sole
sono un pirata ed un signore
professionista nell'amore.

Marco Malvaldi
Giovedì gnocchi

«Scusi...».

L'omino col riporto si voltò verso la donna col vestito stampato a fiori.

«Scusi, abbia pazienza, c'ero prima io» disse la donna, sventolando un bigliettino con un numero stampigliato sopra.

«Ha detto ora l'ottantasei» disse l'omino come a giustificarsi, chiamando a testimone lo stesso schermo che mostrava un numero stilizzato a pallini rossi e luminosi. Aveva un vocione profondo, quasi troppo per un tipo così basso e mingherlino.

«Eh, io ho l'ottantadue. C'ero prima io».

«C'era» disse l'omino voltandosi verso la commessa del reparto panetteria. «L'ha chiamata tre volte. Se dorme in piedi...».

E l'omino col riporto puntò un dito adunco sulle michette infarinate al di là del vetro, tutte uguali fra loro e tutte uguali a quelle degli altri supermercati della stessa catena, quel genere di pane che sembra appetitosissimo e fragrante quando è ancora in cattività, nella vetrina del negozio, però quando poi lo liberi e lo metti nel carrello diventa raffermo già durante il tragitto. Ma mentre l'omino stava puntando i panini, la donna con voce alta e stridente cominciò:

«Volevo due fruste a lievitazione naturale, poi...».

«Poi? Du' ova non le vòle, signora?». L'omino col riporto non si voltò nemmeno. «Guardi che ora tocca a me. Aveva a stare attenta».

«Ma che maleducato. Almeno abbia il coraggio di guardarmi mentre mi parla, maleducato».

«De', bella fìa».

«Oh, ma come si permette?». La donna dette un colpetto sulla spalla dell'omino, che si risentì per non dire che si incazzò proprio.

«Signora, le mani anche a posto, eh!».

«Anche lei al suo posto!» urlò la donna, sporgendo il collo venoso verso il viso dell'omino. «Io ciò l'ottantadue. Ero prima di lei, ha capito?».

«Ma cosa vòle? L'ha chiamata tre vòrte! Tre vòrte l'ha chiamata».

«Ascolti...».

«Mi scusi, signore...».

«Lei si faccia gli affari suoi» disse in modo sgarbato l'omino alla ragazza visibilmente incinta che si era avvicinata ai due, con aria sorridente. «Cos'è, era prima di me anche lei? C'è qualcun altro che mi vòle passa' avanti?».

«Non si preoccupi, dovrei bastare io» disse la ragazza, sempre incinta ma non più sorridente, tirando fuori dalla borsetta un portafoglio di pelle nera ed aprendolo in faccia all'omino. «Vicequestore Alice Martelli, Polizia di Stato».

«Eccoci! Brava, signorina, ne lo dica a questo...».

«Lo dico a tutti e due, lei perché ha torto e lui perché è un maleducato. Smettetela immediatamente altrimenti vi porto in questura».

«E per quale reato?».

«Disturbo della quiete pubblica, oltraggio a pubblico ufficiale e istigazione a oltraggio alla decenza, sono di trentasette settimane e se mi fate incazzare rischio di scodellarlo in mezzo ai surgelati. Ora prendete i vostri panini e levatevi dai coglioni, che ho da fare la spesa anch'io».

«Stai bene?».

«Benissimo. Mi ci voleva proprio».

«Anche a me» disse Massimo, ripartendo con le mani sul carrello in direzione del corridoio 6, il cui cartello prometteva «Prodotti da colazione/Biscotti/Pasticceria/Marmellate e conserve di frutta».

«Prendi in giro?» chiese Alice, mettendo il sacchetto del pane nel carrello.

«Nemmeno per idea» rispose Massimo. «Mi ci voleva che tu ti sfogassi con qualcun altro, per una volta. Se fai così anche con il figliolo, le prime parole che dirà non sarà "Mamma" ma "Ponto, tejefono azzujo?"».

«Idiota. E comunque non sono stata troppo cattiva».

«No no, figurati. Ti guardava tutto il supermercato. Secondo me qualcuno stava per applaudire».

«Ma che c'entra, guardavano loro. Te facci caso, quando litigano due sconosciuti si fermano tutti a guardare, quando invece litigano marito e moglie son tutti lì a controllare la data di scadenza dello yogurt. A proposito di yogurt, me ne prenderesti anche qualcuno magro? Questi sono tutti normali. Sennò il dottore poi mi sgrida».

Massimo alzò gli occhi al cielo.

Erano trentaquattro settimane circa, da quando aveva avuto certezza di essere incinta, che Alice aveva incominciato a mangiare in modo talmente smodato che Massimo si era convinto che aspettasse sei gemelli. Il dottore invece, grazie a strumentazioni sofisticatissime, aveva detto ai due a) che l'embrione in scatola di montaggio era uno solo e b) che se Alice continuava a mangiare in quel modo rischiava che le venisse il diabete gestazionale.

«Io te lo prendo magro, ma se ci metti il burro di noccioline non serve a molto. Guarda che non è che se mangi di nascosto alle tre di notte senza accendere la luce e riesci a non farti sborniare allora non conta. Sono calorie, non colori».

«E che palle. Mi conti anche l'aria che respiro. Poi tanto si va a camminare, no? Così smaltisco».

Avendo studiato fisica, Alice era convinta che fosse tutta una questione di bilancio: se entrano tot calorie in eccesso, per non ingrassare basta che tot calorie in più escano. Per cui, dopo ogni pasto nel quale superava la quota di macronutrienti prescrittale dalla dietologa, usciva a fare una bella passeggiata. Il problema era che le tre passeggiate quotidiane duravano tra i dieci minuti e il quarto d'ora, sufficienti tutt'al più per smaltire il senso di colpa.

«La vedo difficile» rispose Massimo. «I vestiti invernali sono in cima all'armadio, da solo non ce la faccio a tirarli giù».

«Cosa c'entra i vestiti invernali?».

«C'entra che solo per smaltire quello che hai mangiato a colazione bisognerebbe arrivare a piedi in cima al Monte Rosa. E suppongo che all'una vorrai andare a pranzo».

«Già, bravo, bisogna che ci sbrighiamo. Ho prenotato in quel posto dove fanno la pizza con l'impasto al grano arso».

«La pizza a pranzo?».

«Carboidrati a pranzo, proteine a cena. L'ha detto anche la dietologa».

«Avrebbe anche detto verdure sia a pranzo che a cena, ma che io sappia la mozzarella e il salame piccante non sono verdure».

«E dai Massimo, che palle. Fammelo viziare un pochino, il mio bambino» disse Alice, appoggiandosi una manina sul pancione. «Che ne dici, Pupazzo? Andiamo a mangiare la pizza? Senti, secondo me sta dicendo di sì».

E Alice prese una mano di Massimo e se la appoggiò sull'ombelico, sotto alla sua, guardando le loro mani che si toccavano.

O prova a negarmi qualcosa, se hai il coraggio.

Erano giorni che passavano lenti, in attesa, come persone in coda davanti al botteghino. Tutti uguali, fino a quello in cui sarebbe cambiata ogni cosa.

O almeno, così credevano Massimo e Alice. Anche sul lavoro, le cose si trascinavano: alla centrale, il massimo impegno di Tonfoni fu di registrare due denunce di turisti che erano stati borseggiati. Al bar, ogni giornata era uguale a se stessa.

Fu circa tre giorni dopo, il sabato mattina, che cambiò qualcosa.

Alice era in bagno, quando Massimo sentì il cellulare squillare. E la cosa era strana. Perché il telefono che squillava era il suo, visto che stava suonando la sigla del Grande Mazinga, ma il numero che chiamava – e che finiva per tre zero zero sette – era quello dell'agente Tonfoni Simone, come compariva sulla rubrica di Alice, che salvava i colleghi col cognome prima del nome.

«Pronto Tonfoni, sono Massimo. Dimmi».

La voce dell'agente Tonfoni era titubante.

«Pronto, Massimo, ciao. C'è mica il capo?».

«Ciao Simone. Come è morto?».

«Come?».

«Allora, Simone, chiami me per parlare con la mia ragazza. Il che significa che vuoi sondare il terreno, e quindi che è una rottura di coglioni. Ma siccome Alice è di trentanove settimane e mezzo, non chiameresti se non fosse perlomeno un omicidio, quindi ti chiedo: come è morto?».

Al di là del telefono, prima della voce dell'agente, a Massimo sembrò di sentire un rumore come di uno sciacquone che perde. O di acqua in generale.

«Eh, allora, un colpo alla nuca. Uno o più di uno, non lo sappiamo, con una chiave inglese».

«Capito. Se vuoi lo dico io ad Alice».
«Eh, tu potessi...».
«Dove siete?».
«All'Orrido di Botri».

«All'Orrido di Botri? Un posto più scomodo non ce l'aveva questo stronzo per farsi ammazzare?».

«Non credo l'abbia fatto apposta per farti un dispetto» disse Massimo. «Sai, è un posto scuro e fetente. L'ideale se stai tentando di nascondere un cadavere. Comunque, mi ha detto Tonfoni che hanno già chiamato il dottore e la scientifica».

«Hanno fatto bene. Almeno se mi si rompono le acque lassù in culo al mondo qualcuno che mi aiuta c'è».

Non aveva tutti i torti, la povera ragazza. L'Orrido di Botri è un vero e proprio canyon scavato nella roccia da un torrente, il Mariana, noto per essere uno dei corsi d'acqua più gelidi d'Europa, e non è esattamente ciò che si definisce un posto raggiungibile – per capire quanto, basti pensare che ci nidifica l'aquila reale.

«Perfetto. Allora ti posso lasciare lì e tornare tranquillo al bar, che c'è Tavolone che mi deve parlare».

«Te ora mi porti lì e mi aspetti finché non ho finito, altrimenti la prima cosa che compro a Pupazzo sarà una piccola maglietta a strisce bianconere».

«Vabbè, io scherzavo...».

«Io no. Più piano i tornanti, per favore, sennò va anche a finire che vomito». Alice prese un respiro più profondo che poteva, cioè non troppo. Poi, dopo qualche secondo di silenzio, chiese al finestrino: «Ma poi perché hanno chiamato me, da Pineta, per uno morto ammazzato in Garfagnana?».

«Giacomo Santerini, eccome se lo conosco». Alice riprese fiato, Massimo aveva fatto meglio che poteva ma gli ultimi dodici metri di dislivello se li era dovuti fare a piedi. «L'ho arrestato due volte quando ero all'Elba. Una volta, a dire la verità, al parcheggio di un autogrill, faceva il gioco dei bussolotti».

«Ci risulta» disse Giorgetti, il maresciallo, in piedi sul ciglio del burrone, evitando di guardare in basso. Venti metri sotto i loro piedi, qualche ora prima, un escursionista aveva visto un fagotto di ossa e vestiti accartocciato sul fondo del torrente, e aveva chiamato i carabinieri. Adesso il corpo era più in là, dentro un'ambulanza, e rimanevano solo dei vivi. Alice, il maresciallo Giorgetti, i tecnici e Massimo, che dopo aver accompagnato Alice si era messo in disparte a giocare a Clash Royale.

«Per quello l'abbiamo chiamata. Lei quindi mi dice che era un piccolo truffatore».

«Più un borseggiatore» rispose Alice. «A dire il vero aveva cominciato come prestigiatore, faceva le feste per bambini, poi però tornava a casa a piedi fra le vie del centro e ripassava. Era bravo, a suo modo. Era un ladro, ma non avrebbe fatto del male a una mosca. E quindi? Mi avete chiamato per questo?».

«Vede, noi siamo il reparto biodiversità. Facciamo attività di guide, conservazione, ricerca e tutela del patrimonio. Cioè, intendo...».

Capisco, annuì Alice senza parlare. Te non hai mai visto un morto ammazzato in vita tua.

«Però abbiamo fatto il lavoro preliminare» continuò il maresciallo. «Dal database abbiamo visto che lei era già stata coinvolta. E poi abbiamo ritrovato la sua automobile, qui al parcheggio. L'abbiamo perquisita e raccolto i reperti».

«Capisco. Lei mi sta dicendo che preferireste che mi accollassi io il lavoro».

«Non sapevo delle sue condizioni, vicequestore, sennò...».

Alice sorrise. Già vedersi dare un caso da dei colleghi di un altro reparto sarebbe stata una enorme soddisfazione. Dai carabinieri, poi, era una goduria. Anche sulla soglia della sala parto avrebbe accettato.

«Non si preoccupi, ha fatto benissimo. Massimo, andiamo?».

Nessuna risposta. Alice si voltò e vide Massimo a testa china sul cellulare. Alice si avvicinò e gli arrivò quasi accanto, senza provocare reazione.

«Massimo, si va?».

«Un attimo che finisco la partita».

«Massimo, se non mi porti subito alla macchina mi incazzo come un mostro».

Massimo annuì, continuando a diteggiare. Tanto ormai sei incazzata, almeno vediamo se riesco a vincere.

«Allora: maschio, altezza un metro e ottantasette, peso ottanta chili. Sui cinquant'anni, in buona salute».

«Se si esclude quel buco in testa, intende?».

Anche se si conoscevano da più di sette anni, anche se in teoria il perito settore era un suo sottoposto, Alice non era mai stata capace di dare del tu al dottor Marzocco. Era asettico, come il suo studio: nemmeno un diploma alla parete, né una foto dei figli, o della moglie, o del gatto. Vestito sempre uguale, pettinato sempre uguale. Inquietante.

«Esatto. Causa della morte, ferita da sfondamento della scatola cranica. Un solo colpo con un corpo smussato, probabilmente una chiave inglese. Inferto dall'alto, il che, visto che il morto non era certo una mezzasega, potrebbe aiutare. Le altre ferite sono escoriazioni dovute alla caduta, poca roba, e non ha causato dolore, era già morto da un pezzo quando lo hanno scaricato. È stato sicuramente ucciso da un'altra parte e trasportato lì con la sua macchina. Lo scriverò in modo esauriente nel rapporto. C'è solo una cosa che non le so dire... si sente bene?».

«'Nsomma. Il puzzo di cadavere non è che aiuti».

«Non siamo mica in sala settoria, siamo nel mio ufficio».

Puzza di cadavere lo stesso. Lo sentivo anche quando non ero incinta, figuriamoci in questa condizione.

«Mi diceva che aveva una cosa che non mi sa dire...».

«L'ora della morte, la temperatura del corso d'acqua era gelida e potrebbe essere morto dalle ventiquattro alle quarantotto ore fa. Però però, magari può aiutare, il nostro tizio aveva mangiato da poco. Gnocchi di patate con agrumi e capesante».

«Aveva inghiottito anche il menù?».

«Lo hanno ucciso subito dopo mangiato, la digestione non era ancora iniziata».

«Ma sei sicuro?».

«Sicuro» disse Tavolone, con le mani appoggiate al tavolo. «Sono stato anche oggi ar CAF. M'hanno confermato ir conteggio. Saran trentacinqu'anni e du' mesi a fine settembre. Quota novantasette e otto».

«Va bene, abbiamo capito. Puoi. Ma è quello che vuoi davvero?».

«Bimbi, non lo so. Dipende tutto da come va quest'estate. Ora come ora, è pesante. C'è sempre più cose da stanni dietro, e le mascherine, e la distanza, e le regole. Avanti così un piatto di pasta ar pomodoro mi tocca mettello a dodici euro. Massimo, ti chiamano».

Vero. Il telefono di Massimo si era illuminato e la sigla del Grande Mazinga aveva cominciato a minacciare il locale di un possibile arrivo di un umanoide di metallo in picchiata.

Alice.

«Pronto. Come stai? Tutto bene?».

«Tutto bene. Senti...».

«Pupazzo come sta?».

«È sempre al suo posto».

«Bene. Tu ti senti bene, sì?».

Il che non rifletteva esattamente la preoccupazione di Massimo per la salute di Alice, quanto piuttosto un tentativo di essere sicuro che tutto andasse bene e quindi di poter continuare a pensare agli affari suoi senza sentirsi in colpa. E in quel momento il suo problema era a forma di Tavolone, non a forma di bambino.

Alice trattenne un attimo il respiro.

«Massimo, ti sembrerà incredibile ma non sono solo un contenitore di figlioli, sono anche un poliziotto. E adesso avrei bisogno del gestore di pubblico esercizio e non del marito premuroso, che fra l'altro non sei credibile».

«Agli ordini, signor vicequestore».

«Così ti voglio. Senti, voi fate mai gli gnocchi con le capesante?».

«No. Mai messi».

«Mi servirebbe sapere se qualcuno in zona li propone. Fai un piccolo sondaggio?».

«Voglia da donna incinta o ultimo pasto del tuo cliente?».

«Ti ho detto che ti chiamo come vicequestore».

E poi, pensò Alice, mi vergogno troppo a confessare che quando ho sentito «gnocchi con le capesante» mi è venuta fame, nonostante stessimo parlando di un cadavere. Altro che donna incinta, sto diventando il signor Creosoto.

Massimo posò il cellulare e fece il segno del time out con le due mani – il gesto più sportivo del suo bagaglio tecnico.

«Ragazzi, scusate, una consulenza lampo da parte della polizia».

«Nei secoli fedele» rispose Aldo, raddrizzandosi.

«Quelli sono i carabinieri» disse Massimo. «Conoscete qualcuno in paese che fa gli gnocchi con le capesante?».

«Dio bòno, il Relais del Conte. L'hotel quello a Cala Tartana».

«Sei sicuro?».

«È salato ir mare? Ciò mangiato un par di vòrte, li gnocchi con le capesante me li ricordo».

«Sai anche chi è il cuoco?».

«Devi dire lo chef. Se dici cuoco manco si volta. È il Cerretti. Via, che son guasi le dieci». E, avendo detto quanto serviva, Tavolone si voltò e tornò in cucina. Va bene che a fine stagione vado in pensione, ma finché sono al lavoro c'è da lavorare.

«Bravo ma un po' maniaco» confermò Aldo, dopo qualche secondo. «Del resto, sennò non faceva il cuoco. Perlomeno è uno che non si crede il salvatore del mondo».

Bravo come Tavolone?, chiese Massimo con gli occhi.

Forse di più, rispose Aldo guardando in alto.

Potremmo, un giorno, parlare d'affari?, chiesero le sopracciglia di Massimo.

Magari, disse Aldo con tutta la faccia.

«Cerretti Gianluigi, nato a Massa e Cozzile il venti ottobre del 1960?».

«Esattamente, sono io».

Pantaloni blu, camicia bianca, occhi azzurri. Perfettamente abbinati alla faccia abbronzata, con un pizzetto alla D'Artagnan. Tanto tempo in cucina ma anche tanto tempo al mare, il signor Gianluigi. Per il resto, sembrava una persona tranquilla.

«La ringrazio di essere venuto con così poco preavviso. Da quanto tempo lavora al Relais del Conte?».

«Sono quattro... no, cinque anni con questo. Da quando mio figlio si è diplomato all'alberghiero. Prima ero a Campo San Pietro, poi sono stato per tre anni come secondo da Antonia Klugmann».

«Non è un po' più giovane di lei, Antonia Klugmann?».

«In queste cose l'età non conta. Per imparare a usare le erbe aromatiche e le piante, in Italia non ce n'è meglio. E poi insomma, son cresciuto anch'io. Non so se c'è mai stata, al resort».

«No, ma ne ho sentito parlare. Ormai siete conosciuti».

Davanti a sé, sullo schermo del computer, Alice aveva aperto il menù per gli ospiti dell'hotel, scannerizzato da Tonfoni il giorno prima. Come in molti hotel, le proposte seguivano una cadenza settimanale, anche se con piatti da ristorante stellato. Ogni giorno, il menù aveva il nome di una canzone di Franco Battiato. Il lunedì, *Summer on a solitary beach*, come primo di mare erano previsti spaghettoni monograno Felicetti con ricci di mare e caffè; il martedì, *Bandiera bianca*, raviolo aperto di baccalà mantecato con polvere di cipolla bruciata; il mercoledì, *Gli uccelli*, tagliatelle di seppia con salicornia e quinoa; e il giovedì, *Cuccurucucù*, gnocchi di capesante su dadolata di agrumi.

Cosa venisse dopo, Alice non lo aveva nemmeno guardato. A parte *Segnali di vita*, quello lo sapevano anche i gatti. Le sarebbe piaciuto chiedere al Cerretti perché quell'omaggio all'album perfetto della musica italiana, ma non voleva giocare a carte scoperte.

«Ha mai visto questa persona, signor Cerretti?».

Alice porse al Cerretti una foto del morto. L'uomo la prese, e finse di studiarla per qualche secondo di troppo. È lo svantaggio di avere gli occhi chiari, quando le pupille si allargano o si restringono si vede subito. E dal restringersi delle pupille del Cerretti, era chiaro non solo che lo aveva riconosciuto, ma che non gli suscitava nessun ricordo piacevole.

«No, non direi proprio. No, direi proprio di no».

Troppe parole. Una ulteriore conferma. Bene non avergli chiesto del menù, così non può sapere che so con certezza che mente. Alice prese con delicatezza la foto dalle mani del Cerretti e la posò sulla scrivania.

«Anche suo figlio lavora con lei, mi diceva, signor Cerretti?».

Le pupille si strinsero anche di più.

«Sì».

«Sarebbe possibile parlare anche con lui?».

«Volentieri, certo. Lo chiamo subito...».

«Non si disturbi, ci pensiamo noi» disse Alice, prendendo il cellulare. «Lei intanto resti qui, per cortesia. Avrei qualche altra domanda da farle».

Chiama Cerretti figlio al ristorante, scrisse Alice a Tonfoni mentre parlava. *Subito. Non farli comunicare tra loro. E poi vieni qui e resta con lui.*

«Cristiano Cerretti».

«Che ruolo ha all'interno del Relais del Conte?».

«Sono il maître di sala».

«Si trova bene a lavorare con suo padre?».

«Non è male. Siamo due ruoli diversi, lui in cucina e io in sala».

«E nessuno dei due va mai nelle stanze dell'altro?».

«No, nessuno dei due si permette. Siamo professionisti, la relazione familiare non ci deve entrare».

«Lei conosce questo tizio?».

Cerretti junior prese in mano la foto della vittima, con tranquillità. Ma la tranquillità gli passò subito.

«Oh cavolo. Ma è morto?».

«Qui le domande le faccio io, Cerretti. E spero di farle un po' meno stupide. Perché lo conosceva?».

Il ragazzo si passò le palme delle mani sulle cosce, come se volesse mandare via l'odore di qualcosa. Guardando da un'altra parte, cominciò a rispondere.

«Ecco, lei prima mi chiedeva se nessuno dei due va nelle stanze dell'altro. In realtà, ecco, può capitare che ci troviamo in alcune camere. Per giocare».

«Per giocare. Intende poker?».

«Sì, certo. Non crederà che i clienti di questo posto si portino dietro Risiko».

«Quindi c'era anche qualche cliente?».

«Sì, spesso. Cioè, quasi sempre».

«Cioè, erano partite organizzate per spennare un pollo?».

«No, erano partite regolari. Cioè, per divertirsi...».

«Ascolta, Cristiano. Il tipo di cui ti ho mostrato la foto si chiamava Giacomo Santerini, e l'ho arrestato un paio di volte. Era un borseggiatore e un truffatore, non un giocatore d'azzardo. Se ti sei seduto a un tavolo da poker con Santerini, i casi sono due: o sapevi chi era il pollo, oppure il pollo eri tu».

Cristiano Cerretti sorrise, sempre guardando altrove. Un bel ragazzo, nonostante le sopracciglia e le ciglia color sabbia, che ad Alice non erano mai piaciute.

«No, non ero io il pollo».

«Bene. Allora, la smetti di dirmi le cazzate?».

«Non ero il pollo e non lo sono» continuò, sempre con lo sguardo rivolto alla finestra. «Fin quando non vedo un avvocato io non rispondo a nessuna domanda».

Quando Alice rientrò nel proprio ufficio, Cerretti senior era sempre lì, ma non era più lo stesso di prima. Sembrava che gli avessero raschiato via l'abbronzatura di dosso con il diluente.

«Ha convocato anche mio figlio?».

«Perché me lo chiede?».

«Senta, vicequestore, io quel tipo nella foto lo conosco. L'ho conosciuto anni fa, e l'ho rivisto recentemente. Si chiama Santerini, il nome non lo so».

«Però sa altre cose, mi sembra di capire».

«È un truffatore. Una persona poco pulita. Non volevo vederlo in giro nella mia struttura».

«Quindi l'ha visto nel suo hotel? O nel ristorante?».

«Ma nemmeno per idea. Io un occhio in sala lo butto spesso, se mi fossi accorto che era seduto a un tavolo glielo avrei ribaltato nel muso».

«Allora dove lo ha visto?».

«Nel relais. Vicino alla piscina, stava aspettando qualcuno, non so chi. L'ho accompagnato fuori».

Nel dire questo, Gianluigi Cerretti si grattò nervosamente la nuca.

«Con "accompagnato fuori" cosa intende?».

«L'ho preso per un braccio e gli ho chiesto di andarsene. Magari ho stretto un pochino più del necessario. Con queste persone, a volte...».

«Come mai lo conosceva?».

«Quando ero un po' più giovane, vicequestore, mi piaceva divertirmi. E ho frequentato un certo giro. E ho speso parecchi soldi, non tutti con la ricevuta. Diciamo che ho comprato tanta esperienza, mettiamola così».

Alice annuì gravemente.

«A cosa giocava? Cavalli?».

«Poker. Solo poker. Sono figlio di un buttero, ci sono cresciuto in mezzo alla cacca di cavallo. Non mi piacciono i cavalli, mi piace la pulizia. Ma ho smesso, non gioco più da anni. Da dieci anni».

«Perché mi ha chiesto di suo figlio? Ha il suo stesso vizio?».

Gianluigi Cerretti si guardò le mani, prima di rispondere. Quando alzò la testa, sembrava sincero.

«Spero di no. Spero proprio di no».

Cerretti continuò a guardare Alice. *Ma pensi proprio di sì, vero?*

«Due stupidi. O meglio, il padre stupido e il figlio spaventato». Alice era sdraiata sul letto, mentre Massimo le massaggiava i piedi. «Praticamente, il figlio del Cerretti insieme con il Santerini ogni tanto spogliavano qualche cliente dell'albergo. Verso il centro, amore, grazie».

Massimo eseguì. Alice, dopo essersi spostata di qualche millimetro, continuò a parlare:

«Qualche giorno fa il Cerretti ha beccato il Santerini vicino alla piscina e lo ha buttato fuori, abbiamo la testimonianza di una cameriera che dice che lo ha portato via con un braccio avvitato dietro la schiena».

Massimo continuava, concentratissimo. Sembrava che non respirasse nemmeno.

«Ma evidentemente la cosa non lo ha scoraggiato, perché devono aver fatto una bella pescata qualche giorno fa. La stessa cameriera dice che uno dei clienti dell'albergo la mattina del mercoledì era stanco e incazzato, come uno che ha dormito poco e perso troppo. Magari a fine partita, dopo aver levato la pelle al pollo, Cerretti e Santerini si sono preparati uno gnocchetto di mezzanotte, anche se erano le tre, e poi il Cerretti junior gli ha sfondato il cranio, ha preso tutta la vincita e buonanotte».

Massimo continuò a lavorare il piede destro di Alice. Pareva che, facendo così, c'era la speranza che Pupazzo smettesse di stare in piedi prima del tempo e si orientasse per il verso giusto, con la testa in rampa di lancio. Alice aveva anche accennato a una pratica di stampo esoterico, tipo fumigazione del mignolo del piede sinistro con la moxa, ma lì Massimo si era rifiutato. Il massaggio ai piedi, invece, al limite era piacevole.

«Che dici?».

«Io non dico niente».

«Appunto. Quando non dici niente vuol dire che non sei d'accordo».

«L'ultima volta che ho messo bocca su un caso su cui stavi lavorando manca poco mi chiudi fuori di casa, ed era casa mia. Ho parlato un po' con Aldo di questo Cerretti» continuò Massimo. «Lui lo conosce. È un cuoco».

«E allora?».

«I cuochi a quei livelli sono dei maniaci. E il Cerretti anche di più. Se qualcuno gli sposta un mestolo di venti centimetri ti riga la macchina. Se ne sarebbe accorto se qualcuno avesse usato padelle o pentole. Tu pensa, mi raccontava Aldo che in cucina da questo tizio ci sono i kit pronti per ogni piatto, i sacchettini sottovuoto con le istruzioni: rompi sacchettino, aggiungi, mescoli, tre minuti con l'induzione a intensità 7, passo successivo. Non sono ricette, sono algoritmi. Non mi convince che non si sia accorto di nulla».

«Sarà. Allora forse è andato il giorno dopo a mangiare a pranzo, magari per tentare di parlare con Cristiano. Comunque, al momento ci sono due possibilità. Numero uno, Santerini e Cerretti junior spennano il pollo, poi si rivedono e litigano per la spartizione delle penne, cioè dei soldi, e CR1 lo fa fuori. Numero due, il Cerretti senior vede di nuovo il Santerini bazzicare l'albergo, hanno un alterco e CR2 lo fa fuori. Chiunque sia l'assassino, ho la sensazione che di cognome faccia Cerretti».

«Resta il mistero degli gnocchi. Quando li ha mangiati?».

«Massimo, per cortesia smetti di dire gnocchi, ho una fame che non ci vedo».

«Allora che hai intenzione di fare?».

Escluso mangiare, eh. Hai cenato un'ora fa e come dessert ti sei fatta pane e salame, tanto la toxoplasmosi l'ho già avuta.

«Intanto abbiamo confermato il fermo del figlio» disse Alice al soffitto, «tanto il padre finché lui è lì non va da nessuna parte. Tiene al figlio più che al resto del mondo, fidati. Domani ho da fare un po' di routine, e poi lo interrogo di nuovo».

«Ciao Tonfoni. Chi c'è?».

Alice lasciò cadere la borsa sulla scrivania, e poi cominciò le manovre per parcheggiarsi sulla sedia. Non capiva se era diventata troppo grossa, o troppo bolsa. O tutte e due.

La sera prima, con Massimo, avevano beccato in tv l'*Enrico IV* di Pirandello. Aveva cercato invano di assumere una posizione qualsiasi, purché non le schiacciasse la pancia, e aveva finito per guardare la televisione sdraiata sul divano, con le caviglie sulle gambe di Massimo. La stessa posizione che teneva da quattro mesi – almeno in casa. In ufficio forse non era il caso.

«Allora, nulla di serio. Un tizio che dice che ci sono due pazzi in giro».

«Due pazzi a giro».

«Sì, anche lui...», Tonfoni accennò con la testa alla sala d'aspetto, «... non è che sia troppo rifinito, mi sa».

Alice guardò il collega.

«Cose di Pirandello, via».

«Come?».

Proprio la sera prima, guardando la pièce teatrale, Alice e Massimo avevano rammentato quel detto lì. Un detto siciliano, *cosi di Pirinnellu*, a significare una situazione ingarbugliata, paradossale, in cui non si riesce a distinguere i pazzi dai sani. Come se fosse una commedia di Pirandello, appunto. Raccontava un grande scrittore che una volta un contadino lo era andato a trovare a casa per farsi aiutare a compilare due moduli, arrivando però proprio mentre davano alla tele la stessa commedia. Il contadino era rimasto a guardarla e alla fine lo scrittore gli aveva chiesto se gli fosse piaciuta; al che l'uomo, in dialetto, aveva risposto alzando le spalle:

«Mah, c'è uno che si finge pazzo e tutti gli altri fanno finta di credere che sia pazzo, ma poi il finto pazzo decide di continuare a comportarsi da pazzo sennò impazzirebbe. *Mi pajono cosi di Pirinnellu*».

Alice si riscosse e tornò al momento presente.

«Mh» disse a Tonfoni. «Forse è il caso di sentirlo, prima che crei qualche disagio?».

«Eh, troppo tardi, mi sa».

Troppo tardi? E che ha fatto, ha preso a testate il ritratto del presidente?

«E che cavolo, Tonfoni. Portalo da me subito, allora».

«Forse preferirebbe sentirlo nella stanza della cancelleria?».

«E perché dovrei sentirlo nella stanza della cancelleria?».

«Lucarelli Davide, sissignora. Di professione faccio i mercati».

Seduto in una seggiolina, il tizio sembrava un bambinone cresciuto male: alto, grasso e dall'aspetto malsano, ma con i capelli biondi riccioluti da angelo e la faccia completamente priva di barba, le gote rosse e gli occhioni azzurri, spersi come un bambino che aspetta che la mamma lo venga a prendere. Addosso, dei vestiti come quelli che ti metteva la mamma quando andavi a giocare a pallone in piazza: un paio di pantaloni della tuta e una felpa di ciniglia scompagnata. Non sembrava il tipo da fare dei danni.

«In che senso?».

Senso, appunto. Meno male che Tonfoni aveva avuto il buon senso di farglielo incontrare nella stanza della cancelleria.

Perché quel tizio puzzava come un sacchetto dell'umido vecchio di tre giorni. Si vede che la mamma non solo era l'unica persona che gli metteva i vestiti, ma anche quella che gli ricordava di lavarsi, e la povera signora doveva essere andata via di casa da tempo. Il povero Tonfoni aveva avuto una narice di riguardo per il suo superiore, perlopiù donna e anche incinta, e aveva evitato di introdurlo nel suo studio, probabilmente anche per paura di doverlo poi sanificare con le bombe a mano.

«Ciò un banco e giro i mercati».

«Che banco ha? Pescivendolo?».

Il tizio non se ne accorse.

«No, sèi, magari. Quest'anno vendo le pentole. Pentole, tegami, padelle di tutte le dimensioni ciò. Il lunedì sono a Barga, il martedì a Vecchiano, il mercoledì...».

Alice alzò una mano. Già il tizio era difficile da sopportare a livello olfattivo, se poi iniziava anche a snocciolare tutti i paesi nei quali andava a smerciare batterie da cucina rubate all'esercito ceceno era da spararsi.

«Dove è successo il fatto di cui mi voleva parlare?».

«Eh, è proprio questo. È successo du' vòrte. Se era una vòrta sola era normale, la gente letica per tutto. Ma du' vòrte in quella maniera lì...».

Alice respirò a fondo.

«Due volte. Benissimo. Partiamo dalla prima».

«La prima è stata lunedì, a Barga. C'era quest'omino che voleva un tegame grosso, di quelli da trentadue, era l'ultimo rimasto, e una donna che s'è messa a dire che l'aveva visto lei e lo voleva lei. Ora, signora commissario, io queste cose le vendo, è roba decente ma è da battaglia. Se l'immagina lei leticare per un tegame di quelli che vendo io? N'ho detto alla signora che ne lo riportavo il lunedì dopo ma nulla, hanno cominciato a prendessi a male parole, da' tegami sur banco siamo passati a quelli in famiglia».

«Urlavano?».

«Urlavano, ha voglia lei. C'era tutta la gente ferma a guarda'».

«E lei era imbarazzato? O infastidito?».

«Son cose che capitano. Però du' giorni dopo, di mercoledì, ero a Buti».

«Non è un po' lontano?».

«Non è la mi' zona ma lei lo sa, è annataccia, se ci si mòve poco si rivede sempre la stessa gente e 'un si vende. Tocca movessi. Oh, io avverto, è tutto a regola, eh, ma con questi chiari di luna...».

«Non si preoccupi» disse Alice, consapevole che il tizio era prono a voli pindarici. «Diceva, a Buti? Cosa è successo?».

«L'ho rivisti. Que' due. No al mi' banco, eh. Erano alla rosticceria, non lo so cosa volessero, ma hanno rincominciato a litiga'».

«Erano gli stessi due? È sicuro?».

«Potessi mori'» disse il Lucarelli.

Saresti l'unico al mondo che da morto puzza di meno, si sorprese a pensare Alice. Ma cacciò via il pensiero, e si concentrò di nuovo sull'udito. C'era qualcosa di fastidioso – intendo, qualcos'altro. Evidente, ma al tempo stesso sfuggente. Un po' come quando ti casca un pezzetto di guscio d'uovo nel chiaro e tenti di levarlo.

«E quindi?».

«Eh. Le dicevo prima, io giro e prendo zone lontane per vede' gente diversa. Ma le stesse due persone a du' mercati diversi non capita. E che leticano anche, ancora più strano. Sempre loro due? E non si riconoscano nemmeno? Ni sembra regolare?».

«E perché me lo viene a dire?» disse Alice con tono calmo, quasi rassicurante. Continuava la sensazione di fastidio, di qualcosa che non ci doveva essere, o forse di qualcosa che aveva già sentito. «Intendo, signor Lucarelli, un comportamento strano non è per forza un reato. Lei è qui per sporgere denuncia, o cosa?».

Il tizio guardò Alice con aria che probabilmente voleva essere furbetta, ma risultò vagamente implorante.

«Io ciò una mia idea, però prima di dinnela, cioè, vorrei un consiglio».

«Un consiglio?».

«Ecco, io faccio i mercati. È un lavoraccio. Ci si sveglia presto, si guadagna pòo e passi la vita parcheggiato in una piazzola. A me, glielo dico dar core, mi garberebbe fare un artro lavoro. Cioè, ner senso, se io ora ni dico la mia idea, e lei la trova senzata, magari se io un giorno...».

Non ci credo. Questo tipo vorrebbe fare il poliziotto. E mi sta chiedendo una raccomandazione. Non so se essere orgogliosa o preoccupata.

«Ho capito, signor Lucarelli». E, sporgendosi in avanti con aria da cospiratore, e pentendosi immediatamente in quanto essere respiratore: «Allora, mi dica, che idea si è fatto?».

«Sì, ner senso. Secondo me quelli facevano der teatro. Cioè, attiravano l'attenzione. Anche perché lui ciaveva una voce sembrava avesse l'amplificatore, sa, come quelli che sònano la chitarra per la strada. Lei...».

«Signor Lucarelli, abbia pazienza» disse Alice, con tono completamente diverso. «Me li descrive un attimo, questi due tizi?».

«Lui era un omino arto un metro e sessanta, sessantacinque, capelli grigi ma pochi. Lei più alta, parecchio truccata, con un vestito a fiori di quelli der mercato, appunto. Ciaveva...».

«Chiedo scusa, signor Lucarelli. Mi potrebbe aspettare un attimo qui?».

«Tonfoni, è vero che hai fatto il liceo artistico?».
L'agente alzò lo sguardo. Alice era affacciata sulla porta, a distanza di un buon mezzo metro dalla cornice.
«Sissignore, signor vicequestore. I migliori sette anni della mia vita».
«Smetti di fare il coglione e scrivi. Prima di tutto, dovresti rintracciare i due tizi che hanno denunciato il borseggio. Hai sempre i nomi?».
«Sissì, tutti e due. Ecco qui, Del Giudice Laura e Trevi Ottaviano. Ho anche i numeri di telefono, se vuole gli mando un messaggio. Che devo dirgli?».
«Parlaci direttamente, preferisco. Dovresti chiedergli di venire qui appena possono».
«Va bene. E... cosa c'entra il liceo artistico?».
«Ah, sì, scusa. Te la sentiresti di fare un identikit?».
È tutta la vita che sogno questo momento, dissero gli occhi dell'agente Tonfoni.

«Allora, signora Del Giudice, per ricapitolare: lei si è accorta di non avere più il portafoglio dopo aver fatto la spesa, vero?».
La signora Del Giudice aveva una faccia da cinquantenne e un corpo da quarantenne: solo il collo denunciava un paio di lustri in più. Sembrava la classica tipa positiva. Un tempo quelle donne dovevano sfama-

re dodici figlioli, oggi tipicamente devono insegnare la matematica a dei dodicenni duri di comprendonio.

«Arrivata alla cassa, come ho detto, ho frugato nella borsa e non c'era più il portafoglio. L'ho detto già prima, a quel ragazzo lì».

«Glielo chiedo per dovere: è sicura di aver avuto con sé il portafoglio, quando...».

«Lei è giovane, dottoressa, magari è una di quelle che fa tutto col telefonino, anche pagare. Anche mio marito ci ha provato, una volta. Ce l'hai il portafoglio? gli ho chiesto. Ho messo le carte sul telefonino, fa lui tutto tronfio. Si fece una spesa, dottoressa, di quelle da Covid. S'arriva alla cassa, lui mi guarda con due occhi sembrava un cocker, e mi fa: oh, dieci minuti fa era carico, aveva ancora il cinque per cento... C'è toccato posare tutto e rifare la fila. Sempre portafoglio per me, grazie».

Alice sorrise, guardando la signora Del Giudice. Sì, sembrava il tipo.

«Mi scusi, le devo chiedere: mentre era al supermercato, ha mica assistito a un litigio?».

«Un litigio... eh, sì, certo. Sissì, come no. Un vecchietto antipatico e una signora con un vestito stampato, una cosa un po' rétro».

«Certo che me lo ricordo» disse il signor Trevi, un quarantenne magro magro e con gli occhiali dalla montatura fluo. «Un omino un po' male in arnese e una vecchia stronza vestita con la fodera del divano. Sembrava mia zia Gemma».

«Si ricorda i volti, quindi?».

«Più o meno, sì».

«Erano mica questi qui?» chiese allora Alice, girando i due fogli e mostrando i ritratti vergati dall'agente Tonfoni.

«Lei sì» disse Trevi. «Uguale alla mi' zia. Anche disegnata, sembra che ti stia per dire di non sederti sui braccioli».

«Doveva essere simpatica, sua zia».

«Doveva? E chi l'ammazza? Novantasei anni, e pretende ancora di comandare lei».

«E quest'altro?».

«Sì, è decisamente lui». Trevi rimase a guardare un secondo, scuotendo la testa. «Anzi, a giudicare dalla faccia, secondo me sono anche sposati. Si vede che è uno che soffre».

Il giorno dopo, Alice era rimasta a casa, anzi, era rimasta direttamente a letto. Massimo, dopo una veloce telefonata al bar per assicurarsi che la sua presenza fosse meno necessaria del solito, era andato in cucina a preparare una colazione di quelle da villaggio vacanze – pancake, uova, bacon, pane tostato, burro, marmellata, succo d'arancia e caffè americano, scegli cosa vuoi amore mio, io casomai mangio quello che non vuoi te.

Non era una bella situazione. Quello che poteva fare l'aveva fatto. Gli identikit erano buoni, anzi, ottimi, sembravano ritratti, non quella versione a mano libera della foto della patente che vedevi spesso, privi di vita e di espressione. C'erano volute quasi tre ore ma ne era valsa la pena. Poi aveva diramato le immagini e chiesto aiuto ai commissariati vicini, e ora toccava aspettare. Chissà quanto. In questo caso, chissà se. In lontananza, squillò il telefono. La voce di Massimo arrivò, distante ma chiara.

«Pronto».

Aspettare. Si vede che era il periodo. Aspetto un bambino.

Aspetto che qualcuno mi dica che hanno visto l'omino col riporto.

«Alice Martelli. Vive qui, sì».

E aspetto colazione. E quello telefona. Ma dimmi te...

«Massimo!».

«No, la ringrazio, non ci interessa... Sì, sì. Arrivo».

Due secondi dopo, Massimo entrò in camera. Aveva in mano un vassoio carico come la carriola della miniera dei sette nani, con la sola differenza che era tutto commestibile, a parte il telefono.

«Chi era?».

«Ma so assai io. Il solito pazzo che tenta di venderti qualcosa».

«Contratto telefonico o energia?».

«No, questo perlomeno era originale. Vendeva le pentole. Ha anche detto che...».

«Dammi immediatamente quel telefono» disse Alice tirandosi su sul letto. Preso il coso, pigiò il tasto dell'ultimo numero e lo richiamò immediatamente.

«Pronto».

«Pronto, Lucarelli, è lei?».

«Sì, signor vicequestore, signora, sono io. Ni volevo dire, l'ho rivisti. Son qui davanti a me proprio ora».

«Lei dov'è, Lucarelli?».

«Sono in fondo al parcheggio, zona est, vicino...».

«In quale paese, Lucarelli, abbia pazienza».

«Sono a Bientina, sono. La cosa ganza è che ora si conoscono».

«In che senso?».

«Stanno camminando a braccetto».

«Se capisco bene, hai due tipi che sono stati entrambi borseggiati, lunedì pomeriggio, quando hai visto litigare i due tizi al supermercato». Massimo dette un morso pensoso all'ultimo pezzetto di pane tostato. «Abbiamo i due che litigano e un borseggio in contemporanea. I due hanno sempre litigato, ma da quando muore il tizio smettono di litigare. Correlazione o causalità?».

Alice, che stava terminando di vestirsi, gli rispose da dietro l'anta dell'armadio. Sul letto, oltre a Massimo a gambe incrociate, era rimasto solo un groviglio di lenzuola e un vassoio con dei piatti vuoti e delle tazze sporche.

«Esatto. Ora li ho mandati a prendere, ma prima che arrivino ho bisogno di qualcosa a cui appoggiarmi sennò non so da dove partire. Questa è una intuizione, occorre avere delle prove più solide».

«Allora andiamo a cercare delle prove più solide».

«Del tipo?».

«Prove solide come gnocchi».

Alice uscì da dietro l'anta dell'armadio e sorrise.

«L'additivo segreto del dottor Quiller?» chiese, con le mani appoggiate all'anta.

«L'additivo segreto del dottor Quiller» confermò Massimo.

«E quale sarebbe, secondo te?».

«Ah, quello lo sa solo il dottor Quiller».

«Già. Già. Potrebbe funzionare. Bravo Massimo, è un'idea».

Massimo sorrise lievemente.

Non è sempre gradevole avere a che fare con persone intelligenti.

Ma è bello avere a che fare con persone che sono intelligenti esattamente come te.

«Buongiorno Cerretti».

«Sì, buongiorno». Cerretti figlio guardò Alice con la stessa faccia con cui fino a pochi secondi prima stava guardando un ragno sulla parete. «La colazione è inclusa, qui in questo hotel? Potrei avere delle uova strapazzate?».

Alice si guardò intorno. La camera di sicurezza non era poi troppo dissimile dal suo ufficio. Solo la porta blindata era diversa. Per il resto, lo stesso punto di squallore.

«Potresti avere di meglio». Alice frugò nella borsa e ne estrasse la cartelletta con gli identikit fatti da Tonfoni. «Senti, questo tizio l'hai mai visto?».

«Questo tizio l'ho mai visto, mi chiede... così in bianco e nero... però aspetti un attimo».

Cerretti rimase a guardare il ritratto con le sopracciglia aggrottate.

«Aveva una voce molto sonora, posso aggiungere questo».

La fronte del ragazzo si distese.

«Ah, certo. Una settimana fa. Anzi, giovedì di due settimane fa, son sicuro».

«Come fai a essere sicuro?».

«Aveva preso gli gnocchi. Gli gnocchi con le capesante, li facciamo il giovedì. Gli son piaciuti talmente tanto che hanno voluto sapere la ricetta».

«Hanno voluto? Quanti erano?».

«Lui e la moglie, credo. Insomma...».

«Era mica questa qui, la moglie?».

Cristiano guardò il disegno, e sorrise.

«Perché sorridi?».

«Perché state cercando qualcun altro. È così, vero? Sono stati loro?».

«La ricetta gliel'hai detta?».

«La ricetta?».

«La ricetta degli gnocchi».

«Ma cosa c'entrano gli gnocchi?».

«Senti, te l'ho già detto la volta scorsa. Te lo dico con tono più gentile, ma il concetto è lo stesso: qui le domande le faccio io. Gli hai detto la ricetta?».

«Più o meno. Quello che so. In cucina ci sta babbo, l'ha visto come è fatto. Ogni piatto è preparato con dei sacchettini a parte. Per esempio, su quegli gnocchi c'è un'erbetta aromatica, ma lo sa lui cos'è».

«Te li ha mai lasciati preparare?».

«See... gliel'ho detto, io sto in sala».

Alice si alzò e andò via, senza dire una parola.

«E te cosa ci fai qui?».

«Buongiorno anche a te, Cerretti» disse Massimo, entrando nella cucina dell'albergo. «Come stai?».

Il Cerretti guardò Massimo come chiedendosi se doveva mostrarsi amichevole o meno. E, ad essere sinceri, avrebbe scelto «meno». Ma forse gli conveniva mostrarsi cortese con il compagno della tizia che gli aveva fatto arrestare il figlio.

«De', come devo stare. Ho fatto una cazzata, ho fatto. Ho detto una cosa non vera alla polizia e ora sospettano che l'abbia ucciso Cristiano, quel tizio».

«E non l'ha ucciso lui».

«Non conta tanto, al momento, no? Conta quello che credono loro. T'hanno mandato a cercare prove? Devo confessare io? Se servisse confesserei, guarda».

«No no, direi il contrario. Credo di poterti aiutare, ma prima dovresti farmi un favore».

«Un favore?».

«Hai presente gli gnocchi che fai tutti i giovedì? Quelli con le capesante?».

«Eh... eh, sì. Certo».

«Quell'erba che ci mettete sopra, che ha quel sapore strano... È un mese che Aldo e Tavolone mi ci fanno una testa così. Cos'è, un'alga?».

«Eh?». Il Cerretti sorrise. «No, no, zero. Non è un'alga».

«Tavolone dice che è basilico, e che in abbinamento con la capasanta...».

«Il tuo Tavolone non ci capisce una sega di erbe aromatiche, per lui è tutto salvia e basilico. No, si chiama martensia».

«Martensia?».

«Martensia o erba ostrica. È un'erba, ma sa di ostrica. Non è una pianta marina».

«È facile da trovare?».

«Guarda, io ci son diventato scemo a trovarla. Noi la compriamo in un posto vicino al lago di Como, costa cara assaettata ma se mi dai una mano a tirare fuori Cristiano da questo casino te ne regalo un campo».

«Speriamo in bene, allora».

«E sei andata via senza dire una parola?».

«Esattamente» disse Alice a Massimo, che era appena andato a prenderla in commissariato. Massimo le tese il braccio, per aiutarla a incastrarsi nell'auto.

«Sei stata un po' brusca».

«Chi va con lo zoppo...» rispose Alice, frugando nella borsa non appena seduta, e tirando fuori il telefonino. «Pronto, Albertini? Senti, me la faresti una gascrom del contenuto dello stomaco del povero Santerini? Già fatta? Bravo. Allora dovresti cercare...».

Alice guardò lo schermo del cellulare, dove campeggiava un minacciosissimo elenco di composti organici tipici delle foglie di *Mertensia Maritima*, mentre Massimo come sempre si chiedeva come mai Alice con certi colleghi era sempre gentilissima mentre con il resto del mondo ogni tanto era insopportabile.

«... allora, 3-nonenale, 1,5-octadien-3-olo, 3,6-nonadienale, 1,5-octadien-3-one. Sì, esatto, è un'erba aromatica buonissima. No, non è rafano, dai Albertini, il rafano fa schifo. Si chiama martensia. Grazie». Alice chiuse la chiamata e guardò il telefonino con affetto. «Dio, come lo adoro Internet ogni tanto. Ma come faceva la gente prima?».

«Studiavano. E comunque non è vero che il rafano fa schifo. È una spezia, è fresca e piccante insieme. Messa nella quantità giusta...».

«La quantità giusta è quella che si vede al cromatografo».

Massimo tacque. Gli sarebbe piaciuto dire qualcosa di molto competente nonché profondo sull'argomento, ma purtroppo la chimica analitica era una di quelle materie delle quali non solo era ignorante, ma anche consapevole di essere ignorante. Cioè, non solo non ne sapeva un cazzo, ma era anche in difficoltà a fare domande intelligenti.

«E quanto sarebbe la quantità giusta?».

«Un'inezia. Si parla di nanogrammi. Cioè, se gliel'hanno fatto passare davanti, la martensia, il cromatografo lo vede».

I due tizi davanti alla scrivania in realtà erano tre. Insieme a loro, infatti, c'era una trentenne bionda con gli occhiali griffati e con un tailleur che avrebbe fatto la sua porca figura anche addosso a Jabba de'Ath, figuriamoci a una così.

«Buonasera signor vicequestore, sono l'avvocato Pannocchia. Rappresento i signori Ferrara».

Ed eccoli lì, i signori Ferrara, ovvero l'omino col riporto e la signora col vestito stampato a fiori, stavolta seduti davanti a lei. Uguale a quello che indossava qualche giorno prima, anzi, quasi sicuramente era lo stesso. Non era chiaro chi fosse, fra i due, quello che comandava. Più che antagonisti, stavolta, sembravano due pacifici signori attempati nella sala d'aspetto del dentista.

«L'avvocato?». Alice alzò un sopracciglio. «Perché, i signori hanno commesso un reato di qualche tipo?».

«Me lo dica lei» disse l'avvocato. «I signori sono stati prelevati con la forza mentre si trovavano per i fatti loro in un pubblico mercato, e trovano questo comportamento decisamente increscioso».

Brava avvocato, quello che avrei detto anch'io.

«Abbiamo ricevuto diverse segnalazioni di cittadini che lamentavano disturbo della quiete pubblica da parte dei signori Ferrara, in diverse occasioni».

«Non in questa, vicequestore. I signori stavano facendo acquisti in tutta tranquillità presso un rivenditore di biancheria quando sono stati affiancati da due agenti in divisa ed è stato loro intimato di seguirli».

«Ha ragione, avvocato. Adesso ci arriviamo. In diverse occasioni, i signori Ferrara hanno recato disturbo della quiete pubblica, in una delle quali ho avuto modo io stessa di constatare la loro presenza e il loro ruolo».

L'avvocato, o avvocatessa, Pannocchia annuì con compunzione.

«I signori mi hanno detto che in quell'occasione lei li ha ammoniti a non reiterare il comportamento, e a quella raccomandazione si sono attenuti. Quindi non vedo il motivo di questa convocazione, peraltro con modalità lesive e con enfasi del tutto ingiustificata per un illecito di questo genere da parte di due persone fra l'altro incensurate. I miei clienti sono stati del tutto presi alla sprovvista, tanto da richiedere immediatamente la presenza di un legale».

Bene, finora abbiamo seguito il Manuale del Pubblico Ufficiale e dell'Avvocato Educato. Adesso vediamo di andare sulla ciccia.

«Avevano il telefono pronto, eh?».

«Come?».

«Non si è stupita che i signori, incensurati come dice lei, prima ancora di sapere per quale reato sono stati fermati si siano rivolti a uno studio legale?».

«Si sono comprensibilmente spaventati. Come mi ha detto la signora, non capiscono il motivo per cui sono stati fermati. Mi sembra francamente un po' troppo per disturbo della quiete pubblica».

«Ha ragione, avvocato». Alice fece correre lo sguardo sui fogli che Tonfoni aveva allineato sulla scrivania. «Vede, anche io non capisco il motivo per cui i signori Ferrara, i quali a quanto vedo sono sposati da circa trent'anni, girino per i mercati e i supermercati facendo finta di non conoscersi e inscenando un litigio fra loro».

L'avvocato/essa annuì con vigore, mentre apriva le mani verso l'alto.

«Inscenando, esatto, vicequestore, ha detto bene. Vede, i signori Ferrara sono entrambi attori di professione, e mi hanno spiegato che una delle loro usuali tecniche di esercitazione è proprio questa, fare finta di litigare».

«Ma perché fare finta di non conoscersi?».

«Per noi attori di teatro è essenziale abituarsi alla tensione» disse a quel punto l'omino con il riporto, con la sua vociona profonda, incoerente e quasi pretenziosa in quel corpo piccolo e dimesso. «Dobbiamo esercitarci a rimanere nei nostri personaggi nonostante tutto quello che accade. Se due persone sposate litigano, nessuno guarda. Se invece due sconosciuti litigano, tutti li guardano. Per capire da che parte schierarsi, eventualmente. È la natura umana, se ti riguarda, guardi, se non ti riguarda ti giri».

«Voi quindi siete attori di teatro?».

«Vi ricordo che non siete tenuti a rispondere a nessuna domanda, nemmeno quelle apparentemente più innocenti» disse l'avvocato (o avvocata?) Pannocchia (e qui son sicuro).

«Va bene, allora passiamo direttamente a una domanda coerente: dove state lavorando al momento?».

«Lei sa bene, vicequestore, che questi non sono tempi buoni per il teatro...».

«Lo so, lo so bene. Per questo mi immagino che sia forte la voglia, diciamo così, di arrotondare un po', ogni tanto, no? Magari sfruttando proprio questo riflesso che diceva il signor Ferrara, prima. Se qualcuno è distratto da due persone che litigano, magari per un eventuale borseggiatore è più facile sfilargli il portafoglio, no?».

«Ah, allora buon per lui» sorrise il signor Ferrara, che piano piano stava venendo fuori. Impossibile, per un attore, resistere alla tentazione di parlare lui, di mettere qualche buona battuta, di ritmare la conversazione. La signora, invece, restava zitta e con le labbra serrate.

«E chi dei due sarebbe il borseggiatore?» chiese con una punta di sarcasmo l'avvocat* Pannocchia.

«Nessuno dei due, avvocato. Crediamo invece che si tratti di questo signore qui» rispose Alice, spingendo sulla scrivania la foto tratta dalla carta d'identità, che ritraeva un Giacomo Santerini più giovane e più vivo di quello attualmente disponibile. «Lo conoscete?».

L'avvocatessa ghermì la foto prima che arrivasse all'uomo.

«Per quale motivo dovrebbero conoscerlo?» chiese.

«Perché, vede, due persone questa settimana hanno denunciato di essere state alleggerite del portafoglio proprio mentre erano a fare la spesa nello stesso supermercato dove i suoi assistiti erano intenti a litigare per finta, lunedì sera, e i tempi coinciderebbero perfettamente».

«Lei di solito lavora sulla base di coincidenze?».

«Se sono tante, sì. Per esempio, altre tre persone hanno denunciato di essere state borseggiate lunedì mattina, al mercato di Barga, dove un testimone oculare ha riferito di aver visto due persone litigare tra loro e ci ha aiutato a tracciare l'identikit. Dev'essere una coincidenza anche questa, no? Come il fatto che un testimone oculare ha visto due persone rispondenti alla vostra descrizione litigare tra loro facendo finta di non conoscersi a Buti, al mercato, mercoledì».

Alice lasciò che il tris di informazioni si depositasse sui tre, con gli occhi sull'uomo, ma seguendo la donna. Era chiaro, adesso, che l'anello debole era lei. Poi, chiese quasi con noncuranza:

«Lei era a Buti, mercoledì al mercato?».

«Può essere» disse l'uomo.

«Potrebbe dirmi i suoi movimenti da mercoledì in poi, se se li ricorda?».

«Volentieri. Sì, mercoledì ero a Buti, eravamo entrambi lì. Poi siamo tornati da queste parti, abbiamo cenato e siamo andati a letto presto».

«Perché?».

L'uomo sorrise, mentre accanto a lui la donna sembrò rilassarsi. Quasi impercettibilmente, quei movimenti che si colgono con la coda dell'occhio ma non se siamo a fuoco sul soggetto.

«Perché giovedì mattina siamo andati a trovare dei colleghi a Milano, in auto. Siamo partiti la mattina presto, verso le cinque, e siamo tornati la notte, dopo cena».

«Una bella faticaccia».

«Siamo abituati. Sa, fa parte...».

«Del vostro mestiere, certo. Glielo chiedo perché la persona che vedete in questa foto si chiama Giacomo Santerini, o meglio, si chiamava Giacomo Santerini. Perché è morto. È stato ucciso con un colpo di chiave inglese».

«Non vedo come questo ci riguardi» disse l'uomo, di nuovo, entrando con i tempi teatrali giusti.

«Perché lei ritiene di avere un alibi per il momento della morte, visto che le ho chiesto dove è stato giovedì a pranzo? Mi spiace per lei, ma non è così. Il signor Santerini è stato ucciso nella notte tra mercoledì e giovedì, orario nel quale lei mi ha appena confermato di non avere un alibi».

«E che motivo avrei avuto, mi scusi, per credere che fosse stato ucciso giovedì?».

«Perché vi eravate preparati un alibi. Avete invitato a cena Giacomo Santerini, gli avete messo davanti un bel piatto di gnocchi con le capesante e quando lui aveva quasi finito gli avete tirato una martellata sul cranio mentre ancora era seduto».

«Ma per cortesia, via» disse la signora Ferrara, con una voce molto simile a quella che le aveva sentito usare di fronte al banco panetteria, qualche giorno prima. «Quegli gnocchi lì con le capesante li fa quell'hotel che è alla Cala Tartana».

«Certo. Li serve ogni giovedì a pranzo, per gli ospiti dell'hotel e per chi mangia alla carta. Ma vede, signora, gli gnocchi che erano nello stomaco della vittima non provenivano dalla cucina dell'hotel».

«E lei come fa a saperlo?» chiese l'uomo, con quella che sembrava autentica curiosità. Alice posò la penna con la quale stava inconsapevolmente giocando da qualche minuto e le tolse il cappuccio.

«Le racconto una storia, signor Ferrara. Un giorno, un signore molto povero si fece prestare dei soldi da uno strozzino. Tempo dopo, il signore molto povero tornò dallo strozzino e gli disse che non poteva restituirgli il denaro che gli aveva prestato».

«Prima ci accusa di furti, poi di omicidi e adesso ci dà degli strozzini» si inserì la signora Ferrara. «Avvocato, glielo dice a questa signora qui che io mi sarei anche stufata di sentire tutti questi discorsi a...».

«Vede delle sue amiche qui a prendere il tè?».

«Come?».

«Ci sono in questa stanza delle sue compagne di scuola di vecchia data che ha invitato per una merenda e quattro pettegolezzi? No? Allora se dice "signora" non ho idea a chi si stia rivolgendo, io sono il vicequestore Martelli».

Alice si voltò verso l'avvocato, anche se con lo sguardo e basta, visto che a ogni minimo movimento del corpo Pupazzo si lamentava e cominciava a menare fendenti a destra e a sinistra.

«Avvocato, visto che la sua cliente non è in grado di rivolgersi direttamente a me, mi perdonerà se anche io uso lei come tramite» disse Alice in modo apparentemente pacato. «Allora, le dicevo, questo signore andò dallo strozzino e gli disse che non poteva ridargli i soldi. Lo strozzino allora gli propose una scommessa. Guarda, io qui nella borsa ho due sassi, uno bianco e uno nero. Se peschi il sasso bianco, i tuoi debiti verranno cancellati».

Alice, sempre giocherellando con il cappuccio della penna, aspettò un momento e poi riprese:

«Se però peschi il sasso nero, i tuoi debiti saranno cancellati ma tu mi darai tua figlia in sposa».

Alice tacque ancora, mentre l'avv. la guardavv. con aria diffident.

«Ma il signore molto povero si era accorto, prima, che lo strozzino aveva messo nella borsa due sassi neri. Non c'era alcun sasso bianco. E allora, lo sa cosa fece?».

«Strappò la borsa di mano allo strozzino e gliela dette in testa?».

«No. In quel modo sarebbe passato dalla parte del torto, e nel mondo delle favole non ci sono avvocati. No, fece una cosa diversa: prese un sasso, lo tirò fuori tenendo la mano chiusa e lo tirò lontano. Poi disse: ecco, ho preso un sasso e l'ho tirato via. Se nella borsa è rimasto il sasso nero, vuol dire che ho preso il sasso bianco, mentre invece se c'è il bianco allora vuol dire che avevo preso il nero. Volesse il cielo che il sasso nella borsa sia nero...».

Alice rimise il cappuccio alla penna, si voltò verso la donna, tacque un attimo – un improvviso calcio laterale rotante di Pupazzo l'aveva presa dalle parti della milza – e chiese con voce interessata:

«Lei lo sa come li cucina gli gnocchi alle capesante, il signor Cerretti?».

«Dio me ne scampi e liberi, me l'avrà anche spiegato ma io non li so cucinare per davvero».

«Ah, grazie al cielo».

«Cosa?».

«Almeno lei mi dice la verità, signora Ferrara. Lei quegli gnocchi non li sa cucinare, e sa perché? Perché nei suoi gnocchi manca qualcosa. Manca un'erba aromatica che si chiama martensia, e che è essenziale per la riuscita del piatto. Impossibile che quegli gnocchi ritrovati nello stomaco della vittima vengano da dove dice lei».

Fu come veder crollare un castello di carte. Fronte, sopracciglia, occhi, bocca si aggrovigliarono in una specie di mucchio di pieghe e rughe, mentre la signora Ferrara iniziava a piangere.

«Io te l'avevo detto, Adelmo... io te l'avevo detto...».

«Cosa le aveva detto, signora?».

«E lì ha confessato tutto» disse Alice. «Mi ha confermato che il martedì Santerini e il buon Cristiano Cerretti avevano spogliato un austriaco, un rapper trentenne mezzo scemo, e gli avevano portato via quasi duecento kappa. Mi vai sull'altro piede, per favore?».

Massimo depose con delicatezza sul lenzuolo il piede destro e iniziò a massaggiare il sinistro, a partire dal tallone.

«I due attori sono venuti a saperlo per caso da uno dell'albergo, hanno fatto due più due e hanno chiesto a Santerini se per caso intendeva dargli la loro parte, perché pare che avessero stretto un vero e proprio sodalizio. Ma lui ha fatto finta di nulla e ha detto che quelli erano soldi suoi, loro erano complici per i borseggi ma il poker era un'altra cosa».

«Dei gentiluomini, via. E il Cerretti? Che gli fate al Cerretti?».

«Si becca una denuncia a piede libero per istigazione al gioco d'azzardo. Niente di che, alla fine. Cadrà tutto. Niente testimoni diretti, niente interesse a procedere...».

Ma chi se ne frega del Cerretti junior. Io parlo di quello che cucina. L'importante è che rimanga libero lui.

«Cos'è quel sorrisone?».

Massimo tornò serio. Non era il caso di dire ad Alice che aveva fatto da intermediario per puro interesse personale. Cosa faccio, di solito, in questi casi? Facile, mi vanto.

«Se non ci fossi stato io a dirti di guardare com'erano fatti gli gnocchi...».

«Tipico dei maschi. Noi facciamo il novantasette per cento dei risultati, loro il tre e vogliono essere venerati per questo».

«Tipico delle femmine. Quando ottengono un bel risultato invece di festeggiare cercano la scusa per litigare». Massimo indicò la pancia di Alice con il mento. «Tutto questo lavorando anche incinta di dodici mesi. Se è femmina, la chiamiamo Doverosa».

«Se è maschio, è inutile chiamarlo. Tanto non ti ascolterà mai».

Simona Tanzini
Miss Purple

1
Lunedì

Turi è appoggiato alla fiancata della sua auto, fuma, fa finta di niente e guarda il mare. Io sono appoggiata alla fiancata dell'auto di Turi, fumo, cerco di fare finta di niente e guardo un po' il mare un po' Roberto. Tutte le persone tra il molo e il porto hanno smesso di fare finta di niente e guardano con un certo interesse Roberto. Roberto sta cercando una sintesi fra il suo essere torinese, cioè una persona che parte dal presupposto che se c'è scritto che una nave salpa a una certa ora allora vuol dire che deve salpare a quell'ora, e il suo trovarsi in Sicilia, cioè, sì, forse salpa forse no, vediamo, c'è mare grosso, bisogna decidere, eh, ancora non si sa, non ci hanno detto niente, magari fra un po'. E quindi guarda un po' noi un po' il cielo un po' il mare un po' le previsioni sul cellulare un po' la gente un po' la nave, passeggia, chiede, riceve come risposta braccia allargate e movimenti di mento, si avvicina a noi, alla nave, all'acqua, torna indietro, controlla di nuovo il meteo, il mare, il cielo, l'universo tutto. Li facevo più flemmatici, i sabaudi.

Punta dritto verso di noi. Sospiro.

«Ma com'è possibile che non sappiano se parte o non parte?».

Turi nemmeno lo guarda. Tocca a me.
«Eh, non lo sanno».
«Ma devono decidere. O parte o non parte».
«Eh, decideranno».
«Quando?».
«Con i loro tempi».
Mi fissa estenuato. Gli soffio un po' di fumo in faccia. Roberto valuta questo campionario meridionale che gli si para davanti, il fatalismo palermitano di Turi, l'indolenza romana mia, l'ormai aperta curiosità della gente del porto di questa cittadina sulla costa sicula meridionale nei confronti di tanta insensatezza sabauda. Si arrende e si appoggia alla fiancata dell'auto anche lui. Bravo. Impara. Decide il mare, mica noi.
È pomeriggio inoltrato, siamo partiti da Palermo stamattina, nella nuova versione al risparmio di una troupe Adi: due giornalisti, Roberto e io, un operatore, Turi, con dietro pc per eventuale montaggio e saponetta, dovessimo mai riversare del materiale per i tg. Siamo bloccati qui da tre ore, teoricamente diretti verso un'isola che da due giorni ospita uno stimatissimo artista, che ha avuto la brillante idea di allestire la sua ultima mostra in uno scoglio di terra considerata siciliana, raggiungibile soltanto tramite nave. Perché lo stimatissimo artista ha deciso che faceva chic che la mostra fosse solo online. E, purtroppo per noi, ha anche deciso che faceva ancora più chic invitarci per riprenderla e realizzare un servizio. Siccome siamo troupe al risparmio, l'Adi, il broadcaster internazionale che ancora inspiegabilmente ci paga uno sti-

pendio alla fine di ogni mese, ci ha assegnato un paio di servizi a testa da girare in due giorni: a me toccano la mostra e il pezzo di colore sull'isoletta, a Roberto un qualcosa che non mi ricordo bene sui rifiuti, o sul punto nascite, o non so che. I nostri capi ci hanno cortesemente chiesto, visto che stiamo lì due giorni a non far niente, di farci venire anche qualche altra idea. Che, certo, potrebbe pure venirci, ma non ci è chiaro come dovremmo fare per girarla: l'operatore è uno, e ha pure il suo carattere. E durante il viaggio si è espresso in termini piuttosto netti su cosa pensa dell'Adi e sul fatto che lo costringano a lavorare non con un giornalista, che già di per sé è una sciagura, ma con due contemporaneamente, che è una specie di inferno degli operatori.

Comunque qui di servizi c'è la possibilità che non ne realizzeremo nemmeno mezzo, perché la nave non parte. È ottobre, tira un certo venticello, il mare sembra nervosetto. Cioè, siamo a un passo dalla tempesta. Abbiamo speso la prima mezz'ora al porto a cercare di spiegare a Roberto che se sul Monviso c'è una bufera di neve non ci si può far niente, se non aspettare che passi. Ovviamente né Turi né io siamo mai stati sul Monviso; Turi quantomeno è salito sull'Etna, io il punto più alto che ho raggiunto nella vita credo sia stata la cupola di San Pietro. Non l'abbiamo convinto. Non è il meteo che lo turba, è il non sapere. Finora non è stato ancora deciso né se la nave sicuramente parte, né se la nave sicuramente non parte, e questo crea scompensi ai suoi processi logici settentrionali.

Non gli ho mai chiesto come sia finito a Palermo. Io in Sicilia ci sono da un anno, un mese e un po'; mi sono data come regola di smettere di contare i giorni. Avevo chiesto il trasferimento a Milano, perché l'Adi in Italia ha sede a Roma, Milano e Palermo. A Milano posto non ce n'era, ma io avevo da poco ricevuto una diagnosi che paragonava parecchi dei miei neuroni a dei lemming diretti verso un baratro, e avevo voglia di cambiare aria. Beh, l'ho cambiata, non c'è che dire.

Roberto è un saldo color mogano, ma ogni tanto gli spuntano delle scintilline color rame, quando non ha il perfetto controllo della situazione. Turi invece è sempre blu profondo, in ogni contesto. Oltre ad avere una buona quantità di neuroni che si sentono lemming dentro, ne ho altri che hanno deciso di rivedere il concetto di sinestesia cromatica; per cui, non solo da quando sono piccola associo dei colori alla musica, ma anche alle persone e ai luoghi. A parte me stessa, perché il mio colore non lo vedo. La mia amica Cecilia sostiene che sono Viola, come il mio nome.

La chiamo per chiederle come se la cava col gatto. La sento entusiasta. Con la scusa di doversi occupare della belva ha scaricato i tre figli e il cane a madre e suocera e si è trasferita da me. Mi dice di restarci pure una settimana, nell'isoletta, che non si godeva una vacanza del genere da una vita. Le rispondo che se continua così non ci passo nemmeno cinque minuti. Turi mi tocca un braccio; un portuale si sta avvicinando. Saluto Cecilia. Nella cadenza strana che hanno qui, un siciliano diverso dal palermitano a cui mi sto ormai abituando e che sto addirittura faticosamente imparando, il tipo ci annuncia che hanno deciso che si parte. Non sembra molto convinto. Turi e io guardiamo il mare e poi ci scambiamo un'occhiata perplessa. Roberto caccia un urletto entusiasta e sale in macchina. Turi e io accendiamo un'altra sigaretta e continuiamo a guardare il mare.

«Sta vomitando?».
«Non ne ho idea».
«Non sai dov'è?».
«Perché dovrei saperlo io?».
Turi sogghigna.
«Perché *voi due* siete i giornalisti».
Inarco il sopracciglio sinistro.
«No, gioia, *noi tre* siamo la troupe».
Sorride e non risponde. Gli piace quando uso la parola gioia alla palermitana. Abbiamo perso le tracce di Roberto. È stato molto entusiasta quando la macchina si è imbarcata, siamo saliti sul ponte e la nave si è preparata a uscire dal porto. Quando abbiamo preso il largo, però, ha iniziato a perdere un po' di smalto. A un certo punto si è scusato ed è sparito. Ora, oggettivamente, il mare è un tantino agitato e la nave proprio ferma ferma non è. In più lui è piemontese, sarà un grande camminatore di montagna, ma ho il sospetto che il mare di pessimo umore non sia il suo forte.

Io invece mi diverto. Questa per me è la parte migliore del viaggio. L'isoletta la temo, perché le isolette spesso sono piene di sentierini e pareti scoscese che non sono tanto adatti a chi ha il sistema nervoso a chiazze. Io già faccio fatica a camminare sui marciapiedi di Palermo. Ma va anche detto che mediamente non sono un granché, i marciapiedi di Palermo. Le navi invece mi piacciono. Tutte. Dal traghetto sullo Stretto a questa che ci porta dalla costa meridionale della Sicilia all'isoletta, a quelle che attraversano il Tirreno. Mi ci sento a mio agio. Una nave è perfetta: si sposta, ha tutto quello che serve, non è sospesa nel nulla, ha spazi per passeggiare e belle vedute, non resta bloccata in galleria, puoi stare dentro o fuori e fumare quando ti pare.

Certo, se il mare è molto mosso, per qualcuno ha le sue controindicazioni. Roberto riappare dopo le dieci di sera, quando stiamo per attraccare al porto e le luci sono ormai vividissime. Lo portiamo giù nel ponte garage con una certa cautela. Turi è contrario a farlo salire in auto finché la nave non è completamente ferma. Faccio presente, con una punta di sadismo, che anche al molo la nave non sarà mai completamente ferma. Roberto mi lancia uno sguardo che vira lievemente sul disperato. Ma resiste.

Attracchiamo. Sbarchiamo. Ci dirigiamo in macchina verso l'albergo dell'isola che ospiterà sia noi sia l'artista sia l'imperdibile mostra. Così sarà più facile intervistarlo, penso sonnecchiando. Ormai è buio e del panorama non si vede quasi niente. Veniamo accolti dalla proprietaria dell'albergo, una donna grassottella, sui cinquant'anni, abbastanza loquace, che temeva non riuscissimo ad arrivare; erano tutti certi che avrebbero fermato le navi, col mare così agitato. Ci chiede se vogliamo mangiare, Turi e io rispondiamo di sì, Roberto preferisce andare in camera a dormire.

La signora, che si chiama Carmela e lampeggia di un deciso giallo canarino, ci fa sedere dentro perché, spiega, fuori c'è troppo vento, e aggiunge che saremo soli perché tutti si sono già ritirati. Chiedo chi siano «tutti». L'artista e sua moglie, mi risponde, il curatore della mostra che è anche il manager dell'artista, un amico che si sono portati dietro, una famiglia di turisti stranieri fuori stagione. La cameriera che ci porta i piatti ci guarda con curiosità. È giovane e sembra di un giallino spento.

Ceniamo con pesce, verdure e vino bianco, chiacchieriamo, nei limiti in cui chiacchiera Turi; alle undici e mezza saliamo nelle nostre camere. Scarico lo zaino su una sedia, cerco di abbozzare un programma per il giorno dopo, con interviste e riprese, mi rendo conto che sono troppo stanca. Ispeziono il bagno, decido che una doccia è fattibile e coerentemente la faccio, torno in camera. Spengo la luce, mi sdraio sul letto. Il telefono annuncia che sono le 23.59. Chiudo gli occhi. Sento delle urla che arrivano, mi sembra, dal piano di sotto. Riapro gli occhi. È una donna. Le urla insistono. Sospiro.

2
Martedì

Scendo le scale molto placidamente, mentre l'ignota umana continua a emettere una serie di suoni piuttosto striduli. Alla fine della rampa vengo raggiunta da Turi che ha portato con sé la videocamera. Si unisce anche Roberto, che sembra leggermente meno verde di quando lo abbiamo lasciato. Ci guardiamo perplessi ma non diciamo niente, proseguiamo in direzione urla. Svoltiamo nel corridoio e troviamo la proprietaria dell'albergo che cerca di calmare la cameriera che ci ha servito a cena; lei smette di urlare, ma inizia a singhiozzare disperata. Dal corridoio che porta all'altra rampa di scale vediamo arrivare un gruppetto di tre persone, due uomini e una donna. La cameriera sembra voler dire qualcosa. La guardiamo in paziente attesa. Inspira, si scontra con i suoi stessi singhiozzi, fa qualche tentativo a vuoto. Nel frattempo si aggiunge il gruppetto dell'altro corridoio. La ragazza tira un respiro fortissimo, poi enuncia:

«Lui... morto... in biblioteca... un candelabro...».

«E che è, Cluedo?».

Si voltano tutti verso di me. Turi si passa una mano sul viso per nascondere un accenno di risata, Roberto scuote la testa, la proprietaria mi lancia uno sguardo di evidente riprovazione. Allora, facciamo così. Io appena torno a Palermo mi faccio stampare una serie di magliette con su scritto «Sì, sono una brutta persona», e la consideriamo risolta, ok?

Roberto chiede, dov'è la biblioteca? La proprietaria gli indica la stanza dietro di noi. Alla faccia di tutto quello che abbiamo letto nei gialli e visto nelle serie tv e sentito di persona dalla polizia scientifica, sul non inquinare la scena del delitto, entriamo in massa, capeggiati da Turi che ha acceso la camera. Seguo lui e Roberto in una stanza enorme, che però definire biblioteca mi sembra un po' esagerato. Ci sono degli scaffali con dei libri, ma quello che colpisce sono le pareti, tutte coperte da quadri dello stimatissimo artista, per la mostra appena allestita. Un'altra cosa che colpisce in effetti è lo stimatissimo artista, sdraiato sul pavimento in una pozza di sangue di discrete dimensioni che gli è uscito, suppongo, da una ferita alla testa. Accanto, un candelabro. Sì, è Cluedo.

Non è la prima volta che vedo un cadavere, e per quanto io sia una brutta persona, in genere do segni di essere dotata di un minimo di sensibilità ed empatia; ma stavolta c'è qualcosa che non va. Una sensazione di distacco dalla scena, come se non fosse vera, con tutte quelle opere d'arte alle pareti, la chiazza rossa sul pavimento, il candelabro sporco di sangue. Troppi colori, per me, in totale assenza di musica. Per un attimo mi chiedo se sia una sorta di trovata pubblicitaria, una qualche forma di installazione artistica, un non so che. Mi avvicino al presunto cadavere e lo guardo bene. Mi volto verso Roberto che lo sta fissando come me.

«Ti sembra morto?» domando.

«Abbastanza, direi».

A grande richiesta, il ritorno della flemma sabauda.

La proprietaria ci annuncia che chiama la polizia. Turi sbuffa e continua a riprendere. Roberto, che ha recuperato il colorito normale e i classici modi da cronista di nera, pieni di tatto e sensibilità, chiede:

«Chi eredita?».

La risposta arriva come un soffio gelido da una voce femminile:

«Io».

Ci voltiamo. La donna che faceva parte del gruppetto proveniente dall'altro corridoio ci sta squadrando tutti con la stessa simpatia con cui guarderebbe un rave party di scarafaggi nel suo salotto. Ha circa cinquant'anni, è bionda, alta e chiaramente disgustata. Non addolorata. Non disperata. Non sciocata. Disgustata.

«Sono la moglie» aggiunge.

Restiamo in silenzio.

«Ora uscite subito da qui. Tutti».

Usciamo subito da lì, tutti.

Il mare è in tempesta. È bello, il mare in tempesta, ma lo apprezzeremmo di più, Turi, Roberto e io, seduti nella veranda dell'albergo, se avessimo avuto modo di dormire almeno mezz'ora. Nelle ultime ventidue ore, da quando è stato trovato cadavere lo stimatissimo artista, invece, abbiamo fatto di tutto tranne dormire. In ordine più o meno sparso, abbiamo dovuto scrivere, scalettare e montare qualche miliardo di servizi per l'Adi sull'omicidio e sulla vita dello stimatissimo artista. Abbiamo dovuto riversarli a Palermo con saponetta, e di quest'isola tutto si può dire tranne che la connessione sia 'sto granché. Abbiamo dovuto spiegare ai poliziotti della stazione locale chi eravamo, perché ci trovavamo qui e a cosa avevamo assistito. Abbiamo dovuto aiutare la guardia medica isolana a caricare il corpo del fu stimatissimo artista nell'auto sanitaria per posizionarlo provvisoriamente in una cella frigorifera. Abbiamo dovuto spiegare all'Adi che noi, il cadavere e i sospettati restiamo qui, perché le condizioni meteo sono peggiorate e hanno chiuso il porto. Io ho avvertito Cecilia e ho sentito distintamente che stava stappando una bottiglia di bollicine. Mi è anche sembrato di sentire un soddisfatto mh felino in sottofondo.

Il problema vero non è tanto che noi siamo bloccati qui, che a starcene su un'isola a mangiare pesce, ribattere servizi su un omicidio e bere in veranda mentre guardiamo il mare in tempesta, ce ne facciamo anche una ragione. Il problema vero è che loro sono lì; dove «loro» sta, intanto, per i capi della stazione di polizia che erano stati convocati per un incontro al commissariato della cittadina sulla costa, da cui dipendono, e sono rimasti bloccati dall'altra parte, e poi il medico legale e la scientifica, che qui proprio non sono mai esistiti; mentre «lì» sta per la suddetta cittadina. Con i porti chiusi qui non arriva nessuno, non parte nessuno, e non si può fare altro che sorseggiare vino bianco davanti al mare.

«Brutta situazione, eh?».

Ci voltiamo. Ci ha raggiunti quello che in giornata abbiamo scoperto essere il manager dello stimatissimo artista, Armando, uno dei due uomini che facevano parte del gruppetto con la moglie del fu stimatissimo. Non troppo alto, non troppo magro, barbetta curatissima, vestiti costosissimi, accessoriato con catenine, anelli e bracciali d'oro. Roberto e io ci sforziamo di annuire, Turi guarda nel vuoto. L'addetto alla saponetta era lui, è stato lui a combattere con la connessione per tutto il giorno; a giudicare dai borbottii che emanava, credo che oggi abbia esaurito i bonus imprecazioni per i prossimi dieci anni, minimo.

«È un dolore umano prima ancora che artistico, se capite. Lo seguivo da anni».

Io bevo, Roberto chiede:

«E la signora come sta?».

«Eh, per lei è tutto ancora più difficile. Già la situazione prima era quella che era».

A Roberto si drizzano le antenne, io cerco di decifrare il colore di Armando. Mi sembra uno strano rosa scuro, parecchio opaco.

«E come mai?».

«Beh, voi sapete la storia dell'albergo, no?».

Roberto e io rispondiamo in coro, no.

«Perché lui sceglieva sempre quest'albergo... nonostante fosse settentrionale... per le vacanze, le mostre... insomma, la storia...».

Silenzio dei cronisti curiosi e perplessi.

«La cameriera, no?».

«La cameriera?» fa eco Roberto.

«Quella che ha trovato il corpo».

«Eh?».

«Avevano una relazione, ed Elisa, la moglie, lo sapeva».

Faccio un cenno a Turi perché la bottiglia è dalla sua parte del tavolo, lui mi versa un altro bicchiere di vino e torna a guardare il mare. Roberto chiede:

«Ma, la ragazza? Avrà venticinque anni. Lui quanti ne aveva, una sessantina?».

«Eh, sì, ma infatti anche la madre non era per niente contenta. Pare avessero litigato».

Intervengo io.

«La madre di chi? E aveva litigato con chi?».

«La proprietaria dell'albergo. È la madre di Clara. La cameriera. Ma credo che ormai tutti avessero litigato con tutti. Sicuramente la proprietaria con la figlia, e del resto che sia vedova non aiuta, deve gestire tutto da sola. E Clara con il mio povero amico. Lui con la moglie no, lei non è tipo da litigare. Al limite ti ammazza, ma con calma».

Scoppia a ridere. Noi lo guardiamo in silenzio. Lui si rende conto di quello che ha appena detto e abbozza, scusate, era per dire, è stata una lunga giornata. Poi ci dà la buonanotte e se ne va. Roberto commenta, più che Cluedo sembra una soap, poi prende il suo taccuino e inizia a scrivere. Turi e io accendiamo una sigaretta e guardiamo il mare in tempesta.

3
Mercoledì

In assenza di urla notturne e ulteriori sviluppi mi sveglio comodamente alle otto. Scendo nella sala dove nonostante tutto stoicamente continuano a servire i pasti. Mi accoglie Carmela, non proprio di ottimo umore: le hanno messo sotto sequestro mezzo albergo, che già di suo era piccolino; la figlia è chiusa in camera e non vuole mettere piede fuori; i giornali e i siti sono usciti con foto dell'edificio e titoli tipo, l'albergo del delitto. Le chiedo se le prenotazioni in compenso sono aumentate. Mi risponde di sì con un'aria abbastanza disgustata.

Mentre sono alle prese con il secondo cornetto, arriva Roberto e annuncia che in mattinata vuole girare per il paese per fare un servizio di voci. Sbuffo. È da anni che combatto e regolarmente perdo le mie fiere battaglie contro i pezzi vox populi. I capi li amano. Lui allarga le braccia.

«Lo so, ma siamo bloccati qui e sviluppi nelle indagini non ce ne sono, e da Palermo chiedono novità».

«E le novità cosa sarebbero, chiedere a cinque passanti che ne pensano dell'omicidio?».

«Magari viene fuori qualcosa. Lo sai come sono i piccoli centri, tutti sanno tutto di tutti».

«Lo sai come sono i piccoli centri siciliani, nessuno ti dice niente di niente. O se te lo dice lo fa in dialetto e non si capisce».

«A proposito. Mi servirebbe un favore. Sto cercando di contattare il commissariato sulla costa, ma mi risponde uno che non capisco e che non mi capisce».

Lo guardo, povero torinese disperso in mezzo a un mare siculo, e chiedo caustica:

«Svedese?».

«Magari».

«E che ci posso fare?».

«Ci parli tu».

«E perché io dovrei capirlo?».

«Sei più abituata».

Mi limito a fissarlo in silenzio.

«Viola, davvero, non capisco una sillaba. Almeno prova».

E vabbè. Lo guardo mentre prende il cellulare, ascolta squillare, sente qualcuno rispondere, prova a presentarsi e spiegare chi è e chi cerca, scuote la testa e mi passa il telefono. Sento una serie variegata di sillabe dall'altra parte, che non riesco a definire. Nemmeno assomiglia al palermitano; questa lingua qui non so cosa sia. Tento di dire, buongiorno. Scateno una reazione ansiosa di sillabe incomprensibili. Mi ricordo quando avevo tredici anni ed ero stata spedita in un college inglese. In un'epoca arcaica priva di cellulari, chiamavamo i nostri genitori a carico del destinatario, da un telefono pubblico, ma per farlo dovevamo prima interagire con il centralinista. A volte funzionava, a volte no.

Una sera, mentre passavo davanti alla cabina, un mio amico mi aveva allungato la cornetta chiedendo se per favore ci parlavo io. Ci avevo provato, poi a un certo punto mi ero arresa e avevo serenamente riagganciato. Guardo Roberto e altrettanto serenamente chiudo la conversazione.

«Mi serve parlare con gli inquirenti, Viola».

«Ma tanto stanno dall'altra parte del mare, qui si procede a tentoni in attesa che riaprano i porti».

«E mi serve lo stesso. Altrimenti devo andare avanti a intervistare gente a passeggio».

«Vabbè, ho capito. Facciamo così. Tu vai a stalkerare gli isolani, io una mezza idea su chi chiamare ce l'ho. Dov'è Turi?».

«Fuori a fare un po' di esterne nuove dell'albergo».

«L'albergo del delitto sotto la luce nuova del primo mattino».

Sospira e si alza.

«Ci vediamo dopo».

«Yeah».

Chiedo alla signora un altro caffè. Un'idea su chi chiamare in effetti ce l'ho, ma non è che mi vada tantissimo.

Esco in veranda a fumare. Per fortuna l'albergo è quasi vuoto; a parte noi, la moglie del fu stimatissimo e la sua corte, ospita solo una famigliola tedesca che, ben lungi dal partecipare al turismo del macabro, sembra trovare tutta la vicenda un po' oltraggiosa, e comunque preferisce passare le giornate al mare. Anche sotto la tempesta, purché lontano da noi. Decido di lanciarmi alla scoperta del frutteto qui sotto, tanto adesso non piove, tira solo un vento che potrebbe spostare tutto l'albergo. Devo scendere per un sentiero un po' complicato, ma posso farcela. Al secondo passo scivolo ma riesco a restare in equilibrio. A metà sentiero inciampo, non riesco a restare in equilibrio e volo fuori dallo sterrato, frano sulla destra, continuo a franare per una discesa ripida e atterro non so dove. Alzo lo sguardo e scopro che sono finita dietro l'albergo. Anche dietro un cespuglio, in effetti. Il che è utile, perché ci sono due persone che stanno discutendo e non mi vedono. Nemmeno io vedo loro, non tanto per il cespuglio, quanto perché sono lontane e io ho qualche lieve problema ai nervi ottici e alle retine. In termini medici, non sono proprio occhio di falco, diciamo. Ma sentire ci sento, e riconosco la voce della moglie del fu stimatissimo, che ha un deciso colore arancione; non riconosco l'uomo con lei, che le sta dicendo qualcosa tipo, io ti avevo avvertita. Lei mi sembra che risponda che non ha prove, lui ribatte che le sta raccogliendo, lei che ne riparleranno, poi si allontanano. Ottimo. E io ora da qui come risalgo?

Mi alzo, mi guardo intorno. Non risalgo. Faccio il giro e vedo se c'è un passaggio da qualche parte. Trovo un sedile in pietra, mi siedo, accendo una sigaretta. Prendo dalla tasca il mio fedele posacenere portatile. Prendo anche il telefono. Sospiro. Apro la rubrica. Scorro tutti i nomi fino alla zeta. Sospiro di nuovo. Chiamo. Tre squilli, poi risponde un'allegra voce verde bottiglia chiaro.

«Miss Purple!».

Eh?

«Prego?».

Ride.

«Miss Purple. Mentre pensavo a te su un'isola deserta con un cadavere e un gruppetto di sospetti assassini, tipo *Dieci piccoli indiani*, ho capito che è un nome perfetto».

Continua a ridere. Non ci posso credere. Tanta pazienza, signora mia.

«Zelig. A parte che non si ride delle proprie battute, soprattutto se sono stupide...».

«Tu non lo fai mai?».

«Sì, sempre. Appunto. Dovrebbe bastarti questo per capire che non dovresti farlo tu. Comunque, qui è Cluedo, non è *Dieci piccoli indiani*; con in più qualche innesto di telenovela degli anni '80. E poi io preferivo Poirot».

«Dai, ti chiami Viola, giochi a fare l'investigatrice, è perfetto Miss Purple».

«Io non gioco a fare l'investigatrice. Sono solo molto, molto, molto sfigata».

«Ok, miss molto sfigata. Sono felice di sentirti, e consapevole che se hai deciso di chiamarmi ti serve aiuto. Ma ti ricordo che io sono a Palermo, cioè dall'altra parte dell'isola. E così, per ribadire il concetto, ti ricordo anche che non sono alla Digos, e d'altronde in questo caso la Digos non c'entra niente».

«La Digos c'entra sempre. E quindi pensavi a me su un'isola deserta?».

«Non provarci, miss. Lo sai bene che la troupe dell'Adi bloccata sul luogo del delitto dalla tempesta è la vera notizia, anche più del delitto. Le immagini che ha girato il vostro operatore calpestando la scena del crimine hanno fatto venire un esaurimento nervoso a parecchi colleghi».

«Tuoi o miei?».

Lo sento sorridere.

«Diciamo di entrambi».

Già, immagino; almeno non abbiamo fatto vedere il cadavere. Zelig, al secolo Francesco Uliveri; forse. Lo conosco da circa due mesi, e non lo sento da circa due mesi. L'ho incontrato all'inizio di un'indagine sulla morte di una ventenne, risolta nel giro di pochi giorni, in un modo che non ho ancora metabolizzato. Mi era stato presentato come mio possibile informatore in questura. Anche se non ho mai capito cosa faccia lui, esattamente, in questura, a parte prendere in giro me. E cambiare colore. Perché Zelig è l'unico essere umano che conosco che non mantiene sempre un colore stabile, ma lo cambia a seconda delle circostanze. Di suo, dovrebbe essere una sorta di verde mare o verde bottiglia, come si sente al telefono. Ma non è detto. È disarmante. È una di quelle persone con cui magari decidi che non vuoi avere a che fare mai più, e dopo due secondi al telefono è passato tutto, è di nuovo nella tua vita e ci resterà, con un colore o un altro. Disarmante e pericoloso.

«Sei pericoloso».

«Tu, piuttosto. Sei in compagnia di un assassino».

«Che notizie hai?».

«Al momento niente di che. A meno che tu non voglia sentire ovvietà tipo che ammazzare uno a candelabrate fa pensare più a una lite finita male, che a un omicidio premeditato accuratamente organizzato».

«Non voglio sentire ovvietà. A Roberto serve un contatto al commissariato sulla costa da cui dipende questa stazione di polizia. Parlare col centralino è un po' complicato».

«Ok, ti mando il numero del commissario Montalbano. È uno molto in gamba. Ma non l'avete avuto da me».

«Non ti conosco, non frequento la Digos».

«Non sono alla Digos, ma la Digos tutti la frequentano, prima o poi. Stai attenta, fatti gli affari tuoi e sali sulla prima nave che salpa».

«Ok».

«Ovviamente non lo farai».

«Ovviamente no. Ciao. Grazie».

«Ciao, Miss Purple».

Sospiro. Mi arriva il numero del commissario. Lo giro a Roberto senza nemmeno memorizzarlo in rubrica. Non ne voglio sapere di seguire io le indagini, e di poliziotti per oggi ne ho abbastanza.

4
Giovedì

Mi sveglio alle otto. Mi alzo, guardo fuori dalla finestra. Tempo grigio tempesta stabile. Mi sento un po' nel Giorno della Marmotta; probabilmente se ci fosse una radiosveglia parlerebbe di campeggiatori, camperisti e campanari. Scendo a fare colazione e in sala non c'è nessuno. Aspetto qualche minuto, poi procedo con cautela verso le cucine. Sento singhiozzare in un angolo. Mi avvicino; Clara si sta preparando un cappuccino, in lacrime. Provo con un, ciao. Si volta, mi fissa, non risponde. Allora tento il tutto per tutto.

«Quant'è che stavate insieme?».

Ingoia a vuoto.

«Cinque anni».

«E ti aveva promesso che lasciava la moglie per te?».

«No. Mai».

«Bene. Ricordati che una delle regole fondamentali della vita è, non la lasciano mai, la moglie».

Tira su col naso.

«Non importa. Non starò mai più con nessuno».

Poi coerentemente scoppia a piangere.

«Magari al momento ti sembrerà impossibile, ma guarda che passa».

Mi fissa incredula. Smette di piangere appositamente per cazziarmi.

«Non è che ci siamo lasciati. È stato ucciso. E io l'ho trovato morto. Io! La mia vita è finita! Dovevamo vederci in biblioteca e quando sono scesa l'ho trovato ammazzato! E ora lo vedo che tutti mi guardate male, ma la moglie non era certo migliore di noi!».

Poi lascia lì il cappuccino e scappa via. È che mi va un caffè, altrimenti lo prenderei io. Sono poco sensibile in genere alla gente che la vita è finita perché bla bla bla. Ok. Sono poco sensibile in genere. Punto.

Torno in sala. Al tavolo trovo Turi e Roberto che sono scesi e parlottano. Stanno cercando di inventarsi un servizio. Hanno già ripreso e interrogato mezza isola. O esce qualcosa di nuovo, o gli tocca dare la caccia all'altra mezza. Roberto dice che ha sentito il commissario, ma che non sono emersi nuovi elementi. Turi aggiunge che ha sentito la capitaneria, e il porto resta chiuso. La moglie rifiuta categoricamente di rilasciarci interviste, idem il manager e curatore. Alla proprietaria e alla figlia non le abbiamo nemmeno chieste, perché in fondo anche noi benché giornalisti siamo esseri umani. Parecchio in fondo, sì. Stiamo messi benissimo, direi.

Vado alla ricerca del manager, Armando. Lo trovo in veranda che parla al telefono; resto lontana, capisco che parla in inglese ma non di cosa. Lo lascio concludere, poi mi avvicino e lo saluto. Mi sorride, con un sorriso un po' tirato. Riprovo con la tecnica del tutto per tutto.

«Scusi, ma anche la moglie aveva un amante?».

«Elisa? Ce l'ha tuttora, se non l'hanno ammazzato nella notte».

«Non risultano nuovi morti».

«Allora ce l'ha tuttora».

Estrae un portasigarette d'argento da una tasca.

«E chi sarebbe?».

«Sebastian».

«Chi?».

Estrae una sigaretta lunga e sottile dal portasigarette.

«L'artista visuale che è con noi. Ci avrà visti insieme, anche la notte della scomparsa del mio povero amico, siamo scesi tutti e tre dalla stessa rampa di scale, ci siamo incontrati in corridoio».

«Mh, sì. L'artista visuale?».

«Si cimenta soprattutto nel campo della video-art».

«Fantastico. E sta con la vedova?».

Accende con un normale accendino di plastica. Mi aspettavo qualcosa in oro tempestato di gemme, ci resto un po' male.

«Lo sanno tutti».

«E non creava problemi? Ma la vedova non era arrabbiata con l'artista perché stava con la cameriera figlia della proprietaria?».

«Ma infatti Elisa sta con Sebastian proprio come reazione, credo. Anche se adesso non so se la relazione andrà avanti».

Gli squilla il telefono, si alza.

«Ora mi scusi ma devo andare».

Lo osservo allontanarsi gesticolando. Ma che bel ménage.

Con Roberto e Turi decidiamo di pranzare fuori, in un ristorante sul porto in cui nessuno ha molta voglia di parlare dell'omicidio né della telenovela che c'è sotto. Guardiamo le navi ferme, bloccate dal maltempo, che poi in effetti sono solo due. Una è quella che ci ha portato qui, l'altra è una piccola imbarcazione privata. I pescatori le loro barche le tengono in un altro porto. Il proprietario ci spiega che artista, moglie e compagnia sono arrivati con quella. Il cameriere aggiunge che in effetti però l'imbarcazione non è dell'artista ma del manager. E bravo Armando. Il pomeriggio lo passiamo a inventarci servizi fuffosi: Roberto, il classico pezzo di mantenimento sul delitto, io mi butto sul cultural-economico e mi faccio spiegare da qualche esperto quanto si rivalutano adesso le opere del fu stimatissimo.

Ceniamo in albergo, perché il tempo peggiora. Facciamo fatica anche a stare in veranda, rientriamo e la proprietaria decide di chiuderla a chiave per evitare incidenti, perché il vento così è pericoloso. Torniamo nelle nostre camere e ci diamo appuntamento alla mattina dopo per colazione. Io mi sdraio sul letto con un libro che per fortuna mi ero portata da Palermo. Quando sento gli occhi troppo pesanti guardo l'ora, le 23.59, e decido che è il momento di dormire. Spengo la luce. Chiudo gli occhi. E sento una donna urlare. Sospiro.

5
Venerdì

Scendo le scale senza fretta. Vengo raggiunta da Turi, con videocamera, e Roberto. Non ci salutiamo nemmeno, procediamo compatti verso la biblioteca. Che però è chiusa, ci sono ancora i sigilli messi dalla polizia. Un po' disorientati seguiamo le urla e ci rendiamo conto che vengono dalla veranda. Davanti alla porta aperta troviamo la proprietaria dell'albergo, paonazza come qualche giorno fa la figlia, che affannatissima ci dice:

«La moglie! La veranda! L'avevo chiusa! Un coltello!».

Evito di fare qualsiasi tipo di accenno a qualsiasi tipo di gioco di società che preveda ancora varie stanze e possibili armi del delitto tipo chiavi inglesi, corde o pistole. Entriamo. La proprietaria ci segue preoccupata dicendo che l'altra volta la polizia l'aveva rimproverata, perché eravamo entrati. Turi la rassicura rispondendo che lo sappiamo, hanno rimproverato anche noi. Mentre ci spiega che stava facendo il consueto giro notturno dell'albergo prima di chiudere tutto e aveva notato la porta della veranda aperta mentre lei l'aveva chiusa ed era entrata e tutto il resto, noi osserviamo la fu Elisa, fu moglie del fu stimatissimo artista, sul pavimento, con un coltello ancora conficcato in pieno petto. È un casino in situazioni del genere far sparire i coltelli, tanto vale lasciarli lì. Turi inizia a riprendere. Roberto chiama l'Adi. La signora chiama la polizia. Io mi chiedo quanti esaurimenti nervosi verranno ai colleghi di Zelig se mi fumo qui una sigaretta. Decido che è meglio uscire.

In corridoio incontro quello che suppongo sia Sebastian, un quarantenne alto e magro, di una lieve sfumatura salmone, mi sembra, seguito da Armando. Il primo mi chiede cos'è successo, io riconosco la voce, era l'uomo che parlava con la fu moglie del fu stimatissimo; scuoto la testa e tiro dritto verso l'ingresso. Esco. Il vento mi prende in pieno, mi mantengo abbastanza stabile e riesco in qualche modo ad accendere la mia sigaretta. Osservo le luci del porto in lontananza. La luna. Le stelle. La strada da cui tra poco arriveranno i lampeggianti della polizia e dell'auto della guardia medica. Peraltro, quanto posto hanno ancora per tenere refrigerati i cadaveri?

Dopo dieci minuti arrivano gli stessi agenti dell'altra volta, che ci fanno le stesse domande dell'altra volta con un'espressione un po' più severa dell'altra volta. Facciamo colazione tutti insieme verso le quattro di mattina, scriviamo e montiamo i servizi, facciamo colazione di nuovo verso le sette. Alle otto, mentre guardo Turi e Roberto diretti verso il paese per riprendere un altro po' di isola e isolani, mi arriva un messaggio di una persona che avevo contattato il giorno prima per una stima delle opere del fu. Mi chiede se possiamo sentirci nel pomeriggio, perché ha un po' di questioni da affrontare e di stranezze da spiegarmi, o quantomeno da segnalarmi. Dico che non c'è problema. Vado a dormire. Alle dodici vengo svegliata dal telefono. Guardo chi è. Zelig. Non ci ha messo molto a riprendere le vecchie insane abitudini.

«Ohi».

«Dormivi?».

«Mh».

«Dormi sempre».

«Mh».

«Come va?».

Cerco di svegliarmi.

«Ma a te risultano stranezze nei conti?».

«In che senso?».

«Non lo so, qualcosa sulle stime delle opere, sulla gestione amministrativa».

Ci risiamo. La voce verde bottiglia che diventa verde più scuro.

«Lascia stare la pista dei conti».

«Mh?».

«Lascia stare, Viola. Stanne fuori e fai la brava, che il meteo dice che massimo domenica mattina puoi ripartire. Se resti viva».

«Ma...».

«Torna a dormire. E smettetela di fare riprese sulle scene dei delitti».

«Ma...».

«Ciao, Miss Purple».

Dopo pochi minuti arriva un messaggio. L'esperto che doveva chiamarmi nel pomeriggio per spiegarmi stranezze varie si scusa ma non può. Non specifica perché. Ok, io ora torno a dormire. Poi chiamo Zelig e lo insulto, facciamo così.

Mi sveglio a metà pomeriggio, per pura fame. Scendo in sala, l'unica stanza comune rimasta aperta, visto che tutte le altre sono state sigillate dalla polizia. C'è Clara che sta pulendo i tavoli, la saluto. Lei mi osserva, pensierosa, poi chiede:
«Com'è che non l'avete detto alla televisione?».
«Cosa?».
«Che stavamo insieme».
«Volevi che lo dicessimo?».
«No, no, che dice, a mia madre un colpo veniva».
Sorrido.
«E allora che problema c'è?».
Mi guarda imbarazzata.
«Ero sicura che lo dicevate. Lo dite sempre, di tutti. Della gente ammazzata e di tutti».
Ecco. Il fatto è che ha pure ragione.
«Se sei stata tu lo diciamo».
«A fare che?».
«Ad ammazzarlo».
Singhiozza.
«Non sono stata io. Io lo amavo. Pure se era troppo per me».
«Perché era troppo per te?».
«Come perché?». Mi fissa spalancando gli occhi, si siede a uno dei tavolini. «Perché lui era un grande artista. E io non sono nessuno».

Medito per qualche secondo l'opzione predica, poi desisto. Non fa per me. La guardo male.

«E allora tu diventa qualcuno».

«E cosa posso diventare io?».

«Quello che ti pare. Basta che eviti queste scemenze del non essere nessuno. Perché altrimenti poi scompari».

«Non si scompare mai, in un'isola piccola come questa. Si sta sempre al centro dell'attenzione. E non si fa niente e non si va da nessuna parte».

La ascolto e cerco di capire. Se il problema è cosa sente di essere o dove si trova.

«Guarda che è così ovunque».

«Ma un'isola è peggio. Sei incastrato. Sempre. Ogni giorno. In quello che devi essere e quello che devi fare».

«Ma è tutto, un'isola».

«Tutto cosa?».

Giusto, tutto cosa?

«Tutto. Il mondo. Le persone».

Non lo so, sto improvvisando. Però lei ha altri pensieri.

«Ma quindi non lo dite alla fine alla tv, eh?».

«Non lo diciamo, no».

Entra la madre, lei scivola via, in cucina. La proprietaria mi spiega che abbiamo rischiato di venire tutti spostati altrove, ma poi da terra hanno preso la decisione di lasciarci lì tutti insieme. Qui la Sicilia la chiamano «terra». Presumo che per quanto isola, a loro per dimensioni sembri un continente.

Vedo arrivare Turi, con l'espressione di uno che sta per sterminare tutte le saponette del pianeta, Roberto, con il microfono in mano, e Armando. Lo guardo con un sopracciglio inarcato. Finora avevano rifiutato tutti di parlarci, moglie, amante e manager. Pare che oggi il manager abbia cambiato idea. Seguo l'intervista con perplessità. Qualsiasi domanda Roberto gli faccia, Armando sembra più che altro intenzionato a rassicurare tutti che l'arte del fu stimatissimo gli sopravvivrà, e che le sue opere vivranno per lui. Poi saluta e va fuori a fumare.

Ci sarebbe un problemino, mi sussurra Roberto. Sebastian sembra sia sparito. Alzo le spalle.

«È un'isola di due metri per tre, circondata da un mare infuriato, dove vuoi che sia andato? Prima o poi risbucherà fuori».

«Il punto non è dove è andato, ma perché».

«Non ne potrà più di noi, e ha tutta la mia comprensione. O starà elaborando il lutto».

«E se è stato lui? Erano in quattro, sono rimasti in due».

«Ci sono anche madre e figlia. E non sappiamo niente della misteriosissima famigliola di tedeschi, a parte che trovano delizioso passare le loro giornate a rischiare una polmonite sulla spiaggia. Oppure, che ne sai. Potrebbe essere stato Turi. Ha un pessimo rapporto con gli artisti e l'arte in genere».

Turi, che mi ha sentito, mi guarda e sogghigna. Stiamo pensando a una mostra a Palermo, a cui siamo andati un paio di mesi fa. C'era anche Roberto. Non è finita benissimo. Niente, di quella storia, è finito benissimo. Mi allontano, esco, accendo una sigaretta e chiamo Zelig.

«Miss Purple. Hai fatto altri danni?».
«Non ne abbiamo più parlato».
«Dei conti dell'artista?».
«Di quello che è successo».
Resta un attimo in silenzio.
«Ho provato a chiamarti un paio di volte, Viola. Non mi hai risposto».
«Lo so».
«Come facevo a parlarti?».
«Non mi avresti detto niente di sensato».
«Non avrei potuto dirti niente di più di quello che ti avevo già detto».
«Mh».
«Viola, noi non facciamo miracoli. Non funzioniamo come in tv. In mezz'ora caso risolto, assassino preso, tutto a posto».
«Mh».
«E non siamo solo noi. Nemmeno voi giornalisti, nemmeno loro. Vittime e colpevoli. Lo sai meglio di me. Tu parli spesso di colori, ma mai del bianco e del nero, come se non li vedessi».
«Non c'entra».
«C'entra. Non li vedi perché non esistono. Non fare danni. Domenica mattina ti imbarchi. Ciao, Miss Purple».
Spengo il telefono. Certo che esistono, il bianco e il nero. Le chiazze dei miei neuroni sono bianche. È bianco il vuoto dei puntini nel mio campo visivo. E tutto quello che sembra andare oltre, è nero. Tutto quello che dovrebbe superare i confini di un'isola. Tutto quello che dovrebbe essere futuro.

Certo che esistono, il bianco e il nero.

«Dobbiamo andarcene da qui. Sono in crisi di astinenza da aperitivo».

Turi mi guarda e si stiracchia, Roberto ride. Dopo cena abbiamo deciso che, visto che qui le cose succedono regolarmente alle 23.59, fino a mezzanotte ce ne stiamo in camera di Turi. Aspettiamo. Se non sentiamo urlare nessuno, a quel punto ce ne andiamo a dormire. Ci siamo portati qualche birra, e io sto piagnucolando che non ci sono tutte le meraviglie che ti danno a Palermo con l'aperitivo. Mi mancano i cosetti col würstel, persino.

Sinceramente, ma non ammetterò mai di averlo nemmeno pensato, mi manca Palermo. Ho chiamato Cecilia, poco fa. Mi ha chiesto se può trasferirsi in pianta stabile a casa mia col gatto, e se io in cambio voglio andare a vivere con le consuocere i bambini e il cane. Ho riso e le ho detto che lei può venire da me quando vuole, ma io, nel suo manicomio, proprio no.

Guardiamo l'ora. Aspettiamo. Alle 23.59 tratteniamo il respiro. Non succede niente.

6
Sabato

A mezzanotte e cinque decidiamo che è tutto sotto controllo e che possiamo andare a dormire. Roberto e io ci alziamo, salutiamo Turi. Apro la porta, esco in corridoio, e qualcosa mi travolge. Finisco contro la parete, non so come. Da qualche parte sento un uomo urlare. Ho sbattuto la faccia contro il muro, ho gli occhi pieni di lacrime, non vedo niente. Altre grida, mi sembra Roberto. Mi rendo conto che sono per terra. E che la flemma sabauda è un concetto da rivedere. Ho l'impressione che qualcuno mi si avvicini, un paio di braccia mi tirano su, la voce di Turi mi domanda come sto.

«Cazzo è successo?» chiedo. Roberto arriva da non so dove, dice che Sebastian è ferito ma vivo e sta abbastanza bene, che deve chiamare la polizia. Di sotto un paio di donne urlano. Si apre un'altra porta, esce il capofamiglia tedesco, ci guarda, ci grida contro qualcosa nella sua soave lingua madre, rientra in camera sbattendo la porta. Mi sa che l'anno prossimo vanno su un'isoletta greca.

Scendiamo. Ci troviamo tutti in sala, a parte i tedeschi. Il riassunto della situazione ce lo fa Sebastian; spiega che con Armando hanno litigato perché Sebastian lo ha accusato di aver ammazzato artista e moglie e di avere le prove, Armando ha cercato di farlo fuori con un soprammobile e poi è fuggito. Dopo aver ingoiato un commento sulla mancanza di chiavi inglesi sulla scena dell'ennesimo potenziale delitto, faccio presente a Sebastian, che sanguina dalla fronte, che questa non è una fiction, e che entrare da soli in una camera per accusare un assassino di essere un assassino è un po' una minchiata. Lui se ne parte con uno sproloquio sul fatto che lo sapeva che Armando stava rubando, aveva cercato di avvertire Elisa, stavano facendo dei controlli sui conti, sicuramente il manager aveva litigato con l'artista perché qualcosa stava iniziando a venire fuori e l'aveva colpito col candelabro perché era stato scoperto, e poi aveva ucciso anche Elisa che doveva averlo in qualche modo affrontato. E che lui quel giorno si era fatto mandare tutti i documenti con i conti che non tornavano, aveva chiesto a chi conosceva nel giro, erano venuti fuori i debiti di Armando, che aveva vissuto sempre nel lusso con soldi che non aveva. E che quindi aveva scoperto tutto e aveva le prove, alla fine.

Noi lo ascoltiamo in silenzio e poi Turi, che sa che ora dovrà ricominciare a combattere con la saponetta, ribadisce: e sempre una minchiata è.

Madre e figlia ci spiegano che hanno iniziato a urlare perché hanno visto Armando arrivare in sala sporco di sangue e correre fuori. Squilla il telefono della proprietaria, lei ascolta, annuisce, ci aggiorna in tempo reale su quello che le dice un suo amico pescatore, pare che al porto abbiano visto Armando salire sull'imbarcazione e andarsene. La polizia è stata già avvertita, spiega, stanno andando al molo. Roberto chiede, ma il porto non è chiuso?

Mica fisicamente chiuso, gli spiega la signora Carmela. Se proprio vuoi salire su una barca con questo tempo e andare ad ammazzarti, lo puoi fare. Guardiamo fuori. Ha cominciato a diluviare e il vento sta piegando gli alberi. Aspettiamo.

All'ora di pranzo, mentre stiamo tutti in sala, tranne Sebastian che è stato portato al punto medico, ma almeno non in una zona refrigerata, ci avvertono che l'imbarcazione è stata ritrovata. In parte, almeno. Perché nella notte si è schiantata contro una delle scogliere. Di Armando non si hanno notizie. Turi sospira e riattiva la saponetta. Dopo cena usciamo e guardiamo il mare che si sta calmando, come da previsioni meteo. Domattina dovrebbero riaprire il porto. Sulla nave in partenza ci saremo noi, Sebastian, i tedeschi e due cadaveri.

Guardiamo in tv i nostri servizi, in cui ricostruiamo splendidamente la vicenda, sia dal punto di vista degli omicidi sia da quello degli ammanchi nei conti dell'artista e dei debiti del manager. Del corpo ancora nessuna traccia, potrebbero non trovarlo mai più. O potrebbero trovarlo domani, o fra un minuto. A me resta la domanda che mi faccio sempre, in un caso di cronaca. Quando qualcuno ammazza qualcuno, poi la questione ultima è sempre, che senso ha. E se quello che la cronaca ricostruisce è solo una storia di debiti, spese al di sopra delle proprie possibilità, barche e portasigarette d'argento, se è davvero tutto qui, o se non abbiamo capito niente, o se non c'è niente da capire. E se alla fine dietro ognuna di queste storie c'è una domanda sul non sentirsi nessuno, o sul non sentire che nessuno sia qualcuno. O sul sentirsi in trappola, su un'isoletta, che sia reale o no.

Ce ne andiamo a dormire. Decidiamo che da questo momento in poi, se qualcuno urla, è un suo problema.

7
Domenica

«Come se la sta cavando?».

«Molto meglio che all'andata. È seduto, respira, sembra non abbia ancora vomitato, e comunque non è poi tanto verde. Non tantissimo, diciamo».

Turi scuote la testa.

«Il mare è piatto».

«Mica del tutto. Un pochino mosso è».

«Seria dici?».

Rido. Hanno davvero riaperto il porto, siamo riusciti a imbarcarci, la nave è salpata da ben mezz'ora e, anche se qualche onda forte oggettivamente c'è, Roberto per il momento resta seduto in coperta e sembra abbastanza padrone del suo stomaco.

Guardo l'isola allontanarsi dietro di noi. Non l'ho visitata per niente, alla fine. Ma, a parte sentieri scoscesi, delitti, tempeste e tutto il resto, io non amo molto i posti da cui non so se posso andarmene. Mi servono vie di fuga. E in genere le preferisco a tutte le altre strade.

Quando sbarchiamo, sul molo vediamo le auto della polizia, i carri della mortuaria, tutto il solito corteo che accoglie un delitto. Roberto domanda a Turi se ci possiamo fermare a salutare il commissario con cui ha parlato in questi giorni. Turi gli chiede se sa riconoscerlo, Roberto risponde di no, poi decide, non importa, adesso non avrebbe comunque tempo, andiamo a casa. Mentre sfiliamo sul molo indica una persona, un uomo dai capelli folti, dovrebbe essere lui, Montalbano, dice. Mi chiede se ci ho parlato, scuoto la testa, mormoro no. Peccato, commenta, secondo me ti sarebbe piaciuto.

Mi giro e lo osservo mentre ci allontaniamo. La sua immagine che sfuma dietro di noi. Come se si stesse in qualche modo cancellando, mentre le macchiette di nulla nel mio campo visivo si allargano, e contribuiscono a cancellarlo sempre di più, per ogni metro in cui ci allontaniamo. Forse mi sarebbe piaciuto conoscerlo, sì. Osservo il disegno dell'orizzonte che diventa frastagliato, poi mi volto e ricomincio a guardare avanti. Sono stanca, voglio andare a casa. Sono stanca, mormoro a Turi. Torniamo a Palermo.

Giampaolo Simi
Il permesso premio

*Alla Procura della Repubblica presso il Tribunale
Penale di Lucca
P.M.: Dott. Virgilio Capoferro
Indagato: Dario Corbo
Difensore: Avv. Nives Doriani
Oggetto: MEMORIA DIFENSIVA EX ART. 415-BIS C.P.P.*

Illustrissimo Dottor Capoferro,
perdoni il tono informale con cui mi rivolgo a lei in questa memoria difensiva ma, come sicuramente ricorda, ci siamo già incrociati, quasi trent'anni fa. Eravamo entrambi all'inizio delle nostre carriere ed ero io quello che faceva le domande.

Nella maggior parte dei casi, ricevevo da lei risposte evasive.

Oggi, a parti invertite, io non posso permettermi di essere altrettanto evasivo. E siccome scrivere è l'unica cosa che mi ritrovo a saper fare, la ricostruzione dei fatti che lei esige da me la metterò nero su bianco.

E quindi andiamo con ordine. Tutto è cominciato una settimana fa, mercoledì 13 ottobre.

Voglio premettere che ritengo la gelosia una patologia.

Mi dirà che le malattie sono parte integrante del nostro mondo, ma il fatto che siano in qualche modo naturali non le rende fenomeni positivi, da accettare passivamente, o peggio ancora da ostentare come romantica prova d'amore. No, la gelosia è una disfunzione, e come tale è di per sé distruttiva. Okay, non si può essere gelosi di qualcuno che ci lascia indifferenti, ma è mai esistita una relazione amorosa salvata da una manifestazione di gelosia? A me non risulta. Non appena entra in scena la gelosia, l'amore finisce faccia a terra, con un piede sul collo.

Dal momento in cui intuisco le ipotesi su cui lei sta lavorando, mi pare necessario iniziare proprio da qui. Dalla mia presunta gelosia per una donna che entrambi conosciamo, Nora Beckford.

Nora Beckford è la ragazza di cui lei chiese e ottenne la condanna per omicidio ormai diversi anni fa. Quella ragazza oggi è una donna uscita dal carcere dopo aver scontato una lunga pena. E, tanto per sgombrare subito il campo da qualsiasi dubbio, è la mia datrice di lavoro, *solo* la mia datrice di lavoro.

Dal 2016 mi occupo della comunicazione della Fondazione Thomas Beckford. Abito a pochi metri dalla Scuda, organizzo l'agenda di Nora minuto per minuto, in due parole sono il suo braccio destro.

Mercoledì scorso l'ho chiamata diverse volte al cellulare, prima di scoprire che lo aveva lasciato in uno dei salotti della vecchia fortezza (ancora oggi non so dire quanti siano). Mi sono stupito, perché Nora non si separa mai dal suo telefono. In quel momento ho pensato solo a rintracciarla, perché la mail che avevo appena letto non era di quelle che arrivano tutti i giorni.

Ho controllato l'agenda e ho chiamato la segreteria di Palazzo Blu, a Pisa, dove Nora era andata a discutere di una possibile installazione di Black Box. A ripensarci adesso, un campanello d'allarme avrei già dovuto sentirlo. La Black Box è un'installazione avvolta nel buio, e quindi impossibile da far viaggiare. Toglierla dalla Scuda e riassemblarla altrove la esporrebbe a molti rischi, in un certo senso ne vanificherebbe il significato stesso perché violerebbe il mistero in cui deve rimanere avvolta. Nora ha sempre rifiutato qualsiasi offerta, anche quando sarebbe stato più corretto chiamarla «fiume di soldi». Avrei dovuto chiedermi come mai avesse cambiato improvvisamente idea, ma Nora non è una persona prevedibile.

Da Palazzo Blu mi ha risposto una ragazza gentilissima.

«Beckford, ha detto? Non mi risulta».

«A me risulta che ha un appuntamento con il direttore fra dieci minuti».

«Non è possibile. Il direttore oggi non è in sede».

Ho chiuso la chiamata. Se io so che Nora si trova a Pisa, non può essere altrove. Se so che ci sono colloqui in corso per spostare la Black Box dalla Scuda deve essere vero, altrimenti rischio gaffe ben più gravi di quella che avevo appena fatto al telefono.

È una questione basilare, di organizzazione del lavoro. Ecco perché volevo vederci chiaro.

In quanto braccio destro, sono l'unica persona ad avere accesso alla parte della Scuda dove vive Nora. Lo sono perché mi ha sempre ritenuto incapace di frugare fra le sue cose. E invece, lo confesso, mercoledì scorso ho aperto anche qualche cassetto chiuso a chiave. Non sentivo di tradire la fiducia di Nora, stavo facendo il lavoro per cui vengo pagato: occuparmi della sua giornata lavorativa. I suoi impegni come presidente della Fondazione Beckford mi riguardano. Era la prima volta che la mia datrice di lavoro mi diceva una bugia o solo la prima volta che lo scoprivo?

Alicia e Ramón, i factotum della Scuda, non avevano notato niente di strano. Gli altri collaboratori della Fondazione sono freelance a cui non potevo chiedere aiuto, anche perché, lo dico sinceramente, mi odiano tutti. L'epiteto più gentile con cui si riferiscono normalmente a me è Giacchettina Rompicazzo. Due parole, a loro modo efficaci, per dire che detestano il mio modo di vestire quanto io detesto la loro cialtroneria. Ma mentre io vengo adeguatamente remunerato per dirglielo in faccia, loro devono tacere per non perdere il lavoro.

L'indizio per mettermi in cerca di Nora l'ho trovato quando mi ero già quasi rassegnato. La conosco bene, vive in simbiosi con il cellulare, ma prende continuamente appunti a mano. Lo fa per riflettere, o quando deve imprimersi qualcosa nella memoria. O forse perché ha trascorso l'avvento di Internet e dei social chiusa in carcere, saltando completamente l'era in cui quasi tutti ci siamo abituati a digitare.

Il post-it verde fluo appallottolato era in cima alle altre cartacce, segno che era stato buttato quel giorno stesso. «Residence Alcyon», c'era scritto.

Un posto non molto lontano, a Vittoria Apuana. Un luogo di cui Nora non mi aveva mai parlato.

Farci un salto non mi costava niente, mi sono detto.

Mi sbagliavo.

Da queste parti ci piacciono i richiami dannunziani.

L'Alcyon è un residence tirato su negli anni Cinquanta che il Vate avrebbe bombardato di liriche sprezzanti da un bimotore. L'aspetto spartano e le grandi finestre da colonia marina fanno subito pensare a spiagge ancora dominate dalle dune, ragazzini in canottiera, scapole sporgenti e sandali con gli occhi. Lo nobilitano solo le sue dimensioni ridotte e l'ocra della facciata. Ma è immerso in una pineta e qui questo basta e avanza per poter chiamare in causa D'Annunzio.

Mercoledì è stata l'ultima giornata di caldo estivo. Niente lasciava immaginare cosa sarebbe successo nei giorni seguenti. E non solo meteorologicamente, intendo. Arrivo all'Alcyon che è tardo pomeriggio, il sole radente tinge di arancione i tronchi dei pini ma in alto, sotto il soffitto delle chiome, s'è già annidata la notte.

Il Residence Alcyon è una scoperta, per come risplende di vita nell'autunno disadorno che lo circonda. Il pianoterra è illuminato, i saloni sono ampi, o forse è solo il gioco degli specchi che li fa sembrare degni di un hotel di livello.

Scopro infatti che nel Residence Alcyon quella sera inizia un master per cuochi. Oggi bisogna dire chef, sennò sembra riduttivo. Faccio il giro dell'edificio, guardo da fuori le sale dove pare in programma un buffet sontuoso e scopro anche che il Residence Alcyon è in realtà la succursale di un istituto alberghiero. Per ultimo, scopro che alle spalle dell'edificio principale ci sono dei piccoli bungalow e torno verso il cancello convinto di aver sbagliato bersaglio.

Davanti al cancello c'è un taxi. Di sbieco, in attesa di ripartire, con uno dei fanali allunga una lama di luce bianca sulla coltre di aghi di pino. Il tassista al posto di guida aspetta curvo sul cellulare, lo vedo bene. Le due figure nella penombra accanto al veicolo bianco le distinguo appena. Due voci femminili si intrecciano piano.

Una la riconosco subito.

«Sono contenta» dice Nora. «Sarà una bella settimana, vedrai».

L'altra donna vorrebbe che Nora rimanesse al rinfresco.

«No, meglio di no».

Nora accenna al taxi, le chiede se le serve un passaggio.

«No, è vicino. E qui non iniziano prima delle sette e mezza».

Accento fiorentino, abbastanza calcato. Voce rauca, fuseaux neri e una felpa rosa. La donna mi dà le spalle, mentre Nora invece ora la vedo in volto, rischiarata più da un sorriso che dal riverbero tenue dei fanali. Le allunga il pacchetto di sigarette.

«Sì, mi ci vuole» fa lei.

Nora gliela accende, l'altra fa il primo tiro, lungo, di gusto, non aspetta nemmeno di espirare tutto il fumo e la bacia. Sulla bocca.

Non un bacio lungo, il tassista è lì che aspetta distratto dal cellulare, ma comunque un bacio vero, per capirci, quel nutrirsi a vicenda, il corto circuito che spegne il mondo intorno, anche se nel mondo intorno ci siamo solo io e il tassista.

Dura più di quanto mi aspetti, ricordo, ma questo succede sempre per ogni cosa che non ti aspetti. E Nora la stringe a sé con una mano sulla schiena. Ho ancora bene impresse due silhouette complementari nella penombra.

Si dicono qualcos'altro, vicinissime, e a voce troppo bassa perché arrivi fino a me. Qualcosa che nessun altro al mondo deve ascoltare, neppure per sbaglio. Pochi secondi e mi sento tagliato fuori, da non so neppure cosa. Mi sento l'intruso, l'idiota che però ci ha azzeccato, ma non per questo si sente meno intruso e meno idiota.

Mentre Nora sale sul taxi, la donna s'incammina in direzione opposta. Io mi chiudo la giacca, al tramonto in ottobre si cambia stagione in tre minuti. Ci penso su e mi dico: non è una questione di lavoro, non deve interessarmi.

Ma se è vero che sembra una questione privata di Nora, è d'altronde vero che la bugia era nell'agenda di lavoro. E la nostra è l'età del dubbio, secondo autorevoli studi, su dove finisca il tempo del lavoro e inizi il tempo libero, su quale sia il confine fra pubblico e privato.

Camminando su questa esigua linea di confine seguo la donna fino alla sua meta. Un edificio bianco, a un piano, neanche tanto piccolo, e che sembra una scuola. Se non fosse che la targa sull'inferriata del parcheggio recita «Commissariato».

La donna ci entra alle sei e quarantadue scagliando via la sigaretta, e ne esce alle sei e quarantasette. Prima che si tiri su il cappuccio della felpa, la vedo meglio per un attimo alla luce di un lampione appena acceso. Sui trenta, direi. Bionda finta, con il caschetto. Fisico proporzionato, eppure non è aggraziata, cammina quasi come scalciasse, le punte dei piedi verso l'esterno. Prima di attraversare la strada si guarda bene intorno. Ci sono solo io, ma cambio marciapiede e punto in direzione del lungomare facendo finta di non averla nemmeno vista.

Lei svolta all'angolo fra via Catalani e via Matteotti e torna verso il Residence Alcyon, a braccia conserte, con calma. Cappuccio sulla testa ma sguardo verso l'alto. Un'estranea svagata nel crepuscolo di una città fantasma.

Nora Beckford non ama toccare le persone. Nelle occasioni mondane si sottopone stoicamente a qualche inevitabile stretta di mano e rifiuta fieramente di considerarlo un problema. Toccare altri esseri umani non è un obbligo, prenotare due o tre posti in aereo o in treno per non avere accanto nessuno è un aggravio economico che i conti della Fondazione possono sopportare.

Si immagini, dottor Capoferro, che tipo di relazione potrei avere con una donna così, anche ammesso che decidessi di farmi qualche improbabile film. Quel bacio mi aveva sorpreso, tutto qua. Non sono finito in questa storia per gelosia, ma per curiosità, dottor Capoferro. È un reato, la curiosità? Non credo. Di sicuro è un demone.

Se non sei curioso, non puoi fare il giornalista. E se fai il giornalista, sai come reperire le informazioni. Diciamo pure che oggi il problema non è tanto andarle a cercare, quanto trovare l'informazione giusta che è una goccia, una sola, in un diluvio.

A proposito, il giorno dopo pioveva. Come se l'estate fosse fuggita con l'ultimo treno della notte precedente. I pochi ombrelloni sulla spiaggia, chiusi come fiori avvizziti, sembravano abbandonati da anni.

Per capire chi fosse la finta bionda potevo partire dall'elenco dei partecipanti al master per cuochi dell'Alcyon. Ovvio che se l'avessi chiesto all'istituto alberghiero mi avrebbero opposto la sacra tutela della privacy, e così mi sono rivolto al più colossale sistema di schedatura mai concepito nella storia del genere umano, nonché il primo a cui gli schedati partecipano pubblicamente e spontaneamente.

Le foto del buffet d'inaugurazione erano su ben tre social network. I partecipanti erano sedici in tutto, con la finta bionda sempre defilata, sullo sfondo, nonché l'unica a non essere mai taggata per non aver evidentemente aderito alla schedatura di massa. La conoscenza affettuosa con Nora, il rapido passaggio in commissariato e l'assenza dai social: un'idea ormai ce l'avevo. Mi mancava solo il nome.

Potevo chiederlo a Nora, mi dirà.

Ma neanche l'orgoglio è un reato.

La pazienza invece è una dote. A conti fatti, raggiunge molti più obiettivi delle grandi intuizioni, molto sporadiche e spesso aiutate dalla fortuna. Oddio, è meno spettacolare. Ma io ho usato la pazienza del ragno. Se la rete è fitta e regolare la preda prima o poi ci finisce. La dico meno pomposa: mi sono messo a guardare tutti i contenuti pubblicati su quel primo giorno di corso. Ci ho messo sei ore, più o meno, ma sullo sfondo di un video verticale di cinquanta secondi, uno dei docenti faceva una specie di appello dei corsisti. La giovane donna con il caschetto attraversava la sala al nome di Stella *più* qualcosa che suonava come Cantone, Randone o forse Cardone. Arrivare a Stella Carbone è stato abbastanza rapido.

Quelle due parole vicine così diverse, anche solo nei colori che evocavano, erano già nella mia memoria di nerista.

Non so quanto ricordi del caso Villanova, dottor Capoferro, dal momento che otto anni fa, se non vado errato, lei era sostituto procuratore a Cosenza. La famiglia Villanova è piuttosto conosciuta, in Versilia. Mio padre aveva avuto qualche screzio con il capostipite Alberto, arrivato dall'Emilia negli anni Trenta al seguito del padre prefetto e capace di aggiudicarsi ottanta metri di concessione sulla spiaggia nel dopoguerra. I due figli sono partiti da lì per costruire il loro arcigno fortino di successo locale soprattutto grazie a Marzio, il maggiore. Marzio Villanova otto anni fa possedeva un discobar, due residence per vacanze e il ristorante all'interno del Garden Hotel, un cinque stelle in stile déco con tre piscine ben nascoste nel verde, di cui una con cascata e una di venticinque metri.

Marzio Villanova portava un'onda di capelli bruni sulla fronte che per quanto ricordo non lo aveva mai fatto sembrare un ragazzo neanche a vent'anni, quando aveva strappato un diploma di ragioniere da ripetente. Con il suo taglio di bocca rettilineo sosteneva di voler davvero bene solo ai suoi quattro cani, affermazione di cui nessuno ha mai dubitato. Nel periodo in cui fu presidente di un'associazione di albergatori (cioè i sei mesi necessari a quegli albergatori per capire quale gravissima cazzata avessero compiuto nello sceglierlo), fu costretto a esporsi un minimo in pubblico. Rilasciava interviste sulla terrazza assolata del suo hotel, ma sempre con la fretta scocciata di un comandante che ha lasciato il ponte di comando a dei sottoposti incapaci. Marzio Villanova era uno che farselo nemico era meglio di no, ma farselo amico era praticamente impossibile.

È brutto dirlo, ma quando la mattina del 15 settembre di otto anni fa si sparse la notizia che l'avevano trovato morto nel suo ristorante non ci fu la corsa a stendere drappi neri ai balconi. Marzio Villanova aveva quarantotto anni, pochi per morire, e trentaquattro coltellate addosso, troppe per sopravvivere. Suo fratello Dennis era passato dal ristorante a salutarlo poco dopo l'una e l'aveva trovato riverso nel cortiletto del retro, a pochi metri da una porta secondaria della cucina, fra latte di olio esausto, sedie rotte e un paio di vecchi frigoriferi industriali. Nel buio sembrava vestito di scuro, in realtà indossava camicia bianca e pantaloni celesti, come tutte le sere. Era come se si fosse tuffato vestito in una vasca di sangue, per riprendere l'efficace immagine di un amico poliziotto.

Non avevano neppure provato a chiamare i soccorsi. All'ospedale ci avevano portato Dennis, svenuto pochi minuti dopo aver telefonato alla polizia. Dennis il tormentato, il sensibile, il frequentatore di mostre d'arte nonché l'organizzatore di eventi culturali con i soldi del fratello, hanno sempre detto. Cagionevole di salute fin da piccolo, anche a me è sempre sembrato solo più longilineo e più taciturno.

La notizia fece scalpore, ma dopo neppure due giorni una cameriera di appena ventuno anni confessò l'omicidio. Aveva preso dalla cucina un coltello *santoku* di acciaio damascato, si era nascosta nel retro e aveva aspettato che se ne andassero tutti. Lo voleva solo minacciare, sostenne la ragazza al processo, ma Marzio l'aveva liquidata con poche parole. Me lo immagino, a volte nemmeno si capiva come facesse a uscire la voce da quel taglio di bocca dritto. C'era una questione di straordinari non pagati, di stipendi in ritardo e di giorni liberi mai dati. Tutte circostanze che lei poté dimostrare solo in parte, mentre era dimostrato che all'inizio della stagione aveva preso per i capelli un'altra cameriera, e l'aveva convinta, se così si può dire, a trovarsi un altro lavoro. La difesa giocò la carta della giovane età, della personalità borderline, di una storia familiare di abbandoni e insicurezza.

Stella Carbone si beccò undici anni e sei mesi.

Ma torniamo alla sera di giovedì. Non era mia intenzione parlare di Stella Carbone con Nora, non avevo alcuna voglia di infilarmi in una discussione devastante, e in più tornavamo da un aperitivo che il maltempo aveva confinato al chiuso di una veranda. Il sovraffollamento aveva messo di malumore Nora e ci eravamo defilati prima delle undici.

Il viale a mare della tarda sera era dritto e senza vita quasi come certe interstatali americane. Al posto delle insegne estive zittite dal buio brillavano le frasche delle palme, l'asfalto, le siepi di oleandro libere di crescere senza essere squadrate.

Si era alzato il vento e aveva smesso di piovere. Ho aperto il finestrino. M'è arrivata in faccia una folata densa di salmastro e di umori sabbiosi.

Nora mi ha chiesto subito di chiudere, ha ripiegato le ginocchia sul sedile, ha controllato qualcosa sul cellulare. Ha aspettato il rumore ovattato del cristallo che viene quasi risucchiato dalla guaina. Poi è partita all'attacco: avevo parlato con il nostro social media manager? Da Art Basel avevano indicato un loro referente di fiducia per la mostra a Miami o dovevamo muoverci autonomamente? E l'intervista per «Paris Match»? Eravamo d'accordo di rinviarla fino alla notizia ufficiale della mostra con le date definitive, ma la giornalista le aveva scritto di nuovo, in attesa di notizie. Come mai?

«La fonderia invece, che dice? Vorrei mettere in mostra dei vecchi calchi che mio padre...».

«La fonderia è passata di proprietà e...».

«Dario, che succede?».

Semaforo giallo. Mi sono fermato e l'ho guardata. Nora ha acceso le luci dell'abitacolo.

«Stiamo parlando di maggio del prossimo anno, Nora. È tutto a posto».

«Stiamo parlando di una mostra su mio padre patrocinata da Art Basel a Miami. E non sei sul pezzo».

Il semaforo è diventato rosso.

«Tranquilla».

«Non raccontarmi cazzate».

Il motore in start and stop, un fruscio di vento fuori. Il deserto nello specchietto retrovisore. Ho tolto le mani dal volante.

«Raccontami tu di come è andata a Pisa, piuttosto. Davvero stai pensando di spostare Black Box dalla Scuda?».

«Non vedo cosa c'entri».

«Non raccontarmi cazzate tu, ora. È arrivata la mail da Art Basel, io ti ho cercata e tu non eri a Palazzo Blu. Non c'eri, perché non avevi nessun appuntamento e non ti eri portata dietro il cellulare».

La discussione sarà durata almeno venti minuti. Venti minuti davanti a un semaforo che ci spiava imperturbabile con i suoi occhi di tre colori. Venti minuti in cui nemmeno ricordo se sia passato qualcuno. Un'auto o due, forse. Venti minuti orribili.

«Dario, mi hai spiato».

«Ti ho cercato dove avevi detto di andare. È stato quello il mio errore».

«Non posso più fidarmi di te, è questo che mi stai dicendo?».

«Ti sto dicendo un'altra cosa, Nora».

Non è parsa interessatissima.

«*Shoot*» ha detto poi, con un mormorio spavaldo.

Ricordo di aver agitato le mani come a sgombrare una lavagna immaginaria.

«È molto semplice. Tu Stella Carbone non la devi incontrare».

«E questo lo decidi tu?».

«Sai benissimo il perché. Ti sei dimenticata il cellulare a casa, proprio quando sapevi di incontrarla. Che cosa hai in mente?».

«Rimetti in moto e andiamocene da qui».

«Nora, la tua amica è in permesso premio e a una detenuta in permesso premio è vietato incontrare pregiudicati».

«E io tecnicamente sono una pregiudicata. E lo sarò sempre».

«Tecnicamente, se la tua cara amica Stella Carbone decide di fare qualche cazzata o non rientra in carcere chi vengono a cercare? Ma non ci pensi? Siete state compagne di cella per due anni e mezzo. Vi siete anche trovate abbastanza bene, mi pare...».

«Che squallore, Dario».

Sì, forse aveva ragione. Ma le ho detto che non mi importava, io da parte mia volevo solo che non ci tornasse lei, in galera, per colpa di una come Stella Carbone. Quella in carcere non c'era finita per caso o per sbaglio. Di aver assassinato Marzio Villanova l'aveva confessato. Trentaquattro coltellate. Ci può volere anche un minuto, per dare trentaquattro coltellate. Non è un attimo, un dito che preme sul grilletto. Dopo il primo fendente, hai il tempo di chiederti *cosa cazzo sto facendo?* Vedi tanto sangue e ti arriva addosso, mentre dai trentaquattro coltellate. Vedi gli occhi di un altro essere vivente persi davanti alla fine imminente di tutto, lo senti mentre ti implora di non farlo precipitare nel nulla. Ma mi sto dilungando inutilmente.

Neppure con Nora ho dovuto dilungarmi troppo. Lei non chiedeva di essere protetta da niente e da nessuno, mi ha detto. Se proprio avevo la vocazione del paladino, potevo difenderla anni prima, mi ha rinfacciato, altro che mettermi a frugare fra le sue cose, altro che pedinarla e spiarla.

«Mi sono trovato lì. E voi eravate per strada, Nora. Appoggiate a un taxi».

Non so quanto saremmo andati avanti se a un certo punto non avessimo sentito picchiettare al finestrino.

Ecco cosa stavamo facendo, dottor Capoferro, quando la mia auto ferma sulla carreggiata ha attirato l'attenzione di una gazzella dei carabinieri di passaggio.

Questa era la discussione fra Nora Beckford e me. Tutto qua.

Andiamo alla mattina di venerdì. Mi suona il campanello intorno alle otto e mezza. Vado ad aprire con lo spazzolino fra i denti e mi ritrovo davanti Nora. Da qualche tempo porta una falda di capelli appuntita che quella mattina le accarezza il collo alto del maglione. Appoggia sul divano una grande busta griffata, cartone opaco di un bianco metallico e cordoni dorati.

«Ci ho pensato su, stanotte. Hai ragione».

Nora è imprevedibile. Prendere o lasciare.

«Meglio che io non incontri Stella. È un rischio senza senso».

Vado verso il bagno, Nora mi segue. Mentre sputo nel lavandino la vedo nello specchio, appoggiata allo stipite.

«Stella però ha bisogno di aiuto».

«Proprio da te?».

«Gliel'ho promesso quando eravamo dentro».

«E allora?».

«Allora, visto che fra noi sei l'unico non pregiudicato, ti chiederei di farmi da tramite. È il suo primo permesso premio. Fra una settimana torna in carcere. Vuole solo passare qualche giorno decente e se ha bisogno di qualcosa, qualsiasi cosa, ti chiederei di darle una mano. Ti secca?».

In quel momento penso che mi secca, e non poco. Del passato in carcere di Nora meno so meglio è, questa è stata sempre la mia regola. E portare in giro una detenuta in permesso premio mi fa intravedere un container di potenziali casini.

Mentre quella mattina rimetto a posto lo spazzolino, tutte queste ragioni mi sembrano incontrovertibili. Poi Nora si sfiora la falda appuntita di capelli, come se la stesse disegnando in quel momento con le dita, e rispondo che non c'è problema. Perché so qual è la posta in palio anche prima che Nora si prenda la briga di chiarirla.

«Non fidarmi di te mi fa sentire veramente di merda, Dario».

«Quanto dura il permesso premio della tua amica?».

«Una settimana».

Una settimana passa presto, mi dico ancora.

Esco dal bagno, vado a sbirciare nella grande busta. Vestiti ordinatamente piegati.

«Per il momento ti chiederei di portarle questi».

«Okay».

«Dove trovarla lo sai già. Fanno pausa alle due».

Mi era già successo andando a intervistare qualcuno in carcere. Dopo qualche anno di detenzione le persone perdono l'abitudine ai convenevoli. Due minuti e un detenuto può parlarti come se ti conoscesse da anni. Ti fa domande dirette, personali, anche inopportune. Perché tu sei uno del mondo fuori e del mondo fuori, delle sue banalità di tutti i giorni, chi sta in carcere ha una fame divorante. Vuol far vedere a te, ma soprattutto a se stesso, che non si è dimenticato com'è la libertà, che non si porterà il carcere dentro anche quando sarà fuori. Spesso finisce per dimostrare proprio l'opposto.

«Tu sei Dario, il giornalista» mi ha salutato, davanti al suo bungalow, alle due in punto. Poi Stella Carbone si è slacciata il grembiule da cucina chiazzato di sugo, si è sciolta il codino corto di capelli biondo platino, scurissimi alla radice. Mantenendo la modalità-maggiordomo, le ho porto la grande busta e le ho riassunto perché c'ero io al posto di Nora.

«Ma come? No, vaffanculo» è stata la risposta. E io ancora lì, braccio proteso, ad aspettare che questa qua si decidesse a prendere la busta.

Un sibilo di vento improvviso ha scosso i pini, sopra di noi. C'è piovuta addosso una cascata di aghi secchi.

«Vabbè, entra» mi ha fatto, «un attimo».

E invece di mollare la busta sulla porta del bungalow sono entrato.

Era un ambiente unico, con un letto a castello di metallo, un cucinino a piastre elettriche, un tavolo tondo di fòrmica color panna.

Stella Carbone mi ha quasi strappato la busta dalle mani, l'ha svuotata sul tavolo, ha iniziato a tirar su camicette e pantaloni come si fa da un banco del mercato. Solo che tirava su vestiti di Nora comprati in giro per mezza Europa. Non mi pareva che se ne stesse rendendo conto.

«Forse sei meglio tu di Nora. Ho bisogno di un consiglio da uomo».

Come se fosse in un camerino di prova, è rimasta in slip e reggiseno e ha iniziato a infilarsi e sfilarsi roba.

Una gonna pantalone color vinaccia, un twin set acquamarina, poi un golfino di ciniglia blu elettrico.

«Cosa mi sta meglio? Sincero...» mi ha puntato il dito contro.

«Sincero. La camicetta bianca con la gonna pantalone beige» ho detto.

Mi ha lanciato un'occhiata sistemandosi lo scollo, io ho alzato il pollice, lei ha aperto un'anta dell'armadio per guardarsi nello specchio interno.

«Volendo anche con questo maglioncino blu sopra, no?».

«Volendo».

«Guarda che non posso sbagliare».

«Ha voluto la mia opinione».

«Perché non mi dai del tu? Io ti do del tu, lo senti? Ti sto sulle palle?».

Un po' sì, stavo per dire. Anzi, l'ho detto proprio, ma lo scroscio improvviso dell'acquazzone sul tetto ha coperto tutto.

Si è tolta la camicetta aprendo una vista generosa su un seno ingombrante per un fisico come il suo, spalle strette e fianchi appena accennati. Forse era stata una di quelle ragazze che cambiano fisicamente di colpo, da una stagione all'altra. Tutto il resto fatica ad adeguarsi e, alla fine, non ci riesce mai più. La mia attenzione, giuro, è finita però su due tatuaggi. Un orologio senza lancette sull'ombelico e una scritta sull'avambraccio. *Normali sarete voi*. Si è rimessa addosso un maglione e un paio di jeans larghi.

«Un caffè?».

Stella Carbone me l'ha chiesto, ma intanto aveva già messo due tazzine rosse sul tavolo. Ho guardato fuori: non potevo muovermi da lì, attraversare quei cento metri scarsi di pineta era come passare sotto le cascate del Niagara.

«Ieri Nora mi ha fatto due palle così con te» mi ha informato, mentre svitava la caffettiera.

«Mi dispiace».

«In effetti sembri uno buono» ha proseguito. «Ha avuto culo. Lei lo sa, lo sappiamo tutte che quando esci è un casino. Lei è piena di soldi, io sono una disgraziata, ma è sempre difficile che un uomo decente accetti di stare con una uscita di galera».

Stella aveva così inquadrato la situazione e tirato conclusioni che nessuno, tantomeno io, le aveva chiesto. Le ho domandato fra quanto sarebbe uscita, lei s'è agganciata il labbro inferiore con un dito, presa all'amo da un pensiero che avrebbe preferito evitare.

«Con gli sconti di pena, ancora due anni e quattro mesi».

Ha appoggiato un pacchetto sgualcito con dei rimasugli di zucchero sul tavolo.

«Pensi che è troppo presto?».

«È quello che ti hanno dato. Stop. E poi che farai? Lo sai già?».

«Voglio mettere su un ristorante. Ho delle idee io... Lo so che funzioneranno un casino. Basta che nessuno me le rubi prima che esco. Vuoi che te le racconti?».

Lo sbuffo di vapore odorava di moka incrostata e di polvere di sottomarca lasciata da qualche villeggiante in fondo a un cassetto. Era il preludio perfetto a un caffè orripilante. Ogni tanto anche io non mi sbaglio.

Il ristorante più vicino del mondo a un vulcano in attività. Per via dell'energia, ha detto.

«E per cuocere tutte le pietanze con la lava».

«Pure».

Questa era solo la prima delle grandi idee di Stella. Dieci minuti dopo ha affermato convinta che prima avrebbe fatto la cuoca a bordo di uno yacht per almeno due o tre anni. Per vedere il mondo. Di punto in bianco, si è stufata delle mie reazioni, tutt'altro che incandescenti, e ha detto che doveva incontrare una persona.

«L'avevo capito».

«Questo caffè fa schifo, vero?».

«Vero».

Stella ha sgombrato il tavolo, ha versato il resto del caffè nel lavello.

«Ma è meglio se prima la contatti tu, per me».

Ho sentito un brivido di freddo alle spalle. E non era l'aria ormai impregnata di pioggia, era stato quel *ma*.

«Perché?».

Si è rifatta il codino, più stretto, sembrava volersi tirare la pelle del viso per perdere ogni espressione. Più o meno quello che avrei voluto fare io quando ho sentito la risposta.

«La persona che devo incontrare è Dennis Villanova».

«Il fratello...».

«Il fratello di Marzio Villanova».

«Vuole vedere il fratello dell'uomo che ha ucciso. Che senso ha?» ho chiesto a Nora più tardi.
«Non lo so. Gli vuole chiedere perdono».
«Sono questioni che passano dagli avvocati».
«Non lo so, non ho mai pensato di chiedere perdono ai genitori di Irene Calamai».

Ero convinto che Nora sapesse di più, ma ancora una volta mi sono detto che non mi importava, ero solo un messaggero, un tramite. A me interessava solo riprendermi la fiducia di Nora anche a costo di presentarmi venerdì sera al Ricky's Bar, il pretenzioso ristorante del Garden Hotel, un cinque stelle gestito da Dennis Villanova e da sua moglie Ludovica.

Definire bar un ristorante stellato fa parte della messinscena. Così alla grossa, per gran parte del Novecento i ricchi di questa zona li avevo divisi in due categorie. I ricchi da qualche generazione tengono assai a quell'atmosfera informale, a quella rilassatezza imposta che ben riassumono nel colloquiale termine *décontracté*. I secondi, invece, ricchi ci sono diventati, in genere a scapito di qualcun altro con le pezze al culo che stava lì, accanto a loro ai nastri di partenza del dopoguerra. Per ragioni non sempre chiare, qualcuno aveva sentito la pistola dello starter un decimo di secondo prima degli altri e prima degli altri, inevitabilmente, si era accomodato su una concessione demaniale o su un terreno.

Il padre dei fratelli Villanova, Alberto, era uno di questi ultimi. Su ottanta metri di spiaggia aveva messo su il Bagno Sorriso e la rinomata gelateria Angelica. Il che ha un retrogusto di ironia non banale, visto che ai clienti lui non sorrideva mai, né gratis né a pagamento. E quanto ad Angelica, sua moglie, era nota per allestire l'inferno a qualsiasi donna più giovane finisse a lavorare troppo a contatto con il marito.

Il padre dei fratelli Villanova non aveva mai avuto né la voglia né il bisogno di assomigliare agli altri ricchi e suo figlio Marzio aveva ricalcato fedelmente le sue orme. Aveva solo testimoniato quel minimo di evoluzione della specie. Si era iscritto al golf club senza andarci una volta e dall'élite borghese aveva imparato a dividere saggiamente la propria cantina fra bottiglie di piacere e bottiglie da investimento. Dal sarto dei ricchi veri si era fatto confezionare su misura la camicia ridotta a brandelli dalle coltellate di Stella Carbone.

Dennis no, lui al grande salto aveva aspirato fin dall'inizio. Me ne sono reso conto anche venerdì sera, quando sono entrato nel salotto déco che fa da anticamera del Ricky's Bar. Il ristorante era aperto, l'hotel anche, ma il primo era pieno e il secondo no. In effetti è difficile immaginarsi che tipo di clientela possa frequentare un albergo così di lusso così fuori stagione. Di tappeto in tappeto le mie scarpe non avevano emesso il minimo rumore e Dennis Villanova ha registrato la mia presenza con un sussulto di sorpresa. Non si è alzato per salutarmi, mi ha dedicato un sorriso stanco. Portava una giacca di tweed e una sciarpa molle abbandonata sul collo, dello stesso colore delle foglie cadute che orlavano i vialetti del giardino oltre le finestre. Spesso gli occhi chiari sono associati a uno sguardo penetrante, ma non è il suo caso. Ha qualche anno meno di me, ma venerdì sera mi è parso più vecchio: uno che con la mezza età aveva liquidato l'idea stessa di giovinezza come sciocca ed effimera. Coccolava fra le dita ossute un bicchiere di brandy e ho avuto la sensazione di dargli fastidio. Una sensazione mitigata solo dalla certezza che tutto il resto del mondo gliene provocasse anche di più.

«Mio fratello lo odiavano tutti... crede che non lo sapessimo? Ma lui... sembrava che ci tenesse a essere odiato. Lei cosa pensa dell'odio?».

Una domanda del cazzo, altisonante e per giunta calata dall'alto con un bicchiere di brandy in mano. Meritava una risposta adeguata.

«L'odio? Lo trovo più affidabile. Smettere di amare, sa, quello capita anche in un giorno o in un'ora. Anche non volendo. Smettere di odiare è difficile, ci vuole molto impegno, molto tempo e poi non è detto che ci si riesca».

«Sa una cosa, Corbo? Lei è molto meglio di quanto dicono di lei in giro».

«Non ci vuole molto».

Ha sorriso, ha succhiato un piccolo sorso come se prendesse una medicina, si è quasi rannicchiato sulla poltrona, in una posa da adolescente rinchiuso nella sua camera, al riparo dal mondo.

«Vede, Corbo, l'odio porta a essere schematici, intransigenti, a non cogliere le sfumature e a commettere degli errori. Chi odia è destinato a perdere, sempre. Mio fratello si faceva odiare, e si è sempre messo nelle condizioni di avere la meglio».

«Purtroppo, non proprio sempre, mi pare» ho osservato. «Suo fratello, invece, non odiava nessuno?».

«Odiava me».

Devo dire, dottor Capoferro, che in quel momento Dennis Villanova mi ha sorpreso. L'attimo successivo però ho avuto l'impressione che il colpo di scena fosse attentamente studiato.

«Mi odiava fin da quando eravamo piccoli. Mi odiava perché ero quello debole, ero il fratellino malato... e i nostri genitori impedivano anche a lui quello che era pericoloso per me. Andare in bicicletta, giocare a pallone, l'autoscontro, lo skateboard... in due parole tutto. Quando mi facevo male, la colpa era un po' sua che non era stato attento a me. Ma un bambino emofiliaco si fa male continuamente. Mi bastava picchiare contro uno stipite, contro il pedale della bicicletta... provavo sempre a far finta di nulla, avevo paura che Marzio mi odiasse ancora di più. Il livido lo nascondevo, ma il più delle volte non serviva, perché dopo qualche giorno mi ritrovavo con un ginocchio grosso così, con la mano gonfia. Costretto a fare ancora meno del pochissimo che facevo. E Marzio lo obbligavano a stare con me. A giocare con me, ma a cosa? Ero un pupazzo di cristallo. Quando lui aveva otto anni io ne avevo quattro, quando ne avevo otto io lui era già alle medie. *Ma tu che sei nato a fare?*, mi ha detto un giorno. A ripensarci bene, lo sa che aveva ragione? I nostri genitori avevano il cinquanta per cento di possibilità di avere un figlio emofiliaco. Con Marzio si erano giocati metà delle probabilità. Che bisogno avevano di dare ragione alla statistica mettendo al mondo anche me?».

Era una di quelle tirate a cui aggiungere anche un solo *mi dispiace* sarebbe stato da idiota. Così ho deciso di tornare al punto.

«E lei? Odia Stella Carbone?».

«Francamente? No».

«Quindi la incontrerebbe?».

Da qualche altro salotto ovattato da tende e tappeti sono arrivati i rintocchi di un orologio a pendolo. Dennis Villanova ha finito il brandy quasi con determinazione ed è sembrato riaversi.

«Quella donna ha avuto la fortuna di uccidere un uomo molto odiato. A forza di attenuanti, ne hanno fatto quasi un'eroina dei lavoratori sfruttati. Ha avuto l'approvazione silenziosa di tutti, a cosa le servirebbe il mio perdono? Ha scontato appena otto anni, fra un paio sarà libera e con tutta la vita davanti. Molta più vita di quanta ne abbia davanti io».

«Questo mi dispiace».

Ecco, l'avevo detto.

«Non è certo colpa sua. È la statistica, Corbo».

Al decimo rintocco s'è alzato e mi è venuto incontro porgendomi la mano.

«Incontrare l'assassina di mio fratello, dice... devo pensarci».

«Ci pensi in fretta, martedì Stella Carbone rientra in carcere».

«Lei mi assicura che la cosa non avrà nessuna pubblicità? Che rimarrà tutto riservato?».

«Non sono qui in veste di giornalista».

«E in veste di cosa, allora?».

«Un semplice tramite» ho risposto. E fino a quel momento, dottor Capoferro, ero del tutto sincero.

Perché poi quella notte, a casa, ho cercato tutto quello che c'era in rete sull'omicidio di Marzio Villanova. Ho letto tutti i coccodrilli sull'imprenditore coraggioso, figlio d'arte del grande Alberto. È vero, nella prima metà del secolo scorso questa era in gran parte terra di nessuno, ma mi ero quasi dimenticato la retorica dei pionieri del turismo. Gente che per aver piantato un centinaio di ombrelloni è stata celebrata alla stregua di chi ha imbullonato seimila traversine della prima ferrovia in California sotto le frecce degli Apache. Nella notte fra venerdì e sabato ho letto della totale dedizione di Marzio Villanova al lavoro e all'ospitalità, del livello che pretendeva dai suoi collaboratori. E infine del folle gesto di una dei tanti giovani a cui il dinamico imprenditore aveva dato fiducia e lavoro. Immeritatamente, questo era il sottotesto.

Mi sono addormentato alla scrivania. Mi ha svegliato l'odore della notte, aspro e fradicio, quando una folata di vento ha spalancato una finestra.

Sabato mattina piove, senza tregua, e io inizio presto a tartassare tutti i colleghi che si erano occupati dell'omicidio di Marzio Villanova. Non intendo rivelarne l'identità perché un giornalista deve proteggere le proprie fonti, a maggior ragione se sono colleghi.

Il primo mi racconta di quando Marzio Villanova trattò l'acquisto di una villa nel quartiere di Roma Imperiale, settecento metri quadrati più duemila di giardino con piscina. Versò la caparra, traccheggiò per un paio di mesi e si ritirò dall'affare nel momento in cui capì che i venditori avevano bisogno dei soldi come dell'aria da respirare. Aspettò che fallissero e se la aggiudicò all'asta per metà di un prezzo già misero, e senza che ci fosse un rialzo.

«Qualcosa del genere ha fatto anche con il Garden Hotel» ha concluso. «Sembra che quando ha iniziato a gestire il ristorante abbia anche cominciato a prestare soldi alla famiglia Marchesi».

«Che erano... i proprietari».

«Esatto. Tre o quattro anni e i Marchesi erano così indebitati con lui che Marzio Villanova non gli pagava più neanche l'affitto del ristorante. Glielo scalava dagli interessi».

«È per quello che poi l'albergo se l'è preso Dennis?».

«Non lo so. Marzio è morto, Dennis ha sposato la figlia dei Marchesi e il salmo è finito in gloria».

Con il secondo sono piuttosto fortunato. Lo becco che s'è appena svegliato, ma non si infastidisce per quello. L'acido nel suo tono si deve tutto al fatto che sua nipote e un'amica hanno lavorato per Marzio Villanova. Una al discobar, un'altra come tuttofare in uno dei residence.

«Quando era vivo non si poteva, quando l'hanno ammazzato neanche, ora che è morto da otto anni si potrà».

«Cosa?».

«Dire che Marzio Villanova era uno stronzo, Dario. Vabbè, a parte la solita retorica della stagione... la stagione è una sola, è una questione di vita o di morte, è come la guerra e si va in trincea. E in trincea non si contano le ore, non ci si lamenta, non si pretende il giorno libero. Fin qui Villanova non inventava mica niente di nuovo, figurati. Lui però è stato fra i primi a dare il cellulare aziendale per le comande, e aveva le videocamere anche nei locali di servizio, fottendosene alla grande della legge e dei sindacati. Per non dire della bilancia. Mia nipote e la sua amica me l'hanno raccontato tutte e due, era una specie di rito obbligatorio».

«Il rito della bilancia?».

«Prima e dopo il servizio. Se avevi preso anche solo trecento grammi significava che ti eri fermato a mangiare o a bere, che non avevi sudato abbastanza. O che ti stavi portando a casa qualcosa. Guarda, se trovi un cane che abbia lavorato per Villanova più di una stagione ti invito a cena. Ma non al Ricky's Bar, quel posto per russi coglioni che godono a pagare venticinque euro per una bruschetta».

Anche il terzo ha delle informazioni mai emerse ufficialmente.

«All'inizio sembrava che ci fossero di mezzo *altre* questioni. Che Villanova voleva ripassarsela e Stella non ne voleva sapere, insomma. Otto anni fa andai a parlare con diversi dipendenti, ma non venne fuori niente».

Obietto che, vista l'atmosfera, in molti avranno avuto paura di fiatare. Ma il collega numero tre insiste, secondo lui Marzio Villanova sulla cerniera dei pantaloni ci teneva un lucchetto, almeno al lavoro.

«Una volta mi disse: "Ma secondo te io rischio una denuncia penale e fior di soldi in avvocati per scoparmi una cuoca? Con duemila euro mi affitto una fica da paura e ci faccio quello che voglio, senza noie e senza tante manfrine". E non è che gli mancassero duemila euro, al Villanova».

Certo che no. Obietto che, però, vai tu a sapere. Le pulsioni umane sono strane, imprevedibili.

«Marzio Villanova non aveva pulsioni. Non era umano».

Sarò onesto, dottor Capoferro, questa interpretazione tuttora non mi convince, soprattutto alla luce di quanto la mia terza fonte mi racconta come ciliegina sulla torta.

«Dice che pochi giorni prima Stella Carbone aveva rovesciato un contenitore di salse in cucina, e che Marzio l'aveva costretta a pulire il pavimento, in ginocchio, davanti a tutti i colleghi».

Tutto questo mi sembra molto compatibile con l'essere umano. Si chiama crudeltà e, a quanto mi risulta, nessun altro animale trae divertimento o piacere dalla sofferenza altrui. A eccezione dei gatti domestici, forse. Ma, non a caso, convivono con l'uomo da millenni.

Sabato alle due mi sono ripresentato all'Alcyon. Stella Carbone mi aspettava sulla porta del bungalow e le ho risposto ancora prima che facesse la domanda.

«Dennis Villanova ti incontra. Lunedì sera» le ho detto.

Non mi è parsa sorpresa. Direi soddisfatta, forse addirittura intenta a reprimere una botta di felicità quasi paralizzante. Poi mi ha chiesto se avevo pranzato e si è scansata dalla porta. In realtà aveva già apparecchiato il tavolo tondo con una tovaglia di carta, bicchieri scompagnati, recipienti di plastica trasparenti.

«Stamattina c'era una masterclass sugli sformati» ha detto, e ha anche spostato la sedia per farmi accomodare.

Non è questa la sede per soffermarmi sulle pietanze. Mi limito a ricordare almeno il flan con castagne, funghi e gorgonzola. Strepitoso.

«Il segreto è che ci vogliono porcini secchi e porcini freschi» mi ha rivelato Stella. «Nel frigo ho messo due flan da portare a Nora».

Non so quanto abbiamo parlato, forse due ore. Sembravo il primo avventore del ristorante che Stella avrebbe messo su all'uscita dal carcere. E lei una bambina che, quando si gioca, si deve fare sul serio. Mi ha chiesto di Nora, ma dopo mezzo minuto ha iniziato lei a raccontarmi di come in cella le insegnava l'inglese, le indicava le detenute che facevano la spia e le guardie che chiudevano un occhio.

«E poi faceva credere che stavamo insieme. Mi ha evitato un sacco di casini, perché nessuno toccava la ragazza di Nora. Nora era fra le veterane. Bastava che ci baciavamo ogni tanto, e tutte ci credevano. Oh, non pensare che sono lesbica».

«E anche se fosse?».

«Nora invece un po' sì, cioè... io lo facevo solo perché... anche se non mi dispiaceva baciarla. L'hai mai baciata, Nora?».

«Possiamo cambiare discorso?».

«Scusa, credevo...».

«Possiamo cambiare discorso?».

«Come vuoi. Il caffè neanche te lo propongo» fa a un certo punto.

«Ecco. Andiamo a prenderlo fuori. Due passi ci faranno bene».

Il corso ricominciava alle cinque e la pioggia si era smorzata. Il lungomare distava duecento metri e il sole si stava affacciando per la prima volta sotto grandi nuvole da burrasca. Siamo andati in cerca di un bar aperto per un bel po', lei strizzata in un piumino argentato con la marca scucita, io con la sciarpa che mi sventolava sulla faccia.

«Sai, ho visto una serie, c'era della gente morta che tornava in vita».

«Tipo zombie?».

«No, tornava viva, normale. Però ci tornava un giorno solo».

«E poi?».

«Poi niente. Moriva per sempre».

«Non c'è limite alla perfidia di certi sceneggiatori».

«Comunque io mi sento così. Ora sono viva, ma fra tre giorni muoio».

«Ma no, ti manca poco ed esci».

«Sai, era meglio se non mi ricordavo come si sta fuori. Dopo una settimana di permesso premio, anche un giorno dentro non finirà mai».

«Stella, per carità. Non ti far venire in mente cazzate».

«Ma dimmi… come l'hai visto?».

«Dennis? A dire il vero, stanco».

«È appena finita la stagione, del resto».

«E in più ora hanno il bambino piccolo».

«Un bambino piccolo?».

«Due anni, più o meno. Un bell'impegno».

«Non lo sapevo».

«Nemmeno io. E allora?».

Ho avuto la netta sensazione che le mie parole si siano sfaldate nel vento prima di arrivare alle orecchie di Stella. Anche perché si è allontanata a parlare a voce bassa, fra sé. Le ho indicato un bar, finalmente, senza tavolini all'esterno, con la tenda ritratta, ma da fuori si vedeva una luce.

A Nora non piacciono i funghi.

«Non mangio parassiti» commenta quella sera, quando le metto sulla scrivania i contenitori mandati da Stella. «Tu però dille che mi sono piaciuti».

Dovremmo fare il punto della situazione sulla mostra a Miami, ma sabato sera finiamo a parlare di Stella. Perché a me non torna nulla di questo incontro fra l'assassina e il fratello della vittima. Non torna quella frase, quella sua sorpresa quando ha saputo che Dennis Villanova e Ludovica Marchesi hanno un figlio.

«"Non lo sapevo", ha detto. Perché avrebbe dovuto, secondo te? E perché le interessa?».

Nora chiude il suo pc, io faccio lo stesso con il mio, penso che sia il segnale di fine riunione, e in effetti va alla finestra rigata di pioggia e incrocia le braccia. Il suo volto esce dal cono di luce dell'abat-jour, la sua figura quasi sparisce in mezzo alle torri di libri e riviste che salgono dal pavimento, dai tavolini, dalla mensola del camino.

«Si sono scritti».

«Chi?».

«Il fratello di Marzio Villanova e Stella. Arrivava una lettera ogni due o tre mesi, più o meno. E lei rispondeva, ovvio».

«E sai anche perché?».

«No. Stella non me l'ha mai detto, e io non gliel'ho mai chiesto. Tantomeno sono una che fruga fra le cose degli altri. Però si sono scritti, a lungo, questo te lo posso assicurare».

È così che sabato sera esco dalla Scuda sotto una pioggia fina, senza rumore. Nei soli cinquanta metri che separano il cancello da casa mia, la lana del cappotto mi si impregna di umidità come una spugna.

Vado a mangiare una pizza con mio figlio, come promesso, e rientro prima delle undici. Il giorno dopo, domenica, mi sveglio con le idee chiare.

E a un certo punto gliela dico, a Stella, la mia idea. Domenica hanno lavorato sui primi, lei ha apparecchiato come il giorno precedente, però con piatti e bicchieri dello stesso servizio e un vino della zona, un bianco con un retrogusto salmastro che fa tornare i calamari del sugo nel loro ambiente naturale.

Gliela dico perché è Stella a informarmi che l'indomani incontrerà Dennis Villanova. S'è fatto vivo tramite un docente della scuola alberghiera che conosce da tempo. Ne deduco che questi due hanno deciso di aggirarmi. E non è che la prenda come un'offesa, sia chiaro, ma una ragione ci deve essere. Si incontreranno giusto prima che il suo permesso premio finisca, e anche questo ha un senso. Tutto, di colpo, mi appare evidente.

«Allora, cosa metterti te l'ho detto. Vuoi un consiglio anche su cosa preparargli? Gnocchi di zucca con calamari, senza dubbio».

Stella ripone via i piatti senza rispondermi.

«So che vi siete scritti, in questi anni».

«Te l'ha detto lui o Nora?».

«Cosa cambia? È vero, no?».

«È un pezzo che ha smesso».

«Per questo hai avuto bisogno di un tramite».

«Non capisco».

«Sai, parlando con Dennis mi sono fatto l'idea che lo odiasse più di te, suo fratello. Molto più di te».

Ancora silenzio.

«In fondo gli hai fatto un favore. Morto Marzio, il maschio alfa, il capo, il fratello sano che lo aveva sempre disprezzato, Dennis s'è preso tutto».

«Cazzate. Ma poi che ti frega?».

«Niente, ma mi avete messo in mezzo tu e Nora».

«Lo sapevo che sbagliavo. Come sempre, del resto».

Sono le ultime parole che Stella ha pronunciato. Non mi ha neppure salutato quando sono uscito. Ora mi dico che aveva ragione. Stavo dicendo cazzate e anche io avevo sbagliato ad affrontarla così, dritto per dritto.

Non c'è niente di peggio del sapere di aver sbagliato, ma di non capire dove. O forse sì, c'è di peggio, dottor Capoferro. È essere certo che il tuo sbaglio sta per avere delle conseguenze, ma non sapere come prevenirle. Domenica, più tardi, ho provato a parlarne con Nora.

«Domani incontra Dennis? Era quello che ti aveva chiesto».

«Lo so, ma sembra un incontro fra due amanti, Nora».

«E allora? Se Stella ha accoltellato Marzio perché amava Dennis, cambia il movente. La sostanza no».

«Non può essere così. Dennis le avrebbe trovato degli alibi. Non mandi in galera la persona che ami per più di dieci anni».

«E chi l'ha detto che Dennis amava Stella? Ora che l'hai conosciuta, lo vedi anche tu che tipo è. Si fa dei film, sogna, è come una quindicenne. La verità è una sola: Dennis ha messo su famiglia con un'altra donna, o mi sbaglio?».

«Però si sono scritti, mentre Stella era in carcere».

«Ma ti ha detto anche che quello non le manda più una riga almeno da due anni».

«E allora perché Stella s'è fatta la galera e l'ha tenuto fuori da tutto?».

«Una specie di mandante morale. Niente di dimostrabile. Marzio umilia il fratello, umilia anche Stella e per dimostrare il suo amore lei vendica tutti e due».

«Splendido. E ora che ci fa Stella, con il suo grande amore? Una serata, e domani torna in carcere. Ha senso?».

«Neanche il carcere ha senso. Vivi una vita di terza categoria, con gli scarti di quello che per tutti gli altri è normale. E impari ad accontentarti».

Anche senza capelli decolorati e il suo sgargiante K-way giallo, Elton spiccherebbe lo stesso, sulla sabbia scura di pioggia. Perché lunedì mattina c'eravamo solo io e lui, a camminare sulla spiaggia. Deve fare quindicimila passi al giorno, nelle prime ore della giornata, e non esiste deroga possibile.

Lui è uno che cammina spedito e io ho faticato a stargli dietro, la sabbia molle mi sprofondava sotto le suole e mi entrava nelle scarpe. Ai tempi del caso Villanova Elton era ancora in forze alla questura di Viareggio. Anche a lui risulta che al ristorante ci fossero diverse telecamere nascoste per controllare i dipendenti. Ma erano così nascoste, e così irregolari, che nessuno tranne Villanova, forse, sapeva dove fossero.

«Perché hai detto *forse*?».

«Perché secondo me almeno Dennis e la moglie lo sapevano, ma non ce l'hanno mai detto. Morto il cattivo di famiglia, i sindacati avrebbero finalmente fatto scoppiare un casino come si deve. E poi pensa che figura, per il ristorante e l'hotel. Del resto, da lì in poi dovevano gestire tutto loro, perché ereditare una barcata di guai? Due giorni dopo quella mezza scema confessò e passammo ad altro».

«Però non sembri tanto convinto».

«Per avere la certezza oggettiva, be', l'avrei voluta vedere nelle telecamere almeno prendere il coltello in cucina. Ma con la confessione e il patteggiamento, indagini più accurate non se ne fecero. Stabilito che quella notte Stella Carbone non fosse, che so, a cento chilometri di distanza, fu tempo risparmiato per tutti, tanto in quel caso gloria non ce n'era per nessuno».

«E dei vestiti, che mi dici?».

«Che vuoi che ti dica? Erano bruciati e non servirono a nulla. Si leggeva solo un pezzo di etichetta, una maglietta da donna di taglia L. E sulla buca del vecchio pozzo settico trovarono tracce del sangue di Villanova».

«Stella Carbone non porta una large».

«Fu lei a dirci che aveva bruciato i vestiti lì».

Mi fermo, lui se ne accorge dopo qualche passo.

«Ti sei messo in testa di scrivere ancora su un cold case?».

«Dopo la fortuna che ho avuto con il libro sul delitto Calamai, non ci penso nemmeno».

«E allora?».

Non gli ho risposto, mi sono fermato e mi sono slacciato le scarpe.

«Che fai? Ti prendi un accidente».

«Meglio un accidente che la sabbia nei calzini».
«Scusa, ma non posso fermarmi».
«Mi sei stato d'aiuto, davvero» ho risposto, e sono tornato indietro a piedi nudi.

Avrò camminato almeno per un paio di chilometri. Le mareggiate avevano vomitato di tutto. Ciabatte rotte, cespugli scheletriti, palloni squarciati, pezzi di mobilia. Schivare tutta quella roba con i piedi nella sabbia fredda e bagnata mi ha aiutato a riflettere.

È per questo che poi ho passato il tardo pomeriggio a cercare di parlare con Stella. Ma prima delle cinque non si è fatta trovare, e finito il corso è sparita dal residence senza che riuscissi a incrociarla. Sempre per questo, la sera di lunedì ho fatto il giro dei luoghi dove pensavo potessero incontrarsi lei e Dennis Villanova. Ho escluso il Garden Hotel, ancora aperto, e il discobar già chiuso dall'inizio di ottobre. Ho fatto una puntata ai due residence dei Villanova, ma erano immersi nel buio umido e ostile. Nella mia solitaria caccia al tesoro, ho lasciato per ultimo proprio il Bagno Sorriso.

E dire che era la meta più facile, in fondo. Non avevo nemmeno bisogno del GPS. A undici anni per attraversare la mia estate infinita avevo avuto una bicicletta, a quattordici il primo motorino. Il mio mondo era lineare e mi bastava. I nomi degli stabilimenti balneari e dei locali li avevo memorizzati in un ordine, diciamo così, sentimentale. Per gli stabilimenti vige infatti la stessa superstizione marinara che sovrintende ai nomi delle barche: cambiarli attira la malasorte, anche se fallire con uno stabilimento balneare richiede un'inventiva di gran lunga superiore a quella necessaria a farlo funzionare.

Quando sono uscito dall'auto soffiava un vento furioso e la pioggia volava in orizzontale. Per fortuna alla Scuda non mancano ombrelli inglesi, e gente che ha resistito alle V2 non fabbrica ombrelli che si rovesciano alla prima folata.

Il tratto di viale a mare era fra i più desolati. I lampioni si specchiavano sul lastricato come su un fiume immobile e oleoso. Le prime piogge d'autunno ci cadono addosso come il richiamo improvviso al fatto che la vita vera, si sa, assomiglia più all'inverno.

Anche l'ingresso del Bagno Sorriso non era cambiato. Simile a una piccola porta da rugby, il nome in celeste appoggiato sulla curva di un'onda. Oltre l'aiuola con le yucche si apriva la voragine squadrata della piscina, le cabine prefabbricate già smontate erano protette da teli che schioccavano sotto la pioggia. Verso il mare, oltre il labirinto delle reti frangivento, il buio diventava compatto e definitivo.

Sono tornato sui miei passi e ho visto come una piccola luna di carta. Ero sicuro che solo due minuti prima la finestra a oblò nella leziosa casetta dei proprietari non fosse accesa.

Un lampo sulle piastrelle lucide si è allungato fino ai miei piedi e una voce femminile si è riferita a me come a un bastardo. L'occhio luminoso di una torcia ha abbacinato i miei.

«Mi scusi» ha detto poi una voce, mentre l'effetto flash sulle mie retine svaniva lentamente. Sulle prime un paio di occhiali squadrati dalla sottile montatura nera non mi hanno ricordato nessuno di conosciuto.

Anche perché Ludovica Marchesi l'avevo vista al massimo un paio di volte, a qualche vernissage in cui lei e suo marito Dennis non erano certo le star della serata.

Dentro non era proprio una casetta. E non era neppure leziosa. Dai tendaggi al grande divano a penisola, le tonalità oscillavano poco, dal bianco ghiaccio al grigio chiaro. Il tavolo di plastica trasparente era stato sparecchiato a metà e accanto ai piatti impilati svettavano due calici.

«Non le credo».

«Dovrebbe».

«No, neanche una parola».

Ludovica Marchesi si è tolta gli occhiali per asciugarli dalla pioggia e dalla condensa. Avevo davanti una donna, neanche quarantenne, che non usciva senza collana e profumo neppure in una notte da tregenda alla ricerca del marito fedifrago. Il suo concetto di rispettabile eleganza lo conosceva e lo centrava in pieno, e alla fine assomigliava a quello della conduttrice di un tg.

«Dovrebbe» ho ripetuto. «Però la capisco: una cosa è sospettare che suo marito la tradisca. Un'altra è considerare l'idea che sia un assassino».

«Lei è fuori di testa».

Mi sono sbottonato il cappotto, il riscaldamento doveva essere al massimo, o quasi.

«Lo so che Stella Carbone confessò due giorni dopo, ma non poteva uscire e aspettare Marzio sul retro con quel coltello. Non poteva perché Marzio i dipendenti li sorvegliava, li faceva salire addirittura sopra una bilancia, prima e dopo il servizio. E un *santoku* con una lama come quella non pesa meno di trecento grammi. Ma perché poi Stella sarebbe dovuta uscire dal lavoro con quel coltello, per poi aspettare Marzio nel retro? Poteva procurarselo fuori, il coltello».

«Lei cerca una logica nella mente di una ragazzina disturbata».

«Io cerco la logica in quello che ha fatto Marzio. È rimasto da solo a controllare i conti, è uno che non si fida di nessuno, che ha messo videocamere ovunque. Ha in ufficio l'incasso della serata, però vede tornare la *ragazzina disturbata*, come la chiama lei, e le va incontro in un cortile buio come se niente fosse? Marzio conosceva il carattere di Stella, l'aveva umiliata davanti a tutti i colleghi ed era chiaro che con la fine della stagione finiva anche il suo contratto».

«Si sta specializzando in donne assassine che non lo erano. Anzi... donne assassine che erano innocenti a loro insaputa. Sta decisamente alzando l'asticella. Ha in mente un libro come quello sul caso Calamai? A proposito, ma poi... è uscito?».

«È venuta qui a cercare suo marito, sì o no? Bene, glielo dico io, con chi era: con Stella Carbone. E il fatto che non siano più qui non è una bella notizia».

«Quindi, secondo lei, il mio Dennis non solo avrebbe ucciso il fratello, ma potrebbe fare del male anche alla donna che ha confessato l'omicidio».

Quando ho riconosciuto seminascosto fra i cuscini del divano un maglioncino blu, ho avuto due sensazioni simultanee. La certezza di avere ragione e la sicurezza che mai e poi mai la donna che avevo di fronte lo avrebbe ammesso. L'ho afferrato e l'ho lanciato in mezzo alla tavola, nello spazio fra i due calici.

«Non mi verrà a dire che è suo, questo».

***

La scrittura della memoria difensiva si è interrotta qui. L'ho iniziata martedì in tarda mattinata, non appena si è diffusa la notizia che l'assassina di Marzio Villanova non era rientrata in carcere dal permesso premio. Nel pomeriggio ho saputo in via informale che con ogni probabilità sarei passato da persona informata sui fatti a indagato per favoreggiamento all'evasione di Stella Carbone. Al Residence Alcyon qualcuno mi aveva riconosciuto.

Su consiglio della mia avvocata, ho iniziato a scrivere una memoria, ma mi sono fermato intorno alle quattro di notte, dopo aver scritto per più di sei ore. Mi sono fermato su quel maglione, sul particolare che confermava la mia idea, ma purtroppo riconduceva a Nora, compagna di cella e complice ideale per la fuga di Stella Carbone. Mi sono addormentato esausto, e rassegnato al fatto che la mia versione sarebbe stata difficile da credere.

Mi ha svegliato il borbottio di un motore fuori dalla Scuda. Ho guardato l'ora, le sette e ventidue, e poi dalla finestra: davanti al cancello c'era una gazzella dei carabinieri. A lampeggiante spento, con discrezione. Sono scesi in due e uno è rimasto davanti all'auto parcheggiata a bloccare l'ingresso. Istintivamente ho controllato che le finestre della Scuda rimanessero spente, come se il fatto che Nora non si fosse svegliata fosse l'unica cosa davvero importante, poi sono uscito.

Potevano accomodarsi, ho detto, ma non mi hanno risposto. La luce del giorno era ancora intrappolata sopra una nuvolaglia senza profondità e l'umidità sottile scintillava sul panno nero delle divise. Si sono riparati sotto la tettoia, si sono tolti il berretto quasi contemporaneamente.

«Il dottor Capoferro ha urgenza di vederla» mi ha detto il maresciallo. Anche se la nera non la facevo più da qualche anno, mi sono accorto di saper ancora riconoscere le mostrine.

Ho detto che li avrei seguiti dopo aver avvertito la mia avvocata.

Il maresciallo mi ha risposto aprendo la portiera e mi ha fatto cenno di salire.

Era scaduta di libeccio, il momento ideale per prendere le onde prima che il mare torni a essere piatto. E sulla spiaggia si stavano presentando i surfisti più mattinieri. Tiravano dritto verso la battigia, le tavole bianche sottobraccio come grandi ossi di seppia, guardando desolati il limite dei nastri bianchi e rossi.

I carabinieri infatti avevano delimitato una zona di venti metri intorno al pontile, uno dei migliori hot spot.

Le onde avevano allungato le loro lingue scure fino alle cabine e tanti piccoli stagni vibravano al vento. Un vento anche più forte aveva piallato nottetempo la spiaggia e ora spingeva in aria come dei minuscoli aquiloni grigiastri. Si sollevavano, rimanevano sospesi, alcuni facevano una specie di giro della morte, prima di tornare a rotolare sulla sabbia compatta.

Capoferro ne ha preso al volo uno, io ci sono riuscito dopo un paio di tentativi. Era una banconota da cinquanta euro. Cenciosa, mutilata di un paio di angoli.

«Avete controllato che siano vere?» ho chiesto.

«Vere. E da buttare».

Dalla sabbia intorno a me ne ho visti spuntare altri brandelli sparsi, macerati dall'acqua salmastra. Il magistrato si è chiuso l'ultimo bottone dell'impermeabile con un brivido.

«E dunque, a quanto mi ha raccontato, lei è convinto che a uccidere Marzio Villanova non sia stata Stella Carbone».

«Tutto quello che è successo in questa settimana gliel'ho messo anche per iscritto, se vuole».

Il sostituto procuratore Capoferro ha sgranato gli occhi. Le lenti li facevano sembrare anche più grandi e sporgenti, ma rimanevano inespressivi come quelli di un pesce.

«In effetti, da quello che ho potuto leggere stanotte sul caso Villanova, la confessione di Stella Carbone aveva un solo pregio, devo dire».

«Quale?».

«Quello di essere una confessione».

Si aspettava una mia reazione alla battuta, ma non ero dell'umore giusto. Poi ha tossito a lungo, imprecando a bassa voce in un fazzoletto.

«E sempre in effetti» ha ripreso, respirando con un sibilo fine almeno come la sua figura nell'impermeabile a tre quarti, «il Bagno Sorriso di Dennis Villanova è giusto qua vicino».

«Precisamente. Stella l'ha incontrato lì, ieri sera».

È stato a quel punto che Capoferro ha cambiato direzione verso il pontile, senza dirmi niente, dando per scontato che lo seguissi. La punta lunga di un'onda ci ha tagliato per un attimo la strada. Sotto il pontile sembrava ancora notte, e da lontano il telo nero non lo avevo notato. Al nostro arrivo hanno acceso una piccola fotoelettrica e la prima cosa che ho visto è stata uno zaino grigio, aperto. Le banconote sparse sulla sabbia sembravano farfalle abbattute da una moría improvvisa. La mano che spuntava dal telo, chiusa quasi a pugno, era di un bianco sporco e pastoso. L'unica cosa che ricordava una persona viva era lo smalto corallino delle unghie. La manica argentata sollevata poco sopra al polso lasciava leggere: *Normali sarete voi*. Mi è sembrata un'accusa.

«La vuole vedere?».

«Preferisco di no».

«Allora gliela racconto io. Schiuma sul naso, petecchie, stomaco gonfio...».

«È annegata».

«Esatto. I segni ci sono tutti, dottor Corbo. Segni di violenza, nemmeno uno. Crediamo che si sia buttata dal pontile. L'impatto con l'acqua provoca uno shock e si soffre meno, se non altro. Il mare grosso della notte scorsa, i vestiti, lo zaino hanno fatto il resto».

«Era pieno di soldi?».

Capoferro lo ha indicato.

«Non so se li stanno contando, ma solo lì dentro abbiamo trovato tre mazzette intere da cinquemila euro».

Per me si trattava del denaro di Dennis Villanova perché Stella non dicesse la verità. Con mia sorpresa, la testa calva, a bulbo, di Capoferro ha tentennato in avanti.

«L'abbiamo sentito, lui ha dichiarato di no, ma l'unica che potrebbe smentirlo è sotto quel telo. Ma allora, dottor Corbo, come mai Stella Carbone si è suicidata? Aveva due anni, o poco più, da scontare e uno zaino pieno di soldi».

«Perché Stella non voleva dei soldi. E alla libertà ci aveva rinunciato per avere Dennis, un giorno. Lo stavo scrivendo mentre sono arrivati i carabinieri, dottor Capoferro».

«Sul serio?».

«Sul serio. A parte il fatto che per Stella sarebbe stato difficile trafugare un coltello dalla cucina, io penso che quella notte Marzio Villanova avesse riconosciuto dalle videocamere qualcuno di cui non aveva paura. Qualcuno che, voglio dire... era normale si facesse vedere al ristorante, anche tardi, dopo la chiusura».

Capoferro ha osservato sornione che non stavo facendo proprio il ritratto di Dennis Villanova.

«Infatti. Dennis non frequentava spesso il ristorante del fratello, tantomeno le cucine. E poi, dottor Capoferro, se sei emofiliaco, l'ultima cosa che ti viene in mente è di ammazzare qualcuno più robusto di te a coltellate. Perché basta un graffio e il secondo a morire sei tu».

«Lei sta pensando a Ludovica Marchesi».

«Ci rifletta un attimo. Lo stabile è suo, lo conosce bene, Villanova ha solo preso in affitto il ristorante. E a parte il fatto che Stella non portava la taglia large, chi è che aveva debiti con Marzio Villanova? Chi è che si è tenuta l'hotel di famiglia passando i debiti da Marzio al futuro marito Dennis…».

«… quello con cui si poteva ragionare, quello buono, insomma».

«Già. E quello buono ha fatto credere a Stella di aver ucciso il fratello perché lei lo coprisse. In realtà la mandava in galera al posto della futura moglie. La marchesa di Marteuil, in confronto, sembra Heidi».

Le poche cose che Stella possedeva ormai erano tutte nella sua cella. Al mondo le erano rimasti un padre emigrato in Venezuela inseguito dai creditori e un paio di lontane cugine. Una mattina fredda e scolorita di dicembre i carabinieri si sono presentati alla Scuda per consegnare a Nora una scatola grande come un dizionario, ma più leggera. La busta bianca e sdrucita all'interno aveva una scritta a pennarello blu con la firma di Stella: «SE MI SUCCEDE QUALCOSA, CONSEGNARE A NORA BEKFORD». Tutto in stampatello, compresa la firma. Nora non si è nemmeno irritata per l'errore nel cognome.

Dentro c'erano le lettere che Dennis aveva scritto a Stella per più di sei anni.

«Evidentemente Capoferro non ci ha trovato niente di decisivo per riaprire il caso Villanova» ha detto Nora, passando le dita sul bordo strappato.

«Anche la corrispondenza dei detenuti è segreta» ho considerato io, «ma Dennis si sarà ben guardato dal lasciare nelle mani di Stella una sola parola che potesse rimettere in discussione i fatti».

«Quello non si è fidato nemmeno di una donna che è andata in carcere al posto suo».

La frase di Nora sembrava un nuovo sigillo a quella busta aperta.

«Ma come è possibile che in cento lettere non si sia mai lasciato sfuggire un accenno, un riferimento? Sarei curioso di capire come ha fatto».

Tutta questa storia era iniziata anche perché io avevo messo il naso fra le carte di Nora. La curiosità è un demone che ho trasformato in mestiere per più di vent'anni. Il mestiere è scomparso, il demone no.

«Le vorresti leggere?» mi ha chiesto, ma il tono interrogativo era artificiale.

«Comunque sia, Stella ha lasciato scritto di consegnarle a te, non di distruggerle. Il senso mi pare chiaro».

«E secondo te qual è?».

«Voleva che tu le leggessi».

Nora ha sospirato.

«Non ti sopporto quando hai ragione».

«Per fortuna non succede spesso».

Credo che Nora le abbia lette tutte quel pomeriggio stesso. La cosa non l'aveva fatta stare meglio, mi aveva detto poi. Raccontarmi quello che c'era scritto no, non se la sentiva e non era il caso. Però in compenso aveva capito.

«Almeno cosa hai capito me lo puoi dire?».

«Sono lettere sincere. La mia compagna di cella era una che si illudeva per niente, lo so, ma ti dico questo, Dario: mi sarei illusa anche io. Di più... sarei stata felicissima di illudermi leggendo lettere così. Non mi sbaglio, Dennis... Stella l'ha amata sul serio. Forse Stella voleva solo che lo sapessi».

«E allora perché Dennis ha smesso di scriverle?».

L'arrivo di un figlio. L'avvicinarsi del giorno in cui Stella sarebbe uscita. La semplice vigliaccheria. Le spire di una vita comoda, la fatica di dover mantenere una promessa simile a una montagna sempre più impervia da scalare. La paura di spiegare al mondo che *sì, amo l'assassina di mio fratello*, ma senza poter dire che Stella non lo era. Ne abbiamo fatte, di ipotesi. Tante. Meno una.

«L'amore per Ludovica» ho detto a un certo punto.

«Sarebbe?».

«Quello non l'abbiamo citato. Nessuno dei due».

Nora non mi ha risposto e ho capito di aver chiuso l'argomento.

«Comunque hai avuto una buona idea» mi ha detto, consegnandomi la busta.

Chissà se è stata una buona idea.

Restituire quelle lettere a chi le aveva scritte mi pareva semplicemente l'unica opzione giusta. Appena spento il motore, ho guardato la busta appoggiata sul sedile del passeggero. Nora aveva chiuso il bordo sdrucito con dello scotch opaco. Le avevo promesso di non leggerne neanche una. Ho preso la busta e sono sceso.

Il giorno era stato luminoso e il tramonto si annunciava nitido. Sul lungomare le palme erano ornate da serpentine di luci, ma sugli avvolgibili chiusi degli alberghi vibrava la tramontana e la musica natalizia dai piccoli altoparlanti sui lampioni si spandeva nel vuoto. Al Bagno Sorriso l'oblò dell'appartamento dei proprietari era acceso.

Piumino metallizzato, sciarpa bianca e occhiali neri, Ludovica Marchesi sembrava appena arrivata da Sankt Moritz. Nello spazio fra le reti frangivento una creaturina imbacuccata si muoveva fra camioncini e ruspe colorate come un piccolo astronauta. Mentre sua madre mi salutava suo malgrado, il bambino mi ha indicato orgoglioso un mucchio di sabbia alto quasi quanto lui. Poi ha sollevato una paletta rossa e si è rimesso al lavoro.

«Suo marito è dentro?» ho chiesto a Ludovica Marchesi.

«No. È fuori» mi ha risposto, accennando verso il mare.

In effetti ho trovato Dennis Villanova sotto un plaid, su una sdraio piazzata nel nulla della spiaggia invernale. A parte il volto coperto da una barba folta e sfilacciata, di lui sbucava fuori solo la mano che reggeva un comunissimo bicchiere da cucina. La bottiglia di brandy era conficcata, storta ma fino a metà, nella sabbia. Lui ha percepito la mia presenza a malapena, con gli occhi semichiusi di un sonnambulo.

Ero appena riuscito a spiegargli cosa gli avevo portato, quando dalle reti frangivento è sbucata sua moglie.

«Queste le prendo io, Dennis».

«Gliele dia, gliele dia pure» è stata la risposta, prima di mettere fuori dal plaid anche l'altra mano e riempirsi il bicchiere per metà.

«Le vuoi leggere?» l'ha provocata, con quel ghigno di sfida che per chi beve da ore, metodicamente, rimane talvolta l'unica relazione possibile con il mondo. «Ma leggile! Fa' come ti pare». Poi ha guardato me, non so se in cerca di aiuto o di approvazione. Forse per dirmi che se ne sarebbe pentito, molto presto, ma che alla fine non gliene sarebbe importato nulla.

La donna mi ha quasi strappato la busta dalle mani ed è tornata verso le cabine, lungo la stessa linea di impronte veloci che si era appena lasciata alle spalle.

«Sull'odio aveva ragione, Corbo» ha fatto lui, prima che lo salutassi, «può diventare una sicurezza».

«Sull'amore meno?» ho azzardato io.

«Sull'amore meno, sì. Ci può volere troppo tempo, a smettere».

Francesco Recami
Una settimana enigmatica

Non riesco a ricordarmi che storia era quella, se era qualcosa visto alla televisione, una serie tv, un film tv, oppure un film al cinema, oppure se l'avevo letta su un libro, un romanzo, o un racconto.

Di solito mi succede il contrario. Purtroppo, per esempio, le storie e le trame dei romanzi me le dimentico. Mi dicono un titolo, un autore, io il libro l'ho letto però non mi ricordo quasi niente. Se trovo qualche appiglio, una scena, un personaggio, allora piano piano è possibile che la storia salti fuori e si ricomponga, magari mi ricordo anche il finale. Piano piano la memoria, confortata quando serve dall'invenzione, mi aiuta spesso a ricostruire la storia, come percorrere un labirinto. In questo caso è l'opposto: mi ricordo la situazione, alcune scene, la tensione che regge l'episodio, ma episodio di che? Che libro era? Ammesso che fosse un libro.

Che cos'è un labirinto? In senso figurato è una «situazione complicata e tortuosa, da cui non si vede come si possa uscire». E questa volta mi trovo davanti a una situazione labirintica, per cui cerchiamo di raccogliere i fatti, o le impressioni, a cominciare da un vago ricordo. Una volta facevo i labirinti sulla «Settimana Enigmistica». Spesso non mi riuscivano e mi bloccavo in vicoli ciechi. Poi trovai una soluzione infallibile: basta farli alla rovescia, cioè partire dall'uscita e risalire fino all'entrata. Lo so, significa barare, non è corretto. Ma una volta tracciato con la penna biro il percorso, chi mai si accorgerà che l'avete fatto alla rovescia? Certo non avrete la sensazione di arrivare alla soluzione, siete partiti proprio da quella. Ma formalmente il risultato è lo stesso. E ammettiamolo, può chi scrive un racconto di misteri non sapere come va a finire? Eppure mentre lo narra deve dare l'impressione di non saperlo, altrimenti...

La storia che vi racconto adesso me la ricordo in vago dettaglio. Integro un po' i dialoghi, quelli li ho fatti io, ma il senso è quello. Dove l'ho vista, letta, o sentita?

Siamo in un ufficio, piccolo, semplice, moderno. In una stanza la porta è chiusa e una donna sui quaranta è seduta davanti alla scrivania. Il titolare è al suo posto, su una imitazione di poltrona executive, insomma, qualcosa del genere, l'ufficio non è per niente lussuoso.

«Signora, lei ha una settimana esatta per saldare il suo debito. Sono stato fin troppo paziente con lei, e mi sono comportato in modo diverso dal solito, a costo di compromettere la mia reputazione. Ma non posso andare oltre. Lei conosce il mio metodo: applico interessi molto bassi e non chiedo garanzie di nessun tipo. Non dico di essere un sant'uomo ma mi rifiuto di considerarmi un cravattaro. Il 10 per cento al mese non è niente per questo tipo di crediti, ma esigo puntualità».

«Dottore, se sono qui è ovvio che mi trovo in difficoltà, e per la data in questione non sono in grado di liquidare il mio debito. Ho bisogno di una proroga».

Insomma è chiaro dalla situazione che l'uomo presta soldi a strozzo, anche se lui lo nega e si sente quasi un benefattore. La donna ha avuto una certa somma (mi ricordo benissimo, erano 2.000 euro) e al momento non è in grado di restituirla. Ha una settimana di tempo per farlo, la conversazione si chiude qui.

Chi è lei, e come ha intenzione di trovare i soldi? Perché li ha presi a prestito? E il cravattaro cosa farà se il debito non sarà ripianato? Come sempre in questi casi minacciare il debitore di morte non aiuta. Un debitore morto, o parecchio scassato, ha poche probabilità di pagare. La minaccia deve riguardare altri beni, quali per esempio certe proprietà, o l'incolumità dei figli. La signora di proprietà non ne ha, forse ha dei figli, ma chi se ne ricorda?

Intanto vi devo raccontare quello che stava succedendo nella casa di ringhiera, in particolare nell'appartamento abitato dalla famiglia Giorgi.

Questa era composta dal padre Claudio, un alcolista che da non molto tempo era diventato ex alcolista ed era stato riaccolto in casa dopo che a lungo ne era stato allontanato dal giudice. La madre Donatella, distrutta dalle vicende familiari e personali, che passato tanto tempo aveva ritrovato un lavoro, il figlio maggiore Gianmarco, 14 anni, che frequentava la terza media per la seconda volta, e la figlia minore Margherita, 11 anni, che a differenza del fratello andava benissimo a scuola, era addirittura un anno avanti. A proposito, è noto che un alcolista rimane tale per tutta la vita, anche se smette di bere.

Era giovedì e Gianmarco Giorgi si alzò prima del solito. La mamma Donatella, che aveva forti problemi di sonno, due borse sotto gli occhi, i capelli in disordine e un aspetto stropicciato e stanco, stava per uscire per andare al lavoro. Fu stupita e in parte anche lievemente preoccupata di vedere il figlio già in piedi. Se Gianmarco andava a scuola prima del previsto, quando di solito ci arrivava sempre in ritardo, c'era da farsi qualche domanda.

«Come mai oggi così mattiniero?».

«Devo copiare gli esercizi di matematica. Il prof li controlla».

La giustificazione era più che plausibile e per Donatella accettabile, se non fosse stato che anche il giorno precedente e quello prima ancora suo figlio si era alzato presto ed era uscito quasi mezz'ora prima del previsto.

«E anche ieri hai copiato i compiti? Ti sembra bello?».

La finta riprovazione della madre non meritava una risposta, il ragazzo aveva altro a cui pensare. Finì di bere il caffellatte, si mise il giaccone, prese lo zainetto e prima di uscire si chiuse in bagno. Qui estrasse di tasca 50 euro e li infilò in una busta usata. Sopra ci scrisse il suo nome e cognome. Tirò lo sciacquone, il che non mancò di stuzzicare la curiosità della madre.

«Come mai? Oggi l'hai fatta due volte?»

«Mamma... quand'è che mi lascerai respirare?».

Gianmarco uscì e una volta in via Porpora anziché girare a destra, come faceva per andare a scuola, girò a sinistra, superò la stazione di Lambrate, prese la direzione di via Rombon. Poi piegò per via Egidio Folli e si infilò in una viuzza senza uscita, semiabbandonata, piena di officine chiuse da anni. Si avvicinò a un cassone metallico arrugginito, trovò la fessura che ormai conosceva bene e ci infilò dentro la busta. Tornò indietro e si affrettò ripercorrendo alla rovescia il percorso fatto (nei labirinti capita spesso di doverlo fare) e proseguendo fino alla scuola. Dovette correre ma arrivò in ritardo lo stesso.

Quella di dover copiare gli esercizi non era una balla, ma non fece in tempo, quando entrò a scuola stava già suonando la campanella. Gli esercizi di matematica li copiò durante la prima ora di storia. La prof spiegava il Risorgimento e rimase favorevolmente impressionata quando vide che Giorgi scriveva e scriveva, prendeva appunti?

Quel giorno avevano quattro ore, per di più l'ultima di religione, ma Gianmarco restò come imbambolato per tutta la mattinata, non pensava ad altro che a tornare a casa e controllare la posta elettronica. Avesse posseduto uno smartphone lo avrebbe potuto fare anche in classe, ma lui lo smartphone non ce l'aveva. Il suo cellulare era un vecchio Nokia C2-01 a tasti, dell'anteguerra.

Finita l'ora di religione non stava più nella pelle. Se ne andò immediatamente a casa, senza stare una mezz'oretta a stronzeggiare con i compagni, come faceva di solito.

Alle 13,45, appena finito di mangiare, si ritirò in camera. Al computer c'era già sua sorella Margherita.

«Togliti dalle balle, a quest'ora tocca a me».

La sorella lo mandò a fare in culo a voce bassa, chiuse i suoi file segreti e mollò il portatile.

«Stai attento che poi diventi cieco, e sordo, e perdi la memoria...».

Gianmarco afferrò il computer e se lo portò in bagno. I genitori si guardarono negli occhi.

Il padre avrebbe voluto intervenire, ma ormai suo figlio si era già chiuso a chiave.

Tentò di mettere in scena un comportamento sufficientemente autoritario: «Gianmarco, ti ho detto mille volte che non ti devi portare il computer in bagno».

La sua affermazione perentoria cadde del tutto nel vuoto.

«Papà, vedi di non rompere i coglioni».

«Fai in fretta che ho bisogno del bagno anch'io...».

Gianmarco aprì con la password segretissima il suo account. La mail che aspettava era arrivata.

Caro GM, come hai visto anche questa volta la mia previsione era giusta. Ho ricevuto la tua busta e allora ti meriti un'altra imbeccata. Questa sera c'è Juventus-Merate, per la Coppa Italia. Gioca vittoria Merate. Se vincerai domattina fammi avere al solito posto 200 euro. Se lo farai riceverai un'altra mail, e il gioco si farà sempre più grosso! Io conosco il futuro!

MARTY MCFLY

Porca miseria, 200 euro! Il gioco si faceva veramente sempre più duro. Ma adesso il problema era un altro: giocare il Merate vincente contro la Juve?

Per l'appunto Gianma era juventino e seguiva qualsiasi incontro, anche di scarsa importanza, in cui la sua squadra fosse impegnata. Ma col Merate, come era possibile che non vincesse? Andò a vedere su un sito specializzato le quote. La vittoria della Juve era data a 0,1, cioè a giocare 10 euro se ne vinceva uno. Il pareggio era dato a 5. La vittoria del Merate a 14.

Nel pomeriggio andò alla sala corse, dove si poteva scommettere su qualsiasi cosa. Non era un posto molto raccomandabile, soprattutto per un ragazzo di 14 anni, ormai lo aveva ben capito, e riconosceva certi ceffi che lo frequentavano, e lo guardavano con espressione di scherno.

Giocò 100 euro sulla vittoria del Merate. Ormai era in ballo e per ora aveva già guadagnato più di 250 euro. Pagato il dovuto a McFly gliene restavano ancora un centinaio, ma il suo spirito juventino gli impedì di giocare proprio tutto. Anche se la ragione (ma un tifoso ragiona?) gli diceva che la Juve non avrebbe mai perso col Merate, ormai era chiaro che non sempre bisogna seguire ciò che è probabile, soprattutto se si hanno strumenti per conoscere il futuro, e a questo punto era evidente che McFly li aveva.

A forza di pensarci mi è venuto in mente qualcosa di più sulla signora che aveva avuto 2.000 euro in prestito e non sapeva come restituirli. Mi sono ricordato qual era la minaccia dello strozzino, niente a che vedere con situazioni familiari.

In questo caso la situazione è un pochino più complessa perché lo strozzino minacciava la signora di farle perdere il posto di lavoro.

La signora faceva la cassiera in un piccolo supermercato, erano circa sei mesi che aveva ottenuto questo lavoro, regolarmente assunta. Il problema è che quando era stata assunta aveva dovuto firmare due fogli. Uno era la sua lettera di dimissioni, pronta, senza data, che metteva il datore di lavoro nelle condizioni di liberarsi di lei in qualsiasi momento. L'altro era un'impegnativa a pagare in contanti la cifra di 2.000 euro, che equivaleva circa a due mensilità del suo stipendio. Insomma la signora aveva pagato per lavorare, prendere o lasciare. Il soggetto dell'operazione era per l'appunto il direttore del supermercato, il quale con molta probabilità utilizzava questo sistema con una certa regolarità con le persone che assumeva, perlopiù donne. E in quel supermercato di assunzioni ce n'era una vera girandola, commesse e cassiere venivano cambiate, per l'appunto, ogni sei mesi circa. Certo, i debitori potevano decidere di perdere il lavoro, ma i soldi per cui avevano firmato l'impegno, come se li avessero avuti veramente, li dovevano restituire. Ma cosa succede nella settimana che la signora ha di tempo? Decide di pagare e perdere il lavoro oppure verrà licenziata? Ma i 2.000 euro li dovrà pagare lo stesso? Quante domande.

Ecco la situazione raccontata in quel libro: altro non

mi ricordo. Come pensava la signora di pagare il suo debito? Cosa escogitava? E se i soldi non li trovava?

La sera di giovedì Gianmarco seguì con apprensione sul web la partita Juventus-Merate: risultato a sorpresa, che dire, ultra sorpresa: il Merate aveva superato la Juventus per 2 a 1. GM aveva vinto 1.400 euro, e se avesse giocato anche gli altri cento sarebbero stati il doppio.

Quando si fu ripreso non era possibile più alcun dubbio: Marty McFly conosceva veramente il futuro. Il Merate che vince con la Juve, pur se con in campo alcuni giovani della primavera. Ma perché lo rivelava proprio a lui? Certo, voleva la sua quota, che aumentava sempre di più. E perché i soldi sul Merate non li aveva puntati direttamente lui? A questa domanda GM proprio non aveva risposta, se non che... beh, certo, se McFly conosceva il futuro, sapeva che i soldi non li avrebbe vinti direttamente lui, per qualche motivo, forse per qualche legge fisica, non poteva cambiare il futuro, se sapeva che le cose sarebbero andate in un certo modo, e cioè che i soldi li avrebbe vinti un certo Gianmarco, versando la parte richiesta. In fondo Gianmarco non aveva scelta: McFly sa benissimo che troverà la busta con i soldi dentro, e sa anche che io vincerò, altrimenti come farò a versargli altri soldi.

Passò una notte insonne: 1.400 euro. Se li rimirava (sempre al gabinetto), e chi li aveva visti mai?

Il giorno dopo Giammarco ancora una volta si alzò prima del solito e infilò altri soldi in una busta.

Ma forse ci conviene tornare ancora un po' indietro, per cercare perlomeno di avere una visuale di questo labirinto.

Da mesi, se non da anni, Gianmarco era convinto di essere solo e soltanto sfortunato.

Si sa, spesso è un vezzo dichiararsi sfortunati e bersagliati dalla sfiga, anche se tutto sommato la vita scorre in modo più che decente: soltanto il fatto di essere nati in Italia, di non soffrire di particolari patologie fisiche o psichiche, di non essere in guerra, di godere di un regime alimentare sufficiente, di riuscire a dormire e a espletare le altre funzioni corporali, di avere diritto all'educazione scolastica, dovrebbe essere considerata una fortuna. Eppure la gente continua a lamentarsi e a inveire contro la sfortuna, cosa che in Sud-Sudan non fanno anche se ne avrebbero forse più motivi di noi: guerra, fame, malattie, siccità, a loro non manca niente. Ma lasciando da parte questi moralismi Gianmarco era entrato nell'ordine di idee di essere favorito dalla sfortuna, o sfavorito dalla fortuna, o sfavorito dalla sfortuna, o come diavolo si dice.

A quasi quindici anni di età ne aveva avuto tutte le prove possibili. La sfiga lo aveva preso di mira, e si era concentrata accanitamente contro di lui, ormai ne era certo, e ogni giorno che Dio mandava in terra ne aveva una dimostrazione, piccola o grande.

A partire dalla grande, la sua vita era stata una merda,

a cominciare dalla famiglia, uno schifo. E se un tempo era disposto a pensare che gli eventi negativi hanno delle cause, e rimuovendo dette cause gli eventi negativi non accadono più, adesso ragionava solo in termini di sfiga.

Se le cose erano andate male non poteva certo dare la colpa a qualcuno, per esempio a suo padre, la cui storia di alcolismo aveva segnato tutta la vita della famiglia, come è ovvio, fino a rovinarla completamente. Ma Gianmarco aveva partecipato a talmente tante sedute di terapia familiare, di terapia individuale, di consulenza psicologica, di supporto sociale, di lavoro sull'identità, la sfiducia, l'autostima, la resilienza, la rabbia, la vendetta, sull'eccesso o l'insufficienza di senso di responsabilità, sul disagio e l'eversione, sulla violenza, la trasgressività e la trasgressione, che lo sapeva benissimo: l'alcolismo di suo padre, e tutto ciò che a esso era conseguito, non erano la causa dei problemi, ma il sintomo, se non l'effetto di altri problemi ben più profondi, che risalivano alla notte dei tempi. In poche parole, per quanto ne aveva capito lui, la sua famiglia era nata male, così come quelle dei nonni e dei bisnonni, ed era andata avanti peggio. E perché? Per colpa dei nonni o dei bisnonni e via dicendo? Macché, era solo per una questione di sfortuna, su qualsiasi momento avesse focalizzato l'attenzione.

Sembrerebbe tanto facile prendersela con qualcuno: un tempo il papà lavorava e manteneva la famiglia. Aveva un buon lavoro e anche la mamma: tutto funzionava regolarmente, poi il papà si era dato all'alcol e in poco tempo aveva distrutto il rapporto con la mamma, fino ad alzare le mani su di lei, che era diventata la sua nemica, aveva perso il lavoro, era stato allontanato dal tetto coniugale per episodi di violenza e... anche la mamma era andata in crisi e si era ritrovata disoccupata, la famiglia rovinata, senza i soldi per andare avanti. Stronzo e figlio di puttana?

Sarebbe stato tanto facile dare tutte le colpe a quel disgraziato del papà, prendersela con lui e augurarsi il peggio per lui, principalmente di non vederlo mai più. Ma il papà aveva lottato tanto contro l'alcol, e almeno per il momento, dopo innumerevoli tentativi falliti, sembrava esserci riuscito. Andava rispettato per i suoi sforzi, Gianmarco sapeva che la proporzione di chi riesce a disintossicarsi è bassissima, ma la situazione era di merda comunque, pur dopo che il papà era tornato a casa. La famiglia era in miseria e secondo Gianmarco non c'era tanta differenza fra sfortuna e mancanza di denaro.

Gianmarco era entrato in quell'età in cui tutto il mondo gravita intorno a se stessi, e di quello che succede agli altri, anche appartenenti alla più vicina comunità, interessa sempre meno. Così pensava che la sfortuna fosse un suo bagaglio personale, e che stesse ricadendo tutta su di lui. Della sfiga degli altri, anche di quella di suo padre, di sua madre e di sua sorella, gliene importava infinitamente meno che della sua, che secondo lui era manifestamente superiore. Fra l'altro l'evidenza lo dimostrava, anche a voler fare dei paragoni, cosa che secondo gli assistenti sociali non andava mai fatta.

Suo padre, una volta disintossicato, interpretava il ruolo di quello che era riuscito nell'impossibile, cioè dell'eroe, che oltre tutto si era sacrificato accettando un posto di badante della vecchia Mattei-Ferri. Non beveva più e per questo era grigio, triste e demotivato, ma la cosa peggiore era che talvolta recitava la parte dell'ottimista, dedito soltanto alla famiglia.

La mamma Donatella era l'incarnazione della mestizia, ma ormai aveva definito il suo ruolo in modo irreversibile, quello di vittima, sul quale tirava avanti impavida. In mente aveva soltanto i derelitti bilanci domestici, monetizzava qualsiasi cosa, e quando lo faceva, cioè sempre, non le era difficile esibire le credenziali della vittima. Vittima di chi? Quando il papà beveva forte il carnefice era naturalmente lui, quando fu estromesso da casa e viveva in una casa famiglia anche, e adesso che si era rimesso sulla retta via continuava ad esserlo, ormai la frittata era fatta. Ora la mamma aveva ritrovato uno straccio di lavoro, ma era sempre più mesta e incazzata.

E sua sorella Margherita? Lei se la cavava sempre perché era il genietto di famiglia, andava benissimo a scuola e tutto sommato le girava sempre tutto bene (su questo Gianmarco si sbagliava di grosso). Godeva di un gran rispetto, e mamma e papà facevano molto affidamento su di lei, cosa che non avveniva nel caso del fratello. A proposito: meglio stendere un velo pietoso sui risultati scolastici di Gianmarco. Bocciato e ripetente la terza media, arrancava penosamente, il che, secondo lui, era anche questo da addebitarsi alla sfortuna.

Ma a parte la scuola in quegli anni ne erano successe talmente tante, se Gianmarco le avesse potute raccontare. E a pagare era stato sempre lui. Da quella volta che avevano chiuso il papà nella cella frigorifera, a quella in cui avevano minacciato con una saldatrice (domestica) quella ricattatrice, alla storia delle foto pedoporno false, la trappola diabolica organizzata dalla Mattei-Ferri, per non parlare della faccenda della pagina Facebook farlocca con le amiche di Margherita mezze nude, della quale avevano dato la colpa a lui, storia non ancora del tutto finita, un'altra assistente sociale. No, non posso certo raccontarvi di nuovo tutte queste storie. Le trovate facilmente. Piuttosto doveva rigare diritto, che più diritto non si può, se no lo mandavano in messa alla prova: e sicuramente, con la fortuna che si ritrovava, non lo avrebbero spedito a Riccione a fare il bagnino, ma in Val d'Ultimo a mungere le vacche. Comunque ogni volta la sua fedina si sporcava sempre di più, non gliene andava mai bene una, soprattutto quando era completamente innocente.

Come non convincersi di essere stato prescelto dalla dea Sfortuna? Questa maledetta non gli dava tregua neanche nel normale svolgimento delle attività quotidiane. Solo un paio di settimane erano passate da quando si era slogato una caviglia infilando il piede in un tombino al quale qualche disgraziato, inviato evidentemente dalla Sfortuna, aveva tolto il coperchio. E quando avevano sorteggiato chi dovesse presentarsi volontario all'interrogazione di matematica a chi era toccato il fiammifero più corto se non a lui? E a chi era toccata la Coca-Cola sgasata?

L'unico suo sfogo era giocare come guizzante ala destra nella squadra giovanile dell'Audace. Dava il massimo, almeno per non pensare alla sfiga. Nel match contro il Crescenzago Junior prese tre pali pieni e a metà del secondo tempo dovette essere sostituito perché si aggirava per il campo senza scopo, imprecando contro il cielo. Il suo sostituto realizzò il gol del pareggio perché una palla vagante gli rimbalzò sul sedere e rotolò lentamente in porta. Chissà, probabilmente a questo punto non era l'unico a pensare di portarsi dietro un bel quantitativo di sfiga. Per esempio la sua squadra in quei due turni in cui lui non poté giocare (a causa della storta alla caviglia) vinse due volte di seguito, pur demeritando, cosa che non era mai successa nel corso del campionato (non quella di demeritare).

Ma il massimo, almeno in tempi recenti, in termini di colmo della sfortuna, fu quando lui e il Gimi andarono al centro commerciale. All'inizio si aggirarono per una profumeria, facendo finta di niente ma con un aspetto senza alcun dubbio sospetto, nessuno dei due aveva le sembianze da frequentatore di profumerie. In effetti il Gimi aveva l'obiettivo di sgraffignare un rossetto, per regalarlo alla Sibi. Stava per farlo, ma quando lo aprì per controllarne il colore gli cadde per terra.

Arrivò la cassiera, che dette uno sguardo indagatore a quei due ragazzetti, i quali con aria indifferente si stavano allontanando.

I due allungarono il passo, e presto si misero a correre, in poco tempo furono a 500 metri di distanza, in un negozio di elettronica. Simulavano indifferenza maneggiando dei modelli di Huawei. Gianmarco non resistette alla tentazione e se ne infilò uno in tasca. «Meglio non uscire adesso, altrimenti ci beccano subito. Vieni con me». Si infilarono in una stanzetta contenente il materiale per le pulizie e si chiusero dentro. «Più tardi nessuno si accorgerà di noi».

Restarono lì con pazienza, finché qualcuno non aprì la porta del piccolo magazzino.

«Venite fuori di lì, e lei estragga quel cellulare che ha in tasca».

«Quale cellulare?».

«Non stia a perdere tempo, siete stati ripresi dalle telecamere. E in più è stato un gioco da ragazzi trovarvi, è bastato seguire le impronte del rossetto, pestato al reparto cosmetici. Un po' come Pollicino».

Non è sfortuna questa?

Va ammesso che il punto cruciale dei tormenti di Gianmarco erano i soldi. La sua famiglia era povera, nel vero senso della parola, e lui non aveva mai visto un centesimo.

I suoi compagni, oltre ai libri di testo, potevano permettersi computer, Play, telefonini, vacanze, settimane bianche, cinema, divertimenti vari... lui non beneficiava nemmeno della paghetta, per simbolica che fosse. In casa c'era un unico computer scassato, per utilizzarlo doveva fare i turni con sua madre e sua sorella, e questa era stata un'altra fonte di sfiga.

Aveva cercato di ovviare con vari sistemi a questo stato di indigenza, tutti ben oltre i confini della legalità, tutti rigorosamente falliti. Non è necessario raccontare di nuovo qui la storia dei furti di contante in casa Consonni, né quella del panetto di fumo trovato nel contatore del gas, nascosto lì da certi pusher della zona. Quei tentativi, sempre in combutta con la sorella, erano falliti miseramente, e anzi avevano prodotto una serie infinita di guai.

Gianmarco i soldi se li sognava. Sapeva qual era il libro dove la mamma li nascondeva, ma dentro non c'era mai niente. Il magro stipendio della mamma era già esaurito prima di essere pagato, per via di tutti i debiti con negozianti, fornitori eccetera, mai esauriti.

Di fronte a questa palmare evidenza della sua sfiga, Gianmarco si mise a cercare informazioni e cercò di prendere dei provvedimenti. Come si fa ad allontanare il malocchio?

Di sistemi ce ne sono un'infinità, e anche di specialisti che ti promettono risultati certi. Lasciando perdere santone, maghe e fattucchiere GM si mise a lavorare sul web, che data la sua generazione era il suo campo di gioco.

I siti che spiegavano metodi di magia bianca ritualistica per avere fortuna si sprecavano, e lui cominciò a darsi da fare, miscelando pratiche diverse, senza pensare che magari avrebbe potuto evocare potenze in contrasto fra di loro.

Non vale la pena elencare qui tutte le procedure che cercò di attuare: preparò una specie di pozione con aglio, alloro, ceci, pepe, salvia, semi di finocchio, riso, la versò in un bricco e ogni giorno ne beveva un bicchiere (schifoso) per procurarsi la buona fortuna. A una cordicella fece i nove nodi previsti e la attaccò sotto il letto; si comprò delle candele gialle e colò la cera su una pergamena (che in realtà era carta plastificata) dove aveva scritto formule segrete: «SFIGA, VAI VIA DA ME». Naturalmente provò col sale sotto il materasso, o con l'aglio attaccato alla finestra.

Con la sfortuna che ho, questi sistemi su di me non funzioneranno, pensava.

Un altro rituale gli parve poter essere interessante: riempì una bottiglia di chiodi, vetri rotti, pezzetti di intonaco, foglie secche, e vari altri oggetti che in qualche modo gli parevano rappresentativi della sua sfiga: una fotocopia della pagella, la chiave del contatore del gas, un anellino di ottone che aveva trovato nella cella frigo, un pezzo di stringa dei suoi scarpini da calcio.

La seppellì di nascosto in una piccola aiuola nella corte della casa di ringhiera, dove prima c'era un alberello macilento. Ma nel suo intimo era abbastanza sfiduciato: non sarebbe mai riuscito a liberarsi dalla cattiva fortuna.

Comunque portava sempre con sé un paio di amuleti: un calendario azteco di plastica e una zampetta di coniglio.

Lo stravolgimento negli assi tendenziali della vita di Gianmarco cominciò una domenica mattina, per l'esattezza domenica 22 febbraio. In quel giorno l'Audace giocava contro una squadra di alta classifica, il Vimodrone. Speranze di non perdere: nessuna. Eppure... eppure finì 3 a 2 per l'Audace e, cosa incredibile, Gianmarco realizzò due, dico due, gol, una doppietta. In particolare il secondo fu il risultato di una combinazione di elementi difficile a raccontare. Per farla breve, quando si era sul 2 a 2, il portiere avversario, intento in un semplice rinvio, scivolò maldestramente e colpì male la palla, che finì addosso a un difensore della stessa squadra; questo, che era girato dall'altra parte, non vide da che parte se ne era andata la palla, e cioè fra i piedi di Gianmarco, il quale, emozionatissimo, cercò di colpire di destro ma svirgolò la palla, che prese una traiettoria impossibile, volò alta fino a infilarsi in rete, imprendibile.

Il gol provocò esultanza parossistica nei ragazzi dell'Audace.

Negli spogliatoi Gianmarco venne festeggiato con entusiasmo, l'allenatore lo esaltò come un eroe.

«Giorgi, hai rotto il ghiaccio!».

Gianmarco era inebetito e galvanizzato, che veramente le cose avessero preso un'altra piega?

E in settimana si ebbero altri segni di una possibile inversione di tendenza: un 6 meno nel compito di matematica, il reperimento di una banconota da 5 euro sul marciapiede, una scivolata sulla scalinata della parrocchia dalla quale Gianmarco risultò miracolosamente indenne.

Che la bottiglia avesse cominciato a funzionare?

Ma dall'ultimo lunedì passato le cose avevano veramente iniziato a prendere una strada diversa. All'inizio Gianma pensò che si trattasse di uno scherzo, o di una truffa, o di una perdita di tempo. Poi dovette rendersi conto per forza che la faccenda si era fatta seria.

Gli era arrivata una strana mail. Mittente sconosciuto, oggetto: Ritorno dal futuro.

La mail recitava così:

Il momento della sfortuna è passato. Ora comincia quello della fortuna, e sai perché? Perché torno adesso dal futuro. E so molte cose che succederanno oggi, domani e dopodomani. Io non posso sfruttare queste mie conoscenze, cosa me ne faccio? E poi mi è vietato farlo da alcune leggi fisiche. Ma tu puoi approfittare di quello che so.

Per esempio stasera ci sarà un incontro di pugilato. Craccanti-Medas. Gioca Medas, so che sarà lui a vincere. Se vincerai, e ne sono sicuro, domattina metti in una busta 5 euro delle tue vincite, sulla busta scrivi il tuo nome e cognome, e io a quest'ora ti darò un'altra dritta. La busta la devi infilare nel cassone arrugginito in fondo a via Egidio Folli, dove la stradina finisce nel nulla. C'è una fessura nella quale potrai imbucare la busta. Se segui con attenzione queste istruzioni non te ne pentirai. Non rispondere a questa mail.

MARTY MCFLY

GM la lesse e rilesse. Puttanate, pensò, l'ennesima fregatura. Ma c'era qualcosa che lo incuriosiva. Come faceva questo che si firmava col nome del protagonista di *Ritorno al futuro* a sapere che stava attraversando un periodo, lungo una vita, di sfortuna? E proprio qualche giorno prima aveva litigato con sua sorella, la quale, da saputella come al solito, sosteneva che conoscere il futuro è semplicemente impossibile, a causa di una legge fisica. Lui invece pensava che qualcuno il futuro poteva anche conoscerlo, era una questione, manco a dirlo, di fortuna.

Nonostante ciò non giocò il pugile consigliato, e con quali soldi, fra l'altro? Però la sera, era quasi mezzanotte, cercò sul web il risultato dell'incontro: aveva vinto Medas, nettamente sfavorito, era dato 1 a 6. Se avesse giocato 5 euro ne avrebbe vinti 30. Cazzo!

E se questa fosse la volta buona? Se il vento avesse veramente girato? Fra sé e sé tremava al solo pensiero di perdere la sua grande occasione. Chi era questo Marty McFly, e perché scriveva proprio a lui? Forse gli erano arrivate le sue preghiere, o forse era stata la bottiglia sotterrata? Magari l'ha ritrovata sottoterra fra ottocento anni.

Decise di provare, o la va o la spacca. Come potrò mai perdonarmi di perdere un'occasione del genere? Allora non potrei più dire che sono sfortunato, ma semplicemente che sono uno stronzo!

Chiese dei soldi in prestito alla sorella, che, non si sa come facesse, ne aveva sempre un po'.

«Ricordati che mi devi già 10 euro».

«Dammene 15, domani te li rendo tutti».

Pur riluttante Margherita aprì il suo borsellino ed estrasse un biglietto da 10 e uno da 5.

«Guarda che sono gli ultimi che ti do, non me ne chiedere altri».

Gianmarco passò una notte travagliata, a stento riuscì a dormire qualche ora. Al mattino si alzò presto, infilò i soldi in una busta e andò all'indirizzo indicato, quello che abbiamo descritto prima. Attraverso una fessura infilò nel cassone arrugginito la busta che conteneva i 5 euro, e il suo nome e cognome.

Quando, dopo pranzo, riuscì a mettere le mani sul computer, vide che gli era arrivata un'altra mail, dallo stesso mittente:

Bravo, hai fatto bene a fidarti di me. Hai visto? Vuoi continuare a vincere? Allora c'è un match di tennis nel pomeriggio: Winston-Viktorienko. Gioca Winston. Non te ne pentirai. Gioca forte. Se vincerai, e ne sono sicuro, domattina metti in una busta 10 euro delle tue vincite, sulla busta scrivi il tuo nome e cognome, e io a quest'ora ti darò un'altra dritta. La busta la devi infilare nel solito cassone in via Folli. Non rispondere a questa mail.

Marty McFly

GM uscì in fretta e furia. Andò in sala corse, era la prima volta che ci entrava, sapeva che era un posto abbastanza malfamato. Lì si poteva giocare su tutto. Volendo uno lo può fare da casa, ma ci vuole una carta di credito o qualcosa di simile, per giocare o per incassare.

Uscì tenendo in mano la ricevuta come una reliquia. Tipi poco raccomandabili, che bevevano birra, lo guardavano sogghignando. Viktorienko era favoritissimo, Winston era dato 1 a 7. Oddio, ho buttato 10 euro, pensò GM, anzi 15, che Dio mi fulmini. Ma no, ma no, non ci sono dubbi, non devo avere dubbi, sono quelli che mi portano sfortuna.

Winston vinse 0-6, 7-7, 7-5 al terzo set.
Quando Gianmarco lo seppe gli tremarono le gambe. Aveva vinto 70 euro! Settanta euro!
Si chiuse in bagno per esultare.
La sera restituì i quindici euro a Margherita che stentava a crederci.
«Gli altri 10 te li do domani».
«Che hai combinato Gianma, dove li hai presi i soldi? Non è che hai fatto una delle tue solite cazzate?».
«Non ti preoccupare, è solo stato un colpo di fortuna».
«Tu, un colpo di fortuna?».
«Il vento è girato, mostriciattolo, il vento è girato».

Il giorno dopo, mercoledì, andò più o meno alla stessa maniera, nuovo versamento, di 10 euro, nel cassone. Questa volta la scommessa riguardava un incontro di ping pong, che si svolgeva in Corea. Sembra impossibile ma si può giocare perfino su roba del genere. Anche questa volta GM giocò sull'individuo consigliato, e puntando 50 euro ne vinse 185.
La cassiera della sala corse lo guardava con sospetto. Ma chi era questo ragazzino che giocava le cose più

assurde, sempre sullo sfavorito a quote interessanti, e vinceva?

Gianmarco a stento, dopo aver incassato la cifra, si reggeva in piedi. Guardava terrorizzato i ceffi che bazzicavano la sala corse. E se avessero visto quanto aveva in tasca? Svicolò velocemente, e fece il percorso verso casa tutto di corsa. Era incredulo, e una crifra del genere gli bruciava in tasca, 185 euro.

Ormai nessuno gli toglieva dalla testa che finché McFly gli avesse spifferato i risultati non c'era modo di perdere.

Non aveva torto. Allo stesso modo era andata il giovedì, quando aveva giocato contro la sua Juventus. Il Merate aveva vinto e GM si ritrovava per le mani 1.400 euro. Per fortuna sua con la matematica non si era mai trovato molto bene, non si rendeva conto di quanti fossero 1.400 euro.

La mattina del giorno dopo, venerdì, la posta si alzava, doveva versare 200 euro, ma ormai avrebbe fatto qualsiasi cosa per avere l'informazione giusta da McFly.

Ho un vago ricordo in più su quella storia della signora nelle mani dell'aguzzino: il direttore aveva forse fatto delle avance alla (bella) donna, e le aveva fatto balenare l'ipotesi che se lei fosse stata compiacente con lui forse i termini dell'accordo potevano essere rinegoziati, del tutto o in parte. Che la signora a un certo punto prendesse in considerazione questa proposta indecente e si concedesse, perlomeno per avere una dilazione? Forse questa è solo una mia integrazione di fantasia, ma va a finire che in questo labirinto ci perdo il cervello. E come sempre quando ci si fissa di ricostruire qualcosa che non torna alla memoria, il cervello si annebbia ancora di più, si congestiona, non c'è più alcuna speranza.

La signora chiarì la sua non disponibilità nel corso di una telefonata, durante la quale, pensando di essere sola, aveva dato in escandescenze.

«Lei è un porco, un essere schifoso, e se io le devo una cifra che risulta essere un prestito, questo non la deve assolutamente autorizzare nemmeno a pensare una cosa del genere! Lurido maiale!» e altro, tanto per chiarire con quale nettezza essa voleva esprimere il suo rifiuto. Non so se mi ricordo bene, ma mi pare che la signora non fosse sola, a sua insaputa, mentre si svolgeva la conversazione telefonica, forse una settimana o due prima. Qualcuno la ascoltò mentre parlava e capì in quali pessimi frangenti si trovasse la signora, che, per uno scherzo del destino, era la madre di chi ascoltava di nascosto.

Prima o poi scoprirò il libro, e così saprò anche come va a finire. A meno che... a meno che questo libro non esista affatto e si tratti di una storia che mi sono immaginato io, o che ho cominciato a scrivere io, chissà, molti anni fa. Mi succede spesso di scrivere pezzi anche lunghi e poi di dimenticarmi del tutto di averli scritti. Dopo anni per caso li rileggo e mi giungono del tutto nuovi. Ma questo non mi sembra il caso. E se fosse un episodio di *Alfred Hitchcock presenta,* oppure di

L'ora di Hitchcock? In fondo il tipo di soggetto è quello: la minaccia, il mistero, il finale a sorpresa.

Ma andiamo avanti, torniamo alla casa di ringhiera. Venerdì alle 14 arrivò il nuovo messaggio. La dritta era di giocare su una partita del campionato turco di basket di prima divisione. La squadra su cui puntare era il Trebizond. Quando GM andò a giocarla vide che, a differenza delle altre volte, la squadra suggerita non era la sfavorita. Era data 2 a 1, 100 euro puntati ne avrebbero fatti vincere 200. Lui ne avrebbe giocati 1.300.

La vera sorpresa della mail di McFly era la richiesta per il giorno dopo: se GM voleva avere l'imbeccata per la scommessa di sabato avrebbe dovuto mettere nella solita busta una cifra ben diversa: questa volta 500 euro.

Con questa scommessa potrai farti ricco, non buttare al vento il richiamo della fortuna. E sarà l'ultima occasione. Io me ne devo tornare nel futuro, una settimana di fortuna è toccata anche a te. Sfruttala.

MARTY MCFLY

Cinquecento euro? Gianmarco dovette fare qualche calcolo, che non era il suo forte. Se infilava 500 euro nella busta, quanto gli rimaneva da giocare? Niente, se non vinceva il Trebizond.

E se poi non vince? Rimango a mani vuote. Ma nel suo intimo era così lontano dall'idea di mancare la vittoria che l'ipotesi di tirarsi indietro proprio adesso era l'ultima a esser presa in considerazione. Se la sfortuna aveva dimostrato di non fermarsi mai, perché doveva fermarsi la fortuna? Marty non l'avrebbe mai tradito.

Infatti il Trebizond vinse 85 a 84.

A lungo si baloccò con i 2.600 euro, ma subito preparò la busta, infilandocene 500, dentro scrisse un biglietto, col suo nome e cognome.

Sabato mattina andò a infilare la busta con i 500 pezzi nel solito cassone. Ebbe qualche esitazione prima di imbucare, ma dopo un po' si decise, innalzando una preghiera a McFly. Non mi abbandonare proprio adesso!

Alle ore 14 ricevette l'ultima mail, la scommessa della vita. La super giocata, quella con la quale si sarebbe ricoperto d'oro.

Questa volta era una corsa di cavalli: il cavallo su cui puntare era il numero 5.

In sala corse si informò un po' sulle quote: la corsa vedeva 6 partecipanti, non c'era un favorito d'obbligo, tutti i cavalli avevano quote interessanti.

Il cavallo suggerito a Gianmarco però non era quello più sfavorito: era dato a 6: giochi 100, vinci 600. Era il momento di giocare tutto quello che aveva, circa 2.000 euro. Moltiplicato per 6 faceva 12.000. Una cifra astronomica, non poteva dare uno schiaffo in faccia alla fortuna, proprio adesso che aveva a portata di mano l'occasione decisiva. Ed era l'ultima!

Entrò in sala corse senza rendersi conto più di nulla, preso dalla frenesia, andò verso la cassa con i soldi in mano. Il gesto fu fulmineo. Uno di quei tipacci che stavano sempre a fumare e a bere appoggiati al muro gli fece gambetta, e prima che lui si rendesse conto che era scivolato a terra, i bigliettoni erano scomparsi, e anche il tipo che lo aveva fatto cadere.

«Maledetti bastardi, rendetemi i miei soldi!» urlava agli altri farabutti, che sogghignavano e mostravano una totale indifferenza per ciò che era accaduto.

«Chiamerò la polizia!» minacciò Gianmarco, ma quelli se ne fregavano alla grande. La cassiera dichiarò di non avere visto niente.

I 2.000 non c'erano più.

GM si aggirava incredulo, chiese aiuto, anche all'impiegata alla cassa, urlava, singhiozzava. Tutti lo guardavano con un'espressione di sufficienza e di biasimo. Che imbecille! Qualcuno glielo disse anche.

Gianmarco proruppe in un pianto straziante. La cassiera lo accompagnò fuori e gli fece presente che l'ingresso era riservato ai maggiorenni. Ci mancava solo che arrivassero i vigili urbani o i poliziotti e trovassero quel ragazzetto lì, in un mare di lacrime.

Era la rovina, e lui era stato un supercretino a camminare con i soldi in mano. Allora la sfortuna se la meritava, era tutta colpa sua.

Tornò a casa disperato, che avrebbe fatto adesso? C'era la minima possibilità di trovare qualche soldo da giocare sul cavallo numero 6?

Doveva raccogliere più soldi possibile, tanto era questione di poco tempo: li avrebbe restituiti entro 24 ore, anche prima. Bisognava trovare almeno altri duecento-trecento euro: tre per sei diciotto.

Poteva chiedere a sua sorella. Ma Margherita non c'era, era dalla sua amica, soprannominata Margona, perché si chiamava Margherita anche lei ma pesava più di settanta chili. Lei sì che ne aveva di soldi, i suoi genitori erano ricchi, ma non li avrebbero certamente prestati a lui.

Il papà era fuori, comunque di soldi in tasca lui non ne aveva mai, per la paura di andarseli a spendere in qualche bottiglia di superalcolico. Era lui stesso che non voleva avere per le mani nessuna cifra, non si sa mai. Restava la mamma, che in quel momento era in bagno.

Provò a vedere se nel portafoglio c'era qualcosa: macché, appena 15 euro.

Gli venne in mente il libro. C'era un libro (già, ma qual era il titolo?) dove un tempo sua madre era usa nascondere i soldi. Chissà, ora che lei aveva ricominciato a lavorare, magari aveva ripreso a nasconderci i contanti, per pochi che fossero. Forse c'era qualcosa, 50, o forse più. Ce li avrebbe rimessi subito.

Senza troppa convinzione trovò subito il libro e ci guardò dentro.

Ed ecco la sorpresa: altroché! Nel libro c'erano, in una busta, ben 2.000 euro. Porca miseria! Gianmarco non capì più niente: che doveva fare? Prenderne un po', due-trecento euro, la mamma non se ne sarebbe accorta. Tanto ce li avrebbe rimessi subito appena vinto, perché allora non prenderne di più? E se li avesse presi tutti?

La mamma uscì dal bagno e Gianmarco fece appena in tempo ad agguantare la busta e a infilarsela nei pantaloni, e rimettere a posto il libro. A questo punto in bagno ci andò lui. Doveva pensare.

Quanti soldi giocare? Beh, bisognava osare al massimo, perché l'oracolo avrebbe dovuto mentire proprio questa volta? Vedere tutti quei bei bigliettoni da 100 e da 50, impilati con ordine, gli fece perdere la testa. E se li giocassi tutti? Che differenza potrebbe fare per la mamma? Tanto domani, anzi, stasera stessa, li rimetto a posto. Mica si sarà appuntata i numeri di matricola delle banconote...

«Mamma, esco un attimo».

«E dove vai?»

«Fuori».

Si nascose la busta dentro le mutande e quasi correndo raggiunse un'altra sala corse, quella di via Armorini. Allo sportello giocò tutti e 2.000 gli euro sul cavallo numero 6 nella sesta corsa a Montecatini. Il tipo allo sportello lo guardò di traverso.

«Ma tu ce l'hai diciott'anni?».

«Sì che ce li ho, li ho compiuti a luglio».

Col cazzo che quel ragazzo aveva diciott'anni.

«Ce l'hai un documento di identità?».

«No. Mi ha mandato a giocare il mio nonno. Lui non può muoversi».

Chi se ne frega, pensò il gestore, certo che 2.000 sono una bella cifra, su un cavallo dato a 8, mi sa che il nonno la sa lunga, e manda il nipote... Accettò senza fare storie la puntata, tanto sono anonime.

«2.000 euro tutti insieme non te li posso prendere. Devi fare quattro biglietti da 500, puntata massima».

GM si allontanò, infilandosi i tagliandi nello stesso posto dove aveva messo i soldi.

Una corsa a Montecatini? pensava il gestore. Aveva uno strano presentimento. Un cavallo sicuro giocato da gente che non sa neanche come si fa? Per non saper né leggere né scrivere giocò qualcosa anche lui sul cavallo numero 6, un paio di pezzi da 100.

Donatella disse a Margherita che doveva uscire un attimo, doveva passare dalla signora Mattioli dell'appartamento 2. La ragazzina ne approfittò per andare a controllare dentro il libro dei soldi. Evviva! La busta non c'era più, la mamma l'aveva trovata e l'aveva presa. Missione compiuta.

Un paio d'ore prima, non era stato facile preparare quella busta, con biglietti di grosso taglio. Lei nel sacchettone giallo aveva la cifra, ma in biglietti di piccolo taglio, stazzonati e sgualciti, addirittura una cinquantina di euro in monete da un euro o due. Aveva rovesciato il contenuto sul letto, e distribuito in ordine tutti quei soldi, banconote da 5, 10 e anche qualcuna da 50 e da 100. Aveva contato il totale. Erano 2.353 euro. Ce n'era d'avanzo.

Ma non avrebbe potuto utilizzare tutto quello spicciolame e piccole banconote spiegazzate. Prese quelle grosse, ce n'erano due da cento e più di venti da cinquanta, e le infilò per bene in un libro di geografia, per stirarle. Poi prese i tagli inferiori e gli spiccioli, per andarli a cambiare. Preparò delle buste, in ciascuna infilò cinquanta euro.

Era uscita di casa dicendo alla mamma che doveva andare a comprare dei quaderni.

«Ce li hai i soldi?».

«Sì mamma, ce li ho».

Naturalmente non poteva farsi cambiare in pezzi grossi tutti quei soldi in un negozio solo: era andata dal panettiere, dal tabaccaio, al minimarket, in cartoleria, e in altri negozi, in ciascuno aveva consegnato una delle buste in cambio di un bel cinquantone in ottime condizioni.

Quando era tornata in camera aveva ripreso il libro di geografia e aggiunto altri 700 euro a quelli che c'erano già. Il totale faceva 2.000. Per lei erano una cifra stratosferica, non pensava che alloggiati in una busta occupassero così poco spazio. A questo punto c'era da fare soltanto l'ultimo passo, e ci era riuscita senza intoppi. Infilare la busta nel libro dei soldi.

La mamma credeva di essere l'unica a sapere quale fosse, ma in casa lo sapevano tutti. Forse adesso perfino la mamma sospettava che il suo nascondiglio non fosse più sicuro, forse adesso non lo utilizzava più. Margherita era stata presa dall'inquietudine. E se neanche lo apre? E se non li trova? Sarò costretta a dirglielo io?

Per questo era così agitata, tanto da andare a controllare dentro il libro se era successo qualcosa a quella busta. Eccome! Non c'era più. La mamma era salva! La situazione risolta. Almeno per ora.

Margherita tornò in camera e nascose nel suo diario segreto il resto della refurtiva. 350 euro! E chi l'avrebbe mai detto!

La mamma tornò dopo tre quarti d'ora: era già andata a pagare quel figlio di puttana?

Beh, no, veramente era andata dalla signora Mattioli, ma non per i motivi banali che uno si può immaginare, fra coinquilini. Perché, povera Donatella, anche se in famiglia cercava di fare finta che fosse tutto normale, che col lavoro nuovo si trovava bene, che finalmente in casa entrava uno stipendio degno di questo nome (1.000 euro circa, non era poi granché), che le cose si stavano aggiustando (anche Claudio adesso, col suo lavoro di badante era stato messo in regola, non prendeva più 400 euro al mese, ma il minimo sindacale, con Inps e assicurazione), viveva momenti tremendi, ecco, qualcosa comincia a chiarirsi in questo labirinto, perlomeno abbiamo scartato alcuni vicoli ciechi, tutto sta a ricordarsi dove cominciavano.

Donatella si era decisa ad andare dalla signora Mattioli per chiederle dei soldi in prestito. Era un passo che non avrebbe mai voluto compiere, e tempo addietro, quando era stata la stessa ex professoressa Mattioli a proporglielo, essendo ben al corrente della situazione economica dei Giorgi, Donatella si era rifiutata sdegnosamente, opponendo il suo orgoglio alla vergogna che tutto il palazzo fosse al corrente della sua indigenza.

Ma adesso non c'era altra soluzione. Nonostante si vergognasse come una ladra, ammesso che i ladri si vergognino, affrontò con Angela l'argomento. Giurò che si trattava di un'emergenza, un debito da saldare immediatamente.

Angela le diede ascolto, di fronte aveva una donna veramente disperata, e poveraccia, con tutte quelle che le erano capitate.

«Signora Donatella, lei sa che può contare su di me, gliel'ho detto più volte, ma lei si è quasi offesa, sembrava non ne volesse sentir nemmeno parlare. La aiuterò volentieri, per quanto è nelle mie possibilità, ma in fondo, di che cifra si tratta?».

Donatella sussurrò l'ammontare: «Duemila euro».

«Quanto? Scusi, non ho capito».

Aveva capito benissimo, pensò Donatella, e fu costretta a ripetere, alzando la voce.

«Ah....» commentò Angela, però, mica una sciocchezza.

Comunque non fece storie.

«Va bene, Donatella, non ci sono problemi – lo disse con una certa gravità –, lunedì mattina vado in banca e ritiro la cifra».

«Veramente mi servirebbero subito, se possibile...».

Angela disse che lei di contanti in casa ne teneva pochissimi, ma avrebbe chiesto al Consonni... Si assentò un attimo, per bussare all'appartamento numero 8 dove abitava Amedeo. Nemmeno il Consonni aveva contante, fra l'altro da diverso tempo non si sentiva tanto bene, rispose ad Angela a monosillabi.

Non c'era altra soluzione che andare a chiederli al Luis che, nonostante lui negasse recisamente, si sapeva che senza contanti in casa non ci restava mai, li teneva attaccati con lo scotch sotto il tavolo di cucina.

«Luis, ho bisogno adesso di contanti, lunedì mattina te li restituisco, non fare storie».

Luis si fidava ciecamente di Angela e sapeva che i soldi non le mancavano. Ma cos'era questa storia che le servivano 2.000 euro in contanti di sabato pomeriggio? In quali guai si era infilata? Oppure era il solito Consonni che ne aveva combinata una delle sue?

«Vuoi che ti firmi una ricevuta?».

«Beh, se proprio ci tieni».

Angela tornò nel suo appartamento e consegnò a una Donatella tremante la cifra richiesta, infilandola nella prima busta che le capitò sottomano, una vecchia busta di una bolletta dell'Enel.

«Grazie signora Angela, non so proprio come ringraziarla, mi vergogno tanto, mi dia un foglio che le firmo una ricevuta».

«Macché ricevuta... piuttosto, non si preoccupi di niente. Quando potrà farlo me li restituirà... con tutta calma... la mia vita non cambierà per questo».

Una volta a casa Donatella si guardò bene intorno, Gianmarco non era ancora tornato, Margherita era chiusa in camera. Infilò la busta nel libro dei soldi, la mattina dopo sarebbe andata da quel maiale e gli avrebbe buttato in faccia i duemila euro. Porco!

Margherita intanto stava mangiando dei cracker. Vide che il libro dei soldi non era nello stesso posto di prima. Beh? Controllò un'altra volta e la busta c'era di nuovo, ma non era la stessa di prima: sopra c'era scritto «ENEL». Dentro i 2.000 euro c'erano, ma tutti in pezzi da cento. Beh, che aveva combinato la mamma?

Gianmarco tornò a casa alle sei e mezza del pomeriggio. La mamma pareva immersa nei suoi pensieri, aveva lo sguardo fisso nel vuoto e neanche lo redarguì quel minimo che di solito si sentiva in dovere di fare: «Hai fatto i compiti? Li hai fatti gli esercizi di matematica?». Niente, non disse niente, mentre, molto distrattamente, preparava la cena, per la precisione polpette.

Gianma, vicino al parossismo, aveva bisogno di stare solo, ma in cameretta c'era Margherita a rompere i coglioni e a fare i compiti. La perfettina. Avesse saputo cosa c'era in ballo, quello che quel cretino di suo fratello era riuscito a combinare, entrando finalmente in contatto con la dea fortuna.

Prese il computer e si chiuse nel cesso. Come al solito la mamma non ne fu contenta.

GM aveva tutt'altro per la mente: prima di tutto rigirarsi per le mani i quattro preziosissimi biglietti della giocata appena fatta. Se li rimirava, se li stringeva al petto, li teneva in mano come fossero un tesoro, il suo tesoro. Li rileggeva infinite volte, sognando e sospirando. Era venuto il suo momento. A cosa serviva fare gli esercizi di matematica, quando aveva trovato la strada per diventare ricco?

Leggeva e rileggeva gli scontrini, ma era così trasportato dall'ebbrezza della vittoria che ci mise un bel po' a rendersi conto che su quei biglietti c'era scritto, su tutti e quattro, che aveva giocato il cavallo numero 6. Sei, da quel momento il sei sarebbe stato il suo numero fortunato. Ma che cosa ci avrebbe fatto con tutti quei soldi? Non aveva le idee chiare su quanto valessero12.000 euro, e che cosa con essi ci si poteva comprare. Per lui era una cifra assurda, ma ci avrebbe pensato con calma, più tardi. Certo quello del motorino, forse uno scooter MBK Booster, era l'obiettivo primario, ma con tutto il resto? Beh, a parte restituire i 2.000 che aveva preso in prestito dalla mamma, le avrebbe dato sicuramente qualcosa in più. Si lamentava sempre che non avevano una lira, che non ce la facevano, ecco qua, quello che ti serve. Fantasticava tanto da neanche decifrare quello che stava leggendo. Il 6, il 6, quello è il mio numero fortunato. Tanto per bearsi un po' rilesse l'ultima mail di Marty McFly, anche noi, a nostra memoria, forse ci ricordiamo che il cavallo indicato era il 5. Lesse venti volte: il cavallo suggerito era il numero 5 alla corsa 6. Si sentì poco bene, gli scappava da vomitare. Aveva sbagliato tutto?

Gli parve di perdere i sensi, scivolò sulle mattonelle umide, andò a picchiare con la bocca contro il bidet. «Puttanaccia dell'Eva!» gridò disperato.

La mamma si preoccupò e andò davanti alla porta del bagno.

«Gianmarco, che sta succedendo?».

Quello stava controllando anche gli altri biglietti, aveva giocato sempre il cavallo 6, anziché il 5.

«Niente, mamma, esco subito».

Uscì ondeggiando con il computer in mano, non disse niente ma pensava di togliersi la vita. Che altra soluzione aveva?

Un'idea improvvisa. Forse faceva ancora in tempo: tornare alla sala corse e cambiare la giocata, in fondo la competizione era prevista alle 21,30, c'era ancora tempo.

Ci andò veramente, senza neanche dire niente alla mamma. Arrivò alla sala coi bigliettini in mano.

Ma cambiare la giocata era impossibile, ormai era fatta.

Quando Donatella vide tornare suo figlio gli parve uno spettro, la fissava impaurito.

«Gianmarco, che è successo? Dove sei stato?».

Il ragazzo entrò in camera e si infilò sotto le coperte. Non volle dire una parola, né mangiare un boccone, né considerare la presenza degli altri.

Alle insistenze della madre replicò: «Mi sento poco bene, lasciatemi stare!».

Dentro il letto si abbandonò a riflessioni sul destino, e all'errore dell'individuo che dà un calcio alla fortuna. Allora la sua sfiga se la meritava, era solo un imbecille, che non sa neanche giocare un cavallo e sbaglia numero.

E adesso come avrebbe fatto a restituire i soldi? I pensieri più tremendi gli vennero in testa, dal suicidio al crimine e viceversa. Optò per la prima ipotesi, molto più semplice.

Fu una notte di disperazione. Era in un bagno di sudore nel letto, aspettava. Quando in casa dormivano tutti andò ancora in bagno, ma questa volta non per restarsene solo o per altri bisogni, aveva già maturato una decisione. Trovò gli ansiolitici della mamma, un barattolino di Lexotan pieno per metà.

Lo fissò, dentro intravedeva il simbolo della morte secca. Inghiottì il contenuto senza indecisioni. Quale altra via d'uscita gli restava? Fortunatamente per lui non aveva le conoscenze necessarie, ma d'altronde è più che ovvio che il suo tentativo di suicidio sia stato un fallimento, altrimenti non sarei certamente qui a raccontarlo.

Dopo un quarto d'ora le benzodiazepine cominciarono ad entrare in azione. GM sentiva la mente che lo abbandonava, e un sonno travolgente in arrivo. Fece appena in tempo a delirare un altro po' sui suoi fallimenti, che si addormentò. Addio, addio per sempre.

Il giorno dopo, domenica, Gianmarco non ne voleva sapere di svegliarsi. Non era affatto morto ma alle due del pomeriggio dormiva ancora. Quando si svegliò fu assalito da una sensazione di disgusto. In casa non c'era nessuno.

Era completamente rincoglionito, ma non si era dimenticato dei suoi problemi. Provò a pensare un'ipotesi disperata: aveva ancora 100 euro. Poteva giocarli su un cavallo quotato a 20, così almeno i 2.000 della mamma li avrebbe recuperati.

Con andatura incerta, a stento si reggeva in piedi, raggiunse la sala corse, la seconda.

Si mise a consultare «Trotto sport», alla ricerca di un cavallo dato totalmente per sfavorito. Si chiamava Tissage e in una corsa di galoppo alle Mulina era dato a 100. Ormai non c'era altra soluzione, e se ancora Marty conosceva il futuro, magari sapeva che lui aveva qualche probabilità di farcela. Altrimenti... c'erano modi più sicuri per farla finita, per esempio buttarsi giù dal tetto del Duomo.

Si presentò alla cassa, c'era lo stesso signore che aveva preso la scommessa sbagliata.

«Ehi, ragazzino, ringrazia il tuo nonno da parte mia. Una dritta con i fiocchi. Se ne ha altre fammelo sapere. Bel cavallo quel numero 6. Ho capito perché il nonno, o chiunque sia, ha mandato te, non voleva farsi riconoscere. Ma noi siamo d'accordo, vero?».

«Cosa, come? Ha vinto il numero 6?».

«E che l'hai giocato a fare, speravi che perdesse?»

«Come? Cosa? Ha vinto il 6?».

«Dammi gli scontrini, che ti liquido la vincita. E oggi cosa vuoi giocare? Fammi vedere... Un cavallo dato a 100? Non posso negare che è una cifra talmente alta che mi puzza di bruciato. Ci butterò anch'io 100 euro. 100 x 100 fa diecimila, a casa mia».

Gianmarco non si era ancora ripreso.

«Ecco qua».

Il cassiere gli consegnò, dopo averli contati due volte, 16.000 euro.

E qui sono costretto a fermarmi. Ho percorso tutto il labirinto e mi ci trovo ancora intrappolato dentro. Ma non mi è stato possibile dare una risposta certa nemmeno a una delle tante domande, perché ogni risposta ipotizzata apriva altri piccoli labirinti che conducevano ognuno ad altre domande.

Se dovessi insomma disegnare i percorsi fatti non ne verrebbe fuori la pianta di un labirinto, ma una serie di ghirigori ora sovrapposti ora a sé stanti non dettati da una necessità geometrica.

Allora provo io a dare una mappa possibile. Che ha l'unico merito di intrecciare diversamente, attraverso l'invenzione narrativa, tutti i percorsi sin qui fatti ma tenendoli sempre in filigrana.

Donatella poco dopo avrebbe preso la busta di Angela e sarebbe uscita per andare dall'aguzzino, e chiudere la faccenda una volta per tutte.

Il tipo l'attendeva con un sorrisetto, ancora disposto ad accordare uno sconto se...

Ma ecco che accadde l'imponderabile. Donatella non aveva nessuna intenzione di stare al gioco di quel maiale.

«Io non le devo proprio niente. Mi sbatta fuori, mi denunci... Faccia come vuole... Io con certi pesi sulla coscienza non ci posso stare».

Non se ne faceva niente. Quel porco l'avrebbe potuta licenziare quando voleva, ma lei non ci stava, non gli avrebbe restituito (perché poi restituito?) neanche un centesimo. Avrebbe perso il lavoro... e va bene... ne avrebbe trovato un altro... ma quel porco... Certo l'impegnativa che aveva firmato era come una cambiale: dove li avrebbe trovati questa volta i 2.000 euro?

Non dette il tempo al direttore di rendersi ben conto della situazione. Lei se n'era già andata via. E avrebbe riportato la busta indietro, perché aveva rifiutato il ricatto, voleva restituire subito i soldi a chi glieli aveva prestati, cioè alla signora Angela e così fece. Angela era sbalordita: «Ma Donatella, che fa? Le ho detto che non c'era nessuna premura».

Fra l'altro Donatella non sapeva che, se di buste nel libro dei soldi non ce n'era più nessuna, presto ce ne sarebbe stata un'altra, perché alla fine Gianmarco, dopo tutte le sue vicissitudini, avrebbe ricollocato i soldi al loro posto.

Infatti quando Margherita andò un'altra volta a controllare il libro una busta la trovò, con la solita cifra dentro, ma era cambiata di nuovo, e conteneva quattro pezzi da 500. Si chiedeva se esistessero banconote da mille euro. Su Google trovò che una volta in Svizzera c'era stata una truffa assai brillante in una gioielleria di lusso: un gruppo di persone molto eleganti aveva comprato centinaia di migliaia di gioielli pagando in contanti. Tutti pezzi da mille euro. Nessuno aveva fatto obiezioni alla cassa. Non erano nemmeno dei falsari.

Nientepopodimeno che la preside della scuola media statale Edmondo De Amicis telefonò a Donatella. Lei si sentì venir meno: ne erano successe talmente tante, fra i problemi di Gianmarco e le tristi vicende capitate a Margherita e alle sue compagne di classe. Di nuovo? La situazione sembrava essersi stabilizzata negli ultimi tempi, ormai il caso del falso tentato suicidio della Benedetta era passato in second'ordine, e anche i difficili rapporti fra GM e i compagni erano rientrati in qualcosa di simile alla normalità. Era solo un'illusione?

Invece la preside le parlò di un caso del tutto anomalo che era successo a scuola, o perlomeno che aveva interessato alcuni, non pochi alunni. Il fatto era emerso per la denuncia di alcuni genitori, i cui figli mostravano strani comportamenti, si erano dati alle scommesse, e avevano perso la testa per il gioco, sprecando i soldi che avevano e anche sottraendone ai genitori. Cosa c'entrava questo con la scuola?

Il fatto era che qualcuno aveva avuto accesso a tutto l'indirizzario mail degli alunni dell'intera scuola, più di 800 ragazze e ragazzi. E aveva inviato a tappeto a tutti gli studenti messaggi deliranti da parte di un certo Marty McFly, il quale sosteneva di conoscere il futuro, e suggeriva, previo il pagamento di cifre sempre più alte, scommesse sicuramente vincenti. Alcuni avevano vinto, altri avevano perso, alla fine perdevano tutti. All'inizio ciascuno aveva mantenuto il segreto, poi se ne cominciò a parlare e si scoprì che a scuola la faccenda riguardava una grande quantità di studenti. Alla fine era emersa la verità. Si trattava di una vecchia truffa, che si basava sulla credulità dei truffati.

Al primo invio, qualche centinaio di studenti, si consigliava di scommettere su un match di pugilato: al 50% dei destinatari si consigliava di giocare su un pugile, all'altro 50% sull'avversario. Il 50% avrebbe vinto. A questo punto arrivava un'altra mail che consigliava una scommessa simile, questa volta un incontro di tennis. Il 50% vinceva. Andando avanti così i vincenti diventavano sempre la metà, 50, 25, 12, fino a 6 all'ultima scommessa. Questi 6, arrivati così avanti e pieni di soldi, ormai credevano ciecamente alle predizioni di McFly, ed erano disposti a pagare cara l'informazione per la scommessa successiva (l'ultima, come aveva avvertito McFly). Questa volta la richiesta era assai più elevata del solito (500 euro), ma trattandosi di soggetti che avevano sempre vinto...

«Non so quanti sono gli studenti che sono arrivati fino a questo punto... ma, ammesso che fossero 6, ben 5 di loro hanno perso cinquecento euro. E qui sono esplosi i casi familiari. Abbiamo scoperto che è un vecchio trucco, c'è anche un film americano che racconta una storia del genere, della serie Mathnet, *The Case of the Swami Scam*. Probabilmente Mc Fly si è ispirato a quello. La scuola ovviamente non c'entra niente, se non per il fatto dell'indirizzario. Ma lei signora, che ha sia suo figlio che sua figlia nella nostra scuola, ha saputo qualcosa? I suoi figli sono stati coinvolti?».

Donatella cadeva dal pero, i figli ascoltavano, negarono.
«No, non so, la mail magari mi è arrivata, ma io non ci ho fatto caso. Sarà finita nello spam» aveva detto GM.

«Io non ne so niente» disse Margherita.

«Signora preside, i miei figli non sanno niente, meglio così».

«Va bene, penso anch'io che sia meglio così, prima o poi scopriremo chi c'è dietro, chi è questo McFly».

«Adesso mi deve scusare signora preside, devo preparare la cena, arrivederci».

Gianmarco e Margherita facevano gli indifferenti, ma dentro di loro ribollivano.

Margherita non ci capiva niente, eppure era lei che aveva organizzato tutta la faccenda, firmandosi Marty McFly, per procurarsi i soldi per la mamma. Ma perché le buste erano cambiate ben tre volte? Chi c'era dietro?

Marty McFly. Cosa aveva combinato la mamma con i soldi che lei aveva faticosamente guadagnato? In più c'era un dettaglio al quale non aveva pensato. Alla fine nel gioco avrebbero finito per perdere tutti. A eccezione di uno, in teoria. Se avessero giocato tutti e sei i cavalli finali almeno uno avrebbe vinto una bella cifra. Andò a controllare i risultati: aveva vinto il numero 6. Il povero Gianma, come al solito, aveva perso proprio alla fine, probabilmente tutto, giocando il 5. Il 6 a chi era toccato? A qualcuno che i genitori avevano fermato in tempo, non aveva pagato i 500 euro.

Gianmarco ci capiva ancora meno, fra l'altro neanche sapeva se quel Tissage avesse vinto. Ma su questo mistero per il momento mi fermo, mi sembra che siamo usciti dal labirinto, pieni di soldi, e non ho voglia di aprirne un altro.

Antonio Manzini
Confini

Lunedì

Risalivano lenti, un passo dopo l'altro, le torce accese riflettevano la luce azzurra sulla neve mentre tutt'intorno era buio e silenzio. Il vento soffiava gelato e in cielo neanche una stella, i loro fiati coloravano l'aria tutto intorno. In alto le luci della stazione italiana, un disco volante appollaiato sulla Punta Helbronner. Poco più in basso la cabina da controllare con il motore che da due giorni faceva i dispetti. Jean sentiva il cuore in gola, a sessantadue anni lavorare a quasi 3.000 metri non era un toccasana per la pressione. Sembrava che il fumo e i pasti abbondanti avessero deciso per lui che era il momento di catapultarsi a valle, e restarci. Dietro di lui Romain ansimava e tirava cristi e madonne come sputi sul ghiaccio. «Même de nuit... J'ai la tête qui tourne...».

«La faute au cognac, Romain» rispose Jean, che con passo lento apriva la strana processione. La cassetta era toccata a lui, Romain aveva lo zaino con le corde. La chiudessero questa funivia del cazzo, pensava Jean, aveva un problema a cadenza bimestrale da venti anni. I rotori, qualche ingranaggio, l'olio, il grasso, perdite di carburante. Se l'avessero fatta nuova come gli italiani, avrebbero risparmiato migliaia di euro invece che insistere con quel ferrovecchio.

«C'est encore loin?».

«Pas trop, Romain... on y est presque».

Poi a dieci metri vide l'ammasso scuro riposare sul chiarore della neve. A poca distanza da un bastone nero e giallo infilato nel terreno che segnava l'altezza della neve. Sembrava un masso, ma pietre sporgenti lassù non ce n'erano. «C'est quoi?» chiese, e indirizzò la torcia. Romain aguzzò gli occhi, anche lui diresse il fascio di luce su quel fagotto. «Un ours?». Jean rise. «Mais voyons, comment ça un ours, Romain?». Chi aveva mai visto un orso a quelle altitudini, pensò. Poi si pulì il naso col guanto e si avvicinò. Romain restò sul sentiero a guardare il collega. Non c'erano dubbi. Aveva le gambe e le braccia e un berretto in testa. Si avvicinò ancora e i dubbi si dissolsero. A un metro da lui giaceva un uomo morto. Vedeva un solo occhio aperto, le mani senza guanti. «Romain!».

«C'est quoi?» fece quello avvicinandosi e affondando nella neve fino al polpaccio. Per tutta risposta Jean spense la torcia. «Éteins aussi!» gli ordinò. Romain spense la torcia. Avvolti nel buio, circondati dall'azzurro pallido della neve, i due uomini si fissarono negli occhi. «C'est un cadavre» disse a bassa voce.

Romain si grattò la barba. «Putain! Qu'est-ce qu'on fait?». Alzarono lo sguardo. La stazione italiana più alta, quella di Punta Helbronner, aveva ancora le luci accese, spente invece quelle della seconda, la Pavillon, duecento metri più in basso. «Je ne sais pas... Quel bordel». Jean si sistemò il cappuccio stringendo i laccetti laterali. Si chinò sul corpo alla ricerca del portafoglio. Lo trovò nella tasca interna del giubbotto. Dovette riaccendere la torcia per leggere le generalità. «Oh, il est italien!».

«Il a de l'argent?».

«Arrête tes conneries, Romain, mais quel argent?». Si mette a pensare ai soldi, pensò, poi rimise a posto il portamonete. «Si on appelle la police on n'en sort plus... Écoute, il est italien et j'ai une idée, qu'ils se débrouillent». Guardò il collega che sembrava aver capito. Si tolsero lo zaino, poggiarono le torce e la cassetta degli attrezzi, poi sollevarono il corpo. Romain afferrò le spalle, Jean i piedi che calzavano pedule imbottite. Si allontanarono col fardello e presero a salire verso la stazione di mezzo della funivia del Monte Bianco. Il vento aveva aumentato la potenza, non sentivano più le labbra e la mandibola. «Putain, combien il pèse!».

«Allez, Romain, allez!» ringhiò Jean stringendo i denti.

Ogni tanto si fermavano per riprendere fiato e riposare i bicipiti che gridavano dal dolore. Dovevano anche controllare il percorso, senza torce e rimbambiti dal vento, perdere la direzione e ritrovarsi sull'orlo di un crepaccio era questione di un momento. «Tu t'en sors?».

«Oui... Attends encore dix secondes...».

Silenziosi ripresero a camminare sul Glacier du Géant fino a quando videro a pochi metri i cancelletti di ferro per la sicurezza dei turisti. Era il momento più delicato. Due fari al quarzo puntati su una rimessa rischiaravano la zona. Non dovevano entrare nel fascio di luce, qualcuno ai controlli telecamere dalla stazione italiana giù a Courmayeur avrebbe potuto vederli. Si spostarono un po' a valle, seguendo la linea d'aria del confine mai chiarito fra i due paesi, confine non presente su nessuna carta ma che per consuetudine secolare tutti sapevano trovarsi lì. «Bien, nous sommes en Italie...» fece Jean. «Un... deux et trois!» catapultarono il corpo che sprofondò nella neve. Guardarono soddisfatti l'opera. Jean mollò una pacca al collega e silenziosi tornarono indietro a recuperare gli attrezzi per cercare di riparare quel maledetto motore schifoso che aveva anche l'impudenza di essere stato fabbricato in Germania.

Martedì

Flavio Ricci era nato a Mestre, vissuto a Livorno, ma il lavoro l'aveva trovato a 2.173 metri sul livello del mare, nel ristorante sul Monte Bianco, alla stazione intermedia della funivia avveniristica appena inaugurata. Alle 10 del mattino erano tutti in fibrillazione, il cuoco, tre camerieri di sala e i due sous chef per un pranzo aziendale. Flavio scese nel tunnel per portare l'immondizia da scaricare alla base della funivia. Coperto da un piumino col cappuccio tirato, uscì trascinando i due sacchi nella neve. Di solito c'era da godere di un panorama che valeva il prezzo del biglietto di quella funivia, l'arco alpino a perdita d'occhio, la Francia, la Svizzera, la natura nella sua più brutale e potente espressione di onnipotenza. Ma quel mattino una nebbia fitta che vomitava neve non permetteva più di venti metri di visuale. Fiocchi grossi come arance cadevano arrabbiati, mossi dal vento come una tendina davanti a una finestra aperta. Si stava abituando a quel clima, lassù cambiava nel giro di pochi minuti, ragione che rendeva pericolose le escursioni nei ghiacciai. Depositò i sacchi e lo vide. Il corpo abbandonato a testa in giù mezzo ricoperto di neve. «Dio mio!» mormorò e si avvicinò a quell'uomo steso in mezzo alla neve. Non ci voleva un anatomopatologo per decretarne la morte.

Il vicequestore Rocco Schiavone arrivò un'ora e mezza dopo accompagnato dal viceispettore Scipioni e dall'agente Deruta. D'Intino era rimasto in auto a Courmayeur, alla base della funivia. Trovarono Flavio ancora sciocato, seduto su una sedia mentre beveva da una tazza fumante. Per quell'occasione Schiavone aveva abbandonato il loden verde, preferendo un giubbotto imbottito di materiali plastici, prestito del soccorso alpino. Accanto al cameriere c'erano i colleghi silenziosi che avevano fermato la preparazione del pranzo. «Ho trovato questo nella tasca interna del morto» balbettò Flavio consegnando un portafoglio nero al vicequestore. «E chi le ha detto che poteva mettere le manacce addosso al cadavere?» lo redarguì Rocco. Poi estrasse la patente. «Alessio Ronc» fece. «Lo conoscete?».

I ristoratori fecero «no» con la testa all'unisono. «Bene... che cazzo ci fa uno quassù se non lavora con voi?».

«Guardi dottore, c'è una boutique ma apriranno più tardi, e la sala cinema, ma qui ci conosciamo tutti e il tizio non è dei nostri».

Rocco sbuffò e guardò i due poliziotti. «Uomini! Si prospetta una gran bella rottura di coglioni. Nove se è morto per cause naturali...».

«Dieci se invece le cause sono altre» concluse Scipioni.

«E vorrei anche ricordarvi che oggi sarebbe cominciata la mia settimana di ferie».

I tre poliziotti, accompagnati dal cuoco e da Flavio, scesero nel tunnel e arrivarono al luogo del ritrovamento. «Porca miseria che freddo» disse Deruta. Antonio e Rocco si avvicinarono al morto. «E chi è?» chiese il viceispettore.

«Nessuno lo conosce» rispose Rocco che infilò la mano nella tasca della giacca a vento. Guardò il corpo. «Secondo la patente Alessio Ronc ha 29 anni. Questo ce n'ha minimo il doppio». Avvicinò la foto della patente al viso. Il cadavere non apparteneva ad Alessio Ronc. «Cazzo» sibilò il vicequestore.

«Come sarà morto? E che ci faceva di notte quassù se nessuno al ristorante l'ha mai visto?».

Rocco cercò di guardare oltre la recinzione ma la nebbia fitta e la neve impedivano la vista. Qualcosa attrasse la sua attenzione. «Che c'è oltre 'sta recinzione?».

Rispose Flavio: «Comincia il Ghiacciaio del Gigante. A dieci metri da qui è Francia»

«Ah sì? Siamo sul confine?».

«Sì» confermò il cuoco.

«Antonio, Michele, io co' 'ste scarpe non ci posso andare. Scavalcate la recinzione». I due poliziotti eseguirono. «Che dobbiamo fare?».

«Vedete intorno al corpo? Non vi pare troppa neve smossa?».

I due controllarono. «Sì...».

«E se non mi sbaglio le tracce vanno verso il ghiacciaio. Non sono troppe per una persona?».

«Che vuole dire?» chiese il cuoco.

«Che questo da solo qui non è arrivato. Sembra che ce l'abbiano portato, no? Uomini! Seguite le tracce».

«Le seguiamo?».

«Che ho detto?».

Affondando nella neve e bestemmiando fra i denti, Scipioni e Deruta si incamminarono. Pochi secondi dopo le silhouette dei due poliziotti vennero inghiottite dal muro impenetrabile di nebbia e neve. Rocco si accese una sigaretta e guardò Flavio. «È pericoloso andare lì?».

«Insomma... un po' sì».

«Speriamo che non se fanno male». Si chinò sul corpo e girò il viso verso i due. «Siccome non è Alessio Ronc, dategli un'occhiata e ditemi se l'avete mai visto». Il cuoco e Flavio si avvicinarono al corpo timidi, un passetto dopo l'altro, quasi non volessero disturbare.

«No... mai...» risposero. Rocco si tirò su. «Ma è sempre così qui?».

«D'inverno sì. Mi creda però, quando si apre il tempo c'è un panorama mozzafiato».

«Immagino. Non vedo l'ora di perdermelo» rispose Rocco. Dopo qualche minuto le figure dei due poliziotti riemersero dalla nebbia. Due ombre stanche e dolenti che a Rocco parvero i dannati dell'inferno dantesco disegnati da Doré. «Siete vivi? Embè? Allora?».

«Non c'è dubbio. Le tracce arrivano a duecento metri» rispose Antonio col fiatone. «Qualcuno l'ha prelevato e portato fin qui».

«Qualcuno chi, Anto'?».

«Qualcuno che veniva da laggiù, dalla parte francese...».

«Figli di mignotta» ringhiò Rocco sorridendo. «Capito?».

«No».

«Io sì, ci vogliono ammollare una rottura di coglioni di decimo livello! Col cazzo! Bene uomini, incollatevi il cadavere senza nome e rimettetelo al suo posto». Antonio e Deruta con gli occhi di fuori guardarono Rocco che intanto si era chinato un'altra volta sul corpo restituendogli il portafoglio. «Fate come vi ho detto. E voi, gente di cucina, non ci avete mai visto, mai chiamato, non siamo mai venuti. Riferite i fatti ai colleghi e tenetevi il segreto, poi telefonate alla gendarmerie... che paese c'è dall'altra parte?».

«Chamonix».

«Bravi. Chiamateli e riferite cha avete avvistato un corpo, ma in territorio francese e che se la sbrighino loro... che fiji de 'na mignotta» e tornò nel tunnel lasciando senza parole cuoco, cameriere e i due poliziotti che allargarono le braccia e si prepararono a incollarsi il cadavere per riportarlo al suo posto. «Dottore» lo richiamò il cuoco, «ma con il pranzo che abbiamo in preparazione che facciamo? Andiamo avanti?».

«Come se niente fosse successo, amico mio. Qui un cadavere non c'è mai stato, comprì? Io torno ad Aosta, ripeto, è la mia settimana libera» rispose Rocco di spalle e sparì dietro la porta di metallo.

«Forza Deruta, animo!» fece Antonio.

«È legale?» chiese sottovoce l'agente.

«No» rispose Antonio.

Mercoledì

Rocco stravaccato sul divano schiacciò la seconda canna della giornata nel posacenere. L'appartamento era caldo, il caffè sul fuoco, avrebbe passato il resto della settimana a leggere e magari una serata con Sandra Buccellato. Ad Aosta non nevicava, la temperatura era sotto lo zero e che cominciassero a cadere i fiocchi era questione di ore. Lupa dormiva e agitava le zampe posteriori preda dei suoi sogni. Il telefono squillò. «Sì?».

«Schiavone?» era il questore. «Lo so che è la sua settimana di vacanze, ma non si può. Venga da me, subito!».

«Sono a Torino» mentì.

«Guardi che l'ho chiamata al telefono di casa» e attaccò. Rocco alzò gli occhi al cielo e guardò Lupa. «Mi tocca» disse. Appena lo vide infilarsi il loden il cane scattò in piedi pronta per una passeggiata fuori programma.

Mentre saliva verso l'ufficio di Costa, sulle scale incrociò Antonio che usciva dalla stanza degli agenti. «Che succede?» chiese in apprensione. «Non eri in ferie?».

«Il questore. Stai tranquillo Anto', non ti devi preoccupare».

«Salgo con te».

«Fa' come te pare».

«Senti, Rocco, io ho dato un'occhiata... quell'Alessio Ronc».

«Chi?».

«Quello del portafoglio, è una guida alpina di Courmayeur».

«E sticazzi?».

«Forse potremmo andare a fargli quattro domande».

Rocco si fermò in mezzo al corridoio. «Tu e io non abbiamo visto niente, non c'era un corpo, non c'era un portafoglio, non c'era la patente e non sappiamo chi sia Alessio Ronc, tantomeno conosciamo l'identità del cadavere, dal momento che non esiste. È chiaro?».

Antonio annuì stringendo le labbra. «Vattene al bar Anto', telefona a una delle tue fidanzate, distraiti, che 'sta faccia appesa non la posso guarda'».

«Non ce l'ho più le fidanzate».

«E allora fattene una nuova».

«Mica facile...».

«Mi spiega?» disse il questore seduto alla scrivania guardandolo fisso negli occhi.

«Volentieri se mi dice di che parliamo».

«Ricevo una telefonata dalla sûreté... si tratta di un cadavere ritrovato su, al Monte Bianco».

«Roba nostra?».

«Lì è il busillis». Costa si alzò in piedi e prese un foglio di carta. «Trovato in territorio francese».

«E allora?».

«Sostengono, sempre quelli della sûreté, che questo cadavere si muove».

Rocco scosse la testa. «Allora dovrebbero chiama' il Vaticano».

«Faccia poco lo spiritoso. Dicono che qualcuno ce l'ha portato dal territorio italiano».

«Prove?».

«Non ne hanno».

«E allora il mio consiglio è di mandarli a quel paese, dottor Costa. Rompono i coglioni coi confini lassù da 170 anni, se lo tenessero il cadavere».

«È più o meno quello che ho detto io, usando parole meno colorite. Però diciamo che vogliono dirimere la questione. L'aspetta un ispettore giù a Courmayeur, ai piedi della funivia».

«E che vuole?».

«Parlarle. Cerchiamo di essere collaborativi».

Quando fermarono l'auto, Antonio e Schiavone videro un uomo col giaccone e i pantaloni di velluto fermo davanti all'entrata. «Anto', tu il francese lo mastichi?».

«'Nsomma...».

«E allora che se dimo io e quel tizio?».

Scesero e si avvicinarono. Il tizio portava un cappellino di lana, la pelle olivastra tradiva origini magrebine. «Vicequestore Schiavone... lei è l'ispettore?» quello si limitò a negare col capo, poi li invitò a seguirlo. Davanti alla biglietteria li aspettava una donna con i capelli biondi e la coda di cavallo. Sulla quarantina, aveva l'aria annoiata. Solo un filo di trucco, portava un giubbotto argentato e i jeans attillati. «Lei è il vicequestore Schiavone?» chiese in ottimo italiano.

«Esatto. Lei?».

«Isabelle Baldaccini... sûreté...» e gli strinse la mano senza togliersi i guanti. «Prima che chiediate, papà italiano mamma italo-francese e diamoci del tu che è più semplice. Allora...» e si mise a braccia conserte. «Che si fa?».

«E che ne so? Hai chiamato tu».

«M'avete scaricato il cadavere».

Rocco sbuffò. «Isabelle, la vuoi sapere tutta? L'avete fatto prima voi, l'altra sera. Noi abbiamo riportato il pacco dove si trovava».

«Prove?».

«Quante ne vuoi».

«Bugiardo».

Rocco sorrise. «Chi è?».

«È Guillaume Fredy, cittadino francese, anni 56, vuoi sapere la causa della morte?».

«A dirti la verità non me ne frega una mazza».

«Ma io te la dico lo stesso... solo andiamo in un bar che qui è terribile».

Seduti al caldo col caffè e la musica in sottofondo ripresero la riunione. «Come si chiama il tuo agente?» gli chiese Isabelle.

«Sono viceispettore e mi chiamo Antonio Scipioni, per dovere di precisione» e le strinse la mano. L'ispettrice non aveva anelli né braccialetti. «Che fai stasera?» gli chiese. Antonio arrossì.

«E il tuo uomo, Isabelle? Ce l'ha un nome?» si intromise Rocco divertito.

«David Trezeguet... giuro. Ma non è parente, è un agente. Parla solo francese e pure male... allora, devi sapere Rocco che io ho una graduatoria... delle cose più noiose della vita. E un cadavere sta in cima alla classifica».

Rocco guardò Antonio. «Non ci credo!».

«Giuro».

«Pure io» fece Rocco. Isabelle sorrise. «Davvero? Che hai al nono?».

«I matrimoni».

«Anche io. E i battesimi e la pasqua e il natale».

«Perché, le mutande senza elastico?».

«Non me ne parlare... ma pensa un po'...».

«Ma pensa un po'...» e Rocco la fissava sorridendo. Aveva gli occhi neri e mediterranei ma la pelle era chiara, cosparsa di lentiggini. «Giochiamo a carte scoperte? Voi sapete chi è Alessio Ronc?».

Rocco mollò una gomitata ad Antonio che rispose: «Sì, è una guida alpina, abita a Courmayeur».

«E no, non sappiamo perché quel tizio avesse il suo portafoglio in tasca» aggiunse Rocco. Isabelle strinse le labbra. «Il cadavere è alla morgue, causa del decesso, infarto».

«Bene. Quindi non siamo davanti a un livello 10».

«Così pensavo stamattina, Rocco. Invece il livello 10 c'è, e anche bruttino». Isabelle guardò i due colleghi italiani. «Perché la domanda è: che ci faceva Guillaume Fredy, cittadino di Lione, a tremila metri d'altitudine in piena notte?».

«Non lavora alle funivie dalle parti vostre?».

«Macché, faceva il libraio e aveva una casetta poco fuori Chamonix».

«Immagino siate stati a visitare l'appartamento».

«Sì, è un villino. Abbiamo solo capito che il tizio era appassionato di montagna. Ma non quella finta con gli skilift e i bar sulle piste, quella vera. Fuoripista, arrampicata e simili».

Antonio guardò Rocco come a chiedere il permesso di parlare. Il vicequestore con un cenno del capo gli diede facoltà. «Non era vestito da alpinista».

«Bravo, viceispettore Scipioni! No, infatti» disse Isabelle. «Noi stiamo controllando le immagini della telecamera giù alla funivia di Chamonix per capire se è salito in giornata. Con quella roba addosso a piedi non ce l'avrebbe fatta neanche Patrick Edlinger».

«Chi è?».

«Il più grande scalatore francese».

«Potevi dire Messner e ti capivo. E non cominciamo a fare a chi ce l'ha più lungo perché Messner è il numero uno».

«Però scusa se mi intrometto» prese la parola Antonio. «Edlinger è morto cadendo dalle scale di casa sua. Ironico, no?».

Isabelle scoppiò a ridere. «Ma davvero?».

«Giuro».

«Come cazzo fai a conoscerlo?» chiese Rocco al viceispettore.

«Mi informo».

Isabelle si lasciò andare sulla sedia. «Resta da capire cosa ci faceva Guillaume lassù…».

«Una passeggiata di piacere?».

«Forse, Rocco. Però... perché in tasca ha il portafoglio di Alessio Ronc, guida alpina di Courmayeur?».

«Mi stai chiedendo di controllare se il tizio è salito da qui, dall'Italia?».

«Uno. Due, vorrei fare quattro chiacchiere con questo Alessio...».

«Ricevuto. Ora mando il viceispettore e te lo porto qui».

«No, ad Aosta. Vengo a stare lì un paio di giorni. Però sono salita con la funivia. Ci date un'auto a me e David?».

«Se t'accontenti»

«Sono abituata, anche noi non è che navighiamo in ottime acque».

«L'ho convocato, sarà qui fra mezz'ora» esordì Italo affacciandosi alla porta dell'ufficio di Rocco. Ci trovò solo Lupa che sonnecchiava. «Qualcuno ha visto Schiavone?».

«Sono qui» una voce strozzata dalla scrivania. Rocco fece capolino: «Hai convocato chi?».

«Quel Ronc...».

«Bravo, dillo ad Antonio che avverta quelli della polizia francese».

«Che fai lì sotto?».

«I cazzi mia... fuori, smammare!».

Italo chiuse la porta e Rocco tornò a radunare la marijuana fuoriuscita dal sacchetto. Aveva paura la leccasse Lupa, non era a conoscenza degli effetti del delta-9-tetraidrocannabinolo sulla psiche canina e non aveva voglia di sperimentarlo. Portata a termine l'operazione decise di aprire la finestra e cambiare aria alla stanza. Mezz'ora sarebbe bastata.

Isabelle entrò senza David Trezeguet. «Stiamo messi maluccio anche noi, ma voi decisamente peggio. La Punto che m'hai dato è un cesso».

«Che t'aspettavi, una Bugatti?». Isabelle si sedette sul divanetto di pelle e cominciò a carezzare Lupa. «Come si chiama?».

«Lupa. Vuoi sapere la razza?».

Isabelle scoppiò a ridere. «I miei allevano corgi e shiba inu, non scherzare con me sui cani». Isabelle, proprio come un corgi, cominciò ad annusare la stanza. «Io sento un odore inconfondibile».

«Dici?».

«Dico. Stavo alla narcotici prima».

«E tornace» le disse Rocco che andò a sedersi alla scrivania. «Le domande le fai tu o le faccio io?».

«Io, dal momento che il corpo era in territorio francese...» caricò la frase con un'ironia troppo evidente.

«Era in territorio francese» rispose lugubre Rocco.

Si affacciò l'agente Casella, spiazzato dalla presenza della donna. «Dottore, c'è quel tale Ronc».

«Fallo accomodare e di' ad Antonio che voglio anche lui».

«Sì, Antonio sì» disse l'ispettrice, «è sveglio e preparato».

Rocco la guardò strizzando un poco gli occhi. «Che ti sei messa in testa, Isabelle?».

«Mi piace mischiare il lavoro col piacere...».

Non c'era bisogno di uno sforzo titanico, Alessio Ronc somigliava proprio a uno shiba inu, i cani giapponesi a metà fra una volpe e un orsacchiotto. La testa tonda, i capelli rossi, gli occhi allungati, ma mentre gli shiba inu trasmettono dolcezza e intelligenza, Alessio Ronc emanava antipatia e avversione. «Buongiorno» fece Rocco senza alzarsi e indicando la poltroncina libera accanto a quella di Isabelle. «Io sono il vicequestore Schiavone, lei è...».

«Isabelle Baldaccini, sûreté».

«Che lei saprà essere la polizia francese» aggiunse Rocco. Alessio Ronc si sedette aprendosi la zip della giacca a vento verde. «Perché mi avete convocato?».

Rocco lasciò la parola a Isabelle. «Innanzitutto come va?».

«Bene» fece quello un po' incerto. «Perché me lo chiede?».

«Perché lei per la polizia francese è morto l'altra sera a 2.500 metri d'altezza».

Ronc spostò lo sguardo su Rocco, poi di nuovo su Isabelle. «Non capisco».

«Neanche noi» e l'ispettrice si zittì. Passò qualche secondo di silenzio. «Come, sono morto? Non è vero, sono qui!» alzò un po' il volume della voce. Isabelle sorrise. «Questo lo vediamo. Ma il suo portafoglio era lì».

«Lì dove?».

«Gliel'ho detto, a 2.500 metri, vicino alla funivia dell'Aiguille du Midi...».

«Ma, scusatemi, non capisco. Se il mio portafoglio era lì, perché io dovrei essere morto?».

«L'aveva in tasca un cadavere».

A Rocco parve che Alessio impallidisse ancora di più. «Un cadavere?».

«Che ho detto? Rocco, ho detto cadavere?».

«Sì, hai detto proprio cadavere, Isabelle».

«E cadavere sia» fece soddisfatta l'ufficiale della sûreté. «Dunque?».

«Chi era?».

«Lei lo sa, Alessio».

«Giuro che non lo so».

Isabelle sembrò intristirsi. «E cominciamo con le bugie».

«Veramente sono due giorni che sono in casa... non stavo un granché» si difese Alessio.

«Allora diciamo, oggi, poco fa, per recarsi in questura, non si è reso conto di essere senza patente, senza portafoglio, bancomat e carta d'identità?» gli occhi di Isabelle erano diventati duri, acuminati come coltelli.

«Mi ha accompagnato mio fratello, sono uscito senza pensarci, mi creda».

Isabelle si piegò in avanti, come a volersi avvicinare alla guida alpina. «Non le credo. Lei lunedì dov'era?».

«A casa mia, vicino Courmayeur».

«Chi lo può confermare?».

«Nessuno, vivo solo».

«Che palle» fece Rocco alzandosi dalla scrivania.

«Posso?». Isabelle annuì. «Qual è l'ultima volta che ha effettuato un pagamento?».

Alessio sembrò concentrarsi. «Sabato sera... al pub. Saranno state le 11, 11 e mezza».

«E da allora non ha più visto il portafoglio? Cos'ha fatto? È tornato a casa?».

«Sì».

«Quando ha visto l'ultima volta Guillaume Fredy?» sparò Isabelle. Alessio si voltò verso l'ispettrice. «Chi?».

«Guillaume Fredy».

«Non so chi sia».

Isabelle si mise una mano in tasca. «Lo sa dove ha sbagliato? Doveva fare la denuncia per furto del portafoglio, sarebbe stato un buon alibi...» lesse l'appunto. «A noi risulta che la sua carta di credito è stata usata anche lunedì alle 11 e mezza».

«C'è un errore».

«Non credo. Ed è stata usata al Super U et Drive, al 117 di rue Joseph Vallot, Chamonix». Isabelle sorrise alla guida alpina, Rocco invece guardava serio la collega d'oltralpe. «Mi spiega come mai?».

«Non lo so, ispettrice...».

«Forse lei era a Chamonix? La butto lì, eh?».

Alessio Ronc spalancò la bocca. «Io non ero a Chamonix».

«La sua carta di credito sì. Quindi torno a chiederle: quando ha visto l'ultima volta Guillame Fredy?».

Alessio fece un respiro profondo. «Voglio un avvocato».

«Prima mi faccia vedere le mani». Ronc le allungò,

Isabelle controllò le palme e poi le nocche. «Va bene, si cerchi un avvocato. Mente!».

Rocco fermò Isabelle sulla sommità delle scale. «Allora, o mi dici tutto oppure continui da sola».

«Che intendi?».

«Prima la carta di credito. Poi gli controlli le mani. Perché? Ha a che fare con la morte di Guillaume Fredy, no?».

Isabelle storse la bocca. «Sì, c'è stata una colluttazione, diciamo che l'infarto forse è stato indotto?».

«E quando ti saresti decisa a dirmelo? Cos'altro sai che non mi dici?». Isabelle lo guardò in silenzio.

«Be', quello le mani le ha pulite».

«E poi?».

Isabelle taceva.

«Bene. Allora prosegui pure, io me ne vado per i cazzi miei che tradotto in italiano significa che non sono cazzi tuoi» e la piantò lì.

«Sta succedendo un disastro» disse Costa che aveva raggiunto Schiavone a metà del corridoio.

«In che senso?».

«Con la storia dei confini! Lei sa che la Francia s'è fregata la cima del Monte Bianco?».

«E dove l'ha messa?».

«Schiavone, non faccia dello spirito. Lassù i confini sono 170 anni che si muovono, annosa questione. Pensi che si stanno inglobando il Rifugio Torino, arroganti! Allora il cadavere è anche nostro, sono stato chiaro? Dobbiamo risolvere il problema insieme, è una priorità nazionale».

«Addirittura».

«Il presidente della Regione è in contatto col ministro che è in contatto col ministro francese che parla col capo della polizia. Parola d'ordine è: collaborazione!»

«Ci tengono nascoste le informazioni».

«E lei se le faccia dire. Conferenza stampa!».

«Manco morto! Questa era la mia settimana di riposo, pure la conferenza stampa, mi pare lei stia esagerando».

Rocco si scaraventò nella sala degli agenti. «Allora, Pierron e Deruta rimediate il cellulare di Alessio Ronc e cercate di capire gli spostamenti dell'idiota di lunedì».

«Sempre che se lo sia portato dietro» fece Italo, «se fa come col portafoglio...».

«Non è così, Italo, il portafoglio lo ha perso ma non ha fatto denuncia perché non ne ha avuto il tempo».

«Dice?».

«Dico... vi faccio avere il documento del magistrato. Antonio!».

«Io avrei un appuntamento».

«Con chi?».

«Isabelle!».

Rocco gli fece l'occhiolino. «Benissimo. Allora mentre vi rotolate fra le lenzuola io voglio sapere su chi si stanno concentrando, che piste seguono, che sospetti hanno, spremiti le meningi, inventati un trappolone, fa' come te pare. Casella?».

«Eccomi, dottore».

«Sei mai stato a Chamonix?».

«No».

«E ora colmeremo questa lacuna. D'Intino?».

«Sì» fece quello scattando sull'attenti.

«Tu stai qui e guarda Lupa».

«'Gnorsì» rispose quello inorgoglito.

Un'ora dopo Rocco e Casella entrarono nella cittadina di Chamonix. Turisti affollavano le strade, tetti e alberi coperti di neve. Il paesaggio non era molto diverso dalla Valle d'Aosta, Casella ci rimase male, s'aspettava qualcosa di più. «Insomma» disse, «non è che mi faccia impazzire, dotto'».

«Case', se volevi qualcosa di bello dovevi andare in Sicilia, al mare... a lavorare con Montalbano e farti il bagno ogni mattina».

«Non me lo dica, dotto', non mi perdo una puntata».

«Ti devi leggere i libri, Ugo, quale televisione! E il mare te lo immagini come vuoi tu. E pure Montalbano e anche le donne. La televisione te ceca, il libro ti dà qualche diottria in più».

«M'è piaciuta, me la segno?».

«Idiota...».

Si fermarono davanti al supermercato Super U et Drive, parcheggiarono in seconda fila. «Ma qui ci fanno la multa».

«Case', non ho mai pagato una multa in Italia, mo la pago in Francia?».

Le Clarks di Schiavone erano zuppe come il loden. Battendo i denti entrarono nel negozio che almeno era riscaldato. Si avvicinarono a un box di plexiglass con su scritto «Directeur». Ad un tavolino ingombro di carte stava un omone con la barba sui 50 anni. Appena avvertì la presenza dei poliziotti alzò lo sguardo. «Parla italiano?» chiese Rocco. Quello fece di no con la testa.

«Parlé vu francés?» disse Casella.

«De toute évidence, je suis français!».

«Bien» proseguì Casella, «nu somme de la polizia italienne che colloboré avec la sureté, comprì?» e mostrò il tesserino invitando Rocco a fare lo stesso.

«Bien sûr».

«Nu volevam vuaié le video del supermarcè de landì a le iun heur».

«S'il vous plaît» fece quello gentile e si alzò dalla sedia. «Venez avec moi!».

Rocco e Casella seguirono il direttore. «Case', ma 'sto francese?».

«Lasci perde dottore, è una lunga storia!».

Entrarono in una stanza dove c'erano un paio di monitor e un registratore. Casella indicò un televisore che inquadrava le casse. «Se sa che nu volevam vuaié, la ciasse».

Il direttore annuì e cominciò ad armeggiare con il mezzo. «C'est à propos du cadavre sur le Mont Blanc, n'est-ce pas?».

«Oui» disse Casella. «An pé le corp è italienne et an pé è francés... midi midi insomma et nu devon colloboré avec la sureté».

Il direttore scoppiò a ridere. «Voilà, si vous souhaitez jeter un oeil. Mon père était dans la gendarmerie».

«Colegue?».

«Oui. Vous disiez qu'il vous fallait quelle heure?».

«Da le iun a le iun e midi».

Partirono le immagini. Solo donne e giovani che pagavano la merce. Poi alla cassa numero due apparve un uomo corpulento che metteva sul nastro del pane e due bottiglie di vino. «Stop!» fece Schiavone. «Chi è? Lo conosce?».

Il direttore sbarrò gli occhi. «Bien sûr que je le connais. C'est Guillaume... Il a fait ses courses ici ce même lundì! C'est fou ça...».

«Dice che è Guillaume, dottore. E che ha fatto la spesa qui proprio lunedì» tradusse Casella.

«Bene... Case' chiedigli un po' se lo conosceva, che tipo era, insomma fatti dare più dettagli che puoi...» strinse la mano al direttore e uscì dallo stanzino.

«Messie', vu conossé bien Guillaume?».

Il direttore incantato a guardare il fermo immagine dimenticò di rispondere al poliziotto italiano.

«Messie'?».

«Oui oui» si passò una mano sulla barba. «Pauvre gar...».

Rocco uscì di nuovo in strada. Le luci dei negozi e il viavai di turisti e indigeni metteva allegria. Gli venne voglia di una birra, poi preferì cercare un'edicola. La trovò a duecento metri dall'auto. Guardò le riviste impilate e in bella esposizione insieme alle cioccolate, alle palle di vetro con dentro un modellino di Chamonix, pantofole imbottite, calzettoni e gli orologi a cucù.

Su una rastrelliera i quotidiani nazionali e locali. L'articolo era su «Le Dauphiné libéré». Rocco non sapeva parlare il francese, leggerlo gli risultava molto più semplice. L'articolo che gli interessava era dopo la politica. La foto ritraeva due uomini, il titolo: «Chi ha ritrovato il cadavere» e sotto l'occhiello: «Sono due tecnici della funivia Aiguille du Midi». Infine i nomi: Jean Corbiet e Romain Dubois. Il resto sembrava un'intervista ai due che affermavano di aver visto la sera prima il corpo ma pensavano fosse un masso o un mucchio di spazzatura. Era buio e non si vedeva niente. Rocco capì al volo che erano i due responsabili del «volo» oltre confine del povero Guillaume. Pagò il giornale e tornò in macchina, ad attenderlo c'era Casella. «È stato molto gentile. Ha detto che Guillaume era una brava persona però se la passava male, ultimamente. Insomma, aveva ipotecato la casa... tre anni fa era stato arrestato per truffa ad un'assicurazione».

«Tutte belle notizie che Isabelle non ci ha dato. L'affare si complica. Hai lo spazzolino e un cambio?».

«Io? No...».

«Allora andiamo al supermercato, compriamo quello che ci serve perché stanotte rimaniamo qui».

«Devo avvertire Eugenia».

«Prima mi dici però perché mastichi il francese». Casella sorrise. «Dotto', abbiamo avuto tutti 20 anni».

«Sì, se non siamo morti a 19».

«E allora a volte, per imparare la lingua, il vocabolario te lo devi portare a letto».

Giovedì

«Non era la tua settimana di riposo? Sbaglio o dovevamo vederci?».

«Non me ne parlare Sandra, sono a Chamonix».

«È la storia del cadavere in territorio franco-italiano?». Sandra Buccellato alle otto e mezza era già in redazione. Rocco invece dalla finestra coi vetri gelati osservava il paese che a quell'ora era deserto. S'era fissato a guardare un camioncino che scaricava fusti di birra in un pub. «Sì, è quella storia».

«È brutta?».

«Abbastanza. Ma lo sai? Conoscermi ti dà diritto a sapere la storia prima degli altri».

Sandra rise. «Quando torni ci vediamo?».

«Spero di sì... senti un po', hai qualche contatto con qualche giornalista al "Dauphiné libéré", il quotidiano locale?».

«Chiedo in giro... che ti serve?».

«Informazioni su Jean Corbiet e Romain Dubois».

«Chi sono?».

«I due che hanno trovato il cadavere e ce l'hanno sbattuto a casa nostra».

«Dammi dieci minuti, ma la vedo difficile».

Rocco si vestì e scese per fare colazione. Casella era già al tavolo a imburrare il pane. «Buongiorno dottore. Dormito bene?».

«No. Tu?».

«Sono svenuto... che facciamo stamattina?».

«Aspetto notizie e poi ci muoviamo». Guardò il buffet, controllò il caffè, lo annusò e schifato posò la caraffa. Afferrò un croissant e lo mangiò riempiendosi di molliche. «Vai all'ufficio postale, trova gli indirizzi e i recapiti di Jean Corbiet e Romain Dubois. Piglia pure la macchina. Io vado fuori... tu datti una mossa». Casella finì con un solo morso il panino imburrato.

L'aria era gelida come il vetro della finestra della camera dell'albergo faceva supporre. Rocco si abbottonò il loden e accese una sigaretta. Si incamminò verso il supermercato. Era già aperto, il direttore sembrava attenderlo sulla porta a vetri. «Tenez, Monsieur Schiavone» e gli consegnò un foglietto. «Le paiement effectué par Guillaume Fredy à treize heures et quart... a été fait avec cette carte de crédit».

Rocco guardò la ricevuta. «È firmata Alessio Ronc...» fece notare al direttore che annuì mordendosi le labbra.

«Merci messie'» disse Rocco e intascò l'appunto. «Honny soit qui mal y pense» disse. «Se tout le francés che conné».

Il direttore rise e rientrò in negozio. Rocco si incamminò verso l'hotel.

L'inno alla gioia di Beethoven, suoneria del suo cellulare, squillò dalla tasca. «Chi scassa?».

«Sono Antonio» parlava sottovoce.

«Com'è andata ieri sera?».

«Benone... senti, sono nel bagno».

«Lei è ancora da te che parli piano?».

«Esatto... allora, il morto era in crisi coi soldi».

Rocco fece un tiro e sputò il fumo che si confuse col fiato. «Lo so. Altro?».

«Sono concentrati su di lui... hanno perquisito la casa e trovato un po' di hashish».

«Vabbè, si faceva le canne. Poi?».

In quel momento Casella uscì dall'albergo. «Vado...».

«Scusa Anto'...» poi si rivolse all'agente consegnandogli le chiavi dell'auto: «Fa' il favore, valla a prendere, Ugo».

Quello scappò via. «Allora, Anto'?».

«Lui e Alessio Ronc, la guida, erano amici da anni. Spesso facevano arrampicate e giri insieme».

«Quindi?».

«Boh, ho scoperto solo questo».

«Meglio che un calcio sui denti. Fatti vivo qualsiasi cosa scopri».

«Ricevuto... vado di là. Oh, comunque... una furia!».

«Cosa?».

«Isabelle».

«Anto', non sono in vena di ascoltare le tue imprese sessuali» e chiuse il telefono.

«Jean Corbiet abita in un bungalow al camping Bellevue» fece Casella leggendo i suoi appunti. «Romain

Dubuà invece a rue Mummery, risulta convivente con la madre, questo ho saputo all'ufficio postale».

«E famose 'sto Dubuà prima».

Romain aveva una trentina di anni, Rocco lo riconobbe subito. Spingeva una donna anziana su una sedia a rotelle, la madre forse, che guardava un punto fisso e teneva le mani sulla coperta adagiata sulle ginocchia. «È quello?» chiese Casella.

«Sì, è lui... andiamoci a parlare».

«Dotto', lei il francese non lo sa».

«Non ti preoccupare...». Scesero dall'auto e lo raggiunsero. Appena li vide avvicinarsi Romain impallidì, non gli piacevano quei due tizi e sentiva puzza di problemi. Si fermò e li attese con i capelli lunghi e neri schiaffeggiati dal vento. Aveva un naso importante e gli occhi piccoli e scuri. Sorrise. I denti li aveva perfetti. «Bonjour...» disse con un filo di voce.

«Romain Dubois?» chiese Rocco.

«Oui... C'est à propos du cadavre, c'est ça?».

«Exactemant» rispose Casella. Rocco si limitava a guardarlo.

«Je l'ai également dit au jornaliste, on l'a vu le soir en passant, mais on ne pensait pas que...».

«Lei ha gettato il cadavere dalla parte italiana, non prendiamoci per il culo» intervenne Rocco.

«Vus avé jetté le corp dal coté italienne...» poi Casella guardò Rocco «devo tradurre proprio tutto?».

«Non, je jure que non!».

«Digli che non corre rischi. Che non ce ne frega niente se l'hanno fatto».

«Nu son pá interessé a la sciose...» fece Casella accompagnando la frase con un sorriso.

«Ma digli che dobbiamo sapere, sennò all'assassino non ci arriviamo».

«Ma nu devon savoir pasché nu cercscion l'assassen!».

«Assassen?».

«Meuriter» insisté Casella.

«C'est un meurtre?» chiese spaventato Romain.

«Oui» rispose Rocco. «Alor?».

«C'est vrai, ça s'est passé comme ça. Mais c'était l'idée de Jean. Je l'ai juste aidé».

Casella guardò Rocco. «Dice che ha fatto tutto l'altro, lui ha solo aiutato».

«Je ne voulais pas avoir d'ennuis» disse Romain accarezzando la spalla della madre che restava in silenzio, attonita e immersa nel suo mondo.

Rocco lo guardò negli occhi. «Chiedigli a che ora l'hanno trovato».

«A che heur vu avé truvé le cadaver?».

«C'était en soirée, il était tard, on était montés pour réparer le moteur du téléphérique. Il devait être dix-neuf heures...».

«Erano le sette» fece Casella.

«Ha parlato mezz'ora e ha detto solo: verso le sette?».

«Semplifico, dotto'».

«Chiedigli com'è andato il lavoro».

«Le travaje? Tou bien?».

«Oui, on devait juste donner un coup de torchon...».

«E poi?» fece Rocco. Romain capì. «Et puis nous sommes redescendus et rentrés à la maison, vers vingt heures trente».

«Dice che sono tornati giù verso le otto e trenta».

«Grazie Ugo. Lei e Jean vi siete incontrati su alla funivia o siete saliti insieme?».

«Vu e Jean avé monté ansamble o rande vu là haut?» ciancicò Casella.

«Jean était déjà à la station, il est monté vers dix-sept heures, je crois...».

«Dice che Jean era già su».

«Non mi serve altro. Merci e bon promenade» disse Rocco. Romain aspettò per un momento, come a chiedere permesso per muoversi, poi riprese a spingere la madre che seguitava a guardare il punto indefinito. Lui invece si voltava a ogni passo, come se fosse spaventato che i due poliziotti italiani avessero potuto spargli alla schiena.

Nel camping c'erano parcheggiati diversi camper e roulotte col tetto ricoperto di neve. Rocco dall'auto osservava la situazione e scuoteva la testa. «Ma come si fa a stare dentro a una roulotte con la neve fuori? C'è da congelarsi».

«Avranno il riscaldamento» azzardò Casella.

«Ma dai?». Rocco aprì la portiera e si incamminò verso una casetta di legno che aveva l'aria di essere la direzione. Il comignolo sputava fumo. Rocco si fermò davanti a una mappa, un disegno chiaro che spiegava la composizione del camping. I bungalow non erano visibili dalla strada, bisognava aggirare un boschetto di abeti. Casella seguiva il superiore senza fare domande. Rocco sbirciò dietro il primo bungalow, una casetta prefabbricata in legno e pietra. Pulito e ordinato, due paia di sci su una parete. «Non abita qui» disse a Casella che non gli aveva rivolto la domanda. Solo al quarto si fermò e chiamò l'agente. «Dai un'occhiata, Case'...». In confronto agli altri, quello sembrava una discarica. Lattine di birra sul piccolo pianale del cucinino, un divano sformato con degli stracci gettati sopra, una scatola di pizza aperta e mezza consumata. Non un posto frequentato da turisti. «Questa è casa di Jean!». Tirò fuori il coltellino svizzero e aprì la semplice serratura. Casella si guardava intorno preoccupato. Dentro il panorama era ancora più desolante. Aleggiava prepotente una puzza di sigaretta vecchia mista a sudore e calzini sporchi. Vestiti gettati alla rinfusa, il letto sfatto, bucce d'arancia sul pavimento, posacenere pieni di cicche. «Che cerchiamo?» chiese l'agente.

Rocco non rispose e cominciò a rovistare i cassetti di un comodino. Guardava carte, bigliettini, scontrini. «Mi devo fare un'idea».

«E non se l'è già fatta?».

«In parte». Aprì le scansie della cucina, il frigo, poi notò che il tappeto lercio davanti al divano aveva uno strano rigonfiamento. «Scansate» disse a Casella. Tirò via un lembo e apparve uno sportello con una maniglia arrugginita. Si chinò e lo aprì. Sotto la botola c'era un vano, Rocco sorrise tirando fuori un piccolo parallelepipedo incellofanato. «Di che si tratta, dotto'?».

«Non lo riconosci? Hashish...». Lo rimise a posto, poi ricoprì il nascondiglio col tappeto. «Che dici, ce ne torniamo a casa?».

«Sì, ma io non ho capito niente».

«Allora a lu cane je so' date da magna' e stanotte ha dormito qui. Poi stamane ha fatto due pisciate e la cacca che però ho raccolto».

«Bravo D'Intino. Dove sono gli altri?».

«L'aspettano su, all'ufficio».

Rocco entrò e Lupa lo aggredì saltandogli addosso. «Ciao Lupa, ciao...». Italo Pierron, Antonio e Deruta erano in piedi intorno alla scrivania. «Allora, si hanno novità?».

«Per quanto riguarda Alessio Ronc sì» fece Italo. «Sabato era a Courmayeur, poi domenica il suo cellulare ha passato la frontiera. Tramite la postale abbiamo chiesto dove sia andato sul territorio francese...».

«Ma noi tutti siamo a conoscenza che lo stronzetto era a Chamonix. Dico bene?».

«Sicuro» intervenne Antonio. «È amico del morto, e io scommetto che era insieme a lui. Cosa sia successo però domenica resta da scoprire».

«Isabelle s'è fatta scappare altro?».

«No, mi sa che ha capito e s'è cucita la bocca».

Rocco si accese una sigaretta. «Vi rivedrete?».

«Non credo, Rocco. È partita un paio d'ore fa».

«Manco ha salutato» disse Rocco. «Bene. E andiamo a riparlare con Alessio Ronc. Ma stavolta andiamo a casa sua. Io, Antonio, e vieni pure tu, Italo. Aspettatemi in macchina, prima devo parlare col questore. La seduta è tolta. Chi non ha un compito assegnato può farsi i fatti suoi fino a nuovo ordine, come io mi sarei fatto i miei per tutta la settimana, che ricordo, era la mia settimana di riposo».

Gli agenti alzarono gli occhi al soffitto.

Courmayeur svettava fra le nevi con la sua eleganza. Se a Chamonix i turisti erano per lo più sciatori e appassionati di montagna, nella cittadina valdostana si prediligevano di più pellicciotti e labbra rifatte. Attraversarono il paese e fermarono l'auto in doppia fila. Un vigile solerte si avvicinò al mezzo, ma il tesserino di Rocco gli fece cambiare strada con un cenno di scusa. La casa di Alessio era al secondo piano di una palazzina di pietra e legno. Bussarono. Pochi secondi e la voce della guida alpina risuonò nel citofono. «Sì?».

«No, devi aprire» fece Rocco.

«Chi è?».

«Polizia, apri 'sta cazzo di porta». Non accadde niente. Rocco immaginava Alessio chiamare l'avvocato al cellulare. «Antonio, Italo» fece un cenno e sotto una spallata il piccolo portoncino cedette e si spalancò. «Secondo piano direi». Salirono e bussarono alla porta. «Alessio, apri prima che mi incazzo!» gridò all'anta. Poco dopo la serratura scattò. Alessio era in tuta, i capelli sconvolti. Nell'aria l'inconfondibile profumo di hashish appena fumato. «E ci voleva tanto?».

«Ho chiamato il mio avvocato, voi non potete...».

«Sshh» fece Rocco. «Non possiamo cosa? Farti una visita? Che te stavi a fuma'?».

«Niente...».

Rocco si rivolse ai suoi uomini. «Dice niente, che facciamo, chiamiamo il magistrato, un bell'ordine di perquisizione, troviamo l'hashish e ti fai cinque anni per spaccio?».

«No, io no...».

«Tu devi stare zitto. Siccome noi siamo i buoni, queste puttanate non le facciamo. Ora però spiegaci una cosa. Perché non ci hai detto che domenica eri a Chamonix? Che c'è da nascondere?».

Alessio si sedette sulla poltrona, invitò i poliziotti ad accomodarsi. «Tutta colpa di Guillaume».

«Lo sai che mentire su queste cose è una cazzata? Che voi eravate amici lo sapevate tu, Guillaume e mezza valle. Prima o poi l'avremmo saputo anche noi, non credi?» disse Antonio.

«Me la stavo facendo addosso...».

«Motivo?».

«Domenica sera Guillaume mi ha riportato qui a casa. Abbiamo avuto una discussione, forse è allora che ho perso il portafoglio, in macchina sua. Gli ho sbattuto la portiera in faccia e me ne sono andato. Era completamente fuori...».

«Motivo?».

«Non l'ho neanche capito. Parlava di un colpo, un affare. Losco, era chiaro, mi voleva coinvolgere, ma io non avevo nessuna intenzione. Insomma, la vita me la guadagno, faccio la guida, i clienti non mancano, ho una casa... certo dovrei arredarla un po' meglio» e gettò uno sguardo sul piccolo appartamento.

«Che razza di affare?».

«Giuro, non lo so. Poi lunedì mi sono accorto che mancava il portafoglio. L'ho chiamato, mi ha detto che era a casa sua e me l'avrebbe riportato in serata. Poi non l'ho più visto. Meglio, l'ho sentito alla radio».

Rocco si lasciò andare sullo schienale della poltrona. «Ti credo» fece Rocco. Italo e Antonio lo guardarono stupiti. «Guillaume ha usato la tua carta di credito lunedì al supermercato».

«E come ha fatto?».

«Ha firmato col tuo nome, che ci vuole? Dunque, Guillaume Fredy ti offre un affare poco pulito, lo rifiuti, litigate, te ne torni a casa, quello il giorno dopo viene ritrovato assiderato a duemila e passa metri d'altezza. Che rapporti hai con Jean Corbiet?»

Alessio non rispose. Abbassò appena gli occhi. «La compri da lui?».

«Cosa?».

«Indovina un po'?».

Alessio annuì. «Però è un po' che non lo vedo. Quello è un uomo strano, poche parole, non mi è mai piaciuto».

«Manco a me, e pensa che non lo conosco» disse Rocco. «Alessio, guardami negli occhi. Tu mi hai detto tutta la verità?».

«Sì...» mormorò appena.

«Allora non ti dispiace se ci vieni a dare una mano».

Alessio sgranò gli occhi. «Una mano? A voi?».

«Sì, e senza avvocato».

Mentre camminavano verso l'auto, Italo e Antonio guardavano interrogativi Rocco. «Spiegaci come ci può dare una mano quello là».

«È una guida alpina? Deve fare il suo mestiere» e altro non disse. Aveva solo voglia di tornare a casa e farsi una doccia, poi possibilmente dormire qualche ora. E recuperare le ferie perdute.

Venerdì

Il vicequestore Schiavone insieme agli agenti saliva sulla funivia verso il Monte Bianco. La cabina tonda ruotava su se stessa e permetteva di godere il panorama a 360 gradi. In alto le nuvole coprivano le cime del gigante delle Alpi, il tempo ancora inclemente prometteva solo neve e gelo. «Sono già su?» chiese Antonio Scipioni.

«Sono già su» rispose Rocco. Ci aveva impiegato tutta la sera del giorno prima e parte del venerdì ma alla fine il questore era riuscito ad avere i permessi. «Non ho capito, stiamo andando in territorio francese?».

«Più o meno, Casella... anche se lassù non è chiaro dove cominci la Francia e dove finisca l'Italia. Allora per evitare di mettere in mezzo Roma e Parigi, diciamo che ce la siamo cavata fra di noi».

«Tradotto?».

«Stiamo facendo finta che dobbiamo effettuare un controllo».

La cabina continuava a ruotare. Italo, perso nei suoi pensieri, sembrava non essere lì con i colleghi. Da mesi ormai la sua presenza era poco più di un'ombra e tutti si erano abituati al suo distacco, alla sua distrazione. «Un controllo per cosa?» disse con la faccia attaccata al cristallo tanto da appannarlo col fiato.

«Controllo al ristorante e al Rifugio Torino».

«Che è Francia» corresse Antonio.

«No, per il questore è Italia, è Francia per i francesi. Ma non vi state a preoccupare, noi dobbiamo solo servire su un piatto d'argento la soluzione e far fare una figura di merda ai cugini. Tutto chiaro?».

«No» risposero i poliziotti all'unisono.

Alla fine del tunnel intirizzito dal freddo li aspettava l'agente della cinofila con un pastore tedesco al guinzaglio. Il questore, al riparo sotto il tunnel, era vestito come stesse per intraprendere l'ascesa al K2 senza bombole di ossigeno. Accanto a lui, sorridente, Alessio Ronc sembrava invece fosse a casa sua. Nevicava e le nuvole basse non permettevano la visuale. «Buongiorno dottor Costa, ciao Alessio» disse Schiavone. «Buongiorno» rispose il questore. «Questo è l'agente Musumeci da Torino, il cane invece si chiama Zagor». Rocco sorrise all'agente. «Schiavone, lei ci ha visto giusto?» disse Costa col cipiglio severo.

«E secondo lei salivo quassù con questo freddo per una vaga intuizione? No dottore, ne sono certo».

Costa sorrise. «Bene, e cerchiamo di anticipare i francesi, che è sempre una bella notizia. Allora ci diamo una mossa?». Musumeci annuì mentre il cane eccitato annusava tutt'intorno. «Antonio e Italo con me e il questore. Casella resta qui al tunnel».

«Sì dotto', grazie. Questa passeggiata me la evito volentieri. Un po' l'età, un po' le ossa...».

Seguendo Alessio, superarono il cancelletto di ferro. La neve era alta, e Rocco si era convinto a infilarsi gli anfibi. Le Clarks le aveva lasciate in auto, le avrebbe indossate tornato in valle, non vedeva la necessità di camminare su quei canotti anche sull'asfalto. La nebbia li inghiottì. «State vicini e marciate dove passo io» fece Alessio.

«Se quello ha qualcosa da nascondere, ci fa precipitare in un crepaccio» sussurrò Antonio nell'orecchio di Rocco.

«Ma falla finita». Il vento era gelido, già il naso e le labbra formicolavano. Affondavano nella neve, solo il cane sembrava a suo agio. Con la pelliccia, il muso e le orecchie ricoperti dai fiocchi era il ritratto della felicità. «Seguitemi!» continuava a ripetere Alessio. Dopo cento metri che a Rocco parvero sei chilometri, il gruppo si fermò. «Sì» fece Antonio, «qui era il cadavere, cioè dove l'abbiamo rimesso. C'erano le tracce. Lo riconosco per quello» e indicò un bastone nero e giallo che spuntava dalla neve. «Dove siamo?» chiese Rocco. Alessio indicò alla sua sinistra. «Di là a cento metri c'è la cabina della funivia francese. Puntiamo lì?».

«Esatto, Alessio» rispose Rocco e ripresero la marcia. Il questore lo raggiunse. «Non le nascondo, Schiavone, che un po' di movimento mi piace. Solo che mi gira la testa. A lei?».

«Copia conforme. È la pressione».

«Già...»

Per un attimo la nebbia sembrò dare tregua e si aprì la visuale. Erano vicini a una costruzione di cemento, si sentiva un rumore di cingolati e scricchiolii ferrosi. «Eccola laggiù» fece Alessio.

«Bene» ringhiò il vicequestore.

Ancora dei passi, poi dal nulla apparvero quattro ombre che tenevano un cane al guinzaglio. «Qui est là?».

«Polizia italiana» rispose il questore.

«Siete voi?» una voce di donna arrivò alle orecchie dei poliziotti italiani. I gruppi si avvicinarono. I due cani si squadrarono agitando le code. Isabelle imbacuccata e seminascosta dal cappuccio si avvicinò a Rocco. «Com'è da queste parti?».

«Per la stessa ragione vostra, suppongo».

«Ciao Antonio» disse l'ispettrice.

«Ciao Isabelle».

«Vi conoscete?» chiese il questore.

«Un po'» rispose Isabelle. «Allora siete miei ospiti». E si incamminò verso la costruzione di cemento. Il questore guardò Rocco. «Siamo arrivati alla stessa conclusione dei francesi?».

«Sì dottore, ma se permette con meno indizi e in meno giorni».

L'agente francese aprì una porta di ferro e i poliziotti coi cani entrarono. Tutti e due i pastori cominciarono ad annusare come aspirapolvere. Nella camera sotterranea c'era un'enorme ruota di acciaio. «È il motore di riserva della funivia» disse Isabelle. La massa di metallo e denti era sporca, coperta di olio. Sembrava facesse più freddo che fuori. Fu Zagor ad abbaiare per primo. Accorsero tutti. Il cane se la stava prendendo con una piccola chiusa arrugginita. Rocco si chinò e la aprì. Dentro c'era un vano, i cani abbaiavano furiosi. «C'è qualcosa qui dentro» disse il questore.

«Direi» fece Isabelle che mise la mano dentro al buco. Tirò fuori una pellicola di cellophane stropicciata e oleosa. La annusò. «Ci nascondevano l'hashish».

«E quanto ci vuoi scommettere che sopra ci trovi le impronte digitali di Jean Corbiet?» fece Rocco. Alessio si avvicinò ad osservare. «Era questo allora?» chiese. Rocco e Isabelle lo guardarono. «Guillaume mi diceva che sapeva dove trovare un tesoro. E se lo voleva prendere. Mi disse che era un po' pericoloso. Io rifiutai...».

«Ed è salito solo. Però qualcuno lo ha intercettato, c'è stata la colluttazione e quello ci ha lasciato la pelle» concluse Rocco.

«Quel qualcuno è Jean Corbiet?» chiese il questore. Rocco annuì. Isabelle infilò la pellicola in una busta, prese il cellulare e si appartò per fare una telefonata. «Schiavone, credo di voler sapere cosa ha fatto quel giorno e mezzo in Francia».

«Lo chieda a Casella, c'era anche lui».

«Invece lo chiedo a lei!».

Isabelle tornò col sorriso sulle labbra. «Chissà Corbiet dove ha messo la roba che era qui».

«A casa sua, sotto il tappeto in salone accanto al divano» le rispose Rocco.

«Come fai a...».

«Ognuno ha i suoi metodi».

Isabelle lo guardò. «Credo che io e te saremmo diventati ottimi amici».

«Lo credo anche io».

«Ma c'è un confine che ci divide».

«Solo quello?».

«Sì...» si avvicinò all'orecchio di Rocco. «Anche io in ufficio fumo. Però mi sono fatta montare un aspiratore. Ti mando la marca sul cellulare, funziona, dammi retta!» e gli diede una botta col gomito.

«Ma allora Corbiet ha spostato il cadavere solo per non aver problemi con la polizia francese?» chiese il questore.

«Sì, dottor Costa, non c'era nessuna intenzione patriottica» rispose Rocco.

«Bene. Meglio, anzi. Allora io tornerei giù, non mi sento un granché qui».

Sabato

L'articolo di Sandra Buccellato non solo fu il primo ad uscire in Italia, ma anche l'unico. Si riaprì dunque l'annosa questione dei confini. Il questore era al settimo cielo, era convinto di aver dato una lezione ai transalpini. Anche il presidente della Regione gongolava felice: «Grazie ai nostri inquirenti si è risolto un caso che la Francia ha cercato di appiopparci e che noi, generosi, abbiamo risolto per loro». Antonio invece si era intristito. Pensava a Isabelle. «Lavora a Grenoble, Rocco, mica è vicino. Sono diverse ore di macchina».

«Scusa, stavi con tre ragazze nelle Marche, a più di cinque ore di distanza e andava bene?».

«Hai ragione!» e gli occhi del viceispettore tornarono vivi e luccicanti.

Non fu mai chiarito chi arrivò dove, se la polizia italiana aveva superato il confine nazionale, se quella francese aveva oltrepassato i limiti della sua giurisdizione. L'importante fu che il cadavere dei tremila metri, così era stato ribattezzato Guillaume Fredy, avesse avuto giustizia.

Rocco prese il loden per tornare a casa quando incontrò D'Intino sul corridoio. Teneva in mano una busta. Sembrava indeciso, poi prese coraggio e si avvicinò al superiore. «Dotto'! È arrivata questa. Lu questore dice che ci pensa lei».

Era della polizia locale di Chamonix. Una multa per parcheggio in seconda fila. «Ma chissenefrega», fece per strapparla ma D'Intino allungò la mano bloccando il gesto del vicequestore. «Lu questore dice che è meglio se paga».

«Devo pagarla?».

«Così dice Costa. Dotto', non s'incazzi con me, ambasciatore non porta pena».

«Io sto andando a casa, D'Intino, perché sarebbe la mia settimana di riposo che comincia oggi e finisce domenica prossima. Non voglio telefonate dalla questura. Esplode una centrale nucleare, un gruppo di jihadisti minaccia una strage, scoprite il cadavere di un monaco tibetano, non me ne frega un cazzo. Io per la settimana a venire sono un fantasma! È chiaro?».

«Limpido, dotto'!».

Domenica

Finalmente una giornata di sole su Punta Helbronner. Al ristorante ci sarebbe stato il pienone, non solo turisti attratti dal bel tempo, ma anche curiosi richiamati dal macabro caso di Guillaume Fredy. Ci sono, nel mondo, numerose compagnie turistiche che organizzano viaggi sui luoghi dei peggiori e più efferati delitti. Figuriamoci se poi l'efferato delitto aveva avuto come teatro il più bel panorama montano che si possa godere in Europa. Alle nove Flavio Ricci in piena attività con tutta la brigata del ristorante scendeva nel tunnel per portare la solita immondizia nel punto di raccolta. Lasciò i sacchi nei contenitori, poi si voltò a respirare e guardare la cima del Gigante. Tersa, chiara, una cartolina. In un angolo, appena visibile dietro il muro, c'era un giubbotto abbandonato. Si avvicinò per prenderlo. Non era un giubbotto, c'era un uomo seduto che guardava le montagne. «Ohi... signore?» disse Flavio. Quello non rispose. «Signore, si sente bene?». Lo raggiunse. Gli occhi erano spenti e lontani. Flavio cercò di scuoterlo con un piede e quello si afflosciò di lato. Si portò le mani davanti alla bocca. «No» mormorò. Prese il cellulare. «Pronto? Sono Flavio Ricci... devo parlare con urgenza col vicequestore Schiavone».

Nota dell'editore

Questo libro riveste per noi un significato particolare. *Una settimana in giallo* è la prima delle nostre antologie di racconti polizieschi (che dal 2011 sono in libreria con puntuale periodicità) che pubblichiamo in assenza di Andrea Camilleri, la prima ideata e scritta dopo la sua morte.

In questa occasione, un po' malinconica, abbiamo ritenuto, insieme agli autori, di rendere un omaggio a chi è stato maestro di tutti noi, in questa come in altre imprese. Abbiamo pensato di trascinare il ricordo del Grande scrittore dentro i racconti stessi facendo di lui in qualche modo un personaggio letterario. Ci sembrava questo un onorare per quanto possibile il suo genio creativo, e la sua convinzione pirandelliana, quale traspare da tutta la sua opera, che sia molto incerto il confine che passa tra Autore e Personaggio.

Così gli autori gli hanno assegnato un ruolo nella vita dei vari protagonisti di questi racconti. A volte è un libro di Camilleri che capita per le mani, a volte si ripete un aneddoto da lui raccontato, c'è una trasmissione televisiva in cui compare, oppure i personaggi sanno che in quel momento un certo commissario famosissimo sta facendo qualcosa, e così via.

Insomma, in ognuno di questi racconti, dentro la narrazione, c'è il Professore (così lo chiamavamo in casa editrice), rappresentato nelle varie maniere d'autore. Tre di queste meritano un chiarimento perché sono oblique e fanno appello diretto al lettore. Francesco Recami propone un enigma: inserisce nel racconto una pagina attinta da un'opera di Camilleri, da indovinare; la sfida di Giampaolo Simi consiste nel mimetizzare nel suo racconto i titoli dei romanzi con il Commissario Montalbano; e Alessandro Robecchi, con insinuante casualità, colloca nella libreria del proprio detective dilettante un certo libro di un grande poeta: ma fu il soggetto di uno dei suggestivi interventi drammaturgici di Andrea Camilleri!

Indice

Una settimana in giallo

Alicia Giménez-Bartlett
Tutti vogliono essere belli — 9

Alessandro Robecchi
Occhi — 51

Santo Piazzese
Domenica, benedetta domenica — 99

Andrej Longo
La neve a Natale — 157

Fabio Stassi
Triste, solitario e alla fine — 211

Gaetano Savatteri
Per l'alto mare aperto — 267

Marco Malvaldi
Giovedì gnocchi — 351

Simona Tanzini
Miss Purple — 399

Giampaolo Simi
Il permesso premio   439

Francesco Recami
Una settimana enigmatica   495

Antonio Manzini
Confini   543

Nota dell'editore   595

Questo volume è stato stampato
su carta Arena Ivory Smooth
delle Cartiere Fedrigoni
nel mese di novembre 2021
presso la Leva srl - Milano
e confezionato
presso IGF s.p.a. - Aldeno (TN)

La memoria

Ultimi volumi pubblicati

1101 Andrea Camilleri. Il metodo Catalanotti
1102 Giampaolo Simi. Come una famiglia
1103 P. T. Barnum. Battaglie e trionfi. Quarant'anni di ricordi
1104 Colin Dexter. La morte mi è vicina
1105 Marco Malvaldi. A bocce ferme
1106 Enrico Deaglio. La zia Irene e l'anarchico Tresca
1107 Len Deighton. SS-GB. I nazisti occupano Londra
1108 Maksim Gor'kij. Lenin, un uomo
1109 Ben Pastor. La notte delle stelle cadenti
1110 Antonio Manzini. Fate il vostro gioco
1111 Andrea Camilleri. Gli arancini di Montalbano
1112 Francesco Recami. Il diario segreto del cuore
1113 Salvatore Silvano Nigro. La funesta docilità
1114 Dominique Manotti. Vite bruciate
1115 Anthony Trollope. Phineas Finn
1116 Martin Suter. Il talento del cuoco
1117 John Julius Norwich. Breve storia della Sicilia
1118 Gaetano Savatteri. Il delitto di Kolymbetra
1119 Roberto Alajmo. Repertorio dei pazzi della città di Palermo
1120 Andrea Camilleri, Gian Mauro Costa, Alicia Giménez-Bartlett, Marco Malvaldi, Dominique Manotti, Santo Piazzese, Francesco Recami, Gaetano Savatteri. Una giornata in giallo
1121 Giosuè Calaciura. Il tram di Natale
1122 Antonio Manzini. Rien ne va plus
1123 Uwe Timm. Un mondo migliore
1124 Franco Lorenzoni. I bambini ci guardano. Una esperienza educativa controvento
1125 Alicia Giménez-Bartlett. Exit

1126 Claudio Coletta. Prima della neve
1127 Alejo Carpentier. Guerra del tempo
1128 Lodovico Festa. La confusione morale
1129 Jenny Erpenbeck. Di passaggio
1130 Alessandro Robecchi. I tempi nuovi
1131 Jane Gardam. Figlio dell'Impero Britannico
1132 Andrea Molesini. Dove un'ombra sconsolata mi cerca
1133 Yokomizo Seishi. Il detective Kindaichi
1134 Ildegarda di Bingen. Cause e cure delle infermità
1135 Graham Greene. Il console onorario
1136 Marco Malvaldi, Glay Ghammouri. Vento in scatola
1137 Andrea Camilleri. Il cuoco dell'Alcyon
1138 Nicola Fantini, Laura Pariani. Arrivederci, signor Čajkovskij
1139 Francesco Recami. L'atroce delitto di via Lurcini. Commedia nera n. 3
1140 Gian Mauro Costa, Marco Malvaldi, Santo Piazzese, Francesco Recami, Alessandro Robecchi, Gaetano Savatteri, Giampaolo Simi, Fabio Stassi. Cinquanta in blu. Otto racconti gialli
1141 Colin Dexter. Il giorno del rimorso
1142 Maurizio de Giovanni. Dodici rose a Settembre
1143 Ben Pastor. La canzone del cavaliere
1144 Tom Stoppard. Rosencrantz e Guildenstern sono morti
1145 Franco Cardini. Lawrence d'Arabia. La vanità e la passione di un eroico perdente
1146 Giampaolo Simi. I giorni del giudizio
1147 Katharina Adler. Ida
1148 Francesco Recami. La verità su Amedeo Consonni
1149 Graham Greene. Il treno per Istanbul
1150 Roberto Alajmo, Maria Attanasio, Giosuè Calaciura, Davide Camarrone, Giorgio Fontana, Alicia Giménez-Bartlett, Antonio Manzini, Andrea Molesini, Uwe Timm. Cinquanta in blu. Storie
1151 Adriano Sofri. Il martire fascista. Una storia equivoca e terribile
1152 Alan Bradley. Il gatto striato miagola tre volte. Un romanzo di Flavia de Luce
1153 Anthony Trollope. Natale a Thompson Hall e altri racconti
1154 Furio Scarpelli. Amori nel fragore della metropoli
1155 Antonio Manzini. Ah l'amore l'amore
1156 Alejo Carpentier. L'arpa e l'ombra
1157 Katharine Burdekin. La notte della svastica
1158 Gian Mauro Costa. Mercato nero

1159 Maria Attanasio. Lo splendore del niente e altre storie
1160 Alessandro Robecchi. I cerchi nell'acqua
1161 Jenny Erpenbeck. Storia della bambina che volle fermare il tempo
1162 Pietro Leveratto. Il silenzio alla fine
1163 Yokomizo Seishi. La locanda del Gatto nero
1164 Gianni Di Gregorio. Lontano lontano
1165 Dominique Manotti. Il bicchiere della staffa
1166 Simona Tanzini. Conosci l'estate?
1167 Graham Greene. Il fattore umano
1168 Marco Malvaldi. Il borghese Pellegrino
1169 John Mortimer. Rumpole per la difesa
1170 Andrea Camilleri. Riccardino
1171 Anthony Trollope. I diamanti Eustace
1172 Fabio Stassi. Uccido chi voglio
1173 Stanisław Lem. L'Invincibile
1174 Francesco Recami. La cassa refrigerata. Commedia nera n. 4
1175 Uwe Timm. La scoperta della currywurst
1176 Szczepan Twardoch. Il re di Varsavia
1177 Antonio Manzini. Gli ultimi giorni di quiete
1178 Alan Bradley. Un posto intimo e bello
1179 Gaetano Savatteri. Il lusso della giovinezza
1180 Graham Greene. Una pistola in vendita
1181 John Julius Norwich. Il Mare di Mezzo. Una storia del Mediterraneo
1182 Simona Baldelli. Fiaba di Natale. Il sorprendente viaggio dell'Uomo dell'aria
1183 Alicia Giménez-Bartlett. Autobiografia di Petra Delicado
1184 George Orwell. Millenovecentottantaquattro
1185 Omer Meir Wellber. Storia vera e non vera di Chaim Birkner
1186 Yasmina Khadra. L'affronto
1187 Giampaolo Simi. Rosa elettrica
1188 Concetto Marchesi. Perché sono comunista
1189 Tom Stoppard. L'invenzione dell'amore
1190 Gaetano Savatteri. Quattro indagini a Màkari
1191 Alessandro Robecchi. Flora
1192 Andrea Albertini. Una famiglia straordinaria
1193 Jane Gardam. L'uomo col cappello di legno
1194 Eugenio Baroncelli. Libro di furti. 301 vite rubate alla mia
1195 Alessandro Barbero. Alabama
1196 Sergio Valzania. Napoleone

1197 Roberto Alajmo. Io non ci volevo venire
1198 Andrea Molesini. Il rogo della Repubblica
1199 Margaret Doody. Aristotele e la Montagna d'Oro
1200
1201 Andrea Camilleri. La Pensione Eva
1202 Antonio Manzini. Vecchie conoscenze
1203 Lu Xun. Grida
1204 William Lindsay Gresham. Nightmare Alley
1205 Colin Dexter. Il più grande mistero di Morse e altre storie
1206 Stanisław Lem. Ritorno dall'universo
1207 Marco Malvaldi. Bolle di sapone
1208 Andrej Longo. Solo la pioggia
1209 Andrej Longo. Chi ha ucciso Sarah?
1210 Yasmina Khadra. Le rondini di Kabul
1211 Ben Pastor. La Sinagoga degli zingari
1212 Andrea Camilleri. La prima indagine di Montalbano
1213 Davide Camarrone. Zen al quadrato
1214 Antonio Castronuovo. Dizionario del bibliomane
1215 Karel Čapek. L'anno del giardiniere
1216 Graham Greene. Il terzo uomo
1217 John Julius Norwich. I normanni nel Sud. 1016-1130